大鱼读品
BIG FISH BOOKS

让日常阅读成为砍向我们内心冰封大海的斧头。

混沌行走 III
燃烧的土地

［英］帕特里克·内斯 —— 著

孟思 —— 译

MONSTERS OF MEN

CHAOS WALKING

北京联合出版公司

谁在防空洞里?
谁在防空洞里?

          女士和孩子优先
            孩子优先
              孩子

我大笑 笑到头掉

          我在忍耐中终于爆发
           ——电台司令《白痴》

目录

———————— 开始了

两军之争　　004
三军之战　　069

———————— 第二次机会

战争中的平静　　080
过去　　101
风暴　　108
战争机器　　136

———————— 控制你自己

在山谷中　　146
大地的拥抱　　172
逼近　　179
迫在眉睫　　207

联盟

与敌人对话	216
"小径之终"	235
和平进程	243
无声	267

使者

代表	276
他的唯一	300
谈判	307
我举起我的刀	334

和平时期

荣耀的日子	342
线人	371

目录

分裂	377
未来终于来了	416

—————— 新世界的末日

最后一战	424
世界的未来	508

—————— 抵达

"战争,"普伦提斯市长念叨着,他的眼睛里放着光,"终于开始了。"

"闭嘴吧。"我说,"没有什么'终于'。期待战争发生的只有你一个人而已。"

"不管怎么说,"他说着,面带微笑转向我,"这就开始啦。"

不用说,我已经开始怀疑,给他松绑、让他去打这场仗,会不会成为我人生中的最大错误——

不会的——

不会的,这样才能保护她安然无恙。我必须这样做,才能保护她安然无恙。

他一定得让我保护她,就算要杀了他,我也下得去手。

就这样,太阳落山了,我和市长站在教堂废墟之上远眺,目光穿过市中心广场。这时,斯帕克军队正顺着我们面前那条蜿蜒的山路而下,他们吹起的号角声能把人撕成两半。

柯伊尔助医的"答案"军队正向我们身后的城市行进,沿途的一切物事都被炸掉了。

轰!轰!轰!

市长麾下的第一批士兵正从南面赶来,队列整齐、行动迅速,哈马尔先生统领队伍,他们穿过广场向我们走来,接受新的命令。

新普伦提斯市居民们正慌不择路,四散而逃。

新移民的侦察舰正着陆到柯伊尔助医附近的一座小山上,他们降落得可真不是地方。

死去的戴维·普伦提斯正躺在我们脚下的乱石堆中,他是被他的父亲,也就是我刚释放的那个人射杀的。

还有薇奥拉。

我的薇奥拉。

她在人潮中骑着马冲出重围,她的脚踝受伤了,都没有办法自己站起来。

好了,我心想。

这就开始了。

一切就要结束了。

就要彻底结束了。

"噢,是的,陶德,"市长搓着双手,说道,"是的,没错。"

他又说了一遍那个词,语气听起来像是所有的心愿都成真了。

"战争。"

开始了

两军之争

【陶德】

"把斯帕克打个落花流水!"市长咆哮着,他发出的声流直冲每个人的脑门。

甚至包括我。

"他们会在这条路尽头集合,"他说,"那里就是他们的末路!"

我一只手放在身下安格哈拉德的肚子上。不到两分钟,市长已经让我们上了马。莫佩思和安格哈拉德刚刚绕过教堂的废墟跑来,我们跳上马背,踏过那些曾助我推翻市长的人们的尸身,凌乱的军队已经在我们面前摆开阵来。

人还没有到齐,可能还不到一半,剩下的则在南面道路上奔波,通往那座有条小路的山,通往战争即将开始的地方。

帅小伙? 安格哈拉德想着,我能感受到它身上每一根神经都紧绷起来,几乎吓得半死。

我也一样。

"各营队准备就绪！"市长一声令下，哈马尔先生和迟到的泰特先生、奥黑尔先生以及摩根先生立马行礼致敬，士兵们开始就位，你推我搡，迅速排好队列，快到令我目眩。

"看，"市长说，"绝美的场面，对吧？"

我用步枪指着他，这枪是从戴维那里夺来的。

"好好记住我们之间的协议，"我说，"你不能让薇奥拉受到伤害，也不能用你的声流操控我。只有遵守约定，你才能活下去。这是我释放你的唯一理由。"

他的眼睛发着光。"你知道吗？这也就意味着，你一刻也不能让我离开你的视线，"他说，"甚至得跟我一起上战场。准备好了吗，陶德？"

"我准备好了。"我说。其实我并没有做好准备，但是我尽量忽略这一点。

"我有种感觉，你会表现得很不错。"他说。

"闭嘴，"我说，"别逼我再对你不客气。"

他龇着牙笑着："我知道你不会客气。"

"士兵们都准备好了，长官！"哈马尔先生从马背上喊道，气势汹汹地敬了个礼。

市长直盯着我。"士兵们已经准备好了，陶德，"他说着，一种戏弄人的腔调，"你呢？"

"废话少说，前进。"

他笑得更猖狂了，面向军队："两个师沿西路行进，发起第一波袭击！"他的话像蛇一样，再次钻进了每个人的脑袋，那声音让人无法忽视。"哈马尔上尉带队在前，摩根上尉断后！泰特和奥黑尔上尉把其余还没运到的武器集合起来，调遣精锐兵力加入战斗。"

武器？我想。

"到那时，如果战争还没有结束——"

军队中发出嘲笑声，那是一种喧闹、神经质、充满敌意的笑声。

"那么我们就集结成一支队伍，把斯帕克赶回山上，让他们后悔来到这个世上！"

士兵们咆哮着、欢呼着。

"长官！"哈马尔上尉喊道，"'答案'之军怎么办，长官？"

"我们先击败斯帕克，"市长说，"'答案'不过是小菜一碟。"

他的目光穿过他的军队，望向那支仍在往山下进军的斯帕克军队。然后，他举起拳头，发出了自己最响亮的声流，呼喊声击中并穿透了每个人。

"冲啊！"

"冲啊！"军队尖叫着回应，以迅猛的速度从广场出发，奔向蜿蜒的山路。

市长最后又看了我一眼，好像一切太过滑稽，他快憋不住笑了。他没再说一个字，一脚狠踢在莫佩思肚子上，立马奔向阵营，追上刚刚离开、奔赴战场的军队。

跟上吗？ 安格哈拉德问，恐惧像汗水一样，从它身上发散出来。

"他说得没错，"我说，"不能让他离开我们的视线。他必须信守承诺。他必须打赢这场仗。他必须救她。"

为了她，安格哈拉德想着。

为了她，我以同样的念头回应，把我对她的所有思念先放到一边。

我想着她的名字——

薇奥拉。

安格哈拉德冲向前去，加入战斗。

【薇奥拉】

陶德，我心里想着，骑着松子穿过路上拥挤的人潮。每个人都在努力逃离一边传来的可怕号角和另一边柯伊尔助医发射的炮弹。

轰！

又来了，我看到一颗火焰球应声冲上天空。周围的尖叫声让人难以忍受。向上跑的人群跟向下跑的人群纠缠在一起，每个人都挡住了我们的去路。

阻挡着我们率先抵达侦察舰的步伐。

号角声再次响起，尖叫声更响了。"我们得走了，松子，"我凑近它的头顶说道，"不管那声音是什么，我飞船上的人可以——"

一只手抓住了我的胳膊，差点把我从马鞍上拽下去。

"把马给我！"一个男人冲我叫道，把我抓得更紧了，"快给我！"

松子扭动着身体想要脱身，但是路上太多人围着我们——

"放手！"我对那个人喊。

"把马给我！"他尖叫着，"斯帕克人来了！"

我吃了一惊，差点被他拽下去："你说什么来了？"

但是他没听我说话。在逐渐消逝的光线中，我看到他的眼白因恐惧而充血。

抓紧了！ 松子用声流冲我喊道。我用力抓住它的鬃毛，它撅起屁股，把那个男人撞开，在夜色中奔向前去。我为了保命死不松手，松子费力地在人群中穿行。人们尖叫着给我们让路，一路上我们撞翻了许多人。

终于到达一片空地,它跑得更快了。

"斯帕克?"我说,"他是什么意思?肯定不会是——"

斯帕克,松子想着。**斯帕克军队。斯帕克战争。**

它继续奔跑着,我望向身后,望向那遥远的山上蔓延的火光。

一支斯帕克军队。

斯帕克军队也要来了。

陶德?我想着。马蹄声声声入耳,我意识到,自己离他以及那个被捆起来的市长越来越远了。

最大的希望就是那艘飞船了。他们能帮上我们。他们一定有什么办法,能帮上我和陶德。

我们阻止过一场战争,我们也能阻止另一场战争。

我又念起他的名字,陶德,我要给予他力量。松子和我沿着这条路向"答案"阵地跑去,向侦察舰跑去,我抱着一丝希望,希望我是对的——

【陶德】

安格哈拉德追在莫佩思身后,大部队在我们前方横冲直撞,撞翻了所有不小心挡道的新普伦提斯市民。两个营的人马,第一个营由骑着马的哈马尔先生带领,在他的身后,嗓门小点的摩根先生带着第二个营。总共大概四百号人,一个个扛着步枪,面部狰狞地喊叫。

而他们发出的声流——

他们的声流如洪水猛兽,交汇在一起,互相纠缠,聚成一声轰鸣。像一个怒吼的巨人踩着沉重的脚步前进。

我的心都快从喉咙里跳出来了。

"跟紧我，陶德！"我们正骑在马上狂奔，市长突然靠近并在我身边停下，他在马背上冲我叫道。

"不需要你操心。"说着，我抓紧了步枪。

"要想活命，就听我一言。"他看着我说道，"还有，别忘了你答应我的条件。我可不希望交火的时候误伤自己人。"

他冲我眨了眨眼。

薇奥拉。

我对准他，用拳头一般的声流向他挥去。

他吓了一跳。

然后收敛起那一副得意的笑容。

我们骑马跟在大部队后面，穿过城市的西边，顺主路而下，经过那座在"答案"最大规模的一次进攻中被烧毁的监狱废墟。我只来过这里一次。那天我抱着薇奥拉，当时她生命垂危，我带她跑过这条弯曲的小路，想带她到我认为安全的地方去，却遇到了旁边这个骑马的人。他杀了一千个斯帕克人来挑起这场战争，他明知故问、折磨薇奥拉，他甚至杀了自己的儿子——

"你还想让什么人带你上战场呢？"他察觉到我的声流，回应道，"还有什么人如此适合战争？"

猛兽吧，我暗忖，想起了本曾经对我说的话。战争让人变成兽。

"错，"市长说，"是战争让我们成为真正的人。战争打响之前，我们都只是孩子。"

又一阵洪亮的号角声传来，脑袋都快被震掉了，兴致高昂的军队似乎也被吓得迟缓了一两秒。

我们顺着这条通往深山的路抬头望去。斯帕克人的火把聚成一堆,等着我们。

"准备好长大成人了吗,陶德?"市长问我。

【薇奥拉】

轰!

又一个炸弹在我们正前方炸开,碎片在浓烟里飞散,冲上树梢。我怕极了,连脚伤也忘了,想要学着之前在飞船的虚拟成像系统中看到的那样,用脚夹住马肚子,迫使它快跑,结果我疼得向前弯下了腰。脚上的绷带是李帮我绑的——他还在朝着错误的方向寻找"答案",不知道此刻身在何处。他可千万别出事啊,千万别出事。他把绷带绑得很妥帖,但是因为骨头断了,我还是痛得浑身一激灵,连胳膊上的伤也火烧火燎地痛了起来。我拉起袖子看了看。周围的皮肤红肿发烫,而那块薄薄的编号环仍旧嵌得死死的,坚不可破,编号1391,它会永远跟着我,直到我死的那天。

这就是我付出的代价。

为了找到他而付出的代价。

"好了,我们可不能白来一趟。"我对松子说,它的声流说着**宝贝儿**,对我表示赞同。

空气中都是浓烟,我看到前方烈火熊熊。人们仍旧四下乱跑,从我们身旁穿过,不过路上的人已经越来越少,这里快要成为一座空城了。

如果柯伊尔助医和"答案"从"提问"办公室出发,从东面向市中心进攻,那他们应该已经翻过原先通信塔所在的那座山了。那是侦察舰最有可能着陆的地方。柯伊尔助医应该会掉头,快马加鞭,力图抢先接触侦察舰里的来客,但是她会让谁留在营地管事呢?

这条路弯弯曲曲，松子不停地转变方向，艰难地前进着——

接着，轰！

一道光闪过，又一栋宿舍楼在火焰中被炸飞了，一瞬间道路都被照亮了——

然后我看到他们了——

是"答案"。

成群结队的男男女女，胸前写着蓝色的字母A，有的甚至画在了脸上。

每个人都用枪指着前方——

站在装满武器的牛车前——

我认出了其中一些人（里面有罗森助医、马格纳斯、纳达利助医），但是她们好像完全变了模样，看上去充满杀气、全神贯注，不免恐惧却又勇敢坚定。我不知不觉地勒住了松子的缰绳，不敢再往前走。

爆炸发出的亮光暗了下来，她们再一次陷入黑暗之中。

往前走吗？ 松子问。

我吸了一口气，心想她们看到我不知道会做何反应，会不会根本还没看见我，就在混乱中把我从马背上炸飞了。

"我们别无选择。"我终于开口。

就在它做好准备继续往前跑时——

"薇奥拉？"黑暗中，我听到有人喊我的名字。

【陶德】

出城的路通向了一块开阔的空地，右边傍着河流，正前方就是飞溅的瀑布和蜿蜒而下的山路。军队一路吼叫着来到这片空地，哈马尔上尉领头。虽然我只来过这里一次,但我知道以前这里是一片树林,还有几栋小屋。所以,一定是市长提前派人将这里夷为平地,开辟出一片战场——

好像他早就知道会发生什么——

但是我还没来得及认真想这个问题,哈马尔先生就喊了"立定",士兵们踏着整齐的步伐停下,目光穿过这片空地——

他们来了——

斯帕克军队的先头部队。

他们在空地上散开,十几个人,二十多个人,上百个人,如白色的血流一般从山上奔腾而下,高举着火把,手里要么拿着弓和箭,要么持有奇怪的白色棍状物体。一伙斯帕克步兵蜂拥而至,还有一伙斯帕克人骑着白色的庞然大物。那奇物长得像阉公牛,但比后者更高更壮,它们的鼻梁末端蹿出一只角,身上套着笨重的盔甲,那盔甲看起来像是用陶土做的。我看到很多斯帕克士兵都穿着同样的陶土盔甲,护着它们白色的皮肤——

号角声再度响彻云霄,我发誓我的耳朵要流血了。肉眼可见,那只号角绑在山顶两头角兽的背上,那个斯帕克大个儿正在吹响它——

还有,哦,天哪——

我的天哪——

他们的声流——

他们的声流好像一把武器,从山上滚落下来,在空地上翻腾而过,就像狂暴的河水激起了泡沫,冲着我们涌来,声流的画面中,我看到他们的军队劈头盖脸地进攻过来,看到我们的士兵被撕成碎片,看到无法描述的丑陋和恐怖,又看到——

我又看到,士兵回击的画面从我面前乌泱泱的人群中升起。在画面中，敌人脑袋落地、身首异处；枪林弹雨中，斯帕克人粉身碎骨，满眼的杀戮，无穷无尽——

"集中注意力，陶德，"市长说，"不然这场仗会要了你的命。我呢，反正十分好奇你会如何表现。"

"排成一排！"哈马尔先生叫道，士兵们应声在他身后排开。"第一排准备就绪！"他叫着，士兵们停下脚步，举起手中的步枪，做好准备姿势，只等他一声号令便冲锋上阵，第二排也在他们身后列起队来。

斯帕克人也停了下来，在山脚下排起了差不多同样长的队列。一头角兽居于中央，把他们的队列一分为二。一个斯帕克人站在角兽背上，他前面有一个马蹄状白色物体，看上去像是用骨头做的，比人宽出一半来，固定在角兽的盔甲上。

"那是什么？"我问市长。

他自顾自地咧嘴一笑："我想我们很快就知道了。"

"士兵们预备！"哈马尔先生喊道。

"待在我背后，陶德，"市长说，"尽量别搅和进来。"

"嗯，我知道。"我说着，我的声流很沉重，"以免弄脏了你的手。"

他对上我的视线："哈，后面的脏活儿多着呢。你不用担心。"

接着——"冲啊！！！"哈马尔先生声嘶力竭地叫道。

战争就这样开始了。

【薇奥拉】

"威尔夫！"我叫道，骑着马向他冲过去。他驾着一辆牛车，走在队伍的前方，然后他放慢速度，把车赶到"答案"军侧锋，在烟雾弥漫的昏暗中继续前行。

"里还活着！"威尔夫说着跳下牛车，向我飞奔过来，"柯伊尔助医跟我们说你死了。"

我想起柯伊尔助医的所作所为，再一次满腔怒火，她向市长投放炸弹时，似乎并不在乎我会不会被牵连。"她对很多事的看法都是错的，威尔夫。"

他抬头看着我，在月亮的映照下，我从他的声流中看到了惊骇，而他是这个星球上我见过的最镇定自若的人，他不止一次冒着生命危险救下我和陶德，他从没有害怕过。"斯帕克人来了，薇奥拉，"他说，"你必须离开这里。"

"我正要骑马去求援，威尔夫——"

轰！

又一波爆炸，马路对面一栋楼被炸烂了。一小阵气浪涌来，威尔夫不得不抓紧松子的缰绳才能站稳。"他们到底在搞什么鬼？"我叫起来。

"柯伊尔助医的命令，"威尔夫说，"为了救命，有时候不得不把腿砍掉。"

我被烟呛得咳嗽起来："听起来确实像她说的蠢话。她在哪儿？"

"那艘飞船出现的时候，她就走了。她正飞快赶向飞船降落的地方。"

我心下一惊："飞船在哪里降落，威尔夫？具体什么地方？"

他示意身后的路："在山那边，原来通信塔的位置。"

"我知道那地方。"

远处，号角声再次狂作。每当号角声响起，到处乱跑的人群中就会传来更多尖叫。我甚至听到"答案"军队中也有人叫唤起来。

"里快走吧,薇奥拉,"威尔夫又催道,他碰了碰我的胳膊,"斯帕克军队可不好惹。里快走吧,现在就走。"

我克制住自己对陶德的担忧。"你也必须走,威尔夫。柯伊尔助医的把戏失败了。市长的军队已经卷土重来了。"威尔夫龇着牙倒抽了一口气。"我们抓住市长了,"我接着说,"陶德在努力阻止他们的军队,但是如果你就这样迎头打上去,一定会死得很惨。"

他回头看了看,"答案"仍然在向下进军,每一张面孔仍然坚定,尽管一些人正在打量我和威尔夫,看到马背上的我仍然活着,露出了一丝惊讶。我听到好几个人叫我的名字。

"柯伊尔助医说要继续前进,"威尔夫说,"继续轰炸,不管我们听到了什么消息。"

"她走之前留谁负责?罗森助医吗?"他沉默了,我低头看着威尔夫,"是你,对吗?"

他慢慢地点点头:"她说我最服从命令。"

"她又错了,"我说,"威尔夫,你必须让他们掉头。"

威尔夫回头看了看仍然继续向前进军的"答案"。"其他助医不会听我的。"他说,但是我能听出他正在思考。

"是,"我说,我同意他的想法,"但是其余所有人都会听你的。"

他抬头看着我:"窝这就让他们掉头。"

"我必须赶到飞船那边,"我说,"那里会有人帮我们的。"

威尔夫点点头,用拇指指向肩膀后面:"从第二条大路往上走。柯伊尔助医比你早了二十分钟。"

"谢谢你,威尔夫。"

他又点点头,转身面向"答案"军。"撤退!"他喊道,"撤退!"

我骑着松子再次上路,我们从威尔夫身边跑过,不顾"答案"军中罗森助医和纳达利助医脸上惊讶的表情。"这是谁的命令?"纳达利助医厉声说道。

"我!"我听到威尔夫回答,他的声音洪亮有力,一如往常。

我已经和"答案"军擦身而过,还在催松子尽快跑,所以听到威尔夫喊"还有她"时,我已经看不到他了。

但我知道他一定在背后指着我。

【陶德】

我们的前排士兵冲向空地,像一堵墙从山上坍塌而下——

士兵们站成V字形队列,哈马尔先生在马背上叫喊着,立于队伍中心的尖头上——

刹那间,第二排士兵也冲了出去。两批兵力以不要命的速度向斯帕克人的队列攻去,他们拿着枪,但是——

"他们为什么不开枪?"我问市长。

他呼了一口气:"我只能说,过度自信。"

"什么?"

"我们跟斯帕克人对战都是近距离作战。这样更有优势。不过……"他的目光越过斯帕克的前排士兵——

他们岿然不动。

"我觉得我们应该往后退一点,陶德。"他说。我还没来得及开口,他已经让莫佩思掉转了头。

我移回目光,看向冲锋的士兵——

斯帕克的前线依然一动不动——

冲锋的士兵距离他们越来越近——

"但是为什么——"

"陶德。"市长向我喊道,他现在已经在我身后二十多米远了。

一阵声流穿过斯帕克军队,仿佛是什么信号——

前排的每一个斯帕克人都举起了弓和箭——

或者手里的白色长棍——

那个骑在角兽背上的斯帕克人手持一个点燃的火把。

"预备!"哈马尔先生叫着,快马如雷鸣般地冲向前去,直奔那头角兽。

士兵们端起步枪。

"如果我是你,我真的会后退。"市长对我喊。

我轻轻地拉了一下安格哈拉德的缰绳。

但是我的眼睛仍然注视着战场,注视着那些冲向前方空地的士兵,还有他们身后更多前赴后继的士兵——

我和市长等在队伍后方。

瞄准!哈马尔先生大喊,不只是他的声音,还有他的声流。

我骑着安格哈拉德掉转方向,退到市长身边。

"他们为什么不开枪?"我靠近之后又问。

"你指谁?"市长说,仍然仔细研究着斯帕克的军队,"是我们的人,还是敌人?"

我又看过去——

哈马尔先生距离那头角兽还有不到十五米的距离——

十米。

"哪一方都没开火。"我说。

五米——

"现在,"市长说,"局面有意思了。"

接着我们看到角兽上的斯帕克人在那个马蹄形的东西后面并拢

了两个火把——

轰隆！

一股爆发、迸射、激荡、翻滚的火浪，就像一旁奔腾的河流，从马蹄状物体中喷涌而出，浩浩荡荡，如同噩梦一般铺天盖地而来——

正对着哈马尔先生。

他向右猛拉自己的马想要躲开，但是太晚了——

火向他身上扑去——

火舌紧紧覆住了哈马尔先生和他的坐骑，像一件外套。

人们烧着了，烧啊、烧啊，他们想要逃开——

直冲着河跑去。

但是哈马尔先生没能来得及——

他从燃烧的马背和马鞍上跌落，在一团跳动的火焰中倒在了地上。

然后他就躺着一动不动了。

他的马跳进河水中，不见了。

到处都是尖叫声。

我把目光转回军队，前排的步兵没有带他们逃离现场的坐骑——

那大火——

比一般的火更加旺盛——

旺盛又激烈——

像滑坡的滚石般向他们砸来。

将火舌触碰到的前十个人全部吞噬。

很快就把他们烧得干干净净，快到他们甚至还来不及尖叫。

他们还算是幸运的，因为火很快蔓延开——

烧着了制服和头发——

烧着了皮肤——

我的天,烧着了前排两边的士兵——

他们摔倒在地——

他们燃烧起来——

他们像哈马尔先生的马一样尖叫着——

不停地尖叫着。

他们的声流直冲云霄,向周围散开,盖住了其他所有人的声流。

那股火焰终于消散,摩根先生对前线的士兵大喊:"撤退!"士兵已经掉头往回跑,同时举着枪射击。斯帕克军队射出的第一波箭划过空中,另一些斯帕克人举起他们的白色棍子,火花从棍子的一端喷射而出。我们的人被箭射中后背、射中肚子、射中脸,纷纷倒地,还有人被棍子射出的火花打中,打掉了手臂、肩膀、脑袋,也纷纷倒地。到处都是死人,尸横遍野——

我紧紧地抓着安格哈拉德的鬃毛,几乎要把它的毛拔掉。

它太害怕了,甚至顾不上抱怨。

我唯一听到的,是市长在我身边说话。

他说:"终于啊,陶德——"

他面向我,说道:"终于遇到了值得一战的对手。"

【薇奥拉】

离开"答案"还不到一分钟,我和松子经过第一条路,我认出了这个地方。这就是通往康复所的路,我来新普伦提斯市的前几个星期就是在那地方度过的,玛迪和我曾经在某个晚上从那里偷偷溜出来。

也是在康复所,我们带走了玛迪的尸体,将她下葬,就在她无辜死于哈马尔的枪口下之后。

"继续走,松子,"我说着,把那些回忆赶走,"通往通信塔的路应该就在附近了——"

昏暗的天空突然被我身后一道巨型的火光点亮。我转过头,松子也转过头,尽管城市已经很远,而且隔着树林,我们仍能看到一道巨型火光在远方无声无息地出现,没有爆炸的隆隆声,只是一道明亮、醒目的红光,膨胀着,膨胀着,然后逐渐熄灭,照亮了已经出城这么远还在路上的几个人。我不知道城市里到底发生了什么,怎么会形成这样一道光。

我不知道陶德是不是身在其中。

【陶德】

第二股火焰又来了,但是谁都还没有准备好——

轰隆!

烈火穿过那片空地,窜到正在撤退的士兵们身上,熔化了他们的枪,点燃了他们的身体,尸横遍野,惨不忍睹——

"我们得离开这里!"我冲着市长大喊,市长着迷一般地静观战况,他的身体一动不动,眼睛却四处转悠,不肯错过丝毫。

"那些白色棍子,"他平静地说,"显然是某种弹道武器,你看到它们有多大杀伤力了吗?"

我睁大眼睛瞪着他。"怎么办?"我喊道,"他们是在送死!"

他扬起一边的眉毛:"你以为战争是怎么一回事呢,陶德?"

"但是斯帕克现在有更高级的武器了!我们没法阻止他们!"

"是吗？"他说着，冲着战场点点头。我也看了过去。角兽背上的斯帕克人准备好了火把，准备再一次点火，但是市长的一名士兵从倒下的地方站了起来，他浑身都是烧伤，但他举起枪，开了火——

角兽背上的斯帕克人丢下了一个火把，一只手捂住中弹的脖子，从角兽身上跌了下去——

看到这一幕，市长的军队中爆发出一阵欢呼——

"所有武器都自带弱点。"市长说。

顷刻间，他们重整旗鼓，摩根先生骑马冲到最前，他鼓舞了所有人，无数步枪一齐开火。同时，斯帕克军队射出了更多箭矢和白色火花，更多士兵应声倒地。斯帕克人那边也是伤亡惨重，他们身上的陶土盔甲爆裂开来，倒在继续前进的其他斯帕克人的脚下——

但是他们还在源源不断地攻来——

"我们的兵力不敌他们。"我对市长说。

"噢，以一当十，绰绰有余。"他说。

我指着山上："而且他们还有很多那种火器！"

"但他们还没准备好呢，陶德。"他说得没错。弯弯曲曲的山路上，那些角兽站在斯帕克士兵身后预备着，除非抽走一半人马，不然根本没办法开火。

但是斯帕克的军队正在攻破我们的队伍，我看到市长正在掰着指头计算，然后回头看向我们身后空荡荡的道路。

"知道吗？陶德，"他说着勒起莫佩思的缰绳，"我们也要上阵了。"

他看向我。

"轮到我们冲锋陷阵了。"

我感觉心好像被扎了一下，我知道，如果市长打算亲自上阵——

那么我们是真的遇到麻烦了。

【薇奥拉】

"那里!"我喊道,指着那条通往通信塔的山路。松子踏着斜坡飞奔而上,汗水从它的肩和脖子上挥洒而下。"我知道你累了,"我俯在它头上说道,"快到了。"

宝贝儿,它心里想着,我以为它在嘲笑我的同情心,又或者只是想安慰我。

翻过山后,路上已经黑得不行了。有那么一瞬间,我觉得自己与世隔绝,远离城市中的一切杂音,远离那不知何物发射出的光,远离所有无时无刻不在告诉我事情进展的声流。松子和我仿佛在无形的黑暗中穿梭,我们成为无限空间中的一艘小船,被离奇的寂静包围着,一个人的光在周遭的黑暗中如此微弱,干脆就这样暗淡下去好了。

就在这时,我听到山顶传来一个声音——

那声音我认识——

那是通风孔漏出的蒸汽——

"冷却系统!"我冲松子喊道,好像这是世界上最令人开心的字眼。

离山顶越近,蒸汽的声音也越大,我在脑海中想象着那个画面:侦察舰背后、引擎正上方,有两个巨大的通风孔,侦察舰进入大气层后通风孔渐渐运转,冷却引擎——

就是因为通风孔没有打开,我们的侦察舰才会引擎着火。

就是因为通风孔故障,我们才会坠机,我的父母才会遇难。

松子到达了山顶，那一刻，我只看到一大片空地，那就是原来通信塔所在的位置——柯伊尔助医宁愿炸掉通信塔，也不想让市长利用它率先联系到我们的飞船。大部分金属残骸已经被清理成一堆堆破铜烂铁，当松子跑过这片空地，我首先看到的就是月光下那三大堆破烂，通信塔倒掉已经数月，那些碎片落满尘土、毫无生气——

三堆金属碎片——

后面还有第四堆——

形状宛如一只身形巨大的鹰，张开双翅——

"那里！"

松子鼓起劲跑过去。侦察舰背后，蒸汽和热气从通风孔倾泻而出，向空中升腾。我们又靠近了一些，我看到左边有一束光，一定是飞船机翼下的舱门打开了——

"是了，"我自言自语道，"他们真的来了——"

因为他们真的就在这里。我一度以为他们永远不会来了。此刻，我觉得轻飘飘的，呼吸加快，因为他们来了，他们真的来了——

舱门底部的地面上，我看到那儿站着三个人，光束照出了他们的轮廓。听到松子的马蹄声，三个影子转了过来——

就在一侧，我看到一辆车停在黑暗中，几头拉车的牛正慢悠悠地啃食地上的草——

我们又靠近了一些——

更近了一些——

松子和我踏进了那束光，那些人的脸突然出现，松子一颠一颠地停了下来。

是了，他们正是我思念的人，我的心中涌起一阵喜悦，还夹杂着一丝乡愁。这一刻我什么都顾不上,喉咙一紧,眼睛湿润了——

他们是贝塔星的布雷德利·坦奇和伽玛星的西蒙妮·沃特金,我知道他们是来找我的,他们不远万里,来这里寻找母亲、父亲和我——

我的突然出现让他们吃了一惊,他们不禁后退了一步,仔细看了看风尘仆仆、头发也长了的我——

我长大了,也长高了——

几乎是大人了。

他们终于看出我是谁,睁大了眼睛——

西蒙妮张开了嘴巴——

但说话的人却不是她——

是第三个人。我终于看过去,这个人的眼睛瞪得更大,她一脸震惊地说出我的名字,不得不承认,这让我突然感到一丝得意。

"薇奥拉!"柯伊尔助医说。

"是我。"我说着,直直地望着她的眼睛,"我是薇奥拉。"

【陶德】

市长和莫佩思跟在士兵们的身后进入战场,我想都来不及想,就踢了安格哈拉德一脚,它信任我,于是也跟着他们跑了起来——

我不想在这里——

我不想跟任何人打仗——

但是如果要保护她,薇奥拉——

那么我来一个杀一个。

我们骑马超过了步行冲锋的士兵,山脚下、战场上,起起伏伏的都是我们的士兵和斯帕克人。我一直抬头看着那弯曲的山路,越来越多的斯帕克士兵源源不断地向下涌动，感觉我就像是一只向着蚁冢进发的蚂蚁，几乎看不到地面，因为地上都是扭曲的尸体。

"这边！"市长喊道，他离开队伍，突然左拐，远离了河流。士兵们将斯帕克人堵在了河边和山底，拖住他们。

撑不了多久了，不过——

市长的话直直闯入我的脑袋。

"你别乱来！"我冲他喊着，举起了我的步枪。

"我要你专心，我需要一个好兵！"他也喊起来，"如果你做不到，这场仗里你一点儿用也没有，你有什么理由让我帮你！"

我心想，怎么就变成他选择帮我了呢，明明是我把他绑了起来，是他任由我处置，是我赢了——

但是没时间多想了，我看明白他要去哪儿了——

山的左面，离河边较远的那边，最为薄弱，我们的人也最少。斯帕克们显然也察觉了，一群人正加紧往那边赶。**跟上我！**市长用他的声流吼道，离我们最近的士兵们也掉头跟了上来——

如此迅速，好像他们根本不假思索。

他们跟在我们身后，向左面山坡进发，我们飞快地穿过空地，我在人流之中身不由己，淹没在四面八方的喧嚣之中。士兵们呼喊的声音，武器开火的声音，躯体砰然倒地的声音，那该死的斯帕克号角还是每隔两秒钟就訇然大作，还有声流、声流、声流——

我骑着马一头扎进了一场噩梦。

我感觉到耳边擦过一阵气流，迅速转过头，看到背后一个士兵被箭射中了脸颊，那支箭差点射中我的脑袋——

他尖叫着摔在了地上——

然后他就被我们丢在了身后。

管好你自己，陶德。市长的话钻进了我的脑袋。**第一次上战场还**

是不要输吧，你想输吗？

"给我闭嘴！"我喊道，回身对着他。

如果我是你，我会把枪端好。他对我想道。

我转过身——

我看到——

斯帕克人正在逼近——

【薇奥拉】

"你还活着？！"柯伊尔助医说，我看出了她的表情变化——从单纯的震惊变成了另一种假惺惺的惊讶，"谢天谢地！"

"你可真行！"我对她大叫，"你可真行！"

"薇奥拉——"她要说话，但是我已经从松子身上滑下来，因为脚踝痛而大声哼哼，不过我坚持站着，站得好好的，然后转身面向西蒙妮和布雷德利："她的话你们一句都别信。"

"薇奥拉？"西蒙妮说着，向前走了走，"真的是你吗？"

"这场战争爆发，她跟市长一样难逃其咎。别听她的——"

话还没说完，布雷德利一把抓住我，把我抱得紧紧的，我几乎喘不过气来。"啊，我的天哪，薇奥拉，"他说着，声音里有说不尽的思绪，"我们没有收到你们飞船发出的任何消息。我们以为——"

"发生了什么，薇奥拉？"西蒙妮说，"你的父母呢？"

我因为见到他们而不能自已，一时间说不出话来。我挣开布雷德利的拥抱，光照在他的脸上，我看着他，看得清清楚楚。他亲切的棕色眼睛、跟柯琳一样深色的皮肤，他卷曲的短发、花白的鬓角——他始终是护卫队中我最喜欢的人，他是教我美术和数学的布雷德利。我移开目光，又看到西蒙妮脸上熟悉的雀斑、她梳到脑后绑成马尾的红色头发,还有凸起的颧骨上那个细微的疤痕。在经历了这一切之后,他们曾经消失在我的记忆深处。为了努力在这个愚蠢而荒唐的世界活下来,我已经忘了故乡,忘了我在那里得到的宠爱,忘了那里的人情温暖,忘了美丽聪慧的西蒙妮和温柔有趣的布雷德利不会丢下我不管,他们心里只有善念。

我再一次泪如泉涌。这些记忆太痛苦了,完全像是另一个人的人生。

"我的父母死了,"我终于哽咽着说出口,"我们坠机了,他们死了。"

"哦,薇奥拉——"布雷德利说,他的声音很柔软。

"我被一个男孩发现了,"我接着说,让自己坚强起来,"那个勇敢、了不起的男孩一次又一次地救了我,现在他正在山下阻止一场由她发起的战争!"

"我没有做这种事,姑娘。"柯伊尔助医说,那个假装出来的震惊表情从她脸上消失了。

"你怎么好意思这么叫我——"

"我们反对的是一个暴君,那个暴君杀了数以百计、数以千计的人,他把妇女囚禁起来、烙上铭牌——"

"你闭嘴,"我低声恐吓道,"你动手杀我,还有什么资格说这些。"

"她做了什么?"我听到布雷德利说。

"威尔夫那么善良、温和,你竟然让他带军队进城,一路狂轰滥炸——"

柯伊尔助医想说话:"薇奥拉——"

"我说了,闭嘴!"

她闭上了嘴。

"你知道山下现在是什么情况吗?"我说,"你知道你正在把'答案'往哪里送吗?"

她只是对着我呼气,面对我的狂风暴雨。

"市长已经识破了你的把戏,"我说,"他会安排好一整队人马全副武装,就等你到市中心去。你就等着全军覆没吧。"

她却说:"别小看了'答案'的战斗精神。"

"'答案'是什么?"布雷德利问。

"一个恐怖组织。"我故意这么说,想看看柯伊尔助医会有什么表情。

真是值得一看。

"注意你的措辞,薇奥拉·伊德。"柯伊尔助医说着,向我逼近。

"你想怎么样?"我说,"还要拿炸弹炸我?"

"喂,喂,"西蒙妮说着走到我们之间,"不管发生了什么,"她对柯伊尔助医说,"你显然没有告诉我们全部事实。"

柯伊尔助医无奈地叹了口气:"关于那个男人的所作所为,我没有撒谎,"她说着,脸朝向我,"是不是,薇奥拉?"

我盯着她,想让她露出破绽,但是这点确实没错,市长确实做了可怕的事情。"但是,我们已经打败他了,"我说,"陶德现在就在山下,市长在他手里,但他需要我们的帮助,因为——"

"我们可以稍后再讨论我们之间的分歧,"柯伊尔助医越过我,对布雷德利和西蒙妮说,"我正想跟你们说这个。山下有一支军队,我们得去阻止他们。"

"两支军队。"我说。

柯伊尔助医转向我,没好气地说:"不需要阻止'答案'——"

"我指的不是'答案',"我说,"一支斯帕克军队正顺着瀑布向山下进军。"

"一支什么军队?"西蒙妮问。

我没应答,仍然看着柯伊尔助医。

因为她惊得嘴巴都合不上了。

我看到她脸上的恐惧一闪而过。

【陶德】

他们来了——

这面山坡全部是石头,非常陡峭,斯帕克人不能直接下来攻击我们,但是他们穿过空地,直冲向我们队伍中的薄弱部分。

他们来了——

他们来了——

我举起手中的枪——

我周围都是士兵,一些人往前拥,一些人往后挤,纷纷撞在安格哈拉德身上,它的声流不停地喊着**帅小伙,帅小伙**——

"没事的,姑娘。"我撒谎了。

因为他们已经来了。

枪声四起,仿佛一群鸟扑棱着翅膀起飞。

箭在空中"嗖嗖"飞过——

斯帕克用他们的棍子开火了。

我还没来得及想,一声奇怪的嗞嗞声传来,面前一个士兵踉踉跄跄地往后倒去——

手捏着自己的脖子——

他的脖子已经不见了——

我没办法把目光从他身上移开,只见他跌倒下来,跪在地上。

血到处都是,他全身上下,是真的血,是他的血,鲜血淋漓,我都能闻到那股铁腥味。

他抬起头看着我——

他看进了我的眼睛,一直盯着我——

他的声流——

天哪!他的声流——

我突然置身其中,置身于他的所思所想,我看到他家人的画面,他的妻子和幼小的儿子,他想要抓住他们,但是他的声流碎成了一片一片,他的恐惧倾泻其中,像一道刺眼的红光,他伸手想要拉住他的妻子,想要拉住他小小的儿子——

接着,一支斯帕克人的箭射中了他的胸部——

他的声流消失了。

我猛然抽身,回到了战场上,回到了地狱中。

别分心,陶德! 市长的话钻进我的脑袋里。

我仍在看那个死了的士兵,他已无生机的眼睛也在看我。

"可恶,陶德!"市长对我大喊,然后——

我即方圆,方圆即我。

像一块掉落的砖头,砰地砸进我的大脑——

我即方圆,方圆即我。

他的声音和我的声音交织在一起——

就在我的脑袋正中——

"滚开。"我想要大叫。

随之而来的却是不可思议的安静。

接着——

接着——

接着我仰起头——

感觉到了平静——

好像世界更清晰了，更缓慢了——

一个斯帕克人撞开两名士兵——

他举起他的白色棍子，对着我——

我必须动手了——

　　　（杀人犯——）

　　　（你是个杀人犯——）

在他击中我之前，我必须对他开枪——

我拿起枪——

我从戴维手上抢走的枪——

我把手指放在扳机上，心想，拜托了，一定要中——

一定要中，一定要中，一定要中。

接着——

咔嗒——

我惊愕地低头一看。

我的枪没有上膛。

【薇奥拉】

"你说谎。"柯伊尔助医说，她转过身，好像她能透过树林看到市区一样。她看不到，那里只有远处红光映出的森林阴影。通风孔的蒸汽声很吵，我们自己说的话都几乎听不清楚，更别说市区的动静了，如果她一看见飞船即将着陆就出发赶往这边，她压根儿听不到那号角声。

"那不可能，"她说，"他们同意了？他们签了停战协议的！"

斯帕克人！松子在我背后说。

"你说什么？"西蒙妮问我。

"不会，"柯伊尔助医说，"不会的。"

"谁能解释一下到底发生了什么？"布雷德利问。

"斯帕克人是这里的土著种族，"我说，"富有智慧，很聪明——"

"战斗时非常凶狠。"柯伊尔助医打断了我。

"我只遇到过一个斯帕克人，他很温和，特别惧怕人类，相比之下，这里的人类并不害怕他们——"

"你没有跟他们打过仗。"柯伊尔助医说。

"我也没有奴役过他们。"

"我不想在这儿跟一个小孩子讨论这个问题——"

"他们不可能无缘无故发动袭击。"我回头看着布雷德利和西蒙妮，"他们之所以发动攻击，是因为市长屠杀了所有的斯帕克奴隶，如果我们可以跟他们谈，告诉他们我们跟市长不一样——"

"他们会杀了你心爱的那个男孩，"柯伊尔助医说，"想都不用想。"

听了她的话，我立刻屏住了呼吸，开始慌了。接着我想到，如果我慌张，她应该会很高兴。如果我感到害怕，就会更容易被她控制。

我不用慌，因为我们会阻止他们。我们会阻止这一切。

这就是我和陶德在做的事。

"我们抓住了市长，"我说，"如果斯帕克人知道——"

"恕我直言，"柯伊尔助医对西蒙妮说，"薇奥拉是个对新世界的历史所知甚少的小女孩。如果斯帕克人发动攻击，我们必须打回去！"

"打回去？"布雷德利说着，皱起了眉头，"你以为我们是什么人？"

"陶德需要我们的帮助，"我说，"我们可以飞下去，阻止这一切，趁现在还不算晚——"

"已经晚了，"柯伊尔助医打断了我，"如果你们能带我上飞船，我会向你证明——"

西蒙妮摇了摇头："这里的大气层比我们想象得要厚，我们只能在完全冷却模式下着陆——"

"不！"我喊道，但我知道他们必须这样做。两个通风孔都开着——

"什么意思？"柯伊尔助医问。

"意思是说，我们至少八个小时内不能飞行，要等引擎冷却，补足燃料。"西蒙妮说。

"八个小时？"柯伊尔助医说。她握起拳头，准确地说是丧气地在空气中握起了拳头。

这一次，我懂她的心情。

"但是我们必须去帮陶德！"我说，"他没办法一边控制一支军队，一边还要拖住另一支——"

"他一定会释放总统的。"柯伊尔助医说。

"不，"我立刻回应，"不，他不会这么做。"

他会吗？

不。

我们打得那么辛苦，他不会这么做的。

"战争中的丑恶是在所难免的，"柯伊尔助医说，"不管你的男孩有多善良，他只是在孤军对战，对战数千人。"

我再次克制住心中的惶恐，望着布雷德利："我们必须做点什么！"

他表情严肃地看着西蒙妮。这两个人恐怕在想,自己究竟闯入了什么灾祸。然后布雷德利打了个响指,好像他想起了什么事。

"等等!"说着,他冲进了侦察舰。

【陶德】

我又扣了一下扳机——

却又是一声咔嗒——

我抬起头——

那个斯帕克人已经举起了他的白色棍子——

（那些到底是什么玩意儿？）

（那到底是什么玩意儿,能有那么大的杀伤力？）

我要死了——

我死了——

我——

砰！

一支枪在我脑袋边上开火了——

拿着白棍子的斯帕克人抽搐着歪倒在一边,鲜血从他盔甲领口上方的脖子喷溅而出——

市长——

市长骑着莫佩思,一枪打中了他。

我盯着他,不顾周围战火纷飞。

"你让你儿子带着一支空枪上战场？"我大叫着,因为愤怒和死里逃生而抖个不停。

"现在不是时候,陶德。"市长说。

一支箭从我旁边扫过,我向后躲了一下,抓起缰绳,想要让安格哈拉德掉头,从这鬼地方离开。然后我看见一个士兵摇摇晃晃地走回莫佩思身边,制服腹部位置裂开了一个可怕的大洞,血从洞里直往外涌。他举起沾满鲜血的双手,向市长求救——

市长从士兵的手里夺过枪,向我扔过来。

我本能地接住了,两只手瞬间被枪上的鲜血沾湿。

现在不是讲究的时候,市长的声音钻进我的脑袋。

转身!开火!

我转过身——

我开了枪——

【薇奥拉】

"勘察探测器!"布雷德利一边说,一边走下舷梯,手里拿着一个巨型昆虫一样的东西,大概半米长,薄薄的金属身体上展开着闪亮的金属翅膀。他举着那东西给西蒙妮看,好像在征求她的意见,她点了点头。于是我明白了,她是这次航行的指挥官。

"什么探测器?"柯伊尔助医问。

"它可以勘察地形,"西蒙妮说,"你们着陆的时候没有用过吗?"

柯伊尔助医哼了一声:"我们的飞船比你们早23年离开旧世界,孩子。跟你们的装备相比,我们完全是凭着蒸汽动力飞到这里的。"

"你们的探测器呢?"布雷德利对我说着,架起了探测器。

"坠机的时候被毁了,"我说,"基本上无一幸免。连食物都没剩下。"

"唉,"西蒙妮尽可能语气轻柔地安慰我,"但是你撑过去了。你活下来了。"她走过来,想要搂住我。

"小心点,"我说,"我的两只脚腕都受伤了。"

西蒙妮吓了一跳:"薇奥拉——"

"没错,我的命还在,"我说,"只是因为陶德救了我,我才能活着,明白吗?既然他在山下,身陷险境,我们就得去帮他——"

"念念不忘她的男孩,"柯伊尔助医咕哝着,"为了一己私利,搭上整个世界。"

"就是因为你什么人都不在乎、什么事都不在乎,你才忍心把整个世界都炸成碎片!"

碎片,松子想着,紧张地动来动去。

西蒙妮看着松子,皱起了前额:"等一下——"

"准备好了!"布雷德利说着从探测器后面站了起来,手里拿着一个小巧的控制器。

"它怎么知道该去哪儿?"柯伊尔助医问。

"我设置好了,它会飞往最亮的光源,"布雷德利说,"这是飞行高度有限的区域探测器,但是勘测几座山应该不在话下。"

"你能把它设置成专门寻找某一个人的模式吗?"我说。

我停住了,因为夜空再次被光照亮,还是那种我见过的红光。大家都向着城市方向望去。

"快让探测器起飞!"我说,"现在就飞走!"

【陶德】

我还没来得及思考要不要动手,就开了枪——

乒!

我没有做好心理准备,枪托因后坐力撞到了我的锁骨,我抓住安格哈拉德的缰绳,转了一整圈,然后我看到——

一个斯帕克人躺在我面前的地上——

一把刀插在他的胸膛上,子弹打穿的伤口汩汩地冒着血——

"好枪法。"市长说。

"你又操控我了,"我说着,面向他,"我告诉你了,离我脑袋远点!"

"为了救你的命也不行吗,陶德?"他一边说着,一边继续开枪,又一个斯帕克人倒地。

我转过身,举着枪。

他们还在不断地冲过来。

我瞄准一个向士兵举起弓箭的斯帕克人——

我开枪了——

但是最后一秒,我故意把枪口往旁边一拉,没有打中(闭嘴)——

那个斯帕克人跳着逃开了,所以,这一枪也顶用了。

"你这样可打不了胜仗,陶德!"市长喊道,对着我没打中的那个斯帕克人开了枪,子弹击中了他的下巴,他应声倒下——

"你必须做出选择,"市长说着,举着他的枪扫视,寻找下一个射击目标,"你说了你会为她杀人。你是认真的吗?"

接着又"嗖"的一声——

安格哈拉德发出了超乎想象的惨烈尖叫。

我在马鞍上转身——

一支箭射中了它的右后腹——

帅小伙! 它叫着,**帅小伙!**

我立刻向后伸手,抓住那支箭,同时不要被疼得乱窜的它甩下来。箭被我折成两截,断掉的箭头留在了它的后腹上,它叫着**帅小伙! 帅小伙! 陶德!** 我想让它镇定下来,别把我丢在周围起起伏伏的大群士兵中间——

就在这时——

轰隆！

一道巨大的亮光照来，我扭头去看——

斯帕克人又在山底开了火。

火焰从角兽背上四射而出，穿梭于士兵中间，人们尖叫着、燃烧着。士兵们掉头奔跑，队伍被打散了。安格哈拉德弓着背猛跳，流着血尖叫着，一拨撤退的士兵撞在我们身上，它又弓着背跳起来——

我的枪掉了。

火向四周、向上空蔓延开——

士兵们在逃跑——

周围烟雾缭绕——

突然，安格哈拉德脱了身，不知道怎么搞的，我们周围一个人也没有了，军队在我们身后，斯帕克人在我们面前，枪没了，也不知道市长在哪里——

那个在角兽背上放火的斯帕克人看到了我们——

他冲我们来了——

【薇奥拉】

布雷德利按了下遥控器屏幕。探测器轻轻地离开地面，直直升空，几乎悄无声息，只发出了一点"滋滋"的声音。它盘旋了一会儿，伸展开翅膀，快到没等我看清楚就往城市的方向飞走了。

"啊！"柯伊尔助医压低了声音。她把目光收回，看着布雷德利："这样我们就能看到出了什么事了？"

"还能听到，"他说，"在有限范围内。"

他又按了一下遥控，拇指在屏幕上按起键来，随后遥控器发出了一道光，投射出了一个三维画面，悬挂在半空中。因为夜视镜的效果，画面是亮绿色的。树林在画面中飞速掠过，道路一闪而过，还有几个正在奔跑的模糊人影——

"从这里到城市有多远？"布雷德利问。

"十公里，大概？"我说。

"那它应该快到了——"

然后，探测器到了。它来到了城市边缘，穿过"答案"烧毁的建筑，穿过教堂的废墟，穿过从广场上仓皇逃命的人群——

"我的天，"西蒙妮轻声说着，面向我，"薇奥拉——"

"它还在移动。"柯伊尔助医盯着画面说。

确实还在移动。它飞过市中心广场，沿着主干道飞去。

"最亮的光源——"布雷德利开口了。

然后我们看到了，那最亮的光源究竟是什么。

【陶德】

人们在燃烧——

到处都是——

尖叫声——

烧熟的肉味——

我想要呕吐。

那个斯帕克人向我冲过来。他站在角兽背上，他的脚和小腿有鞍座两侧的靴筒做支撑，不需要费力保持平衡。

他一只手拿着一个燃烧的火把，面前是那个马蹄形的火器。

我看到了他的声流——

我在他的声流中看到了我——

我看到我和安格哈拉德在一片空旷之中——

它尖叫着,挣扎着,侧腹上插着一支断掉的箭——

我盯着那个斯帕克人——

我没有枪——

身后是我们防线中最薄弱的地方。

在那个斯帕克人的声流中,我看到他开火干掉了我和我身后的人们——

斯帕克人就此打开了一个突破口,蜂拥入城——

几乎还没怎么交战,他们就打赢了这场仗——

我抓住安格哈拉德的缰绳,想让它动起来,但是我看到它的声流中交织呈现的痛苦和惊惧,它不停地叫着:**帅小伙! 陶德!** 听着它的叫喊,我的心都要被撕裂了,转身想要寻找市长。谁都行,只要他能击中角兽上的斯帕克人——

但是到处都没有市长的身影。

在一片浓烟和惊慌的人群中,他已不见踪影。

没有人举起枪。

那个斯帕克人却举起了他的火把,点着了武器——

我想,别——

我想,不能就这样结束了——

我想,薇奥拉——

我想,薇奥拉——

然后我突然想到:薇奥拉?

这对斯帕克人有用吗?

我在马鞍上努力挺直身板——

我想象她骑着戴维的马,离我越来越远——

我想起她受伤的脚踝——

我想起我们说永远不分开,脑子里也要一直想着彼此——

我想起她的手指攥着我的手——

(我没有想如果她知道我放走了市长,她会怎么说——)

我只是想薇奥拉——

我想着**薇奥拉**——

正对着角兽上的斯帕克人——

我想——

薇奥拉!

那个斯帕克人的脑袋猛地向后一仰,两个火把从手中双双跌落。他在角兽身上往后倒下,脚从两侧靴筒里滑了出来,整个人摔在了地面上。因为承重突然变化,那头角兽失去了平衡,向后跌进了行进的斯帕克队列中,把队伍撞得七扭八歪。

我听到欢呼声从我身后响起——

我转身看到一队士兵,仿佛刚刚缓过劲儿来,向前冲去,纷纷超过我,把我围在人群当中——

市长也突然出现了,他正在我身边骑着马:"干得漂亮,陶德。我就知道你可以的。"

驮着我的安格哈拉德十分疲惫,但还在喊:

帅小伙?帅小伙?陶德?

"没有时间休息。"市长说。

我抬起头,看到斯帕克人的队列像一堵巨大的墙,从山上浩浩荡荡地冲下来了,那架势像要把我们生吞活剥。

【薇奥拉】

"天哪!"布雷德利说。

"那些是?"西蒙妮震惊了,凑近投影,"他们是着火了吗?"

布雷德利按了下遥控器,画面突然拉近了,然后——

他们的确着火了。

在一望无际的浓烟中,我们看到一片混乱,人们东逃西窜,有人往前挤,有人往后跑——

还有一些人被火点燃,什么也顾不得。

燃烧,继续燃烧。一片火海之中,有些人往河里跑,有些人就倒在地上不动了。

我只想着:陶德。

"你不是说有停战协议吗?"西蒙妮对柯伊尔助医说。

"一场血腥的战争之后我们签下了停战协议,我们死了数百人,他们死了数千人。"柯伊尔助医说。

布雷德利又操作了一番。镜头往后一拉,照出了整个道路和山下。数不清的斯帕克人挤满了画面,他们穿着红褐色的盔甲,手里提着像棍子似的什么东西,骑的是——

"那是什么?"我问,指向正在跺着重重的脚步下山的某种动物,它们像坦克一样身形巨大,鼻子末端弯着一只粗壮的角。

"巴特鲁魔[①],"柯伊尔助医说,"至少,我们这么称呼它们。斯帕克人没有语言,他们用图像交流,但是这些都无关紧要!如果他们击溃了市长的军队,他们就会长驱直入,把我们也杀掉。"

"如果他打败了他们呢?"布雷德利问。

---

① 原文为Battlemore,意为"战魔"。

"如果他打败了他们，那么他就会获得对这个星球的绝对控制权，你不会想在这种地方生活的。"

"如果是你获得对这个星球的绝对控制权，又会怎么样？"布雷德利问，声音里意外地带有一些怒火，"这地方又会变成什么样？"

柯伊尔助医吃惊地眨了眨眼。

"布雷德利——"西蒙妮开口了。

但是我已经没心思听他们说话了。

我只顾观看投影。

镜头已经向山下偏南的方向移去——

他就在那儿——

就在人群之中。

周围都是士兵——

正在击退斯帕克人——

"陶德——"我低声呢喃。

然后我看到他身边有一个骑马的男人。

我的心往下一沉。

市长在他旁边——

行动自如，正如柯伊尔助医所说——

陶德放了他——

又或者是市长逼他这么做的。

而陶德就在战争的最前线。

接着一阵浓烟升起，他消失了。

"把镜头拉近点！"我说，"陶德就在山下！"

柯伊尔助医看了我一眼，布雷德利又按起遥控器。投影的画面扫过战场，只见尸横遍野，活人和死人、人类和斯帕克人交织在一起，简直难辨敌我，枪弹无眼，怎么能保证不会误伤自己人呢？

"必须把他救出来！"我说，"我们必须救他！"

"还要八个小时，"西蒙妮说着摇了摇头，"我们无法——"

"不！"我喊道，一瘸一拐地向松子走去，"我必须去找他——"

这时，柯伊尔助医说话了："你们的飞船上一定有武器吧，对吗？"

我迅速转身。

"你们不会什么都不带就过来了吧。"柯伊尔助医说。

布雷德利的脸色异常严肃："那不关你的事，女士——"

但是西蒙妮开口回答："我们有12枚点对点导弹——"

"不！"布雷德利说，"我们不是这种人。我们到这里来，是要用和平手段让这个星球恢复宁静——"

"——还有捆扎弹作为补充武器。"西蒙妮说完了。

"捆扎弹？"柯伊尔助医问。

"一种小型炸弹，"西蒙妮回答，"投放在人群中，但是——"

"西蒙妮，"布雷德利生气了，"我们来这儿不是为了打——"

柯伊尔助医再一次打断了他："你们能从已经降落的飞船上发射这些炸弹吗？"

【陶德】

我们奋力前进——

前进、前进、前进——

突破斯帕克人的进攻阵线。

人好多——

安格哈拉德驮着我，因为痛苦和惊吓而嘶叫着——

对不起，姑娘，我很抱歉。

但是没有时间了——

我满脑子都是战争，没有时间想别的——

"这边！"市长说着又塞给我一支枪。

我们领着一小队士兵，冲向一大队斯帕克人——

我举枪瞄准——

扣下扳机——

乓！

开枪的瞬间我闭上了眼睛，空气中满是烟雾，我看不见自己射中了哪里，有斯帕克人倒地，也有我们的人大叫，安格哈拉德仍然哀嚎着奋力前进。斯帕克人的盔甲经不住枪火而爆裂，接着更多的箭和白色棍子向我们射来，我害怕得喘不过气来，只是不停地开枪、开枪，看都没看清子弹到底射中了哪里——

斯帕克人接连不断地涌来，踏过士兵们的尸体，他们的声流大开，每一位士兵的声流也大开，顷刻间仿佛上千场战争同时打响，不只发生在我眼前，还在我们的人和斯帕克人的声流中反复上演，空气、头脑，甚至精神都被战争填满，耳朵里流出的血也是战争的模样，喉咙里吐出的痰也是战争的模样，仿佛战争就是一切认知、唯一的记忆，乃至即将经历的全部——

"滋"的一声，我的胳膊上突然一阵灼痛，我本能地往旁边一躲，却看到一个斯帕克人拿着一根白棍子指着我。我制服上的布烧着了，腾起一股难闻的蒸汽，衣服下的皮肤像是被掌掴了一样火辣辣的。我才意识到，大概差两厘米我这条胳膊就没了——

乓！

旁边一支步枪开火了，是市长。他打中了那个斯帕克人，把他击倒在地，市长说："第二次了，陶德。"

接着，他又重新投入战斗。

【薇奥拉】

布雷德利正要回答柯伊尔助医，西蒙妮已经抢先开口："嗯，可以的。"

"西蒙妮！"布雷德利厉声叫道。

"但是往哪里发射呢？"西蒙妮继续说，"要打哪支军队？"

"打斯帕克！"柯伊尔助医喊道。

"刚才你还想让我们帮你阻止总统的军队呢！"布雷德利说，"还有，薇奥拉告诉我们，你为了自己的利益曾试图杀了她。我们到底为什么要相信你的主意？"

"你们当然不应该相信她。"我说。

"即使我是对的，姑娘？！"柯伊尔助医指着投影说，"这场仗就要输了！"我们看到人类那方的阵线被攻破了一角，斯帕克人像决堤的洪水般从缺口涌入。

陶德，我想道。快从那儿逃走。

"我们可以向山脚发射一枚点对点导弹。"西蒙妮说。

布雷德利震惊地转过身看着她："我们来这里做的第一件事就是杀掉几百个当地的生物——当地的智慧物种，不知道你还记不记得，之后我们还要跟他们一起生活一辈子？"

"要是不赶紧做点什么，你也活不了多久！"柯伊尔助医几乎叫了起来。

"我们可以向他们展示一下我们的火力，"西蒙妮对布雷德利说，"让他们主动撤军，然后再试着谈判——"

柯伊尔助医发出一声不屑的大笑："你是没办法跟他们谈判的！"

"你们之前就谈判了，"布雷德利说着，回头转向西蒙妮，"我们就要这样插足一场战争吗？甚至都不知道应该信任哪一边？一阵狂轰滥炸，然后还希望能有好结果？"

"人都要死了！"柯伊尔助医喊着。

"你刚才还叫我们去杀那些人呢！"布雷德利喊了回去，"如果总统进行过种族屠杀，或许他们的目标只有他一个。我们去发动进攻只会造成更大的混乱！"

"够了！"西蒙妮厉声说道，突然像一个指挥官一样，布雷德利和柯伊尔助医不再争吵了。接着西蒙妮说："薇奥拉呢？"

他们都看向了我。

"你是在那边待过的人，"西蒙妮说，"你认为我们应该怎么做？"

【陶德】

我们就要战败了——

没有别的出路了——

我把角兽背上的斯帕克人打下来，战况却只延缓了那么一秒——

人们仍在奋力前进，不停地开枪，斯帕克人不断倒下、死去——

但是他们源源不断地从山上下来——

他们的人比我们多太多了。

到目前为止，唯一对我们有利的就是他们还没来得及再运一架火器到山脚下。

但是他们人越来越多——

已经冲到了面前——

我即方圆，方圆即我。

这几个字重击着我的头，市长的马撞上了安格哈拉德，它精疲力竭，都没有抬起鼻子看看——

"别分心！"他开着枪从我身边过去，喊着，"不然就输了！"

"已经输了！"我喊着回应他，"这局面我们赢不了了！"

"黎明之前总是最黑暗的，陶德。"

我不解地看着他："才不是！说什么蠢话？黎明之前总是最明亮的！"

趴下！

他的话钻进我的脑袋里，我没仔细想就躲了一下，一支箭从刚才我脑袋的位置飞了过去。

"这是第三次了。"市长说。

这时，斯帕克的号角又响了起来，声音大到几乎能看得到空气随之扭曲、弯折，而且号角声中有一种新的音符——

胜利的音符。

我们迅速转身——

队列已经溃不成军。

摩根先生倒在一头角兽的脚下。

斯帕克人正涌到山下——

从四面八方涌进战场——

冲进仍在奋战的人群中——

像一股浪，直直地向我和市长扑来——

"准备好！"市长喊。

"我们必须撤退!"我也喊,"我们必须撤离这里!"

我去拉安格哈拉德的缰绳,想让它掉头。

但是我看到身后,斯帕克人从我们后面攻过来了——

我们被包围了。

"预备!"市长对着周围的士兵们大喊。

薇奥拉,我想——

他们人太多了,我想——

啊,救命,我想——

"战斗!不死不休!"市长叫道。

【薇奥拉】

"她?!"柯伊尔助医说,"她就是个孩子——"

"是我们信任的孩子,"西蒙妮说,"这孩子受训成为一名移民,跟她的父母一样。"

听到这儿我有点脸红,但只有一部分原因是害羞。因为这话没错,我确实受过训练。我在这里的经历也足以让我的意见具有参考价值——

我又望向投影,望向战场,情况看起来越来越糟了,我努力思考着。山下的状况太惨烈了,但斯帕克人不会无故发起攻击。他们的目标可能只是市长一个人,我们打败过他,但是——

"你的陶德就在山下,"柯伊尔助医说,"如果你什么都不做,他就要被杀了。"

"你以为我不知道吗?"我说。事实如此,这比任何事都重要。我看向布雷德利和西蒙妮:"对不起,但是我们必须救他。必须。我和他差点儿就可以拯救整个星球了,结果又全被他们搞砸了——"

"但是救他会不会需要付出更大的代价？"布雷德利温和地说，但十分严肃，想让我考虑清楚，"好好想想。你接下来做的事会被永远铭记，它将决定我们的整个未来。"

"我不怎么信任这个女人，薇奥拉，"西蒙妮说，柯伊尔助医则怒目而视，"但这不意味着她说得就不对。如果你说这样没错，薇奥拉，我们就介入战争。"

"如果你说这样没错，薇奥拉，"布雷德利略显焦躁地重复着西蒙妮的话，"我们就要以征服者的身份开始新生活，你会为子孙后代埋下隐患。"

"哦，饶了我吧！"柯伊尔助医着急地喊，"权力交给你了，薇奥拉！我们可以改变一切！我的孩子，不是为了我——为了陶德，为了你自己！就在这里，就在这一刻，你的决定可以终结这一切！"

"或者，"布雷德利说，"也可能引发更糟糕的事情。"

他们都看着我。我又望向投影。斯帕克人已经冲散了人群，还在源源不断地赶来。

而陶德就在那人群之中。

"如果就这样袖手旁观，"柯伊尔助医说，"你的男孩就要死了。"

陶德，我想——

我该不该为了救你，发动一场新的战争？

我要这样做吗？

"薇奥拉，"西蒙妮又说话了，"怎么做才对呢？"

【陶德】

我开了枪,但是双方已经打得不可开交,我必须把枪举高才能保证不伤到自己人,可若是那样干,我就连斯帕克人也打不到了。突然,一个斯帕克人已经站在我面前,他举着白棍子,对准了安格哈拉德的脑袋。我挥起枪杆,狠狠地打在他高高的耳朵后面,他倒在了地上。紧接着,另一个斯帕克人跟了上来,抓住我的胳膊。我脑海里的薇奥拉的脸瞬间变成了他,他踉跄着后退,我另一只胳膊的袖子裂了一个口子,一支箭擦着裂口飞了过去,差一点射中我的下巴。我拉着安格哈拉德的缰绳让它掉头,要想活着离开这里,我们必须跑。旁边一个士兵被白棍子的枪火打中了,血溅了我一脸,我别过头不去看,不顾一切地拽着安格哈拉德,我的全部思绪被占据,在如此庞杂的声流之中,即便闭上眼睛都能听到、看到我们的人和斯帕克人正在死去,我的全部思绪都被占据——

这就是战争的样子吗?

这就是人们想要的吗?

这就是人必须经历的吗?

死亡咆哮着、尖啸着,扑面而来,来得如此之快,令你毫无招架之力——

接着我听到市长的声音——

"**战斗!**"他喊道。

他的声音和他的声流都在呐喊。

"**战斗!**"

我擦掉脸上的血,睁开眼睛,把一切看得清清楚楚,我们就要这样战斗下去了,直到战死。我看到骑在莫佩思身上的市长,他和他的马都沾满了血,他奋力迎战,我能听到他的声流,那声流如石头般冷酷，但仍在诉说着——

坚持到最后，坚持到最后。

我不由得向他看过去——

我意识到确实是最后了——

我们输定了。

他们人太多了，我们输定了。

我两只手紧紧地抓着安格哈拉德的鬃毛，想着薇奥拉——

接着——

轰！

斯帕克人正狂奔下山，而整座山脚就在咆哮的火焰、尘土和血肉之中爆炸了——

腾空而起，遮天蔽日，石头、泥土、斯帕克人的碎片砸在我们身上。

安格哈拉德嘶叫着，我们两个侧倒在地，周围的士兵和斯帕克人都在尖叫，到处乱跑，我的腿被安格哈拉德压在地上，它努力重新站起来，这时我看到市长骑在马上和我们擦肩而过——

我听到他在大笑。

"刚才是怎么回事？"我冲他喊。

"神秘礼物！"他喊着回答我，骑着马在尘土和浓烟中穿行，他向士兵们喊着，"进攻！马上进攻！"

【薇奥拉】

我们蓦地将注意力转回投影。"那是什么？"我说。

突如其来的爆炸声之后，只能看到大团浓烟。布雷德利按了下遥控器屏幕，探测器又升空了，但是浓烟仍然笼罩着一切。

"录像了吗?"西蒙妮说,"你能回放吗?"

布雷德利又操作了一阵,画面突然往回走了,回到了那团浓烟中,烟雾迅速地聚集起来——

"到了。"布雷德利把画面停下,用慢动作继续播放。

又回到那可怕的混战中,斯帕克军队占了上风,突然——

轰!

山麓发生了爆炸,一股狂烈的气浪喷薄而出,尘土、石头、斯帕克人的尸体还有他们的巴特鲁魔都飞了起来,卷入大团的浓烟,浓烟迅速遮挡了一切——

布雷德利回放了那段影像,我们又开始回看,一开始只见一小点亮光,突然整座山被掘地而起,抛撒向空中,就在投射的画面上,我们目睹斯帕克人死去——

目之所及,一片死亡之景——

几十个——

我记得在河岸上遇到的那一个,我记得他的恐惧。

"这是你们的人吗?"西蒙妮问柯伊尔助医,"你们的军队已经到现场了吗?"

"我们没有导弹,"柯伊尔助医说,她的眼睛仍然盯着投影,"如果有,还用得着劳烦你们发射吗?"

"那是哪里来的?"西蒙妮说。布雷德利弄了几下遥控器,画面变得更大、更清晰了,最慢速播放,能看到有什么东西飞进山脚下,看到泥土更加缓慢地飞起来。斯帕克人的尸体被撕裂,没人知道他们曾经过着什么样的生活,他们爱过谁,他们的名字叫什么——

只看到腾空四散的尸体——

生命终止——

这都是我们造成的,我们逼得他们反击,是我们在奴役他们、杀戮他们，或者说是市长这么干过。

现在我们又在屠杀。

西蒙妮和柯伊尔助医在争执，但是我没有听到她们在说什么。

因为我也知道。

当西蒙妮问我怎么办的时候，我本想说发射导弹的。

我本想说的。

我自己也正要带来这样的伤害。我正要说，是的，就这么做，发射吧——

杀了这些斯帕克人，哪怕他们才是真正有理由发动进攻的一方，哪怕他们攻击的是这个星球上自作自受、最活该的人——

如果能救陶德，那也无所谓，我会这么做的。

我会杀死成百成千的斯帕克人去救他。

我会为陶德发起一场更大的战争。

我突然清醒过来，伸手扶住松子才站稳。

接着我听到柯伊尔助医高声说道："只能说明他自己造了火炮！"

【陶德】

在浓烟和尖叫中，安格哈拉德摇摇晃晃地站了起来，它的声流里空无一物，这种沉默让我感到害怕，但是它又站起来了。我回头看去，我看到了，我看到了爆炸是在哪里发生的——

是另一支部队。是泰特先生和奥黑尔先生带领的部队，他们集合了剩余的士兵，带上了市长先前提到的"武器"。

而我根本不知道他还有这样的武器。

"只有保持神秘，秘密武器才能发挥作用。"他骑着马回来了。

现在，他喜形于色。

城市那边的道路又来了一路士兵,数百人精神饱满,声音响亮,做好了战斗准备——

斯帕克人已经掉头了——

斯帕克人回头望向山上,在刚才爆炸过的地面上寻找逃跑的路——

又一道亮光闪过,我们头顶上"嗖"的一声——

轰!

我吓得一缩,安格哈拉德尖叫着。山上又被炸出一个洞,更多的尘土、浓烟、斯帕克人的尸体和角兽的碎块飞上了天。

市长毫不退缩,一副喜出望外的表情。他看着援兵从我们身边经过,而斯帕克人溃不成军,他们想要转身逃跑——

却被我方新到的部队截断退路——

我喘着粗气——

我目睹战局逆转——

我想说——

我想说——

(闭嘴吧)

看到之后突然觉得——

(闭嘴吧)

看到斯帕克人倒下,我竟然松了一口气,我觉得开心,觉得自己的血液在奔涌——

(闭嘴闭嘴闭嘴)

"你刚才不会是在担心吧,陶德?"市长问。

我扭头看着他。我的脸上留下了干涸的泥痕和血迹,人类和斯帕克人的尸体遍地都是,一股全新的明亮声流洋溢在空气中,我都没想到它能这么响亮——

"快来！"他对我说，"体会一下胜者的快乐。"

他跟在新来的援兵后面，骑着马走开了。

我骑着马跟在他身后，端着枪，但是没有开枪，只是看着，感受着——

感受着其中的兴奋——

就是这感觉。

这就是战争最下流、最下流的秘密——

当你打赢的时候——

当你打赢的时候，这太令人兴奋了——

斯帕克人冲回山上，攀着碎石往回跑——

逃离我们——

我举起我的枪——

我瞄准一个逃跑的斯帕克人的后背——

我的手指放在扳机上——

准备扣动扳机——

那个斯帕克人绊倒在另一个斯帕克人的尸体上，还不止一具尸体，有两具、三具——

接着浓烟慢慢消散，我看到了更多，我看到尸横遍野的景象，有我们的人、斯帕克人，还有角兽——

我仿佛回到了修道院中，回到了那个堆满了斯帕克人尸体的地方——

我不再觉得兴奋了。

"上山追他们！"市长对着他的士兵们大喊，"让他们后悔来到这个世上！"

【薇奥拉】

"结束了。"我说,"战争结束了。"

布雷德利让投影正常播放,我们看到了那批随后赶到的人马。

我们看到了第二次爆炸。

我们看到:斯帕克人想要转身逃上山坡、想要越过山脚爆炸后的废墟。混乱中,一些斯帕克人掉入河里、跌到山下,摔进混战的人群中,很快丧命。

规模如此庞大的死亡让我泛起一阵恶心,脚踝也跟着疼得厉害,我只能靠在松子身上,听他们几个争吵。

"既然他能那么做,"柯伊尔助医说,"那么他比我刚才说的还要危险。你们想让这种人来统治你们即将加入的新世界吗?"

"我不知道,"布雷德利说,"不是他,就是你?"

"布雷德利,"西蒙妮说,"她说得有道理。"

"是吗?"

"我们不能放任新的定居地陷入混战,"西蒙妮继续说,"这里是我们的最后一站。飞船没有别的地方可去了,我们只能想办法在这里生活,如果我们身处险境——"

"我们还可以在这个星球上别的地方着陆。"布雷德利说。

柯伊尔助医重重地吸了口气:"你们别想。"

"又没有法律规定我们一定要跟以前的定居者会合,"布雷德利对她说,"我们一直没有收到你们的任何消息,所以着陆的时候就假定你们没能成功。你们尽管打你们的仗吧,我们去找自己的地方,开始新的生活。"

"就这样抛弃他们?"西蒙妮说,一副震惊的语气。

"反正最后你们还是要跟斯帕克人打仗,"柯伊尔助医说,"而且没有任何经验丰富的人帮忙。"

"总比留在这里要好——不光要打斯帕克人,还有对付其他势力,"布雷德利说,"最后,可能还要对抗你们。"

"布雷德利——"西蒙妮说。

"不行。"我大声说话,好让他们能听到。

我还在看投影,看着人类和斯帕克人不断死去——

我还在想陶德,我本来要为了他杀害多少生命——

我感到头晕目眩。

我不想再做那样的决定。

"不使用武器,"我说,"谁也不轰炸。斯帕克人在撤退。我们打败过市长,如果有必要,我们可以再打败他一次。也可以再跟斯帕克人签一次停战协议。"

我看着柯伊尔助医的脸,让自己的语气显得更加强硬:"不要制造更多死亡了,"我说,"起码我选择不要,就算那是对方应得的。不要造成死亡,不论是斯帕克人还是人类。我们会找到和平的解决方法的。"

"说得好。"布雷德利激动地回应道。他看着我,带着我熟悉的表情,那张脸上洋溢着善意、爱还有自豪,那感情强烈到令我感觉刺痛。

我不禁把目光移开,因为我知道,自己差一点就要命令他们发射导弹了。

"好吧,既然你们这么坚决,"柯伊尔助医说,她的声音像河底一样冰冷,"我得去救人了。"

没人来得及拦住她,她已经离开了。她奔向牛车,驾车驶入黑夜之中。

【陶德】

"把他们干掉!"市长大喊,"把他们赶跑!"

他在喊什么根本不重要,就算他吼的是各种水果的名字,士兵们也会沿着那条弯曲的山路冲上去,爬过被轰炸过的地带,追捕前方狼狈不堪的斯帕克人,不停地砍杀、射击。

奥黑尔先生一马当先,率领着这支队伍。市长拦下了泰特先生,要他到山底的那片空地来,跟我们一起待命。

我从安格哈拉德身上跳下来,凑近检查它的箭伤。情况不是太坏,但它的声流仍旧寂静无声,连一声嘶鸣都没有,只是沉默着。我不知道是怎么回事,但是我相信它的状态不是很好。

"姑娘,"我唤着它,用手轻轻地揉着它的肚子,"我帮你缝上伤口,好吗?会把你的伤治得好好的,好吗?姑娘?"

但它还是低着头对着地面,嘴边起了白沫,身上汗津津的。

"对不起,我们来晚了,长官,"泰特先生对我身后的市长说,"我们得想办法让它们方便移动。"

我扫了一眼火炮所在的位置:四门大加农炮架在钢铁车座上,神情疲惫的牛拉着炮车。加农炮的金属部分又黑又重,样子就像要把人的脑袋给削干净。武器,秘密武器,不知道是在城外什么地方造的,制造火炮的人被一并隔离,所以他们的声流不会泄密。他制造武器原本是为了对付"答案",为了不管三七二十一把她们炸成碎片,现在却用在了斯帕克人身上。

丑陋残忍的武器让他更强大了。

"改良设备的任务就交给你了,上尉,"市长说,"现在,你去找奥黑尔上尉,告诉他撤军,回到山下。"

"撤军?"泰特先生惊讶地说。

"斯帕克人已经逃跑了。"市长说着，对着那条弯曲的山路点头。路上几乎见不到斯帕克人，他们已经越过山顶，消失在更高处的山谷里。"但是谁知道路的尽头还有多少埋伏呢？他们会重整旗鼓，重新规划，我们也一样。我们得在这里调整状态，准备迎战。"

"是，长官。"泰特先生说着，骑马出发了。

我靠在安格哈拉德身上，脸贴着它的肚子，闭上眼睛，但是仍然能看到我声流中的一切，人类，斯帕克人，混战，火，死亡，死亡，死亡——

"你做得很好，陶德，"市长说着，骑马走到我身后，"可以说非常好。"

"刚才——"我要说，但我没说出口。

可是刚才怎么？

"我为你骄傲。"他说。

我面向他，不知做何表情。

他看着我呆滞的脸，大笑起来："真的，你没有被极端的压力打垮。你保住了自己的脑袋。尽管你的马受伤了，你也没有抛弃它。最重要的是，你遵守了自己的承诺。"

我看着他的眼睛，那双黑色的眼睛，有着河里石头的颜色。

"这些都是男人应有的作为，陶德，就是这样。"

他的声音似乎很真实，他的话也似乎很真实。

他一贯如此，不是吗？

"我什么想法也没有，"我说，"只有对你的恨意。"

他只是笑着看着我。

"看起来倒不像这么回事呢，陶德，"他说，"以后你回想起今天，你会知道，这就是你成人的日子。"他的眼睛发着光，"是你脱胎换骨的日子。"

【薇奥拉】

"看样子，山下已经结束了。"布雷德利看着投影说。

那条弯曲的山路上，两拨人正在逐渐分开。市长的人不追了，斯帕克人在撤退，两拨人之间留出了一片空空的山。我们现在看到了市长的全部军队，看到了他不知道怎么搞到的大加农炮，看到山麓的士兵们正有序地集合起来，毫无疑问，他们是要重整旗鼓，准备再次作战。

然后我看到了陶德。

我大声叫出他的名字，指向他所在的方位，布雷德利把镜头拉近。我的心狂跳起来，我看到他靠在安格哈拉德身上，他活着，他活着，他活着——

"那就是你的朋友？"西蒙妮问。

"是的，"我说，"是陶德，他是——"

我还没说完，就看见市长骑着马过来了。

他过来跟陶德说话，看起来相当平常。

"不过，这不是那位暴君吗？"西蒙妮问。

我叹了口气："事情很复杂。"

"是，"布雷德利说，"我也有这种感觉。"

"不，"我坚定地说，"如果你在这儿产生了任何疑虑，如果你不知道什么是对的、不知道自己该相信谁——相信陶德就行了，好吗？你们要记得这一点。"

"好，"布雷德利笑着对我说，"我们会记得。"

"但是还有个大问题，"西蒙妮说，"我们现在要怎么办？"

"我们本以为这里已经是个无生命定居点,你和你父母很可能也在这里,"布雷德利说,"没想到我们遇到的是一个独裁者、一个革命家,还有一支本土侵略军。"

"斯帕克军队有多少人?"说着,我转身去看投影,"你能让它飞得再高一点吗?"

"高不了多少了。"他说着,又按了几个键,探测器顺着那条弯曲的山路上行,升到了山顶——

"啊,我的天。"我说着,听到西蒙妮吸了一口气。

在月光、篝火还有火把的映照之下——

瀑布之上、高处山谷之中,整个斯帕克种族在顺着河边的道路蔓延开来,数目远远超过市长的军队兵力。他们足以淹没对手,绝不可能失败。

他们有数千人。

数万人。

"人数优势,"布雷德利说,"对战火力优势。这场厮杀没有尽头。"

"柯伊尔助医说他们有停战协议,"我说,"依然有过停战协议,现在也可以有。"

"其他对战军队怎么办?"西蒙妮问。

"其实只有对战的将军,"我说,"如果把那两个人解决掉,问题就简单多了。"

"或许我们首先应该,"布雷德利对我说,"见见你的陶德。"

他又按起了遥控器,画面回到了骑马的人类身上,先看到的是陶德,然后是安格哈拉德。

这时陶德抬起头,眼神看向探测器,正好进入了投影画面——

画面中的他看着我。

我们看到市长也注意到了，也抬头看过来。

"他们知道我们到这里了。"西蒙妮说。她走上侦察舰的舷梯："我拿东西处理你的脚伤，薇奥拉，然后跟舰队联系。虽然还不知道该如何向他们报告……"

她消失在飞船里。布雷德利向我走过来。他伸出手，轻轻地捏了捏我的肩膀："对于你父母的事，我感到很难过，薇奥拉。我不知道该怎么说。"

我眨了眨眼睛，眼泪掉了下来，不只因为父母的不幸身亡，还因为布雷德利的亲切——

接着我突然想起来，猛吸了口气，我想起来是布雷德利给了我那个非常有用的礼物，那个可以生火的盒子，可以在黑暗里发出亮光的盒子，那个盒子最后炸了一座桥，救了我和陶德。

"一闪一闪的。"我说。

"什么？"他抬起头。

"很久之前在舰队里，"我说，"你曾问我，火光照亮的夜空是什么样的，因为我会是第一个知道的人。一闪一闪的。"

他回想起来，笑了。他用鼻子深深地吸气。"这就是新鲜空气的味道啦。"他说。这是他第一次呼吸到新鲜空气，他这辈子一直都在飞船上生活。"跟我原先想象的不一样，"他回头看了看我，"更浓烈。"

"很多事情都跟我们原先想象的不一样。"

他又捏了捏我的肩膀。"现在我们来了，薇奥拉，"他说，"你不再孤独了。"

我用力咽了下口水，看向投影："我并不孤独。"

布雷德利又叹了口气，跟我一起看着投影。"一闪一闪的。"他说。

"我们一定要自己生火,这样你就能亲眼看看了。"我说。

"看什么?"

"看它是怎么一闪一闪的。"

他看着我,疑惑了一会儿:"你刚才说了什么?"

"不是,"我说,"刚才,是你说的——"

她在说什么? 他说。

但是他没说话。

我的胃绞成了一团。

不。

天哪,不要。

"你听到了吗?"他说,他转过身,看起来更加疑惑了,"听起来像是我的声音……"

但怎么可能是我的——

他这样想道,然后停住了。

他看向我。

薇奥拉? 他说道。

他用他的声流说道。

他用他刚刚拥有的声流说道。

【陶德】

我用绷带抵住安格哈拉德腹部的伤口,好让药物进入它的血液。它仍然一言不发,我抚摸着它,不停地叫它的名字。

马不能落单,我得告诉它,我是它的同伴。

"快回来吧,安格哈拉德,"我轻轻地对着它耳朵说,"快回来吧,姑娘。"

我抬起头，看到市长正在跟他的部下说话，我努力思考，我们是怎么走到今天这个地步的。

我们本来已经打败他了。我们做到了——打败了他，把他捆了起来，我们赢了。

但是现在。

现在他又走来走去，好像这地方是他的地盘，好像他又完全统治了这个狗屁世界，好像我的胜利不值一提。

但是我确实打败了他。我可以再赢一次。

为了救薇奥拉，我释放了这个可恶的家伙。

现在我必须设法保住自己的控制权。

"那个眼睛还在天上。"他边说边走过来，眼睛看着天上的一点光亮，市长很确定那是一种探测器。一个小时前，我们第一次看到它在上方盘旋，当时市长在给他的上尉们发号施令，让他们在山脚下安营扎寨，同时派间谍去刺探敌情，再派一些侦察兵去看看"答案"的军队怎么样了。

但是目前还没有派人去探访侦察舰。

"他们已经能看见我们了，"市长说，他仍抬着头，"如果他们想见面，会直接来找我们的，你说是不是？"

他的目光慢慢巡视了一圈，看着士兵们调整状态、迎接残夜。

"听那说话声。"他刻意压低声音说道。

空气中充满了人们的声流，但是市长的眼神让我怀疑，他说的是别的声音。

"什么说话声？"我问。

他眨了眨眼，好像很惊讶看到我还在这里。他又笑了，伸出一只手放在安格哈拉德的鬃毛上。

"别碰它。"我盯着他，直到他把手挪开。

"我知道你在想什么,陶德。"他轻声说。

"不,你不知道。"

"我知道,"他很坚持,"我记得第一次斯帕克战争的时候,我第一次参加战斗。你觉得自己就要死了。你觉得这就是你见过最糟糕的事,经历过这些以后还怎么活下去?谁经历过这种事情之后还能像没事人一样活下去?"

"从我脑袋里滚出去。"我说。

"我只是说说话,陶德,没别的。"

我没理他,继续对安格哈拉德轻声说话:"我在这儿,姑娘。"

"但是你会没事的,"市长说,"你的马也是。你们会变得更加坚强,你们会更加得心应手。"

我看着他:"谁经历过这些事之后会变得更好?怎么可能要经历这些之后才能真正成人?"

他弯下腰靠近我:"因为战争很振奋人心,不是吗?"

我什么也没有回答。

(因为确实如此——)

(有那么一刻——)

但是我又想起那个阵亡的士兵,声流中他伸手想要抓住他的孩子,他再也见不到那个孩子了——

"我们追着他们上山的时候,你兴奋起来了,"市长说,"我看到了。你的声流像火焰一样燃烧。每个战争中的人都有同样的感受,陶德。没有比战争更让人切身感受到活着的时刻了。"

"也变得更加行尸走肉了。"我说。

"啊,哲学,"他笑着,"我还不知道你有这方面的天赋。"

我转身离开他,回到安格哈拉德身边。

然后我听到了。

我即方圆，方圆即我。

我扭头看着他，用薇奥拉回击。

他惊得一退，但是仍保持着微笑。"没错，陶德，"他说，"我告诉过你。掌控你的声流，你就能掌控自己；掌控住自己——"

"你就掌控了这个世界。"我替他说完了下半句，"是，上次我听到你说了。但我只想掌控我自己，多谢了。我对这个世界没有什么兴趣。"

"每个人都这么说。直到他们第一次尝到权力的味道。"他又抬起头看着那个探测器，"我想，或许薇奥拉的朋友能够告诉我们，我们的对手究竟有多少人马。"

"太多了，我来告诉你，"我说，"或许整个斯帕克族群都在山上。你杀不完的。"

"加农炮对战弓箭，我的孩子，"他说着，看着我，"就算算上他们精巧的新火器，还有那种白色棍子——管它是什么玩意儿，他们也没有加农炮。他们没有——"他对着侦察舰着陆的东方点头，"——没有飞船。我觉得我们差不多能打成平手。"

"所以更应该现在停战了。"我说。

"所以更应该继续打下去，"他说，"这个星球的统治者只能有一个，陶德。"

"不会，如果我们——"

"不，"他更强硬了，"你释放我只有一个原因——要让你的薇奥拉安全地活在这个星球上。"

我没有说话。

"我同意了你的条件，现在你得让我做完应该做的事。你得让我维护这个星球的安全，为了她，也为了我们其他人。你得让我替你们办这件事，因为你们办不到。"

我记得：士兵们忠诚地听从他的每一个命令，投身于战场，不惜献出自己的生命，只因为他叫他们这么做。

他没错，我知道我是做不到的。

我需要他。我讨厌这样，但是我确实需要他。

我再一次背过身。我闭上眼睛，额头贴在安格哈拉德身上。

我即方圆，方圆即我，我想。

如果我能掌控我的声流，我就能掌控我自己。

如果我能掌控我自己——

或许我就能掌控他。

"或许你可以，"他说，"我一直说你很有力量。"

我看着他。

他仍然在微笑。

"现在，"他说，"天黑了，安顿好你的马，休息一下吧。"

他用鼻子吸了一口气，天气开始变凉，我们不再每一秒都想着死亡，他抬头望着山顶上，斯帕克人的营火映红了天。

"我们小胜一回，陶德，"他说，"但是战争才刚刚开始。"

三军之战

"大地"在等待。我跟他们一起等待。

我等得如火焚心。

因为我们本来已经打败了敌人。在他们的山脚下,在他们城市的郊外,我们包围并控制住了人类的军队。他们被打得落花流水,差点儿就被我们征服了——

几乎胜局已定。我们本来已经打败他们了。

就在那时,地面在我们脚下爆炸了,我们的尸体被抛向空中。

我们撤退了。我们退了回来,跌跌撞撞地往山上爬,攀过破碎的山岩、毁坏的道路,到山顶上治愈伤者,哀悼亡者。

胜利本来已经近在咫尺了。我们差一点就要胜利,我几乎尝到了胜利的味道。

我现在还能尝到那种味道。我往山下望去,看到空地上的人类扎起营帐,照顾他们的伤者,埋葬他们的亡者,却把我们的亡者随意地扔在一旁。

我记得还有类似的尸堆,在别的地方。

那回忆再次令我如火焚心。

就在这时，我坐在悬崖边上，看到了什么东西，就在冲下山谷的河流旁。我看到一点光在夜空中盘旋。

看着我们。看着"大地"。

我站起身，去寻找"天空"。

* * *

我顺着河边的路走进营地，夜的漆黑在营火映照下退缩。湍急的河流溅起水花，激起一片水雾，营火的光亮让一切都笼罩在朦胧的红光之中。"大地"看着我，我从他们中间穿行，他们的脸庞很友善，尽管因为战斗而显得疲惫，他们的声音很坦诚。

"天空"呢？我一边走，一边用我的声音示意。"天空"在哪里？

他们给我指了一条路——穿过营火和隐秘营地，越过巴特鲁魔的饲养院和围场——

巴特鲁魔。

我听到某处有人低声耳语，那耳语流露出不小的震惊，甚至嫌恶，因为这个词不是"大地"自己的语言，这个词来自敌人的语言，来自"寸草不生"，于是我放大自己的声音，盖住那声音。

"天空"呢？

"大地"仍旧对我指那条路。

在他们热忱的背后，是不是还藏着疑惑？

说到底，我是谁？

我是英雄吗？我是救世主吗？

或者我自身都难保？我本身就是危害？

我是开始还是结局？

我真的属于"大地"吗？

说实话，我自己也不知道这些问题的答案。

他们指给我去找"天空"的路，我穿过他们，沿着路往前走，觉得自己像漂在河面上的一片树叶，若即若离。

但是或许不属于河流。

接着他们开始向前传达我要来的消息。

"归者"过来了。

他们一个一个传话——"归者"过来了。

这是他们给我的名字。"归者"。

但是我还有别的名字。

我必须学会"大地"称呼各种事物的方式。从"大地"浩大的同一声音里，从他们无言的语言中，找出词汇，从而理解他们。"大地"是他们对自己的称呼，一直以来，他们都这样称呼自己，因为他们不就是这个世界的"大地"吗？"天空"守护着他们。

人类不叫他们"大地"。人类根据首次沟通的误解和偏见给他们起了个名字，从来没想过要为他们正名。或许那就是所有问题的起源。

"寸草不生"是"大地"给人类起的名字：一群不知道从哪里冒出来的寄生虫。为了把这个世界据为己有，他们对"大地"实施了大规模屠杀，直到双方签订了一个停战协议，双方被隔离开，"大地"和"寸草不生"从此永不往来。

但是，这一次战争的起源是那些被丢下的"大地"。作为和平的让步，他们成了"寸草不生"的奴隶，被人类扣留下来。他们不再拥有"大地"的名字，不再是"大地"，甚至被强迫使用"寸草不生"的语言。那些留下来的"大地"是"大地"的耻辱，这个耻辱后来被称为"包袱"。

直到一个下午,"寸草不生"在一次屠杀中抹去了所有"包袱"的存在痕迹。

然后就是我了:"归者"。之所以这么叫我,不只因为我是唯一一个幸运逃生的"包袱",我的归来还使"大地"在停战多年之后又回到了这个山顶。这一次,我们蓄势待发,俯视"寸草不生",带着更好的武器、更多的兵力,还有一位更好的"天空"。

他们都被"归者"带到了这里。

但是不再需要进攻了。

"归者"过来了。

我找到"天空"时,他背对着我,正在如此表示。他在和"小径"说话,"小径"在他面前围成一个半圆。他向他们传达"大地"带来的消息,他的速度太快,我很难读懂意思。

"归者"会重新学习"大地"的语言。

"天空"向"小径"传达结束,向我转过身来。

给他点时间。

他们理解我的话,他们说起我时,也会用那些语言。

我这样告诉他,同时望向"大地"。我跟"天空"说话的时候,"大地"也看着我。

"寸草不生"的语言留在了"大地"的记忆里,"大地"从来没有忘记。

"天空"传达,挽起我的胳膊,带我走开。

你们忘记了我们。

我告诉他,我无法抑制言语中的激动。

我们在等你们。我们一直在等,直到我们死去。

现在"大地"来了。

"大地"已经撤退了。我更加激动了。就现在，就今晚。"大地"本可以去毁掉"寸草不生"，现在却坐在山顶上袖手旁观。我们人数比他们多，就算他们有新武器，我们——

你很年轻，他告诉我。你经历了很多、很多，但你还没有完全成长。你没有在"大地"中生活过。当我们意识到为时已晚，无法救出"包袱"，"大地"的心在哭泣——

我打断了他，这种粗鲁在"大地"中是闻所未闻的。

你根本不知道——

但是"大地"为"归者"获救而欣喜，他无视我的无礼，继续说，"大地"为终于可以替"包袱"复仇而欣喜。

没有人在为任何事复仇！

我的声音里溢满我的回忆，此地、此刻，回忆的疼痛如此强烈，以致我说不出"包袱"的语言，而此刻我才真正说出"大地"的语言，刹那间，这种无言的感受从我心中倾泻而出。我无法遏制地表达着我的失去，表达着"寸草不生"对我们非人的对待，表达着他们如何视他们及我们的声音为诅咒和疾病，我无法遏制地向"大地"表达着回忆中"包袱"如何死在"寸草不生"的手上，死在子弹、砍刀之下，那无声的尖叫、那高高的尸堆——

特别是那段被我遗失的回忆。

"天空"的声音里带着安慰，周围的"大地"也都给我以安慰，我发现自己在一条声音汇成的河流里畅游，那些声音向我的声音走近，给它抚慰、令它平静。我从未如此强烈地感觉到，自己是"大地"的一分子，我从未感受过这样的归属感、宽慰感，从未觉得自己与"大地"简单而同一的声音如此一致——

我眨了眨眼，意识到这种感觉只会在我痛苦得几乎忘我之时出现。

但是那些都会过去的。"天空"表示。你会成长，会被治愈。你会自在地与"大地"一起生活——

我会感觉自在的，我表示，等"寸草不生"永远从这里消失。

你说的是"包袱"的语言。

也是"寸草不生"的语言，是我们的对手——人类的语言，尽管我们欢迎你作为同胞回到"大地"中间，你必须先明白一件事——虽然我也会用你听得懂的语言告诉你——但是这里没有我，也没有你。这里只有"大地"。他表示。

而我没有回应他。

你来找"天空"吗？他终于问道。

我抬头看着他的眼睛，对于"大地"来说稍显小——不过和"寸草不生"那样的贼眉鼠眼完全不同，他们那狭小卑鄙的眼神不停地躲闪、躲闪、躲闪——"天空"的眼睛还是挺大的，他眼睛里映出月亮、火光，还有正与他对视的我。

我知道他在等我回答。

跟"寸草不生"一起生活了太久，我从他们身上学会了很多。

包括如何隐藏自己的想法，如何掩盖自己的感受和思考，如何将自己的声音堆叠，让它难以捉摸。

孤独地置身于"大地"之中，我还没有完全融入"大地"那纯粹的声音。

还没有。

又让他等了一会儿，我才打开自己的声音，向他展示我看到的那个盘旋的亮光，还有我的怀疑。他立刻明白了。

行军途中，"大地"头顶上方曾有类似的东西飞过，这个像是缩小版。他示意。

是。我示意着，我还记得。漫天的亮光，其中一个机器沿路飞下山崖，飞得那么高，几乎无法看清，只能听到它的声音。

那么"大地"会做出回应。他表示着，又拉起我的胳膊，带我回到了悬崖边。

"天空"看着山顶盘旋着的那个亮光，我俯视着"寸草不生"，他们正准备扎营过夜。他们的身体短而粗壮，脸庞太小，脸上带着不健康的粉色和沙土色。我在那些面孔中搜寻着。

"天空"知道我要找什么。

你在找他，你在找"猎刀"。

我在战场上看到他了，但我离得太远了。

为了"归者"自己的安全着想。"天空"表示。

他是我的——

但是我没说下去。

我看见他了。

在营地中间，他靠着他的牲口——他的马，如果用他们的语言来说。他在跟它说话，无非在说他的感受，说刚才的经历让他感到痛苦。

毫无疑问，他充满关怀、激动和善意。

而这偏偏就是"归者"恨"猎刀"的原因。"天空"说。

他比其他人更烂，我表示。他是最烂的。

因为——

因为他知道自己在做坏事。他为自己的行为感到痛苦——

但是他没有修正。"天空"表示。

其他人就跟牲口没什么两样，我表示，但最烂的是那个心如明镜却无动于衷的人。

"猎刀"给了"归者"自由。"天空"提到。

他应该把我杀了。他的声流告诉我,他曾经用猎刀杀死一个"大地",而他一直放不下这件事。但是他太懦弱了,对"归者"下不了手。

如果他如你所愿,杀了你,"天空"表示,他吸引了我的目光,"大地"就不会来到这里了。

是,我表示。即使来到这里,我们也什么都没做。我们在这里只是等待、观望,没有加入战争。

等待和观望也是战斗的一部分。"寸草不生"在停战的时间里变强了。他们的人更加凶狠,武器也是一样。

但是"大地"也很凶狠,我表示,不是吗?

"天空"与我对视了很久,然后他移开目光,用"大地"的声音传递一条信息,一个传一个,直到一位"大地"接收到了消息——此刻,她已经拉满了弓,上面插着一支燃烧的箭。她瞄准目标放箭,箭从山顶飞入黑夜。

所有"大地"都注视着这支箭,或是亲眼看见,或是通过其他人的声音。箭射中了那个盘旋的亮光,那亮光旋转着,坠入山下河流。

今天只是一次交锋,"天空"向我示意,这时"寸草不生"的营地传来一个微弱的叫声。战争意味着很多次交锋。

接着他走过来,拉起我的胳膊,那条覆着厚重地衣①之袖的胳膊,那条受伤的胳膊,那条无法愈合的胳膊。我把胳膊抽走,但他的手又伸了过来。这次,我任由他那白色修长的手指轻轻抬起我的手腕,任由他将那袖子拨开。

我们不会忘记,我们为何而来。"天空"示意道。

---

① 地衣即苔藓。

这句话传播开来，以"包袱"的语言传开，那是"大地"因耻辱而恐惧的语言；这句话在他们中间传开，直到我听到了所有人的声音，感受到了所有人的感受。

我感受到，所有"大地"都在说：我们不会忘记。

透过"天空"的眼睛，他们看到了我的胳膊。

他们看到了那块编号环，上面烙印着"寸草不生"的语言。

他们看到了我身上的永久标记，那个名字将我与他们永隔。

1017。

第二次机会

战争中的平静

【薇奥拉】

布雷德利的声流听起来着急得要命。

好吵。

太吵了。

西蒙妮和薇奥拉盯着我,好像我要死了。

我好像要死了。

我要死了吗?

降落于一场战争之中。

舰队还有55天到达。

还有别的地方可以去吗?

还有55天像样的机器才能到,还有55天等死。

我要死了吗?

"你不会死。"我躺在床上,西蒙妮正在往我的关节里注射修骨剂。"布雷德利——"

"不,"他举起双手让我别说了,"我感觉——"

赤裸裸、赤裸裸、赤裸裸。

"我难以描述赤裸裸地暴露在众目睽睽之下是什么感觉。"

西蒙妮把侦察舰的休息区改造成了临时康复室。我躺在一张床上,布雷德利在另一张床上,他睁大双眼,两只手捂着耳朵,他的声流越来越大——

"你确定他没事吗?"西蒙妮靠近我低声说道,她注射完药剂,用绷带包扎起我的脚踝。我听到她声音里的紧张。

"据我所知,"我也小声回答,"这里的男人都已经习惯了,还有——"

"本来是有解药的,"她打断了我,"但是那个市长把它烧得半点都没剩。"

"是的,"我说,"不过起码说明这病是有可能治愈的。"

别小声议论我了,布雷德利的声流说。

"抱歉啦。"我说。

"抱歉什么?"他看过来,然后明白了,"你们两个能不能让我自己待会儿,拜托了?"

他的声流说:**看在老天的分儿上赶紧走,让我静静!**

"等我给薇奥拉包扎好,"西蒙妮的声音有点颤抖,她尽量不去看他。她给我的左脚踝缠上了最后一根绷带。

"你能再拿一根吗?"我小声问她。

"干什么?"

"出去再告诉你。我不想再惹他心烦了。"

她怀疑地看了我一会儿,然后从抽屉里抓起一根绷带,我们往外走去,布雷德利的声流填满了那个小房间。

"我还是不明白,"西蒙妮走着说着,"不但耳朵能听到,脑袋也能听到那个声音，以及——"她回头看看布雷德利，睁大了眼睛，"——画面。"

她说得没错，画面也开始在他的声流中浮现，那画面可以进入你的脑海，或者就悬在你面前的空气中——

我们站着看他的画面，他自己躺在床上的画面——

然后是探测器投影出来的影像，一支燃烧的斯帕克箭射中了探测器，信号中断了——

接着是侦察舰离开轨道往下飞行时，远远看到下方这颗星球的模样：蓝绿色海洋浩瀚无际，森林绵延数十里，飞船盘旋在新普伦提斯上空，他们根本没想到，看似平静的河岸之上，有一支斯帕克军队正在行进——

接着又出现了其他画面——

是西蒙妮——

是西蒙妮和布雷德利——

"布雷德利！"西蒙妮惊得往后一退。

"拜托！"他大叫，"让我自己待着吧！真受不了！"

我也惊呆了。布雷德利和西蒙妮的画面太清晰了，布雷德利越想掩饰，那画面就越清晰，于是我拉起西蒙妮的手肘把她拽走，按下关门按钮，但作用不大，顶多减弱了噪声。

我们走到飞船外。**宝贝儿？** 松子从吃草的地方走了过来。

"原来动物也会这样，"西蒙妮说，我揉了揉松子的鼻子，"这地方到底怎么回事？"

"是信息。"我说，想起本所描述的第一批移民降落时的新世界的样子。他在墓地对我和陶德讲述往事的那个夜晚好像已经是很多年前的事了。"铺天盖地的信息，一刻也不曾停歇，不管你想不想知道。"

"他似乎吓坏了,"她说,声音都变尖了,"还有他想的那些事——"她转过身,我很尴尬,不好问布雷德利声流里的画面是否来自记忆,抑或只是他的愿景。

"不过他还是布雷德利,"我说,"你得记住这一点。如果人人都能听到你不想说出口的话,那会是什么感觉?"

她叹了口气,抬头看着天空中高悬的两个月亮:"护卫队里有2000多名男性移民,薇奥拉。2000。一旦我们把他们全都唤醒,之后会如何?"

"他们会习惯的,"我说,"男人们都会习惯的。"

西蒙妮又摇了摇头,然后她注意到自己手里还抓着那根绷带:"你要这个干什么?"

我咬了一下嘴唇:"好吧,你别害怕。"

我慢慢撸起袖子,露出了胳膊上的铭牌。周围皮肤比之前红肿得更厉害了,月光下,我的编号闪闪发亮。1391。

"天哪,薇奥拉,"西蒙妮说,她的声音安静得可怕,"是那个男人对你下的手?"

"不是对我,"我说,"是对大部分女人。"我咳嗽了一下,"这是我自己弄的。"

"你自己?"

"说来话长。我晚点再解释,但是现在我真的需要绷带。"

她愣了一会儿,然后与我相视,轻轻将绷带缠绕在我的手臂上。清凉的药物瞬间让我感觉好多了。"亲爱的?"她问,她的声音温柔得要命,我都没办法直视她,"你真的没事吗?"

我装作不经意地一笑,让她别那么担心:"我有好多事要告诉你。"

"我想也是,"她说着给绷带打了个结,"或许你现在就可以说说。"

我摇了摇头:"不行。我得去找陶德。"

她皱起眉头:"什么……你是说现在吗?"她站直了腰,"你不能去,现在正在打仗呢!"

"已经休战了。我们刚才看到的。"

"我们目睹前线驻扎了两支庞大的军队,探测器还从天上被打下来了!你绝对不能下山。"

"陶德在那里,"我说,"我必须去。"

"你不能去。作为本次任务的指挥官,我不准你去,没什么商量的余地。"

我眨了眨眼:"你不准?"

一股意料之外的怒气从我肚子里真切地升腾起来。

西蒙妮看着我的表情,她的表情柔和了一些:"薇奥拉,过去五个月你经历的劫难真的超乎想象,但是现在我们来了。我太爱你,不能放任你扑进危险之中。你不能去。不可以。"

"如果我们想要和平,战争就不能再扩大了。"

"就你和一个男孩,你们两个人如何阻止?"

这时,我着实开始恼怒了,我努力提醒自己:她不知情。她不知道我经历了什么,我和陶德做过什么。她不知道,我才不会理会别人的意见。

我伸手去抓松子的缰绳,它跪了下来。

"薇奥拉,不要。"西蒙妮说着,踮着脚向我靠近——

屈服吧! 松子惊得大叫。

西蒙妮吓得往后一退。我抬起酸痛但正在愈合的腿,跨上松子背上的鞍。

"没人能对我发号施令,西蒙妮,"我平静地说,努力保持镇定,惊讶地发现自己是如此坚决,"如果我父母还活着,可能会不一样。但是他们不在了。"

她似乎想要靠近,却又小心提防着松子:"你父母不在了,不代表以后没人关心你了,没人可以管你了。"

"求求你了,"我说,"你必须相信我。"

她看着我,又难过又不知如何是好:"你还太小,本不应该这样成长。"

"是啊,"我说,"不过有些时候,我们别无选择。"松子站了起来,准备好出发,"我会尽快回来的。"

"薇奥拉——"

"我必须去找陶德。就这样了。现在战争告一段落了,我还要去找柯伊尔助医,趁她还没有再扔一次炸弹。"

"至少你不能一个人去,"她说,"我跟你一起去——"

"布雷德利比我更需要你,"我说,"就算你可能不想知道他现在的想法,但他需要你。"

"薇奥拉——"

"我也不是要冲进战场。"我的声音缓和下来,想要表达歉意。因为直到现在,我才发现自己有多害怕。我抬头看着侦察舰:"或许你可以再发射一个探测器,让它跟着我?"

西蒙妮思考了一会儿,然后她说:"我想到了一个更好的办法。"

【陶德】

"我们从附近的房子里寻来了毯子,"奥黑尔先生对市长说,"还有食物。马上给您送一些过来。"

"谢谢你,上尉,"市长说,"记得多带一些给陶德。"

奥黑尔先生突然抬起头:"物资都很紧缺,长官——"

"给陶德一些食物,"市长坚定地说,"还有一条毯子。越来越冷了。"

奥黑尔先生吸了一口气,听起来不是很高兴:"好的,长官。"

"还有我的马。"我说。

奥黑尔先生横眉怒目地看着我。

"他的马也需要,上尉。"市长说。

奥黑尔先生点点头,气冲冲地走了。

市长的部下在军队营地边上清出了一小块地方。有一堆篝火,有围火而坐的座位,还有几顶供他和他的军官休息的帐篷。我坐得离他有点距离,但是又不能太远,我还要时刻监视着他。安格哈拉德留在这儿陪我,它仍旧低着头,声流仍旧沉默。我不停地轻拍它,抚摩它,但是它不说话,什么也不说。

到目前为止,我也没有什么话要跟市长说。泰特先生和奥黑尔先生陆续前来向他汇报情况。还有普通的士兵,一个个难为情似的来向他庆祝胜利,他们似乎忘了,这大麻烦就是他惹下的。

我把脸贴在安格哈拉德身上,喃喃道:"我现在怎么做呢,姑娘?"

我现在该怎么做呢?我释放了市长,他打赢了第一场战斗,保护了薇奥拉,也保护了这个世界,正如我要求他承诺的那样。

但是这支军队仍然对他唯命是从,甚至愿意为他献出生命。就算我打败了他又如何,这些人根本不会给我机会吧?

"总统先生,"泰特先生拿着一根斯帕克人的白色棍子走上前来,"关于新武器的首次报告。"

"请说,上尉。"市长看起来非常感兴趣。

"这像是一种强酸步枪,"泰特先生说,"枪膛里似乎装载着两种物质的化合物,可能是植物性的。"他的手顺着白棍子向上移动,摸到一个凿开的洞,"然后通过棘轮冲入一剂化合物,跟第三种物质混合,这种物质迅速渗进凝胶,形成一颗颗小粒燃烧弹——"泰特先生指着棍子底端,"然后从这里发射出去,立即汽化,但还能凝聚在一起,直到击中目标,然后——"

"燃烧的强酸物质腐蚀性极强,足以灼断人的胳膊,"市长接着说,"这么短的时间能有如此发现,非常了不起,上尉。"

"在我的鼓励下,我们的化学家加快了研究速度,长官。"泰特先生脸上带着一种令我反感的笑意。

"他说的都是什么意思?"泰特先生离开后,我问市长。

"你在学校里没学过化学吗?"

"你把学校关了,所有的书都被烧了。"

"啊,还真是我干的。"他看着山顶,透过瀑布激起的水花,我们能看到山顶上有一片红光,那是斯帕克军队的营火,"他们以前只会打猎和采集,陶德,还懂一点儿农耕。他们可算不上科学家。"

"这说明什么?"

"这说明,"他说,"我们的敌人在战后的13年里一直在偷听我们说话,他们不断向我们学习,毫无疑问,在这个充斥着信息的星球上。"他轻轻地敲着自己的下巴,"我不知道他们是怎么学的。或许他们隶属于某种更纯粹的声音。"

"要是你没把镇上的斯帕克人杀光,"我说,"你可以问问他们。"

他没理我:"所有这些都说明一个事实——我们的敌人现在更强了。"

我皱起了眉头:"你好像挺高兴的。"

奥黑尔上尉又来了,他手里拎满了东西,表情非常不快:"毯子和食物,长官。"他说。市长冲我这儿点点头,暗示奥黑尔先生亲自把东西递给我。他照做了,然后又气冲冲地离开了,不过和泰特先生一样,你听不到他的声流,不明白他为什么气成这样。

我把毯子铺在安格哈拉德身上,它还是什么也不说。伤口正在愈合,应该不是这个原因。它就站在那里,低着头,不吃不喝,对我做的任何事都毫无反应。

"你可以把它跟别的马匹拴在一起,陶德,"市长说,"起码它能暖和点儿。"

"它需要我,"我说,"我必须待在它身边。"

他点点头:"你的忠诚令人敬佩。我注意到,你一直保持着这种优秀品质。"

"是因为你自己与这种品质毫不相干吗?"

他又带着古怪的微笑回应我,那微笑让人想要把他脑袋砸破:"没事的话就吃点东西睡觉吧,陶德。你永远不知道我们什么时候需要作战。"

"这战争是你挑起的,"我说,"我们根本不需要来这里,如果不是你——"

"又来了,"他的声音突然变得尖锐,"别再抱怨本来如何如何了,好好想想当前的情况吧。"

他的话让我抓狂。

我看着他——

思考着当前的情况——

我想起在我用薇奥拉的名字攻击他之后,他倒在教堂的废墟里。我想起,他甚至都没有犹豫,就开枪打死了他自己的儿子——

"陶德——"

我想起他在"问题"办公室里折磨薇奥拉,冷眼看着她在水中挣扎。我想起薇奥拉读给我听的日记中,我妈妈是如何提起他的。我想起他对普伦提斯镇的女人们下毒手——

"那不是真的,陶德,"他说,"那不是事实——"

我想起抚养我、关爱我的那两个男人,想起基里安争取时间让我逃跑,自己却死在了农场里,而本也出于同样的原因被戴维开枪射杀。我想起麦奇,我那条聪明得要命的狗,它也因为救我而死——

"那些事跟我没关系——"

我想起法布兰奇瀑布。我想起人们在那里被射杀,市长就在旁边看着。我想起——

我即方圆,方圆即我。

他猛地将这句话钉入我的脑袋里。

"停下!"我叫着往后退。

"你泄露得太多了,陶德·休伊特,"他厉声说道,终于动怒了,"如果你把自己的所有情绪都公之于众,还怎么去领导别人?"

"我没想去领导别人。"我生气地回道。

"你把我绑起来的时候就注定要自己带领这支军队了,如果今天的惨状重现,你能够泰然处之吗?我教你的,你练习了吗?"

"不需要你教我任何事。"

"哦,你还是需要的。"他向我走近,"我会不停地告诉你,直到你相信:你身体里有力量。陶德·休伊特,这股力量能够统治这个星球。"

"这力量能管得住你就行。"

他又笑了,笑容很刺眼:"你知道我是怎么让自己的声流不被人听到的吗,陶德?"他的声音扭曲而低沉,"你知道我是怎么保守我所知道的每一个秘密,一点儿也不泄露出去的吗?"

"不——"

他靠过来:"毫不费力。"

我说:"走开!"但是——

我即方圆,方圆即我。

又来了,直入我的脑袋——

但是这次感觉不一样——

有一种轻盈感——

令人不禁屏息凝神——

失重感让我一阵反胃——

"我送你一件礼物,"他的声音在我的脑袋里飘荡,就像火焰上方一朵轻飘飘的云,"我也把它送给了我的部下。使用吧,使用它来打败我。就看你敢不敢。"

我看着他的眼睛,看着他眼睛里的黑暗,那黑暗要将我整个吞噬——

我即方圆,方圆即我。

全世界只剩下这个声音。

【薇奥拉】

城市里安静得恐怖。松子和我在市区穿行,有些地方甚至毫无声息,新普伦提斯的居民们已经在寒夜之中找到藏匿之所。我无法想象他们心里有多么恐惧,无法设想他们经历了什么,未来又有什么样的命运在等着他们。

我们走进教堂废墟前方的空旷广场,转头看了看身后。探测器当空高悬,在依然矗立的钟楼之上,小心地跟斯帕克的箭保持距离,又一直跟随着我,注视着我。

这还不是全部。

松子和我走出广场,走上那条通往战场的路。我们离军队越来越近,足以看清那里的守卫。他们看着我骑马过去,士兵们围坐在火旁,身下垫着卷起的帐篷布。他们神色疲惫,略带震惊地看着我,好像我是从黑暗里走出来的鬼魂。

"啊,松子,"我紧张地轻声说,"其实我还没想好要做什么。"

一个士兵看我走近,站了起来,拿步枪指着我。"站住。"他说。他很年轻,头发脏兮兮的,脸上有一道新伤,火光映出歪七扭八的针脚。

"我想见市长。"我说,尽量稳住我的声音。

"见谁?"

"谁?"另一个士兵问,他也站了起来,同样很年轻,或许跟陶德一个年纪。

"那群恐怖分子之一,"头一个士兵说,"来这里丢炸弹。"

"我不是恐怖分子。"说着,我望过去,想要找出陶德,想要在越来越响亮的咆哮中分辨出他的声流——

"下马,"头一个士兵说,"快点。"

"我的名字叫薇奥拉·伊德,"我说,松子在我屁股底下动来动去,"市长,就是你们的总统,他认识我。"

"我不管你叫什么名字,"头一个士兵说,"下马。"

宝贝儿,松子警告着。

"我说了,下马!"

我听到步枪扣扳机的声音,叫了起来:"陶德!"

"我不想再说一次!"那个士兵说,其他士兵现在也站了起来。

"陶德！"我又大喊道。

第二个士兵抓起松子的缰绳，其他人一步步向我逼近。**屈服吧！**松子吼叫着，龇着牙，但是那个士兵用枪敲打它的脑袋。

"陶德！"

士兵们七手八脚地抓住我，松子不停地嘶叫：**屈服吧，屈服吧！**士兵们快要把我拽下来了，我拼命抓紧马鞍。

"放了她。"一个声音突然响起，打断了吵闹，尽管声音听起来并不大。

士兵们立刻放开我，我在松子背上坐直了身板。

"欢迎你，薇奥拉。"市长说，士兵们纷纷为他让路。

"陶德呢？"我问，"你对他做了什么？"

接着我听到了他的声音——

"薇奥拉？"

市长背后传来了脚步声，有人从他身后往外挤，用力地推开了市长的肩膀向我走来，他睁大了眼睛，一脸迷茫。他来了。

"薇奥拉。"他边说边向我伸手，他笑了，我也向他伸出了手——

有那么一秒钟，就一秒钟，我觉得他的声流有点奇怪，感觉很轻，仿佛消散不见——

有那么一秒，我几乎听不到他的声流。

接着，他的心情淹没在声流里，他还是那个陶德。他紧紧地抓着我的手，叫着我的名字："薇奥拉。"

【陶德】

"然后西蒙妮说，她想到了一个更好的办法。"薇奥拉说着打开了随身携带的新背包。她把手伸进去，掏出来两个扁平的金属物体。金属物就像打水漂用的石头一般大小，弧形、富有光泽，形状刚好能握在手里。"这是通信器，"她说，"不管我俩身在何处，都可以用通信器通话。"

她把它递过来，放在我的手心——

我感觉到她手指的触感，终于松了一口气——我看见她了，她在这里，就在我面前。虽然她的沉默让我有些在意，虽然她诧异地看着我——

她在看我的声流，我知道。

我即方圆，方圆即我。

那个人把这句话塞进了我的脑袋，轻盈、无形。他说，这是一种"技术"，我可以不停练习，变得像他和他的军官一样安静无声。

有那么一会儿，有那么一会儿，我想——

"通信器1号。"她对着自己的通信器说话。突然，我手中的金属物变成了一个巴掌大的屏幕，上面显示了薇奥拉的笑脸。

看起来好像我把她握在了手里。

她笑着给我看她的通信器，上面是我的脸，一副吃惊的表情。

"探测器信号延迟了，"她说着，指向身后的城市。我顺着那个方向看去，一个光点在空中盘旋，"西蒙妮让探测器跟在我们身后，以免它再被打下来。"

"聪明。"市长说，他在一旁站着，"可以让我看一下吗？"

"不行。"薇奥拉说，看都不看他一眼，"如果这样操作，"她对我说着，按了一下通信器的边缘，"你也能跟侦察舰通话。西蒙妮？"

"我在这里，"一个女人突然出现在我手里的屏幕上，就在薇奥拉旁边，"你那里还好吗？刚才有一会儿——"

"我很好,"薇奥拉说,"我跟陶德在一起。对了,这就是他。"

"很高兴见到你,陶德。"那个女人说。

"啊,"我说,"你好!"

"我会尽快回去的。"薇奥拉对那个女人说。

"我会看着你的。还有,陶德?"

"什么?"我说着,看着那个女人娇小的脸庞。

"你要照顾好薇奥拉,听到了吗?"

"不用担心。"我说。

薇奥拉又按了一下手中的通信器,上面的画面都消失了。她深吸了一口气,对我露出疲惫的微笑。"所以我才离开了五分钟,你就去打了场仗?"她说,她想说得轻松一些,但是我怀疑——

我怀疑是不是因为见了太多死亡,我觉得她看起来有点不一样。更真实,存在感更强,好像我们两个都还活着就是世界上最不可思议的事。我觉得胸口一紧,我想,她来了,就在这儿,我的薇奥拉,她来找我了,就在眼前——

我意识到自己多么想牵起她的手,再也不松开,触摸她的皮肤,感受她的温暖,把那只手紧紧握在我的手心里,然后——

"你的声流很奇怪,"她说着,又露出了莫名其妙的表情,"很模糊。我能感觉到你的想法——"她把脸扭开,我的脸立刻没来由地变红了,"——但是看不真切。"

我正要把市长的事告诉她:我如何脑子一片空白,睁开眼睛后自己的声流就变轻了、安静了——

我正要告诉她——

但是她压低声音,靠了过来:"你跟你的马都是这样吗?"她问,因为她骑马走近后发现安格哈拉德很安静,松子甚至没能得到一声寒暄,"是因为你们刚刚看到的景象吗?"

我立刻回想起那场战斗，所有可怕的记忆都向我涌来，即使我的声流模糊难辨，她也一定察觉到了。她握住我的手，带着关心和安慰，我突然希望自己能永远这样蜷缩在她手心里，放肆地哭泣。我的眼睛湿了，她呼吸一滞，极尽温柔地说："陶德。"我忍不住又要躲开她的眼睛，而我们两个人不知不觉都看向了市长。他站在营火后面，一直看着我们俩。

我听到她叹气。"你为什么放了他，陶德？"她小声说。

"我别无选择，"我小声回答，"斯帕克人来了，战场上军队只听他指挥。"

"但斯帕克人可能一开始就是冲他来的，他们攻过来只是因为那场大屠杀。"

"是，嗯，我也不确定。"我说，然后我第一次认真回忆起1017——我曾经愤怒地打断了他的胳膊；我从斯帕克人的尸体堆里把他拉了出来；不管我做了什么，是好事还是坏事，他都只想让我死。

我看向她："我们现在怎么办呢，薇奥拉？"

"我们只能阻止这场战争，"她说，"柯伊尔助医说从前签过停战协议，我们可以再促成一个协议。或许可以让布雷德利和西蒙妮跟斯帕克人洽谈。告诉他们，我们和市长不一样。"

"万一我们还没准备好，他们就再次发动进攻了呢？"我们又看向市长，他冲我们点点头，"我们也需要他帮助我们躲过斯帕克人的攻击。"

薇奥拉皱起眉头："那么他又能逃脱罪责了，就因为我们需要他。"

"他手握军队大权。"我说，"军队听他的，而不是我。"

"然后他听你的？"

我叹了口气:"是这么计划的。到目前为止他还没有食言。"

"目前为止。"她平静地说。然后她打了个哈欠,用双手掌根揉了揉眼睛:"都不记得多久没有睡过觉了。"

我低下头看看自己的手,她的手已经松开了。我想起她对西蒙妮说的话。

"所以你要回去了吗?"

"我必须得走,"她说,"我得去找柯伊尔助医,免得她把事情搞得更糟。"

我又叹了口气:"好。不过请记住我说的话,我不会离开你,你一直在我的脑海中。"

然后她又牵起了我的手。她没有说话,也不必说,因为我知道,我明白她,她也理解我,我们又坐了一会儿,可继续待下去也没意思,她必须走了。她僵直地站了起来。松子最后用嘴拱了拱安格哈拉德,走过来驮起了薇奥拉。

"我会告诉你我的情况,"说着,她举起了通信器,"让你知道我身处何地。我会尽快回来的。"

"薇奥拉?"她正往松子的背上爬。市长一边喊,一边从营火旁走了过来。

薇奥拉翻了个白眼:"干吗?"

"我有个想法,拜托了,"他的语气好像只是来借个鸡蛋,"不知道你能不能好心告诉你们飞船上的人,我很乐意跟他们见面,只要他们有时间。"

"嗯,我一定转达,"她说,"反过来,我也有话说。"她指了指后面,探测器仍然挂在远处的天空中,"我们会盯着你。你敢动陶德一下,只要我一句话,飞船上的武器就会发射,把你炸成碎片。"

我发誓,市长笑得更欢了。

薇奥拉最后看了我一眼,久久地注视着我。然后她出发了,重新穿过城市,寻觅柯伊尔助医可能藏身的地方。

"这姑娘真可以。"市长说着,走到我旁边。

"你不许说她,"我说,"想都别想。"

他换了个话题:"天都快亮了,你应该去休息一下。昨天过得很不容易。"

"我再也不想经历这样的一天了。"

"恐怕我们没有选择。"

"不,我们有。"我说。听到薇奥拉说可能会有出路,我感觉好多了:"我们要跟斯帕克人重签停战协议。你只需要在我们成功之前,抵挡住他们的进攻。"

"这样就行了?"他说,听起来好像被逗乐了。

"当然。"我更强硬地说。

"根本行不通,陶德。如果他们觉得自己占了上风,就不会有兴趣再跟你谈。如果他们确信自己能消灭我们,为什么还需要和平?"

"但是——"

"别担心,陶德。我很清楚这场战争。我知道如何取胜。你得先让敌人主动认输,然后你想要什么样的和平都没问题。"

我想要反驳,但是最终因为太累了而无心争论。我也不记得自己有多久没睡过觉了。

"你知道吗?陶德,"市长对我说,"我敢肯定,你的声流安静了一些。"

接着——

我即方圆,方圆即我。

他又向我的脑袋发送了这句话,同样的轻盈感,同样的飘浮感——

就是这句话,让我感觉自己的声流消失了——

我没有告诉薇奥拉。

(因为它也抹去了战争的喧嚣,于是我不用一遍遍目睹那些人死去——)

(是不是还有些别的东西?)

(轻盈感后面有一个低沉的嗡嗡声——)

"从我的脑袋里滚出去。"我说,"我告诉过你,如果你胆敢再操控我,我就——"

"我不在你的脑袋里,陶德,"他说,"这就是它的美妙之处。只有你一个人而已。好好练习,这是个馈赠。"

"我不想要你的任何馈赠。"

"问题就在这儿。"他仍在微笑。

"总统先生。"泰特先生又来了。

"啊,是的,上尉,"市长说,"第一批情报来了吗?"

"还没有,"泰特先生说,"预计天亮之后能收到。"

"情报一定会说河流北边没什么动静,河太宽了,斯帕克部队过不了河。南边靠近山脊的位置也是,距离太远,斯帕克人不好加以利用。"市长又抬头向山上望去,"不,他们会在那里发动攻击。这一点我深信不疑。"

"我不是因为这个来找您的,长官,"泰特先生说,他的两只胳膊抱着叠好的衣物,"花了好长时间在教堂的废墟里找到的,但是出奇地干净。"

"太好了,上尉。"市长说着从他手里接过衣服,言辞中充满了喜悦,"好得不得了。"

"这是什么？"我问。

市长"啪"的一声把衣服展开，拎了起来。一件威风的短外套，还有配套的裤子。

"将军的制服。"他说。

我和泰特先生还有营火旁的士兵看着他脱下自己满是血污和泥土的便装，穿上了这件合身的深蓝色外套，他用手掌摩挲袖子上的金色条纹，抬头看着我，眼睛因为得意而闪闪发光。

"为了和平，开战吧。"

【薇奥拉】

松子和我沿着原路返回，穿过广场。黎明将至，远处的天空呈现淡淡的粉色。

离开时我一直望着陶德，直到看不见为止。我很担心他，不知道他的声流出了什么事。我离开的时候，他的声流仍旧异常模糊，无法看清其中的细节，感觉却依然鲜明——

（——甚至包括那些感觉，那些甫一出现就让他感到尴尬的感觉，没有语言的肉体触碰，仿佛已经触碰上了我的肌肤，还有他内心渴望再次触摸的冲动，种种感觉让我想要——）

我又怀疑他是不是跟安格哈拉德一样受到了惊吓，是不是因为他们在战场上看到的景象太可怕。或许战争损伤了他的视力，就连声流也一片混乱——想到这里，我的心都碎了。

又是一个阻止战争的理由。

我裹紧了西蒙妮给我的外套。我冷得瑟瑟发抖，却还觉得自己在出汗，我接受过康复师培训，知道这是发烧的症状。我拉起左边的袖子，看了看衣袖下的绷带，铭牌周围的皮肤仍因发炎而红肿。

现在，铭牌周围出现了红色条纹，一直延伸到手腕处。

我知道那样的条纹意味着感染，严重的感染。

绷带没能抑制感染。

我拉下袖子，尽量不去想这些，也尽量不回忆我没有告诉陶德自己伤得多严重。

因为我还要去找柯伊尔助医。

"好吧，"我对松子说，"她经常说起海洋。我好奇海是不是真的像她说的那么远——"

通信器突然在口袋里响起来，我跳了起来。

"陶德？"我立刻回答。

是西蒙妮打来的。

"你最好直接回来。"她说。

"为什么？"我立刻警觉起来，"发生什么事了？"

"我发现了你要找的'答案'。"

过去

太阳快要升起来了。我从灶火旁拿了一些食物。"大地"看着我端起一个平底锅，往锅里装满炖菜。他们的声音大开——只要还是"大地"的一分子，就无法合上自己的声音——所以我能听到他们正在讨论我，他们的想法在"大地"中传递，最终汇成一个意见，然后再重复如上流程，又出现了一个不同的观点，如此往复，速度太快，我几乎跟不上。

然后，他们做出一个决定。"大地"的一员站了起来，她递给我一个大大的骨勺，这样我就不用扒着锅吃炖菜了。我听到她身后"大地"的声音，十分友善。

我伸手去接。

"谢谢你们。"我用"包袱"的语言说。

又来了。我所说的语言引起了他们部分人的不适，那是对陌生和异常的厌恶，对某种耻辱的憎恨。这种情绪在声音的旋涡中迅速传开，又被驳倒，但是确实存在过。

我没有接那个勺子。走开的时候，我听到他们充满歉意的声音，在后面呼唤我，但我没有转身。我走向自己先前发现的一条小路，顺着小路往崎岖的山坡上走去。

大多数"大地"的营帐设在路边的平地上，但是往山上爬的时候，我看到山坡上还有另外一些"大地"，这些成员来自山地，更适应陡峭的地势。而山坡下的成员本来是傍河而居，习惯睡在快速搭建的船上。

但是，"大地"是一个整体，不是吗？"大地"中没有例外，不分这些或那些。

只有一个"大地"。

而我是局外人。

山坡变得陡峭，我只得停了下来。看到一块突出的岩石，我坐下来，看着下面的"大地"，正如"大地"在山边望着山下的"寸草不生"。

在这个地方，我可以独处。

我不应该独处。

我唯一的伴侣应该在这里陪我，我们一起吃饭，一起沉入睡梦，看着天空慢慢变亮，并肩等待下一阶段的战争。

但是，我唯一的伴侣不在这里。

因为我唯一的伴侣被"寸草不生"杀掉了，就在"包袱"从后花园、地下室、从上锁的房间和奴仆的住处被迫集中到一起的时候。我们两个曾被关在花棚里，那晚门被打开，我唯一的伴侣抗争着，为我而抗争——为了不让他们把我抓走。

然后被一把重刀砍倒在地。

我被拖走了。我发出有心无力的咔嚓声，那是"寸草不生"强迫我们吃下"解药"之后产生的,那声音无法表达与唯一伴侣分开的感受,我被扔进一群"包袱"之中,他们抓着我,不让我回到棚子去。

不让我去送死。

我为此憎恨"包袱"。恨他们不让我在那时死掉,我的悲伤也没能将我杀死。恨他们就那样——

就那样接受我们的命运,就那样让去哪里就去哪里,给什么东西就吃什么,让睡哪里就睡哪里。那段日子里,我们只反抗过一次,只有一次。反抗了"猎刀"和跟他在一起的那个人,那个长得更壮但是看起来年纪更轻的大嗓门。我们反抗,因为"猎刀"的朋友往我们其中之一的脖子上扎进了一块铭牌,纯粹只是出于残忍的乐趣。

那一刻,在沉默中,"包袱"再一次彼此理解。那一刻,我们再一次真正成为一体,彼此相连。

不再孤身奋战。

我们反抗。

一些人死去了。

我们没有继续反抗。

当"寸草不生"一伙人带着步枪和大刀回来的时候,我们没再反抗。当他们让我们排成队列、开始屠杀的时候,我们没再反抗。他们射击、砍杀,发出尖厉的"吭吭哈哈"声——他们管那叫作笑。不论老小——母亲和婴孩、父亲和儿子——一律格杀勿论。如果我们抵抗,我们就会被杀;如果不抵抗,我们还是会被杀。如果我们逃跑,我们会被杀;如果不逃跑,我们还是会被杀。

一个接一个,一个接一个。

无法向彼此表达我们的恐惧。无法齐心协力保护自己。无法在临死之前得到安慰。

于是我们在孤独中死去。每一个人。

每一个人,除了我。

每一个人,除了1017。

在屠杀开始之前,他们查看我们的铭牌,直到找到我,把我拽到一堵墙跟前,让我看着——看"包袱"发出的咔嚓声越来越弱,看草地因为沾上了我们的血而越来越黏,看整个世界最后只剩下我一个"包袱"。

接着他们在我的脑袋上敲了一棍。醒来时我发现自己躺在一堆尸体中,那些脸我认得,那些手抚慰过我,那些嘴跟我分享过食物,那些眼睛曾试图传达他们的惊恐。

我醒来,独自一人,身陷尸堆之中,他们压在我身上,令我窒息。

然后,"猎刀"出现了。

他来了——

把我从"包袱"的尸体中拉出来——

我们翻倒在地上,我跌倒在他的身旁。

我们互相凝视,呼吸在寒冷中结成了雾气。

因为疼痛,因为眼前的一切而感到恐惧,他的声音打开着——

这样的疼痛和恐惧一直在他心里——

这疼痛和恐惧时时威胁着要将他压垮——

但是从来没有。

"你还活着。"他说,他那么安心,那么高兴——高兴地发现我处在一堆死人之中。我本来会永远孤独下去,他却满心欢喜,尽管我发誓要杀死他——
　　接着他问我，关于他唯一的伴侣——
　　问我在那场针对我同类的杀戮中，有没有看到他的——
　　我的誓言变得牢不可破——
　　我示意他我要杀了他——
　　我用微弱的声音示意他我要杀了他——
　　我会的——
　　我会动手，立刻动手——
　　你没事了，一个声音说道——

　　我的脚站在地上，我的拳头因为惊慌而颤抖。
　　我的拳头被"天空"巨大的手掌轻松握住，我从噩梦之中惊醒，差点没站稳，从那块凸起的岩石上掉下去。他不得不再次抓住我，却抓住了那块铭牌，他一把拉住，我疼得叫了起来。他的声音立刻将我从疼痛中包裹住，抚慰着我，直到胳膊上的火镇静下来。
　　"还这么痛吗？"
　　"天空"用"包袱"的语言温柔地问。
　　我重重地呼吸着，因为忽然被惊醒，因为意外地发现"天空"在我身边，因为疼痛突如其来。痛。这一刻我只能这样表达。
　　很抱歉我们没能治好它，他示意道，"大地"会加倍努力的。
　　"大地"的努力用在别的地方会更好，我示意，这是"寸草不生"的一种毒药，用在他们的牲畜身上。可能只有他们的力量才能治好。
　　"大地"跟"寸草不生"学了很多。"天空"示意着，我们能听到他们的声音，而他们却听不到我们的。我们会学习。他的声音跟着真实的情感起伏。我们会拯救"归者"。

我不需要拯救,我示意。

你不想要,这是另一回事,但"大地"也会一直放在心上。

胳膊上的痛感减轻了,我揉着自己的脸,想让自己清醒起来。

我没想睡觉,我示意,我希望自己永远不要睡着,直到"寸草不生"从这里消失。

直到那时你的梦境才会安宁吗?天空示意着,他很迷惑。

你不明白,我示意。你不会明白。

我再一次感到他将我的声音温暖地包住。

"归者"错了。"天空"能从"归者"的声音中感受那段过去,这就是"大地"声音的本质,所有的经历有如同一,不会忘却,所有事都——

那跟亲身经历不一样,我打断了他,再次意识到自己是这么粗鲁,一段共享的回忆跟亲身经历完全不同。

他又停了下来,但是那温暖仍在。

或许不同。他终于表示。

你到底想要怎么样?我问,有点大声,他的善意让我感到羞耻。

他一只手放在我肩膀上,我们望向沿路散布的"大地",往右边直到山边,"大地"俯视着山下的"寸草不生";往左边过了河的一道弯,往更远的地方一直延伸去。哪怕是眼睛看不到的地方,他们都还存在,我知道。

"天空"示意着:"大地"休息了。

"大地"在等待,等"归者"归来。

我不言不语。

你是"大地"的一员,不论你现在觉得有多孤独。但这不是

"大地"所希望的。

  我看着他:有变化吗?我们会进攻吗?
  还没有,但是要打一场仗有很多种方式。
  接着他打开声音,告诉我"大地"的眼睛看到了什么——当初升的太阳照亮幽谷,那些阳光下的人眼里看到的——
  我看到了。
  我看到了未来。
  我感觉到了自己内心深处一簇温暖的小火苗。

风暴

【薇奥拉】

"能想出一个更安全的地方吗,姑娘?"柯伊尔助医问。

和西蒙妮通话之后,我快马加鞭,直接返回了山顶。

"答案"已经在这里安营扎寨了。

寒冷的太阳升了起来,原先空旷的场地上车马喧嚣,人们刚刚生起了篝火。他们已经搭好了伙食帐篷,纳达利助医和罗森助医忙着协调补给、分配食物,蓝色的字母A写在她们衣服的前襟上,也写在某些人的脸庞上。马格纳斯和其他一些我认得的人开始搭帐篷,我冲威尔夫挥挥手,他在照管"答案"的牲畜。他的妻子简在他身边,大力地向我挥手回应,都快要打到她自己了。

"你的朋友们可能不想被卷入战争。"柯伊尔助医说,她坐在车后吃早饭。她在车后铺好了床,车停在侦察舰舱门附近:"如果市长或者斯帕克人决定发动攻击,我想他们就必须保护好自己了。"

"你胆子可真大。"我生气地说,仍坐在松子背上。

"是，我确实胆子大。"她说着，又吃了一口粥，"就是要有点胆量，才能让我们的人生存下去。"

"直到你再次决定牺牲他们。"

她的眼睛里冒出怒火："别自以为了解我。你说我是坏蛋，我邪恶、专制，没错，我做了很多艰难的决定，但都只有一个目的，薇奥拉，就是除掉那个男人，让港湾市恢复原样。我那不是自私的屠杀，也不是让好人无故牺牲。但是，我的孩子，我们的最终目的是一致的，那就是和平。"

"你追求和平的方式就是诉诸武力。"

"我是用成人的方式追求和平，"她说，"这种方式不算优雅，但是能达到目的。"她看着我背后的某人："早上好。"

"早上好。"西蒙妮说着，从侦察舰的舷梯上走了下来。

"他怎么样？"我问她。

"在跟舰队通话，"她说，"看他们有没有什么医疗建议。"她抱起胳膊，"目前还没有什么办法。"

"没有解药了，"柯伊尔助医说，"但是一些天然疗法有助于减轻症状。"

"你离他远点。"我说。

"我是个康复师，薇奥拉，"她说，"不管你喜不喜欢。我还想把你治好呢，我一眼就看出来你在发烧。"

西蒙妮看着我，似乎很担心："她说得对，薇奥拉。你看起来不太好。"

"这个女人别想再碰我，"我说，"永远别想。"

柯伊尔助医深深地叹了口气："你连改过的机会都不给我吗，我的孩子？我们之间，连一点友好的表示都不存在吗？"

我看着她，陷入沉思。我想起她的医术有多么高明；她曾经多么努力，试图救活柯琳；她是如何单凭意志，将一支由康复师和散兵游勇拼凑而成的队伍改造为军队，就像她说的那样，如果不是斯帕克人突然介入，这支军队可能已经把市长击垮了。

但我也记得那些炸弹。

最后那颗炸弹。

"你想要杀了我。"

"我想杀的是他，"她说，"这还是有区别的。"

"还有空招呼更多人吗？"我们身后传来了一个声音，大家转身看去。一个风尘仆仆的男人穿着一身破烂的制服，眼里透着精光。我认得这个表情。

"伊万？"我说。

"我在教堂里醒来，发现战争已经打响。"他说。

我看到他的身后还有人往伙食帐篷走去，那些人曾帮我和陶德推翻市长，他们在市长的声流攻击中被打晕了，伊万是最后一个倒下的。

其实我不知道，自己是不是该为看到他而高兴。

"陶德总说，你见风使舵。"我说。

他的眼睛闪着光："这样我才能保住性命。"

"非常欢迎你。"柯伊尔助医说道，好像这里是她说了算。伊万点点头，自己去找食物了。我看看她，发现她正在为我刚才说的"见风使舵"一词而微笑。

因为这次他来找她了，对吧？

【陶德】

"聪明的举动，"市长说，"如果我是她，我也会这么做，把我们的新居民争取到她那边。"

薇奥拉先呼叫了我,把"答案"出现在那个山顶的事全部告诉了我。我试着掩盖消息,不让市长知道,试着控制我的声流,让它变轻,试着毫不费力。

他还是听了出来。

"现在不是站队的时候,"我说,"我们不能继续分裂了。现在是所有人类对战斯帕克人。"

市长从嗓子眼里长长地"嗯"了一声。

"总统先生?"奥黑尔先生又来汇报了。市长看了看报告,他的目光如狼似虎。

因为还没有任何事发生。我估计,他原本期盼天亮之时重新开战,但是寒冷的太阳已经升起来了,无事发生;临近中午,还是无事发生。好像昨天的战斗未曾发生过一样。

(但是战争确实打响了——)

(而且仍然在我的脑海中上演——)

(**我即方圆,方圆即我**。我想着,尽量放轻松——)

"没有特别吸引人的消息。"市长对奥黑尔先生说。

"报告说南面可能有动作——"

市长把报告塞给奥黑尔先生,打断了他:"你知不知道,陶德,如果他们选择全员进攻,我们就真的束手无策了?最终我们将弹尽粮绝,士兵全部阵亡,而他们仍然有足够的兵力存活,准备把我们消灭殆尽。"他一边想着,一边把牙齿咬得咔咔作响,"所以他们为什么不打过来呢?"他面向奥黑尔先生,"让我们的人再靠近一些。"

奥黑尔先生露出了吃惊的表情:"但是,长官——"

"我们必须掌握情况。"市长说。

奥黑尔先生瞅了他一会儿,然后说:"是的,长官。"接着离开了。但我分辨不出他是不是真的乐意。

"或许斯帕克人跟你想象的不一样,"我说,"或许他们的目标不只是战争。"

他大笑起来:"原谅我,陶德,但是你真的不了解我们的敌人。"

"或许你也不了解。起码不像你认为的那么了解。"

他不笑了:"我打败过他们。我还可以再次打败他们,就算他们实力增强了,就算他们学聪明了。"他拂去裤子上的灰尘,"他们会进攻的,记住我的话。等他们进攻,我就把他们打趴下。"

"然后我们就进行和平会谈。"我坚定地说。

"好的,陶德。"他说,"都听你的。"

"长官?"这次是泰特先生来了。

"什么事?"市长说着,转过身看他。

但是泰特先生没在看我们。他直直地望着我们身后,目光穿过军队,士兵们的吼叫正在改变,而他们自己也发现了这一点。

市长和我转身望去。

那一刻,我真的不敢相信我的眼睛。

【薇奥拉】

"我觉得有必要让柯伊尔助医看看,薇奥拉。"罗森助医说,她忧心忡忡地给我的胳膊重新绑上绷带。

"你弄得就很好。"我说。

我们回到侦察舰上那个临时康复室。到了早上,我感觉越来越不舒服,便去找了罗森助医。她看到我的时候担心得要命,差点摔了一跤,没有征得西蒙妮同意就拉着我上了飞船,开始读各种新式工具的说明书。

"这是我找到的最强效的抗生素。"她一边说着,一边绑好了新的绷带。药物渗透之后感觉很清爽,尽管现在铭牌上下两边都已经蔓延出了红色条纹。"我们就只能等待了。"

"谢谢你。"我说,但是她没听我说话,径自前去清点侦察舰的医药供给。她是助医中最善良的一位,小小的个子,圆圆的身材,她负责治疗港湾市的孩子,她总希望解除他人的痛苦。

我把她留在飞船上,自己沿着舷梯走出舱门。"答案"已经在这个山顶扎好营帐,看来是准备长期驻扎于此了,侦察舰鹰隼一般的影子就在上方守护着他们。一排排帐篷和营火、特设的供给区和会议地点,全都秩序井然。早晨,这里看起来和之前"答案"的矿场营地一模一样,那时我才刚刚加入他们。我从营地上走过,有人很高兴地跟我打招呼,也有人毫不理睬,因为他们不知道我在这里的立场。

我现在也尚不明确自己的立场。

我让罗森助医为我治疗,因为我又要下山去见陶德了,尽管现在我非常疲惫,不知道自己会不会在马背上睡着。今天早上,我已经跟他通了两次话。他的声音在通信器里很微弱、很遥远,声流含混不清,被他身边的军队声流掩盖了。

但是好在能看到他的脸。

"这些都是你的朋友了?"布雷德利说着,从我身后的舷梯上走下来。

"喂!"我说着,冲进他的怀抱,"你感觉怎么样?"

吵。

他的声流说道,他对我微微一笑,不过他今天确实镇定多了,不那么慌张了。

"你会习惯的,"我说,"我保证。"

"虽然我并不想习惯。"

他将一缕头发从我眼前拨开。**长这么大了**,他的声流在说,**脸色好苍白**。他拿出一张去年拍摄的照片,当时他正在给我上数学课。我看起来很年幼、很干净。我只好大笑起来。

"西蒙妮在跟舰队谈话,"他说,"他们赞成和平解决。我们会努力争取与斯帕克人达成会谈,给这里的居民提供人道主义援助,但是我们不想卷入一场与我们无关的战争。"他用手捏着我的肩膀,"你让我们置身事外是对的,薇奥拉。"

"我只希望自己知道现在该怎么做,"我忽视了他的赞赏,转过身,回想自己当初险些走上了另一条道路,"我想让柯伊尔助医讲述第一次停战的经过,但是——"

我停了下来。因为我们俩都看到,有人正在山顶上奔跑,他四处张望,搜寻每一张面孔,然后看到了飞船,看到了我,他跑得更快了——

"那是谁?"布雷德利问,但是我已经从他身边走开——

因为那是——

"李!"我大喊着,向他奔跑过去——

他的声流在说:**薇奥拉,薇奥拉,薇奥拉,薇奥拉。**

他抓住我,拥抱的力度简直令人窒息。他把我抱起转了一圈,我的胳膊都疼了:"谢天谢地!"

"你还好吗?"我问,他把我松开了,"你去了哪里——"

"河!"他说道,喘着粗气,"那条河怎么回事?"

他看看布雷德利,又看看我。他的声流更大了,声音也更大了:"你们没看到河吗?"

【陶德】

"怎么会?"我说着,抬头盯着瀑布。

瀑布越来越安静——

慢慢消失了——

斯帕克人把河流截断了。

"太聪明了,"市长自言自语,"实在是聪明。"

"你在说什么?"我几乎对他喊了起来,"他们做了什么?"

士兵们发出难以置信的吼叫声。众目睽睽之下,瀑布的水流慢慢往回收拢,就像有人关掉了水龙头一样,下方的河流也在萎缩,数米深的河底淤泥显露出来。

"我们的间谍没有消息吗,奥黑尔上尉?"市长的声音颇为不快。

"没有,长官,"奥黑尔先生说,"就算河上有水坝,也应该离这儿很远。"

"我们得找出具体的位置,是吧?"

"现在吗,长官?"

市长转向他,眼睛里满是怒火。奥黑尔先生敬了个礼,赶紧离开了。

"发生了什么事?"我问。

"他们想围困我们,陶德。"市长说,"他们不想打仗,只是要让我们没有水喝,等我们筋疲力尽,他们就能为所欲为了。"他气急败坏地说,"他们不该这么做的,陶德。我不会让他们得逞。泰特上尉!"

"是,长官。"跟我们一起等待观望的泰特先生说。

"让士兵们排好战斗阵形。"

泰特先生看上去很吃惊："长官？"

"有什么问题吗，上尉？"

"上山作战，长官，您自己说过——"

"那是在敌人打破游戏规则之前。"他的话开始在空气中弥漫、旋绕，钻进营地旁边每个士兵的脑袋里——

"每个人都要尽责，"市长说，"战斗吧！直到胜利的一刻。他们料想不到，我们竟会发起猛攻。出其不意，攻其不备，我们就会打赢这一场仗。清楚了吗？"

泰特先生说："是的，长官。"他冲进了队伍，高喊口令，离我们最近的士兵已经开始准备，整理队形。

"做好准备，陶德。"市长说着，目送泰特先生出发，"我们就在今天做个了结。"

【薇奥拉】

"怎么会？"西蒙妮说，"他们怎么做到的？"

"你们能把探测器发送到河流上游吗？"柯伊尔助医问。

"他们还会打下来的。"布雷德利一边说话，一边按了几下探测器的遥控面板。我们聚到三维投影前，布雷德利把投影对准飞船机翼下的阴影。我、西蒙妮、布雷德利、李，还有柯伊尔助医和越来越多的"答案"成员，大家都听到了传言，纷纷聚集到这里。

"那里。"布雷德利说，放大了投影。

人群中有人惊得大声喘气。那条河几乎完全干涸了。瀑布的位置一滴水也没有了。画面稍稍上移，瀑布上方的河流也干涸了，斯帕克军队聚集在一旁的道路上，呈一片白色和陶土色。

"还有别的水源吗？"西蒙妮问。

"有一些，"柯伊尔助医说，"有一些零星的溪流和池塘，但是……"

"我们有麻烦了，"西蒙妮说，"是吧？"

李困惑地看着她："你以为我们现在才开始遇上麻烦吗？"

"我说过，不能小瞧他们。"柯伊尔助医对布雷德利说。

"不，"布雷德利回答，"你告诉我们要用炸弹把他们炸飞，根本没必要争取和平。"

"你的意思是我说错了吗？"

布雷德利又按了按遥控器，探测器在天空中升得更高。投影中出现了成千上万的斯帕克士兵，他们的军队一路绵延。我们第一次见识如此庞大的斯帕克军队，身后不停地传来人们震惊的吸气声。

"我们不可能把他们全部杀掉，"布雷德利说，"那是自寻死路。"

"市长在做什么？"我紧张地问。

布雷德利转换了投影角度——军队在整理队形。

"不，"柯伊尔助医小声说，"他不能。"

"不能什么？"我问，"不能什么？"

"不能进攻，"她回答，"这无异于自杀。"

通信器响了，我立刻接听："陶德？"

薇奥拉？他焦虑的脸在我手心里出现。

"发生了什么？"我问，"你还好吗？"

那条河，薇奥拉，那河——

"我们看到了。我们正在看——"

瀑布！他们在瀑布里！

【陶德】

消失的瀑布底下藏着一条小路，一排亮光顺着它延伸开来。那条路正是之前我和薇奥拉被阿隆追杀时逃进的小路，它位于水帘后方，又湿又滑，路面由石头铺就，通往后方石台一座废弃的教堂。瀑布内部岩壁上画着一个白色的圆圈和两个围着它转的小圆圈，也就是这个星球和它的两个月亮，现在它也在发光，高悬于那排亮光上方。

"你能看到他们吗？"我用通信器对薇奥拉说。

"等一下。"她说。

"望远镜还在你那儿吗？"市长问。

我都忘了自己已经把望远镜夺回来了。我跑到安格哈拉德身边翻找，安格哈拉德仍旧沉默地站着。

"别担心，"我对它说着，翻着我的包，"我会保护你的。"

我找到了望远镜，没等走回市长跟前就开始观察。我按了几个按钮，把镜头拉近——

"我们看到他们了。陶德，"薇奥拉的声音从我另一只手里的通信器中传了出来，"那个石台上有一群斯帕克人，我们曾经走——"

"我知道，"我说，"我也看到他们了。"

"你看到什么了，陶德？"市长说着，向我走过来。

"他们拿的是什么？"薇奥拉问。

"一种弓，"我说，"但是看起来不像——"

"陶德！"她叫我，我放下望远镜，抬起头看——

瀑布下，一个光斑离开了那支队伍，从教堂标志下方飞了出来，在空中画出一道弧线，缓缓向河床方向落下——

"那是什么？"市长说，"那么大，应该不是箭。"

我又举起望远镜,想找到那个光源,一点一点地拉近镜头——

找到了——

它看起来摇摇晃晃,时明时灭——

我们的目光跟着它:它朝河流下游飞去,绕着河中最后一股细流转圈——

陶德?薇奥拉说。

"是什么东西,陶德?"市长对我咆哮。

透过望远镜,我看到它在空中变换了方向,然后直冲我方军队飞来,向我们飞来。

那东西根本没在闪烁,它在旋转。

那光也不只是火焰。

"我们得回去,"我说,仍把望远镜举在眼前,"我们必须回到市里。"

"直冲你过去了,陶德!"薇奥拉大叫。

市长再也忍不住了,想从我手里夺走望远镜。

"喂!"我喊道,一拳打在了他的侧脸上。

他跌跌撞撞地后退,并不是因为我出手太狠,而是因为他吓了一跳。

尖叫声让我们两个转过身去。

旋转的火焰已经飞到跟前了,成群的士兵想躲、想逃,可那个东西已经冲着他们飞来了——冲着我们。

冲着我。

但是这儿有太多士兵,太多人挡在中间,熊熊烈火在人群中间旋转穿梭——正好位于脑袋的高度。

第一批被它击中的士兵几乎被劈开两半,火焰仍没有停下。

该死,它没有停下,旋转的速度也没有减慢。

它紧贴着士兵们飞过,士兵们像是擦着的火柴,烈火瞬间歼灭了挡路的人。两旁的人也被通通卷入了一片连绵的白色火光之中。

它还在飞,速度丝毫不减,正朝我飞来,朝我和市长飞来——我们无处可逃。

"薇奥拉!"我大叫。

【薇奥拉】

"陶德!"我对着通信器大叫,我们眼睁睁地看着那火焰在空中转了个弯,冲进一群士兵中间——穿过一群士兵。

尖叫声在我们身后响起。

那火在军队中划过,简单得就像拿笔画了一条线,火焰沿曲线前进,把士兵撕成碎片、轰炸上天,周遭的一切都被卷入烈火之中。

"陶德!"我对着通信器喊,"快逃!"

但是我已经看不到他的脸了。投影只显示出火焰劈开一条血路,杀死了所有挡路士兵,然后——

然后它向上升腾。

"什么鬼?"李在我旁边说。

火焰从人群中,从它杀死的人们中间飞了出来,升到军队上空——

"它还在做曲线运动。"布雷德利说。

"那是什么?"西蒙妮问柯伊尔助医。

"从没见过。"柯伊尔助医回答说,她的目光还落在投影上,"斯帕克人显然没有闲着。"

"陶德?"我对着通信器说。

但他没有回答。

布雷德利用拇指在遥控器上画了个方形，投影中央出现了一个框，圈住那个燃烧的东西，然后放大，直到它占据了整个投影画面。他又按了几下，影像慢了下来。那火在一个旋转的S形刀刃上燃烧，凶猛得刺眼，让人无法直视——

"它又回瀑布了！"李指着投影的主画面说道。燃烧之物从军队中飞了出去，仍然转着弯疾速飞行。我们看着它在空中越飞越高，转了一个大圈，顺着曲折的山路飞了上去，飞向现已干涸的瀑布，飞向那块石台，仍然一路旋转、燃烧。我们现在能看到那里的斯帕克人了，几十个人个个手握长弓，更多燃烧的锋刃在弓上蓄势待发。锋刃熊熊燃烧的一端对着自己，他们却也无所畏惧。接着，我们看到一个斯帕克人手中没有持箭，只有一把空弓，他就是第一个射击的人——

我们看着他将弓翻了一面，露出弓底弯曲的钩，他看准时机，完美地在空中抓住了飞旋的S形刀刃，熟练地转了个圈，立刻将它重新收入弓上，准备再次射出。火刃跟那个斯帕克人一样高。

在火光的映照中，我们看到那个斯帕克人的双手、胳膊和身体都蒙上了一层厚厚的柔软的泥土，这可以保护他不被烧灼。

"陶德，"我对着通信器说，"你还在吗？快跑，陶德！快跑——"

通过放大的影像，我们看到所有斯帕克人都举起了弓——

"陶德！"我叫着，"回答我！"

整齐划一——

他们全部拉起了弓，发射——

【陶德】

"薇奥拉!"我大喊。

但是通信器不在了,望远镜也不在了——

一排奔跑的士兵把它们从我手里撞掉了,他们拥挤着、推搡着、尖叫着——

燃烧着——

飞旋的火焰在我面前的人群中撕开了一道弯曲的口子,瞬间将他们置于死地,有人到死都不知道发生了什么。附近几排的人也被烧着了。

就在火刃快要削掉我的脑袋时,它升高了,升到空中,转了个圈,飞回那个发射弓箭的石台。

我飞快转身,想知道自己还能往哪里跑。

这时,在士兵们的喊叫声中,我听到了安格哈拉德的尖叫。

我奋力往回走,推挤着旁边的人,去找我的马——

"安格哈拉德!"我喊道,"安格哈拉德!"

我没看到它,但能听到它恐惧的叫声,于是我更用力地挤开人群。

一只手抓住了我的衣领。

"不要,陶德!"市长喊着,要把我拽回去。

"我必须去找它!"我也喊着,要把他甩开。

"我们必须逃离!"他叫道。

这完全不像是市长会说的话,我猛地回身看他,但他的眼睛注视着瀑布。

我也看向瀑布——

然后,天哪。

石台上的火焰呈一道弧面,飞泻而出——每个斯帕克人都拉开了弓,射出了火刃。

那几十个人就能把整个军队打得落花流水,只剩灰烬和残骸。

"快!"市长叫着,又拉起我,"向市里撤退!"

但是我看到人群中有个缝隙,安格哈拉德被惊得扬起了马蹄——有双手抓了过来,它睁大了眼睛。

我摆脱了市长,向它冲了过去。我们之间全是人。

"我在这里,姑娘!"我喊着,往前挤着。但它还是在嘶叫,不停地嘶叫。

我阻止了一个想要爬到它背上的士兵,向它伸出手。

飞旋的火刃越来越近了,这一次它从两个方向曲线行进,从两侧夹击我们。

人们慌不择路。有人沿路跑向城市,有人跑向即将干涸的河,甚至还有人跑上了弯曲的山路。

"快跑,姑娘!"

说着,飞旋的火焰已经冲到我们眼前。

【薇奥拉】

"陶德!"我再次大叫,眼看那些火焰呼啸着飞越河面,逐渐向他逼近,另一些火焰则从反方向飞来,沿着谷底的山坡起起伏伏。火焰从两边向军队围攻过来。

"他在哪里?"我叫道,"你能看到他吗?"

"这一团糟,我什么也看不到。"布雷德利说。

"我们必须做点什么!"我说。

柯伊尔助医吸引了我的注意。她在观察我,仔细地观察我的表情。

"陶德？"我对着通信器说，"回答我，拜托！"

"火焰追上军队了！"李喊着。我们都看向投影。

飞旋的火焰正杀向四处逃跑的军队——

火就要追上陶德了——

火就要杀死他了——

火就要杀死山下的所有人了——

"我们必须阻止它！"我说。

"薇奥拉！"布雷德利用警告的语气叫我。

"怎么阻止？"西蒙妮说，能看出来她正在重新考虑。

"没错，薇奥拉。"柯伊尔助医说，她直视着我的眼睛，"怎么阻止？"

我又看向投影，望着正在燃烧、正在丧命的士兵。

"他们会杀了你的男孩，"柯伊尔助医说，她好像读懂了我的心，"这次没有别的出路了。"

她能看出我的表情，看出我在思考。

重新思考。

满脑子都是那些死去的人。

"没错，"我轻声说，"我们没办法了——"

还有出路吗？

【陶德】

呼！

一团火旋转着，从我们左边擦肩而过，一个试图躲避的士兵被削掉了脑袋。

我拽着安格哈拉德的缰绳,但是它再次惊恐地扬起了前蹄,瞪大眼睛,甚至露出了眼白。它的声流中只有高频的尖叫,刺耳得让人无法承受。

又一团火从我们面前呼啸而过,火花四射,拉着缰绳的我被受到惊吓的安格哈拉德拖得双脚腾空,我们闯进一群士兵中间。

"这边!"我听到我们身后有人叫道。

市长大叫着。一团火球点燃了我和安格哈拉德身后的士兵,他们被烧成了一面火墙。

他大叫的时候,我感到自己的脚被牵引着,差点掉转方向直接面向他。但是我逼自己回到安格哈拉德身边。

"拜托了,姑娘!"我喊着,想尽了办法想让它动起来,用尽力气——

"陶德!别管马了!"

我转过身,看到市长正骑在莫佩思背上。一团旋转的火焰直冲天空,市长和莫佩思一个跳跃,从那火焰下方蹿了出来。

"回市里去!"他对着士兵们大喊。

把命令植入他们的声流,把命令植入我的声流——

他低沉的声音在我脑袋中震颤着,我将之击退。但他身边的士兵们跑得更快了。

我抬起头,一团团烈火宛如俯冲的鸟,划过半空。

但它们向着石台折返回去了。

到处都是着火的人,幸存的士兵注意到那一团团烈焰已经飞回原点了。在他们再次发射之前,我们有几秒钟喘息的时间。

人们正往市里赶。第一批人马沿路前进,跑向市长大喊的地方。

"陶德!快跑!"

但是安格哈拉德仍然在尖叫，恐惧地四蹄乱踢，想要从我手里挣脱出来——

我的心要被撕裂了。

"拜托了，姑娘！"

"陶德！"市长喊道。但我不会离开安格哈拉德。

"我不会丢下它的！"我对着他喊道。

该死的，我不会——

我丢下了麦奇，我丢下它不管。

我不会再这么做了——

"陶德！"

我回过头。他走了，掉头往城市里狂奔，跟其他人一起。

空空的营地上，只剩下我和安格哈拉德。

【薇奥拉】

"我们不会发射导弹。"布雷德利说，他的声流在咆哮，"已经决定了。"

"你们有导弹？"李说，"该死的，那为什么还不用？"

"因为我们想要跟那个种族和解！"布雷德利喊道，"一旦发射导弹，势必带来灾难性的后果！"

"现在已经是灾难了。"柯伊尔助医说。

"对于你想让我们攻击的那支军队来说是灾难，"布雷德利说，"对于发动攻击的一方来说也是灾难！"

"布雷德利——"西蒙妮喊住他。

他转身面向她，声流里全是不可思议的粗话："我们有将近5000人，我们要对他们负责。难道你希望他们醒来之后发现自己被丢进了一场注定失败的战争吗?"

"你现在就在战争之中啊!"李说。

"我们没有!"布雷德利的声音更大了,"正因如此,我们说不定也可以让你们从中脱身!"

"只要让他们知道,自己要对付的不只是加农炮,这就行了。"柯伊尔助医说。很奇怪,她是对着我说的,而不是对着布雷德利或者西蒙妮。

"我的孩子,之所以我们第一次能跟他们达成和解,是因为当时我们处于强势地位。这就是战争的策略,也是达成停战的秘诀。只有当他们知道对手拥有超乎想象的高级武器时,他们才会愿意和解。"

"结果五年之后,他们变强大了,卷土重来,杀掉了每个人。"布雷德利说。

"五年时间足够缓和关系,避免新的战争爆发。"柯伊尔助医回答。

"上一次你们可真是颇有成效!"

"还在等什么?发射导弹吧!"伊万在人群中喊道,周围的人们也纷纷响应。

"陶德。"我自言自语,又向投影看去。

燃烧的火焰飞回了瀑布,被斯帕克人稳稳接住,然后重新装上弓。

接着,我看到他了。

"他一个人!"我叫道,"他被丢下了!"

军队沿着进城的路逃窜,人群从陶德身边挤过,进入树林。

"他想救他的马!"李说。

我一下又一下地按着通信器:"该死的,陶德!回答我!"

"我的孩子！"柯伊尔助医大叫着吸引我注意，"又到了生死关头。你和你的朋友们还有第二次机会。"

布雷德利的声流发出愤怒的声音，他看向西蒙妮求助，但是西蒙妮的眼睛扫向周围的人群，人们要求我们发射导弹。"我觉得没有别的选择了，"她说，"如果我们什么都不做，那些人就会死。"

"如果我们真的动手，那些人还是难逃一死，"布雷德利说，他的惊讶溢于言表，"我们也会死，还有即将到来的飞船上的所有人。这场战争不关我们的事！"

"只需要一天，"西蒙妮说，"只要显示一下我们的实力，他们可能就愿意跟我们谈判了。"

"西蒙妮！"布雷德利说，他的声流里全是脏话，"舰队希望我们和平——"

"舰队看不到眼下的状况。"西蒙妮说。

"他们又射击了！"我说。

又一簇旋转的弧形火焰从瀑布下的石台上射出——

我暗自想，陶德会怎么做呢？

他最希望的是我平安无事，别的都可以先不管。

他是这样想的，我知道。

就算他没有身陷其中——

但是他仍然身处战场，仍然孤身一人，火焰向着他飞奔而去。

还有，不论是战争还是和平，有件事在我的脑子里挥之不去，这件事我很确定——

确定但并不正确——

确定但十分危险——

那就是，如果他们杀了他，如果他们伤害了他，那么这艘飞船上的所有武器加起来,也不够斯帕克人需要付出的代价。

我看着西蒙妮,她轻易看懂了我的表情。

"我去准备发射导弹。"她说。

【陶德】

"拜托了,姑娘,求求你。"我说。

我们周围尸横遍野,成堆的尸骸在燃烧,还有一些人仍在尖叫。

"拜托!"我大喊。

但是它仍在抵抗,它用力地摇着头,挣扎着,想要逃离大火和浓烟,逃离无数的尸体,逃离身边零星几个狼狈逃命的士兵。

然后它跌倒了,侧卧在地,还拖着我一起摔倒。

我倒在它的脑袋旁边。"安格哈拉德,"我对着它的耳朵呼唤,"求求你了,站起来!"

这时,它的脖子扭动了一下——

耳朵扭动了一下——

然后它的眼睛转向我——

第一次正对着我——

然后——

帅小伙?

它的声音发颤,很轻。它小声地、安静地、惊恐地说话了。

"我就在这儿呢,姑娘!"

帅小伙?

我满怀希望,心狂跳起来。

"加把劲,姑娘!站起来,站起来,站起来,站起来——"

我跪在地上向后倾，拽着缰绳——

"拜托拜托拜托拜托拜托——"

它抬起头，眼睛望向瀑布。

帅小伙! 它叫道。

我回头看，又一道弧形的火焰旋转着向我们飞来。

"快来！"

它摇晃着站起来，站得很不稳当，从一具燃烧的尸体旁跌跌撞撞地走开。

帅小伙! 它仍然在尖叫。

"快来，姑娘！"我说着，想要到它身边，想要爬到它背上，但是火已经来了，它们像燃烧的群鹰一般俯冲而下。

一团火焰从它头顶飞过——如果我已经坐到了它背上，这火就会直冲我的脑袋飞来。

突然，它惊慌地向前急奔，我抓紧它的缰绳，跟在它后面跑，一路磕磕绊绊，一半是自己在跑，一半是被它拖着走。

旋转的火焰铺天盖地，向我们飞来，整个天空都在燃烧。

我的手紧紧绞住缰绳。

安格哈拉德叫着：**帅小伙!**

我摔倒了，缰绳脱手了。

帅小伙!

"安格哈拉德！"

这时我听到——**屈服吧!**

叫声来自另一匹马。

我摔倒在地上，听到了其他马蹄声，是别的马——

市长骑在莫佩思身上，在安格哈拉德面前挥着一块布，盖住了它的眼睛，不让它看见暴雨一般洒落的火焰。

然后他弯下腰,伸手用力抓住了我的胳膊,把我拽起来,拎在空中,然后一把将我甩开。随后,飞旋的烈火击中刚才我跌倒的地方,那儿燃烧起来。

"快走!"他喊道。

我手脚并用,爬到安格哈拉德身边,抓住它的缰绳,引导它走路。市长的马在我们前面打着转,躲避天上的飞火。

他看着我——

留心我的安全——

他回来救我——

他回来救我——

"撤回市里,陶德!"他喊道,"他们的射程有限!他们打不到——"

一团飞旋的烈火撞上莫佩思宽阔的胸膛,他连人带马从我的视野中消失了——

【薇奥拉】

"你在做什么?!"布雷德利说。

他的声流对着驾驶席上的西蒙妮发出怒吼。

愚蠢、自私的贱人。

"对不起,"他咬紧牙关,立刻补充说,"但是我们不必这样!"

我们全挤在这里,布雷德利和柯伊尔助医在我和李的身后推来搡去。

"遥测装置设置好了。"西蒙妮说。一小块操作界面打开,露出一个蓝色的方形按钮。在屏幕上按一按可没法把武器发射出去,操作键是实体的,这不是开玩笑。"目标锁定。"西蒙妮说。

"那地方已经快没人了！"布雷德利说着，指着驾驶座上方的屏幕，"那些火球根本跑不了多远！"

西蒙妮没有回答，但是她的手指在蓝色按钮上方徘徊不定。

"你的男孩还在下面呢，我的孩子。"柯伊尔助医说。她仍然正对着我说话，好像这里都是我说了算。

没错，他确实仍然待在山下，努力想把安格哈拉德拽起来。在缭绕的硝烟和战火之中，他是那么渺小、孤独，也不回应通信器的呼叫。

"我知道你在想什么，薇奥拉，"布雷德利说，他努力让自己的声音保持镇定，尽管他的声流已经怒不可遏，"但这样做等于为救一个人而牺牲数千人。"

"够了！"李喊道，"把那该死的玩意儿发射出去！"

但是在显示屏上，我的确看到，战场上已经鲜有人影了，除了陶德和几个掉队的士兵。我想，如果他能脱身……或许市长会意识到，他根本无法对抗那么强大的武器——谁愿意打一场毫无胜算的仗？谁又能打得赢？

但是陶德必须脱身。

现在他的马跑起来了，一路拖着他跑。

那些火焰也飞过来了——

不，不——

西蒙妮的手仍然悬在按钮上方，她在犹豫。

"陶德！"我大声喊。

"薇奥拉。"布雷德利叫我，他的声音很强硬。我才反应过来，看向他。

"我知道他对你很重要，"他说，"但是我们不能，还有那么多生命……"

"布雷德利。"我说。

"不能就为了救一个人,"他说,"战争不能只为了一个人——"

"看!"柯伊尔助医大喊,我转身对着显示屏。

我看到了——一团飞旋的火焰直直撞上了一匹狂奔的马,火焰落在它前胸。

"不!"我尖叫道,"不!"

画面中立刻燃起熊熊烈火。

我叫得声嘶力竭,从西蒙妮旁边扑了上去,一拳击中了那个蓝色按钮。

【陶德】

莫佩思根本来不及尖叫。

那火刃穿透它的身体,它的膝盖弯了下去。

我从火浪中跳开,又抓起安格哈拉德的缰绳,想避开余波的冲击,而那火就在我们头顶上方咆哮。

安格哈拉德好多了,至少它的眼眸恢复了神采,它的声流正在努力寻找可行的路。

火刃继续飞散,大火四处蔓延。

但是有一团火从那大火中分离了出来,跌向一边,撞到了地上。

那是市长。他疯狂地向我滚过来。

我把安格哈拉德的毯子拽下来,盖到他身上,去扑灭他的将军制服上的火。

他在土里打滚,我在他身边跳动,拍打他身上的点点火苗。

我模模糊糊地意识到,那些火刃又回到石台上去了,我们又得到了几秒钟逃跑的时间。

市长蹒跚着站起来,他身上还在冒烟,脸上黑黢黢的全是烟尘,部分头发被烧焦了,但身上没有致命伤。

莫佩思就不行了,它的尸体已经被烧成焦炭,几乎难以辨认。

"他们要为此付出代价。"市长说,他的嗓子因为烟熏而沙哑。

"快走吧!"我喊道,"跑快一点,我们还来得及逃命!"

"事情不该这样发展,陶德,"他愤怒地说道,我们踏上了进城的路,"他们应该攻击不了城市,我想这武器的垂直射程有限,所以没法从山顶发射——"

"把嘴闭上,赶紧跑!"我一边说着,一边催促安格哈拉德,心想,我们怕是来不及赶在下一波大火之前——

"你不应该就此认为我们战败了!"市长叫道,"他们没有取胜。这只是一次小小的挫败!我们还要回击,我们还要——"

突然一个尖厉的声音从我们头顶上划过,就像飞翔的子弹,然后——

轰!

整个山坡被炸了个底朝天,像喷发着烟尘和火焰的火山口,冲击波把我和市长还有安格哈拉德撞倒在地,小石子像冰雹一样打在我们身上,大石头砸在旁边的地上,差点没把我们就地掩埋。

"什么?!"市长说着,抬起头往身后看。

干涸的瀑布山崖塌进空荡荡的河床,所有斯帕克射手也随之坠亡,灰尘和浓烟直升云霄,那条弯曲的山路也被摧毁了。整座山峰崩塌了一半,只残留山顶的一处锯齿状凸起。

"是你的人吗?"我喊道,耳朵被爆炸震得嗡嗡响,"是你们的大炮吗?"

"我们没有时间!"他喊了回来,仔细查看残缺的山体,"也没有这么强大的武器。"

翻腾的浓烟慢慢散去,山坡上出现了一个巨大的漏斗状豁口,到处都是参差不齐的山石,山腹被撕开了一个伤口。

哦,薇奥拉。

"确实。"市长也意识到了,他的声音里突然透露出一种令人憎恶的快意。

站在一片旷野中,面前全是战死的士兵,地面上铺满了尚未烧尽的残躯。不到十分钟之前,我还看到那些人在走路、说话,那些人在这场由他发动的战争中为他而战、为他而死——

面对这一切,市长说:"你的朋友们已经加入这场战争了。"

然后,他笑了。

战争机器

爆炸波及了所有人。

俯视着谷底的山丘与地面撕裂开来。"大地"的射手瞬间殒命,还有所有靠近山崖的"大地"。而我和"天空"因为隔了几十米的距离,侥幸活命。

冲击波继续扩散,在"大地"的声音中回响,在河流中绵延,甚至越来越强,仿佛爆炸仍然继续不断发生,那震撼的感觉在我们的身体中反复咆哮,这令"大地"感到眩晕,不知道这场爆炸惊人的规模究竟意味着什么。

不知道接下来还会发生什么。

不知道它的威力是不是足以毁灭我们。

太阳升起后没多久,"天空"截停了河流。他通过"小径"给上游修建大坝的"大地"传了消息,让他们垒叠石堆,筑起挡水墙,迫使河水掉头回流。激流开始渐渐平息,直到瀑布水花喷洒形成的彩色弧线消失，宽阔的河面变成了泥泞的平原。奔流的水声消失了，我们听到山下"寸草不生"发出疑惑和恐惧的声音。

接着就是射手的时间了，我们的视线追随着他们。他们早已在黑夜的掩护下悄悄溜进瀑布后面，等着太阳升起，水流停止。

接着，他们举起武器射击。

透过射手的眼睛，"大地"全体目睹了一切，燃烧的刀刃穿过"寸草不生"，"寸草不生"尖叫着死去。我们看到胜利的曙光慢慢显露，他们却无力还击——

这时，空中突然有什么东西呼啸而过，速度很快，虽足以令人察觉，却难以看清。终于，那东西訇然落地，火光填满了"大地"每一个人的思想、灵魂和声音，标志着我们为暂时的胜利付出了代价。"寸草不生"拥有超乎想象的武器，现在他们要用这武器将我们全部消灭——

但是轰炸没有继续。

* * *

那艘船在我们上空飞过，我向"天空"示意。

"大地"正踉跄着重新站起来。"天空"扶我起来，刚才的气浪将我们撞倒在地，我们两个受伤不算严重，只有一些小伤口，但是周围凌乱地散落着"大地"的尸体。

那艘船。

"天空"表示赞同。

我们立刻开始干活儿，无时无刻不在担心第二次轰炸降临。他立即指派指挥官重新部署"大地"，我帮他将伤者抬进疗养地。

一顶新帐篷早已在上游干涸的河床上搭建起来,因为这是"天空"的命令——这是为了让"大地"的声音重新会集起来,成为一体。

但是我们并没有去往远处的上游。"天空"希望能就近观察"寸草不生"。山坡已经被毁,现在军队很难找到下山的路,除非一个个爬下山去。

还有别的路。

他向我示意,而我已经听到,他把消息传达给了"小径"——关于重整"大地"驻地的消息,关于沿着"寸草不生"不知晓的秘密小路继续行进的消息。

奇怪。

"天空"示意。已经过了几个小时,我们已经停下来吃东西了,第二次轰炸仍然没有到来。他们发射了一次,却没有第二次。

或许他们只有一件武器,或者他们知道这样的武器无力抵挡一条被堵塞的河流蕴藏的力量。如果他们打算消灭我们,我们就会释放河水,同归于尽。

*共同毁灭原则*①。

"天空"说。这几个词在他的声音中尤为突兀,好像并不属于他。他的声音封闭了很长时间,在"大地"的声音中搜寻着,寻找着答案。

然后他站了起来。

"天空"现在必须离开"归者"。

---

① 共同毁灭原则,亦称相互保证毁灭(Mutually Assured Destruction),是一种"俱皆毁灭"性质的军事战略思想。一般是指拥有核武器的对立两方中,如果一方全面使用核武器,则两方都会被毁灭,被称为"恐怖平衡"。

离开？但是任务没有完成——

我示意。

他在我的迷惑中向下望去。

有些事"天空"必须独自完成。黄昏时分在我的坐骑处碰面。

你的坐骑？

我示意。但是他已经走开了。

午后的时间渐渐过去，我按照"天空"的指示，顺着干涸的河床走回去，走过灶火和疗养院，走过"大地"的战士们。他们正从那场爆炸中恢复元气，一边对"大地"的尸体哀悼，一边照管着武器，为下一次进攻做准备。

但是"大地"必须活下去，我走到距离爆炸地点很远的上游，经过正在利用建材筑造新营地的"大地"——几个营房已经在烟雾缭绕的傍晚建好了；经过正在照料白鸟的"大地"，白鸟是我们活物食材的一部分；经过谷物和鱼的储藏地，流干的河水为我们补充了鱼类库存；经过正在建造厕所的"大地"以及一群正在唱歌的小孩，那首歌教会他们如何通过声音了解"大地"的历史，如何将所有的声响扭转、缠绕、编织，汇成那个永恒的声音，告诉他们自己是谁。

那语言我说起来仍然很费力，尽管"大地"会用跟孩子说话的速度与我交谈。

我从歌声中走过，直到抵达巴特鲁魔的围场。

巴特鲁魔。

对我来说，它们一直是一种传说中的生物。在成长的过程中，我只在"包袱"的声音里、梦里、故事里，在那场将我们留给"寸草不生"的战争中见过巴特鲁魔。我半信半疑地认为，它们不过是一种虚构的夸张怪物，要么完全不存在，要么其真实模样令人大失所望。

我错了。它们太壮观了。巨大的白色身躯之上覆盖着陶土战甲。就算没有战甲，它们的皮毛也足够厚实，形成一片坚硬的壳。它们的身宽几乎等于我的身高，背部宽阔，"大地"很容易站在上面，"大地"会利用传统的足鞍来保持直立。

"天空"的坐骑是其中最大的一只。它的角从鼻部凸出，比我的整个身体还长。它还有一个罕见的次角，只有群体中的首领才拥有这种角。

归者。

它向靠近围场篱笆的我示意。这是它唯一知道的"包袱"词语，无疑是"天空"教它的。

归者。

它示意着。它很温柔，也很热情。我伸出手，放在它的两只角中间，手指轻轻地摩挲。它愉快地闭上了眼睛。

这是"天空"坐骑的一个弱点。

"天空"示意着，从我身后走来。

不，不用停下来。

有消息吗？你做好决定了吗？

我示意着，把手拿开。

他因为我的急躁而叹了口气。

"寸草不生"的武器比我们的更强大，如果他们还有更多武器，"大地"就会不断地死去。

过去那些年里,他们已经杀死了无数生命。如果我们什么都不做,他们会继续残杀无辜。

我们按原计划继续。"天空"示意。

我们已经展示了新力量,并且击退了他们。我们控制了河流,让他们无水可用,他们知道,任何时候,只要我们释放河水,就能把他们淹死。现在,且看他们如何回应。

我站直了身体,放大了声音:"且看他们如何回应"?这能有什么好处——

我停了下来,因为突然产生了一个想法,这个想法占据了我的全部思绪。

我示意着,往前走了几步:你的意思不会是——你不会是想说,看看他们会不会提出和平解决方案吧?

他变换了一下站姿:"天空"从来没有这样表示过。

你承诺要把他们全部消灭!难道对你来说,"包袱"遭到屠杀是一件无足轻重的事吗?我示意道。

镇静。他示意着,第一次对我发出命令。我会参考你的意见和经验,但是我会做出对"大地"最有利的决定。

你们曾经做出的"最有利的决定"就是牺牲"包袱"!让他们去当奴隶!

那时是在一片互不相同的"天空"下,是彼此孤立的"大地",只不过有着不同的技能和武器。我们现在更强大了。我们学到了很多。

然而你仍然愿意与他们和解——

我没有这样表示过,年轻的朋友。他的声音更加镇静、更加舒缓了。

但是会有更多飞船降落,对吧?我对他眨了眨眼。

你这样告诉过我们。你自己从"猎刀"的声音里听到：有一支舰队即将到来，他们带着很多今天这样的武器。为了"大地"的永续生存，这些事必须考虑在内。

我将声音放在心里，没有回应。

所以，现在我们要将"大地"转移到更有利的场所，我们会等待。

"天空"向他的坐骑走去，抓着它的鼻子。

他们不久就会发现，水不可或缺。他们会行动，甚至会再次动用今天这样的武器，而我们也会做好准备。

他转向我："归者"不会失望的。

夜幕降临，我们回到"天空"的营火旁。"大地"和"天空"准备睡觉了，山下"寸草不生"没有任何再次进攻的迹象。我学着"寸草不生"那样，把自己的声音层层堆叠、隐藏，同时思考着两件事。

共同毁灭原则。

舰队。

"天空"吐出的这些词语是"包袱"的语言，是"寸草不生"的语言。

但这两个用语我不知道，也从来没有用过。

这些词语并不来自"大地"悠久的记忆。

它们是新词，我几乎能够闻到这些词语的新鲜气味。

夜幕降临，"寸草不生"要开始围攻了。这就是我隐藏在声音里的事。

"天空"今天把我留下了，我一个人。"天空"偶尔会这样做，出于"天空"自己的需要。任何"天空"都可能这样做。

但是他回来之后学会了新的词语。

所以他是从哪里听到的?

控制你自己

在山谷中

【薇奥拉】

"我以为你被打中了,"说着,我双手抱住脑袋,"我看到那东西击中了一匹马和上面的人,我以为那是你。"我抬头看着他,疲惫而颤抖,"我以为他们把你杀了,陶德。"

爆炸之后,我立刻骑着松子飞奔而下,穿过广场,喊着陶德的名字,直到发现了他。我找到他了,他的声流仍然充满震惊,比起上次见面时更加模糊了,但是他还活着。

还活着。

我改变了整个世界,以确保他活下来。

"我也会这么做的。"他对着我的耳朵说。

"不,你不了解。"我轻轻推开他,"如果他们伤害了你,如果他们杀了你……"我哽咽着,"我会把他们全部杀掉。"

"我也会这么做,薇奥拉。"他又说,"毫不犹豫。"

我用袖子擦了擦鼻子。"我知道,陶德,"我说,"我们会因为这种想法变成危险人物吗？"

尽管有些模糊，他的声流还是流露出一些困惑："什么意思？"

"布雷德利一直说，战争不能只为了个人目的，"我说，"但我为了你，把他们全都拖入了战争。"

"如果他们真有你说的一半那么好，到头来他们也无法袖手旁观——"

我提高了嗓门："但是我没有给他们其他任何选择——"

"别说了。"他再次把我抱住。

"一切都还好吗？"市长说着向我们走过来。

"走开。"陶德说。

"至少允许我对薇奥拉说声'谢谢'——"

"我说了——"

"她救了我们的命，陶德。"他站得有点太近了，"一个简单的动作，她改变了一切。我无法表达我的感激之情。"

在陶德的怀里，我一动也不动。

"别来烦我们，"我听到陶德说，"现在就走。"

市长停顿了一下，然后说："好吧，陶德。如果你需要我，我一直都在。"

市长离开了，我抬头看着陶德："'如果你需要我'？"

陶德耸了耸肩："他本可以不管我死活。要是我没有在外面晃悠，他会少很多麻烦事。但是他没有抛下我不管，他救了我。"

"他一定有什么目的，"我说，"而且不是好事。"

陶德没有回答，只是盯着市长看了很长时间。市长在跟他的部下说话，同时也在看着我们。

"你的声流仍然很难读懂，"我说，"比之前更奇怪了。"

陶德的目光有点躲闪。"是战争，"他说，"所有那些尖叫——"

我听到了什么,在他的声流深处,关于一个**圆**——

"还好吗?"他问,"你看起来不太好,薇奥拉。"

现在轮到我躲闪了。我发现自己无意识地拉扯衣袖:"我缺觉。"

但是那一刻很怪异,好像我们之间存在某种猜忌的情绪。

我伸手摸进背包。"拿着,"说着,我把我的通信器递给他,"换这个用吧。我回去之后再要一个新的。"

他看起来很惊讶:"你要回去了?"

"我必须回去。全面战争已经打响,而且那都是我的错,因为我发射了那枚导弹。我必须去纠正一切——"

我又开始焦虑,脑海中不断浮现那决定性的一幕。屏幕上陶德很安全,他终究没有死,而军队也撤出了飞火的攻击范围。

这场袭击结束了。

但我还是发射了导弹。

我把西蒙妮和布雷德利,还有整个舰队拖入了战争,现在的情况可能比之前还要糟糕十倍。

"我也会这么做的,薇奥拉。"陶德说,这句话他说了两遍。

我知道他说的绝对是真话。

但在离开之前,他再次抱我的时候,我忍不住想了又想。

陶德和我都愿意为了保护对方而这样行事,但我们俩真的做对了吗?

还是说,这样的举动只会让我们两人都变成危险人物?

【陶德】

接下来的日子安静得有点可怕。

火刃攻击之后,一个夜晚过去了,一个白昼过去了,然后又一天也过去了，什么事也没有发生。山上的斯帕克人毫无动静，尽管晚上我们还能看到他们的营火映红夜空。侦察舰也没有任何动静。薇奥拉把市长的底细全部告诉了他们。他们会等他上门拜访，我猜，或者通过我传递消息。市长看上去也不着急。他急什么呢？他都没开口，就得到了想要的结果。

同时，他派了重兵把守新普伦提斯市的大水塔，就在广场外一条小街上。他还让士兵去搜集食物，贮存在水塔旁的旧马棚里。不用说，一切都在他控制之下，都安排在他的新营地周围。

都在这个广场上。

我本来以为他会征用附近的住宅，但是他说自己更喜欢帐篷和篝火，户外宿营时军队的声流围着他咆哮，这让他更有战争的实感。他甚至找泰特先生拿了一件制服，把自己打扮了一番。他又是一个俊朗的将军了。

他还为我搭了一顶帐篷，就位于他和部下的驻地对面。好像我也是他重要的部下之一，好像我值得他特意救我一命。他甚至在里面放了张吊床，连续两晚通宵战斗之后，我终于有地方睡了。这会儿睡觉有些不合时宜，尤其是当战事还没停歇。但是我太累了，只管睡了。

还梦到了她。

梦到爆炸后她来找我，我抱着她。她难过的时候我抱着她，她的头发有点难闻，她的衣服被汗浸透，她浑身火热，又一片冰冷，但确实是她，在我怀里——

"薇奥拉。"我叫着她的名字醒了过来，我的呼吸在寒冷中凝结成白汽。

我重重地喘了一两下，然后站起身来走出帐篷。我径直走向安格哈拉德，把脸抵在它温暖的肚子上。

"早啊。"我听到有人说。

我抬起头。我们驻扎在这里之后,一直是同一个年轻士兵来给安格哈拉德送饲料,现在他带来了早餐。

"早。"我回道。

他并没有看向我。他年纪比我大,却对我颇为顾忌。他把一个饲料袋①套在了安格哈拉德的嘴巴上,另一个袋子给了"朱丽叶的喜悦"——它本来是摩根先生的马,现在莫佩思死了,市长便征用了它,这匹跋扈的母马对经过的任何人都嗤之以鼻。

屈服吧! 它对士兵说。

"你才该屈服。"我听到他喃喃自语。我笑了起来,因为我也是这么回应它的。

我抚摩着安格哈拉德的侧腹,重新掖了掖毯子,让它足够保暖。**帅小伙**,它说,**帅小伙**。

它还是没有好起来。自从我们回到市里,我再也没骑过它。但它至少又开始说话了,声流也不再尖叫了。

不再尖叫着关于战争的一切。

我闭上眼睛。

(**我即方圆,方圆即我**。我想着,像一片羽毛一样轻盈——)

(你也可以让声流安静下来——)

(让尖叫声安静下来,让死亡安静下来——)

(让一切你不愿回忆的经历都安静下来——)

(那个嗡嗡声仍然存在于背景之中,但它更接近一种感觉,而不是声响——)

---

① 饲料袋:是一种带挂绳的袋子,袋内装饲料,挂在牲畜头上,袋子刚好套在牲畜嘴巴上喂饲料。

"你觉得很快会有战事发生吗?"士兵问。

我睁开眼睛。"如果没有战事,"我说,"就不会有人送命了。"

他点点头,眼睛看向了别处。"我叫詹姆斯。"他说。通过他的声流,我知道他所有的朋友都阵亡了。他抱着希望和友善,告诉了我他的名字。

"我叫陶德。"我说。

他看着我的眼睛,看了一会儿,然后朝我身后跑开了,去忙他要忙的事。

因为市长从他的帐篷里出来了。

"早上好,陶德。"说着,他伸了个懒腰。

"有什么好的?"

他只是愚蠢地微笑着:"我知道等待很难熬,特别是在水淹的威胁之下。"

"我们为什么不能就这样离开呢?"我说,"薇奥拉告诉过我,海边有遗留的定居点,我们可以在那里重整旗鼓,然后——"

"因为这是我的城市,陶德,"说着,他从炉火上拿起咖啡壶,给自己倒了一杯,"离开就意味着向他们认输,这就是游戏的规则。他们不会释放河水,因为那样我们就会继续发射导弹。所以每个人都想另辟蹊径来打这场仗。"

"导弹又不是你的。"

"但那是薇奥拉的,"他对我咧着嘴笑着,"我们已经看到了,她为了保护你会做出什么事。"

"总统先生?"泰特先生结束了夜间巡逻,他和一个我没见过的老人一起向营火走来,"有一位代表请求会见。"

"一位代表?"市长带着假惺惺的钦佩态度说道。

"是的,长官,"老人双手拿着自己的帽子,不知道眼睛该往哪里瞟,"我从镇上来。"

我和市长不由自主地看向广场周围的楼房和街道。自从斯帕克发动第一次攻击之后,人们就从这里逃离了。但是现在看,从主路往前经过大教堂的废墟,远处有一队人站着,大多数是老人,也有一两个年轻女性,其中一个抱着孩子。

"我们不太清楚发生了什么,"老人说,"我们听到爆炸声,就跑了——"

"战争打响了。"市长说,"这是决定我们所有人未来的大事件。"

"没错,"老人说,"但是随后河流干涸了——"

"所以你们猜测,市里才是最安全的地方。"市长问,"你的名字是什么,代表?"

"肖。"老人回答。

"好的,肖先生。"市长说,"现在是危急时刻,你的城市和军队需要你。"

肖先生紧张地把目光从我身上移到泰特先生和市长身上:"我们当然准备好支援我们的勇士了。"他一边说,一边拧着手中的帽子。

市长点点头,语气近乎鼓励:"现在停电了吧?这座城市被抛弃之后就没有电了,也没有暖气,没办法做饭。"

"是的,长官。"肖先生说。

市长沉默了一会儿。"这样吧,肖先生,"他说,"我会派几个人重启发电站,看看能不能先给一些地方供电。"

肖先生一脸吃惊。我知道此刻他是什么心情。"谢谢你,总统先生,"他说,"其实我只是想问问能不能——"

"不,不,"市长说,"如果不是为了大家,我们为什么要打这场仗?这件事办成之后,不知道能不能请你和其他市民帮帮忙,为前线提供一些必需品?食物还有水之类的。所有人同仇敌忾,肖先生,如果没有人民的支持,军队一文不值。"

"啊,当然了,总统先生。"肖先生惊讶极了,他都快说不出话了,"谢谢您。"

"泰特上尉,"市长说,"你能派一队工程师陪同肖先生过去,看看我们该怎么保护这些市民不被冻死吗?"

我惊奇地望着市长,泰特先生带着肖先生走开了。

"我们只有篝火,你怎么给他们弄到暖气?"我问,"你怎么能把人手分出去?"

"因为,陶德,"他说,"不止一场战争而已。"他望向路的前方,肖先生带着好消息回到了其他市民中间,"我意欲赢得所有战争。"

【薇奥拉】

"这么说吧,"罗森助医说着,重新为我包扎胳膊,"一旦铭牌烙在动物身上,它就会长进皮肤,跟肌体永久相连。要是我们强行去除,铭牌中的化学剂会导致凝血障碍;如果放着不管,伤口应该会很快愈合。可是你的情况并非如此。"

我躺在侦察舰康复室的床上。见完陶德回来之后,我在这里待了太长时间了。罗森助医的药物阻止了进一步感染,但其效用也仅限于此。我仍然在发烧,胳膊上的铭牌仍然灼痛,我痛得不得不重新躺到这张床上。

难道这几天还不够艰难吗?

回到山顶时,人们的欢迎令我吃了一惊。我骑马上来的时候,天已经黑了，但营地的火光足以让"答案"看清我的身影。

他们欢呼起来。

我认识的人，包括马格纳斯、纳达利助医和伊万，跑过来拍打松子的腹部，说着"这下让他们看看！""干得漂亮！"他们觉得，发射导弹是我们最好的选择，就连西蒙妮也让我不要担心。

李也是。

"不给他们点颜色看看，他们还会一直打过来。"那晚我们在一个树桩上吃晚饭的时候，他坐在我旁边对我说道。

我看向他，他蓬乱的金发挨着衣领，蓝色的大眼睛倒映着月光，他脖子上的细腻皮肤——

不管了。

"不过，这下他们可能会反击得更凶。"我大声说道。

"你必须这么做。为了你的陶德，你必须这么做。"

我能看到他的声流，他想用胳膊搂住我。

但是他没有。

另一边，布雷德利甚至不屑跟我交谈，他也不必说。每次我一靠近他，各种粗鲁的话都在他的声流里显现，开始抨击我。

自私的孩子……数千人的生命……让一个孩子把我们拖进战争……

"我只是很恼火，"他说，"很抱歉让你听到这些。"

但他并不真的为自己的想法感到抱歉。次日，他一整天都在向舰队汇报目前的情况，一整天都躲着我。

我不想一天到晚躺在床上，这样根本没办法跟柯伊尔助医说话。西蒙妮出去找她，结果却花了一天时间帮她分配人手寻找水源、整理食物库存，甚至还挪用侦察舰的化学焚烧装置去修建一个规模庞大的临时厕所，而那个装置本是为第一批移民准备的。

这就是柯伊尔助医，她只要有便宜就占。

昨天晚上我烧得更严重了，今天早上烧还没退。还有那么多事要做，那么多事要去尝试，去纠正这个世界——

"你不应该在我身上浪费时间，罗森助医，"我说，"是我自己选择戴上这块铭牌的。我知道风险很大，既然——"

"既然你都已经开始恶化了，"她说，"其他仍在东躲西藏的女人怎么办呢？"

我眨了眨眼："你不会认为——？"

薇奥拉。

我听到走廊外有人叫我。

薇奥拉……导弹……薇奥拉……西蒙妮……愚蠢的声流！

布雷德利的脑袋探进了房间。"你最好出来一下，"他说，"你们俩一起。"

我从床上坐起来，感觉一阵眩晕，我只好缓了一会儿再站起来。等我动身的时候，布雷德利已经带着罗森助医离开了房间。

"一个小时前，他们就向山上进发了，"他对她说，"刚开始只是三三两两的，但是现在……"

"什么人？"我一边问道，一边走出房间，走下舷梯，来到李、西蒙妮和柯伊尔助医身边。我向山顶周遭望去。

现在这里的人数是昨天的三倍。一群衣衫褴褛的人，男女老少都有，有些人还穿着他们在斯帕克初次进攻那晚穿的睡衣。

"有人需要医疗护理吗？"罗森助医问。没等有人回答，她就径直走向人数最多的那批来客。

"他们为什么来这里？"我问。

"我跟其中几个人聊了一下，"李说，"人们不确定是侦察舰的庇护更安全，还是继续留在市里、仰仗军队保护比较稳妥。"他看向柯伊尔助医，"然后他们听说'答案'在这里，这才下定了决心。"

"下定了什么决心？"我皱起了眉头。

"来了至少500人，"西蒙妮说，"我们根本没有那么多食物和水。"

"短期供应'答案'还负担得起，"柯伊尔助医说，"但后面肯定还有更多人到来。"她面向布雷德利和西蒙妮，"我需要你们的帮助。"

你还用**问**吗？

布雷德利的声流暴躁地响起来。

"我们的首要任务是人道主义援助，这是舰队的意思。"他看着我和西蒙妮说道。他的声流又暴躁起来。

柯伊尔助医点点头："我们需要讨论出最佳方案。我去叫各位助医过来——"

"我们更需要谈谈怎么跟斯帕克人签订新的停战协议。"我说。

"这是个棘手的问题，我的孩子。你不能直接跑过去要求双方停战。"

"你也不能无动于衷，坐视战争再次爆发。"从布雷德利的声流里，我发现他正在听我说话，"我们要找个方法，让这个世界里的各方携手合作。"

"理想主义，我的孩子。"她说，"人总是很容易相信理想，却很难将它实现。"

"要是试都不试，"布雷德利说，"那么活着根本没有意义。"

柯伊尔助医会心地看了他一眼："另一番理想主义发言。"

"打扰了。"一个女人朝飞船走来。她紧张地扫视我们所有人，最后把目光投向柯伊尔助医："你就是康复师，是吗？"

"我是。"柯伊尔助医回答。

"她只是其中之一，"我说，"还有很多康复师。"

"你能帮帮我吗？"这个女人说。

然后她拉起袖子，露出了一块铭牌。伤口感染得非常严重，连我都看得出来，她这条胳膊已经废了。

【陶德】

"趁着夜色，他们不停地赶赴山顶，"薇奥拉在通信器那头说道，"现在这里的人数已经是之前的两倍。"

"这里也是。"我说。

天就快亮了。肖先生跟市长谈话的第二天，也是市民们逃往薇奥拉所在山顶的第二天，越来越多的人冒了出来。回到市里的大多是男人，去往山上的大多是女人。不能说绝对，但情况大致如此。

"所以市长达到他的目的了，"薇奥拉叹了口气，她的脸色仍然非常苍白，"男人和女人互相隔离。"

"你还好吗？"我问。

"还好，"她不假思索地回答，"我晚点再打给你，陶德。今天会很忙。"

我挂断了通话，从帐篷里出来，看到市长已经准备好两杯咖啡，他正在等我。他递给我一杯咖啡。我迟疑了一下，接了过来。我们两个站在帐篷外面，一边喝着咖啡暖暖身体，一边看着天空逐渐变得绯红。现在有些地方还亮着灯——市长的部下正在为一些大型楼房供电，好让市民们能暖和地聚在一起。

市长盯着斯帕克人所在的山顶。那里一如既往地处在黑暗的穹顶下，仍然隐藏着一支看不见的军队。我突然发觉——市长的军队还沉浸于梦乡——除了士兵们睡梦中的**咆哮**，我还能听到另一种声音,一种微弱而遥远的声音。

斯帕克人也有**咆哮**声。

"他们的声音,"市长说,"我认为那个宏大的声音已经进化到极致,完美地适应这个世界。那声音将他们的所有个体联系起来,"他啜了一口咖啡,"在安静的夜晚,你偶尔能听到,所有个体共用一个声音说话,仿佛整个世界的声音都进入了你的脑袋。"

他仍然诡异地盯着那座山。我问:"你的间谍没有查明他们的计划吗?"

他又喝了一口咖啡,但还是没有回答我。

"他们不能靠得太近,是吗?"我说,"否则对方也会听到我们的计划。"

"这就是关键,陶德。"

"奥黑尔先生和泰特先生没有声流。"

"我已经有两位上尉倒下了,"他说,"抽不出更多人手了。"

"其实你没有烧掉所有解药吧?把解药给你的间谍不就行了。"

他没有说话。

"没有?"我说,然后恍然大悟,"你烧掉了。"

他还是没有说话。

"为什么?"我转过头看着附近的士兵。他们现在起床了,**咆哮声**更大了。"斯帕克人肯定能听到我们。你本可以利用这个优势——"

"我还有其他优势,"他说,"再说,我们中间很快会出现一个擅长收集情报的人。"

我皱了皱眉头。"我不会为你做事的,"我说,"永远不会。"

"你已经在为我做事了,亲爱的孩子,"他说,"已经好几个月了,如果我记得没错。"

怒火立马升腾起来,但是我忍住了,因为詹姆斯带着早晨的饲料来了。"给我吧。"说着我放下了手里的咖啡。他把饲料袋递给我,我把它轻轻地挂在安格哈拉德的脑袋上。

帅小伙? 它问。

"没事的,"我对着它的耳朵说道,手掌轻轻抚着它的两只耳朵,"吃吧,姑娘。"过了一会儿我才看到它的下巴开始活动,它吃东西了。"好姑娘。"我说。

詹姆斯还没走,他面无表情地盯着我。递给我饲料袋之后,他的手仍然举在空中一动没动。"谢谢你,詹姆斯。"我说。

他仍然盯着我,眼睛一眨不眨,手依然停在半空。

"我说,谢谢。"

然后,我听到了。

淹没在所有人喧嚣的洪流中,连詹姆斯自己都没有意识到的声流:从前他跟爸爸、弟弟一起住在河流上游,军队行军路过,他参了军——不然就要因反抗送命;于是现在他身处军队之中,和斯帕克人打仗,但他很高兴,欣然上场战斗,欣然为总统效劳——

"开心吗,士兵?"市长说着,又啜了一口咖啡。

"开心,"詹姆斯说,仍然没有眨眼,"非常高兴。"

在他的心声之下,潜藏着那微弱的蜂鸣震颤声,它属于市长——它沁入詹姆斯的声流,像蛇一样缠绕着他的声流,把声流推挤成另一种形状。这个暗流并未与詹姆斯格格不入,但绝非他自己原本的声流。

"你可以走了。"市长说。

"谢谢你,长官。"詹姆斯眨眨眼,终于放下了手。他冲我莫名其妙地笑了一下,然后向营地深处走去。

"你不能,"我对市长说,"起码不能控制所有人。你说了你刚刚开始懂得操控,你是这么说的。"

他没有回答,又向那座山转过头去。

我盯着他,想通了更多事。"但是你越来越强了,"我说,"所以如果他们被治愈了——"

"解药会掩盖一切,"他说,"会让他们,怎么说呢,更难接近。你需要一个杠杆去撬动别人。声流就是绝佳的工具。"

我又转头环顾四周。"但是你大可不必,"我说,"他们已经追随你了。"

"没错,陶德,但是那并不意味着他们绝对不会接受别的建议。你应该注意到了,打仗时他们是多么迅速地执行我的命令吧。"

"你期望操控整个军队,"我说,"整个世界。"

"听起来怎么这么邪恶。"他又微笑了,"我是为了我们大家,才使用这种操控力的。"

这时,我们身后传来了一阵急促的脚步声。奥黑尔先生喘着气,满脸通红。

"他们袭击了我们的间谍,"他气喘吁吁地对市长说,"派出的士兵只回来了两个。显然斯帕克人是放他们回来报信的,其他人都被杀了。"

市长表情渐渐扭曲,他望向那个山顶。"所以,"他说,"他们是想这么玩。"

"什么意思?"我说。

"从北面道路和南面山地发起攻击,"他说,"意料之中,这是第一步。"

"什么意料之中?"

他扬起眉毛:"他们要把我们包围起来,显而易见。"

【薇奥拉】

宝贝儿，松子跟我打着招呼，我从储存食物的帐篷偷了一个苹果给它。马厩在山林边上，威尔夫把"答案"所有的牲畜都圈在了那里。

"给你惹麻烦了吗，威尔夫？"我问。

"没有，女士。"威尔夫说着，给松子旁边的两头牛套上了饲料袋。

威尔夫，威尔夫，威尔夫。 它们边说边吃。

威尔夫。

松子也说道，它轻轻地抵着我的口袋，向我讨要苹果。

"简在哪里？"我问道，向四周看去。

"她在替助医们发放食物。"威尔夫说。

"是她的风格。"我说，"对了，你看见西蒙妮了吗？我有话跟她说。"

"她跟马格纳斯一起去打猎了。我听到柯伊尔助医这么提议的。"

自从市民们陆续来到这边，食物已经成为我们最紧迫的问题。跟以往一样，罗森助医负责管理库存，她建立了秩序井然的食物供给方案，足以让新来的人吃饱饭，但是"答案"的食物储存迟早会用完。马格纳斯已经带着人们去打猎，以补充食物来源。

与此同时，柯伊尔助医在医疗帐篷里为女人治疗发炎感染的胳膊。大家感染的程度各有不同。有些人非常严重，几乎站都站不稳，而有些人只不过出了较为严重的疹子。铭牌并不会对每一个女人都产生影响。据陶德说，市长也给山下的女人们提供了医疗帮助，对他自己下令烙上的铭牌表现出关切的样子，自称会尽最大努力帮助大家。他完全言不由衷。

这让我更加厌烦了。

"她离开的时候,我一定还在康复室。"我感觉到胳膊上一阵灼痛,不知道是不是又发烧了,"那我只能跟布雷德利说了。"

我往侦察舰的方向走回去,听到威尔夫在我背后说"祝你好运"。

我细心聆听,寻找布雷德利的声流。他的声流仍旧是所有男人声流之中最响亮的一个。最后我看到他的脚从飞船前头露了出来,地上摆着一块板子,四周是各种工具。

引擎。他在想。

引擎、战争、导弹、食物短缺……西蒙妮看都不看我一眼……西蒙妮?

"是谁来了?"他一边询问,一边从底下钻了出来。

"是我。"我看他露出脸来,回答道。

薇奥拉,他想。

"我有什么能帮你的吗?"他说。这比我期望的回话短得多。

我把陶德告诉我的事转告给他——关于斯帕克人和市长间谍的事,斯帕克人可能已经开始行动了。

"让我来看看怎么优化探测器的效果。"他叹了口气,望向营地。现在营地已经把侦察舰完全包围起来,向四周的空地延伸开去,山林边缘也有一些临时搭建的帐篷。"我们现在必须保护他们,"他说,"这是我们的职责,既然战事已经开始了。"

"对不起,布雷德利。"我说,"我没有别的选择。"

他猛然抬起头:"不,你有。"

他站了起来,更加坚定地说了一遍:"不,你有。做出选择可能是一件超乎想象的难事,但那也不是不可能。"

"如果山下不是陶德,而是西蒙妮呢?"我说。

他的声流里全都是西蒙妮,他对她的感情,那些不为人知的感情瞬间被拉了回来。"你说得对。"他说,"我不知道。希望我会做出正确的选择,但是薇奥拉,那也是一种选择。你说你没得选,这只是推脱责任的说辞,并非正派人所为。"

还是个孩子,是个孩子。

接着他的声音温柔起来:"我相信你是一个正直的人。"

"真的吗?"我问。

"当然了,"他说,"重要的是为此承担责任,并从中获得成长。以此为契机,努力改善情况。"

我想起陶德说过的话:"我们不是跌倒了,我们是要重新站起来。"

"我知道,"我说,"我在努力纠正。"

"我相信你,"他说,"我也在努力。你发射了导弹,但我们充当了帮凶。"我又从他的声流里听到了西蒙妮,夹杂着许多复杂的情绪。"你得让陶德告诉市长,我们只会帮忙救人,我们只会努力争取和平。千万别指望其他东西。"

"已经说了。"

我一定看起来非常真心,他笑了。这正是我期待的。我感到我的心轻快地跳跃了一下,因为他的声流也在微笑。

柯伊尔助医从一顶医疗帐篷里走了出来,她的罩衫上沾满了血。

"很不幸,"布雷德利说,"通往和平之路绕不开她。"

"是,不过她一直很忙。忙得没时间说话。"

"或许你也可以忙碌起来,"他说,"如果你还有精力。"

"还有没有精力不重要,有些事我必须去做。"我转过头,望向威尔夫喂牲畜的地方,"我想我知道该问谁了。"

【陶德】

我最疼爱的儿子,我读着。我最疼爱的儿子。

这是妈妈在每页日记开头都会写的一句话。这些日记是她在我出生前后写下的,关于发生在她和爸爸身上的事。我在帐篷里尝试阅读她的日记。

我最疼爱的儿子。

这几乎是整本日记里我唯一认识的东西。我的手指在页面上滑过,又滑到下一页,看着横七竖八的潦草字迹。

我的妈妈,她不停地说啊说啊。

但是我听不懂她说了什么。

我发现到处都是我的名字。还有基里安和本的名字。我开始有点伤感。我想听听妈妈说了关于本的什么——抚养我长大的本,我失去了两次的本。我想再听听他的声音。

但是我不能——

(真是个愚蠢的白痴)

就在这时,我听到——

食物?

我放下日记,脑袋探出帐篷。安格哈拉德正看着我。

食物,陶德?

我立即站了起来,走到它身边回应它。

因为这是它第一次说我的名字,自从——

"没问题,姑娘,"我说,"我这就给你弄些吃的。"

它开玩笑似的用鼻子轻抵着我的胸膛,我松了一口气,眼睛逐渐湿润。"我马上回来。"我说。我向四处看了看,但是没看到詹姆斯。我走过篝火,市长正皱着眉头听取泰特先生的报告。

他手下可供抽调的人手不足,但是今早听闻间谍遇袭之后,他说自己别无选择,只能派出一些中队分别经由北路和南路逼近斯帕克人,直到听到他们的咆哮声为止。然后就地驻扎下来,让斯帕克人知道,我们不会束手就擒,不会任由他们向市里进军。即使这些中队无力阻挡攻势,他们至少可以告诉我们,对方何时开始入侵。

我向军队走去,望着广场旁粮仓后面凸起的水塔尖顶。以前我从来没有注意过它,现在这些建筑却事关我们的生死。

我看到詹姆斯从里面走出来,进入广场。

"嘿,詹姆斯,"我跟他打招呼,"安格哈拉德想再来点儿饲料。"

"还要?"他看起来很惊讶,"今天已经喂过它了。"

"是的,但它刚从战争的冲击中恢复过来。而且,"说着,我挠了挠耳朵,"这是它第一次主动开口索要吃食。"

他露出会意的微笑。"你得小心,陶德。马知道怎么利用人。如果它一想吃你就喂它,它会开始不停地索要。"

"是,但是——"

"你得让它知道谁说了算。跟它说今天已经吃过了,早上才是吃饭的时候。"

他还在笑。他的声流仍然友好,但是我有点生气了:"告诉我饲料在哪里,我自己去拿。"

他皱了一下眉头:"陶德——"

"它需要饲料,"我提高了嗓门,"它受伤了,还在恢复——"

"我也是,"他撩起上衣,露出肚子上长长的烧伤痕迹,"我今天也只吃了一顿。"

我知道他是什么意思，我也知道他本意友好，但安格哈拉德喊我**帅小伙**的声音萦绕在我的声流之中，我记起它被击中时的尖叫，以及一直以来的沉默。现在它偶尔还会开口说话，但是相比从前简直性情大变，如果我连食物都不能满足它，那我还算什么？这个烦人的臭猪必须拿饲料给我，因为——

我即方圆，方圆即我。

"我去给你拿。"他说。

他看着我，眼睛一眨不眨。

我感觉有东西正在扭转，空气中出现了一条缠绕、弯曲、无形的线——它绕住了我的声流和他的声流。微弱的蜂鸣声。

"我现在就去拿，"他说着，眼睛一眨不眨，"我会直接给你送过去。"

他转身走回粮仓。

我能感觉到那蜂鸣声仍然在我的声流中震颤，但我找不到它、压不住它，它就像身后的影子，一转身就找不到了。

但是这不重要。我想要他按照我说的去做，我想要这样，他就真的这样做了。

我操控了他。就和市长一样。

我目送他向粮仓走去，好像这是他自己的主意一样。

我的双手在颤抖。

该死。

【薇奥拉】

"你是最了解停战的人，"我说，"当时你是新普伦提斯市的领导人，不可能——"

"我是港湾市的领导人，孩子。"柯伊尔助医头也不抬地说，她正在给排着长队的市民发放食物，"我跟新普伦提斯一点关系都没有。"

"给你！"简在我们旁边，她几乎是在大喊，把小份的蔬菜和干肉放进人们携带的容器里。队伍挤满了整个山顶，连一块手帕大小的空地都找不到。这里成了一座恐怖而饥饿的城市。

"但是你说你知道停战协议的事。"我说。

"我当然知道停战协议的事，"柯伊尔助医说，"我参与了谈判。"

"那就再谈判一次。至少告诉我该从哪里着手。"

"还在聊？"简向我们探过身来，她面露焦虑，"别耽误发放食物了啊？"

"对不起。"我说。

"话太多会让助医生气的。"简说道，她转身面向长队，一位排队的母亲抓着小女儿的手，"我总是会惹麻烦。"

柯伊尔助医叹了口气，压低了声音："我们先把斯帕克人打得惨败，所以他们不得不来谈判，我的孩子。谈判是这么来的。"

"但是——"

"薇奥拉，"她面向我，"你还记得那天传来斯帕克人袭击的消息，你跑过人群时感受到的恐惧吗？"

"嗯，但是——"

"那是因为我们上次差一点就被消灭了。这种恐惧是忘不掉的。"

"那更应该阻止战争再次发生，"我说，"我们已经向斯帕克人展示了我们的武力——"

"跟他们不相上下。他们同样可以释放河水，毁了这座城，"她说,"到时候再攻过来,打垮我们就是小菜一碟。眼下是个僵局。"

"但我们不能坐等开战。这样反而有利于斯帕克人,也有利于市长——"

"不会的,我的孩子。"

她的语调让人捉摸不透。

"这话是什么意思?"我问。

我听到身边一声哀叹。简停下了手上的事,一副苦恼的样子。"你要惹麻烦了。"她压低了嗓门,声音却还是很大。

"对不起,简,但是我觉得跟柯伊尔助医说话应该没问题。"

"她脾气最大了。"

"是的,薇奥拉,"柯伊尔助医说,"我脾气最大。"

我紧紧地绷着嘴。"你这话什么意思?"为了不让简担忧,我以轻如呼吸的声音说道,"市长会怎样?"

"你就等着吧,"柯伊尔助医说,"等着瞧。"

"等着瞧,等着看大家送命?"

"大家都还没丧命。"她指着排队的人群,一张张饥饿的脸庞仰视我们,大多数是女人,也有一些男人,还有孩子,一个个憔悴又邋遢,我想他们平时绝不会这么狼狈。但柯伊尔助医说得没错,他们确实还没到性命堪忧的地步。"非但没有死,"她说,"大家还好好活着,一起活了下来,彼此依靠。这就是市长想要的。"

我眯起了眼睛:"你说什么?"

"看看你身边,"她说,"这个星球上一半的人在这里,另外一半就在山下,在他那边。"

"然后呢?"

"然后他不会把我们放在这里不管的,你说呢?"她摇摇头,"他需要我们,这样才能大获全胜。他觊觎的不仅是你们飞船上的武器。日后,他还要把我们这一半人,当然也包括舰队,全都纳入自己的统治之下。这就是他的计划。他想让我们主动去山下找他。等着瞧吧,不久他就会自己来找我们的,我的孩子。"

她露出微笑,回头继续发放食物。

"等着他来找我们吧,"她说,"我正在等待。"

【陶德】

夜里,我辗转难眠,索性走出帐篷,到篝火边取暖。自詹姆斯那件怪事发生之后,我就睡不着了。

我操控了他。

就在那一刻,我做到了。

我不知道自己是怎么做到的。

(但是那感觉——)

(感觉充满力量——)

(感觉很好——)

(闭嘴)

"睡不着吗,陶德?"

我发出了一个不耐烦的声音,伸手探向火堆。他在火堆对面看着我。

"你就不能让我自己待一会儿吗?"我说。

他发出一声大笑:"我儿子从你身上收获的,我也不想错过。"

我的声流因惊讶而发出刺耳的大叫。"不要跟我说戴维的事,"我说,"你怎么敢提他。"

他举起双手,表示言和:"我是指你让他得到了救赎。"

我的气还没消,但他的话引起了我的注意:"救赎?"

"你改变了他,陶德·休伊特。"他说,"谁都做不到。他本来是个败家子,是你让他成为一个真正的男人。"

"谁知道呢,"我怒吼着,"因为你已经把他杀了。"

"战争就是这样。你不得不做艰难的决定。"

"你根本不必做那个决定。"

他看着我的眼睛。"或许我不必,"他说,"就算我没做,那也是你的功劳。"他笑了,"你潜移默化地影响了我,陶德。"

我紧紧地皱着眉:"这个星球上没有什么东西能救赎你。"

就在这时,城市里所有的灯都熄灭了。

从我们站着的地方能看到广场对面一簇一簇的灯光,那光亮会让市民感到安全。

就在一瞬间,它们全暗下来了。

然后,我们听到了另一个方向传来的枪声。

只有一声,听起来很孤独。

"乒"的一声,然后又"乒"的一声——

市长已经抓起了步枪,我站在他背后。声音来自发电站方向,来自干涸河床旁边的一条小路。士兵们已经直奔那里,还有奥黑尔先生,我们全都从军营里跑了出来,夜色越来越黑,再没传出什么声音。

我们赶到了。

发电站只有两名守卫,人数还没有工程师多,毕竟谁会来袭击发电站呢?整个军队就挡在它和斯帕克人中间——

但是门外地上倒着两具斯帕克人尸体。他们躺在其中一个守卫旁边,那个守卫的尸体被分成了三截,是那种强酸步枪攻击所致。发电站内部严重损毁,设备完全被酸腐蚀了,看来强酸武器破坏设备的效果跟它杀人一样强。

我们在一百米外找到了第二名守卫。他倒在干涸的河床中，显然当时正在向逃跑的斯帕克人开枪。

他的上半截脑袋不见了。

市长大为不悦。"这不在我们的计划之中，"他发出低沉的喘气声，"像洞里的老鼠一样鬼鬼祟祟。夜晚偷袭，不敢正面作战。"

"我会向派出的中队询问情况，长官，"奥黑尔先生说，"看是哪里出了问题。"

"先就这么处理吧，上尉。"市长说，"我怀疑他们只会告诉你，他们没有发现任何动静。"

"他们想要转移我们的注意力，"我说，"我们只顾盯着外面，却忽略了内部，所以他们才杀了间谍。"

他小心地看向我，然后缓慢地开口："完全正确，陶德。"然后他回头望着这座城市。现在夜色更暗了，市民们穿着睡衣跑出家门，他们聚在一起讨论发生了什么。

"就这样吧，"我听到市长低声自语，"既然他们想这么打仗，我们就奉陪到底。"

大地的拥抱

"大地"失去了它的一部分,但是任务完成了。

"天空"示意着,睁开了眼睛。

我感受到了"大地"回音之中的空洞,似乎正在哀悼那群成功袭击"寸草不生"的心脏之后牺牲的伙伴。他们明知凶多吉少却毅然前往,因为此举能让"大地"的声音继续传诵下去。

我可以献出自己的声音,如果这样能够了结"寸草不生"。

我向"天空"表示。营火在冷夜里温暖着我们。

如果"归者"沉寂了,那是多大的损失啊。而且,你走了那么远的路才加入我们。

"天空"的声音向我靠近。

走了那么远的路,我想。

我确实走了很远。

* * *

在"猎刀"把我从"包袱"尸堆中拽出来之后,在我发誓要杀掉他之后,在听到路上马匹奔跑的声音逐渐逼近、他求我逃跑之后——

我逃跑了。

那座城市处于烈火和骚乱之中,我在烟雾遮掩之下顺利穿过了城市南端,没有被人发现。然后我藏了起来,直到夜幕降临,我顺着城外弯曲的小路去往山上。我躲在矮树丛里慢慢爬上山坡,一次又一次地转弯,直到再也没有树木掩护,我不得不站起来跑。最后一段路时,我的身影完全暴露在外,我无时无刻不在担心子弹从山谷里飞来,射穿我的头——

我渴望那样的结局,但也很害怕——

我终于爬到了山顶,结束了。

我接着跑。

我跑向一个流言,一个曾存在于"包袱"声音中的传说。我们是"大地",但是有些人从来就没有见过"大地",比如像我这样的年轻人——我们降生于那场丢弃"包袱"的战争之中,"大地"许下承诺,永远不再踏进"寸草不生"的领地。于是,"大地"就和他们的巴特鲁魔一样,只是影子和神话、故事和耳语,相信"大地"会回来解救我们则犹如白日做梦。

我们当中的一些人放弃了希望,一些人则从未产生过希望,他们也从未原谅"大地"的背叛。

另一些人,比如我唯一的伴侣(他只比我大几个月),也一样没有见过"大地"。但他们会温柔地向我表示,我不应寄希望于重获拯救,而应在"寸草不生"的世界里创造自己的生活。在那些饱含恐惧的夜晚里,他们告诉我,属于我们的那天终会来临,但是我们只能靠我们自己,而不是已然将我们抛诸脑后的"大地"。

然后，我唯一的伴侣就被带走了。

其他的"包袱"也被带走了。

只剩下我去创造机会。

除了朝着这个流言奔跑，我还有其他选择吗？

我没有睡觉。我跑过森林和平原，翻山越岭，跋山涉水。我跑过被烧毁、废弃的"寸草不生"移民区，凡"寸草不生"走过之地，都留下了伤痕。太阳升起落下，我仍旧没有睡觉，没有止步，尽管我的双脚已经布满了水泡和脓血。

但是我什么也没看见。没有"寸草不生"，也没有"大地"。

没有人。

我开始怀疑：难道我不只是唯一幸存的"包袱"，也是唯一幸存的"大地"？或许"寸草不生"已经达到了目的——他们把"大地"从这个世界清除了。

只剩下我一个了。

那天早上，我站在河岸上久久思索着，举目四望，仍然只能看到我自己，只能看到胳膊上的永久记号1017——

我流下了眼泪。

我倒在地上，流下了眼泪。

就在那时，我被发现了。

* * *

他们从路对面的树林里出来。一开始是四个，然后六个、十个。我先听到了他们的声音，但是我的声音才刚开始恢复，在"寸草不生"将它剥夺之后，我才刚找回我是谁。我以为那是自己的灵魂在召唤我走向死亡。

我本来已经准备欣然赴死。

这时,我看到了他们。他们手中持矛,他们比"包袱"长得高大,也更壮实,我知道他们是战士、是士兵,他们会为我向"寸草不生"复仇,会为所有受辱的"包袱"洗清耻辱。

接着他们向我打招呼,我发现自己很难理解他们的话语,他们好像在说自己只是渔夫,"武器"只是鱼叉。

渔夫。

他们根本不是战士,不会去追杀"寸草不生",不会为"包袱"复仇。他们是渔夫,之所以来到河边,是因为他们听说"寸草不生"遗弃了这块地方。

接着我告诉他们我是谁。我用"包袱"的语言跟他们说话。

我感受到了他们的震惊和畏缩,但并不仅限于此——

还有对我发出的刺耳声音、对我所说语言的厌恶之情。

我所表达的内容和意愿令他们感到恐惧和羞耻。

片刻迟疑过后,他们跨过了最后一段路,向我提供帮助。他们确实向我走来,帮我处理脚伤,问我发生了什么事。我用"包袱"的语言讲述着,他们忧虑地倾听,恐惧而又愤怒,一边听一边计划带我去哪里,接下来该怎么办。他们一直安慰我,声称我们是同伴。他们说,我现在回家了,已经安全了。

我不是孤身一人了。

但是在安慰我之前,他们感到震惊、厌恶、恐惧、羞耻。

我终于找到了"大地"。他们却不敢触摸我。

他们将我带到一片营地,位于南面深林外的山脊上。这里拥挤而嘈杂,数百人生活在隐秘的球形营地中,他们对我充满了好奇,我几乎要转身逃走了。

我跟他们的模样并不相似,我矮小、瘦弱,皮肤也是另一种白色,身上长出的地衣也是另一个种类。他们的任何一种食物我都没见过,也没听过他们唱的歌,不知道他们集体入睡的方式。遥远记忆中,"包袱"的声音安慰着我,但是我感觉自己在这里格格不入,我确实格格不入。

差别最大的就是语言。他们的语言几乎是无声的,能够在群体中迅速传播,我几乎跟不上。他们好像只是同一灵魂的不同部分。

确实如此。他们的名字叫作"大地"。

"包袱"不是这么说话的。我们被迫与"寸草不生"交流,被迫服从他们,因而接受了他们的语言,不仅如此,我们还拥有了他们那种伪装自己声音的能力,能够将声音分隔、隐蔽起来。这倒无妨,如果你不想独自承担秘密,还可以找其他人倾诉。

但是,已经没有"包袱"可以听我倾诉了。

而我还不知道如何向"大地"倾诉。

我在这里休息、吃饭,治愈了全身的伤口,除了那块1017铭牌留下的肿痛,一条信息通过"大地"的声音传开,在遇到"小径"之后,消息以更快的速度直接传达给"天空"。

几天后,"天空"到达了营地。他高高地坐在巴特鲁魔的背上,带着一百名士兵,还有更多的士兵正在来的路上。

"天空"来这里见"归者"了。

他表示着。就在这一瞬间,我被赐予了一个名字,他还没有亲眼见到我,就确信我与众不同。

然后,他的目光停留在我身上。那双眼睛属于一位战士,一位将领。

那是"天空"的眼睛。

那双眼睛那样看着我，好像认得我一样。

我们走进一个专为会面准备的隐秘营帐，营帐的布幔弯曲升腾，会聚至高耸的穹顶。我将自己知道的故事全部告诉了"天空"，不遗漏任何细节——从我作为"包袱"出生开始，直到所有人被杀害，只剩下我一个。

我诉说的时候，他的声音化作一曲哭泣的悲歌围绕着我，外面营地中所有"大地"、就我所知这个世界上的所有"大地"都传唱起这首悲歌，而我则被围在中央。"大地"将我置于他们声音的中心，那一刻，那短暂的一刻——

我不再感到孤独。

我们会为你复仇。"天空"向我表示。

那就更好了。

"天空"不会食言。他对我表示。

确实没有，谢谢你。我表示着。

这只是一个开始。后面还有更多要做的事，会让"归者"高兴的事。

包括在战场上见到"猎刀"吗？

他看了我一会儿。

该来的总会来。

我看着他站起来，心中疑惑他是否仍为和解留有余地，"寸草不生"或可免遭彻底的杀戮。但是他的声音拒绝回答我的疑惑，那一刻我为自己这样的想法感到羞耻，毕竟有一部分"大地"也在这场袭击中离去。

"归者"还在想，我是不是有别的消息来源。"天空"示意着。

我猛然抬起头。

你留意到了很多,但是"天空"也留意到了很多。"天空"示意着。

是哪里?我示意着。

为什么其余的"大地"毫不知情?为什么"寸草不生"——"天空"现在请求"归者"的信任。

他示意着,声音中透露着不安,以及一丝警告。

你必须对此许下牢不可破的承诺。无论看到什么、听到什么,你必须相信"天空"。你必须相信,我们背后有一个更大的计划,即使你现在还看不出。我们有一个更远大的目标,这个目标跟"归者"有关。

但是我也听到了他深处的声音。

我这一生都跟"寸草不生"的声音打交道,他们的声音会躲闪,会纠结,然而真相总比他们预想的更加赤裸,我比其他"大地"更善于揭开伪装。

在他的声音深处,我不仅看到"天空"像"归者"一样隐藏自己的声音,还发现他在试图隐藏什么——

你必须信任我。他又说,并向我展示他未来的计划,但仍不肯告诉我消息的来源。

他一定知道,如果他告诉我实情,我会感觉自己遭受了巨大背叛。

逼近

【陶德】

到处都是血。

房前花园的草地上，通往屋内的小路上，房间里的地板上——你想象不到，人真的会流这么多血。

"陶德，"市长说，"你还好吗？"

"不，"我盯着血说，"谁会觉得还好？"

我即方圆，方圆即我。我想。

斯帕克人不断地发起袭击。自他们第一次袭击发电站之后，连续八天，每天都在发生突袭，从不间断。他们杀害了外出钻井取水的士兵、城边站岗的哨兵，甚至烧掉了一整条街道的房屋。这一次没人丧生，但是他们趁着市长部下灭火的当口，又烧了另一条街。

与此同时，派往北面和南面的中队都没有发回任何报告，两路人马都只是坐在原地干等。斯帕克人绕过他们、进入城市，然后毫发无伤地撤离，途中没有传出任何风声。薇奥拉的探测器也没有发出任何警告，好像不管你往哪里找，他们都能刚好躲进盲区。

现在他们又有新动作了。

市民小队在几位士兵的陪同下，走过市区的一户户房屋，搜刮他们找到的任何食物，作为粮食储备。

有一支队伍遇到了斯帕克人。

光天化日之下。

"他们在试探我们，陶德。"市长说着，皱起了眉头，我们站在那栋房子门口，那地方在教堂废墟的东面，隔了一段距离，"他们一定有什么企图，记着我的话。"

屋里屋外，十三具斯帕克人的尸体东倒西歪地躺着。我们这边客厅里有一个死掉的士兵。我还看到食品储藏室内有两个死掉的市民，都是老人。一个女人和一个男孩藏在浴缸里，也被杀了。花园里也躺着一个士兵，医生正在给他治疗，但他已经失去了一条腿，活不了多久。

市长走到他身边，屈膝跪下。"你看到了什么，士兵？"他声音低沉，在我听来甚至有点温柔，"告诉我发生了什么。"

士兵瞪大眼睛，大口大口地喘着气。他的声流让人不忍直视，其中充斥着斯帕克人向自己袭来的画面，充斥着士兵和市民死去的画面，更多的还是失去了一条腿的痛苦，再也不可能长回来了，永远永远——

"镇静一下。"市长说。

然后我听到了那个低沉的蜂鸣声。市长的声流缠绕住这个士兵，想让他安静下来，集中注意力。

"他们不停地进攻，"士兵说，每个字之间都在大口喘气，但他起码说话了，"我们开枪。他们倒下。然后又上来了一个。"

"你们一定有所警觉，士兵，"市长说，"事先肯定已经听到了他们的声音。"

"他们到处都是。"士兵喘着气,他向后仰着脑袋,像是在忍耐无形的痛苦。

"到处?"市长说,他的声音仍然镇定,但蜂鸣声更响了,"什么意思?"

"到处都是。"士兵说,他的喉咙拼命地摄取空气,好像只是说话就用尽了他所有的力气——或许他真的已经筋疲力尽了,"他们来了,从四面八方过来。太快了。他们冲过来。全速跑来。用他们的棍子开火。我的腿,我的腿!"

"士兵。"市长又叫着他,用力地控制蜂鸣声。

"他们不停地进攻!他们不停地——"

然后他断气了,声流迅速散去,直到完全消失。他死了,就在我们面前。

(我即方圆——)

市长站起身,满脸怒火。他久久地望着,一边望着那些尸体,一边思索这些似乎无法预测也无力阻止的袭击。他的部下都在一旁待命,时间不断流逝,人们变得越来越紧张,眼前却无仗可打。

"跟我来,陶德!"终于,市长大叫一声,大步流星地走向我们拴马的地方。我不假思索地跟着他跑过去,忘了他根本没有权力命令我。

【薇奥拉】

"你确定什么都没发现?"陶德问。他骑着安格哈拉德,跟在市长后面。他们刚从城外一处袭击现场离开,斯帕克人已经连续八天发动袭击了。哪怕只是通过这个狭小的屏幕,我也能看出他脸上的焦虑和疲惫。

"他们很难追踪。"我躺在康复室的床上说。我又烧起来了，不停地发烧，都没办法去找陶德，"有时我们能看到一些模糊的影子，但是探测器没录到清晰的画面，跟踪不了。"我压低声音，"另外，应市民要求，西蒙妮和布雷德利调整了探测器，它现在更靠近这边的山顶。"

确实。这里现在人挤人，几乎都没地方走动了。放眼望去全都是破帐篷，有用毯子做的，有用垃圾袋做的，各式各样，一路延伸到干涸河床边的主路。另外，物资也越来越紧缺了。附近有一条小溪，威尔夫每天去溪边打两次水，所以我们不像城市里的人那么缺水。但是"答案"的食物储备正在不断消耗，本来只有200人的量，现在要分给1500人。李和马格纳斯不断带队打猎，但是这在新普伦提斯市里重兵把守的食物储备面前微不足道。

他们食物充足，却没有充足的水。

我们有充足的水，却没有充足的食物。

但是市长和柯伊尔助医两个人根本不考虑离开自己的地盘。

更糟糕的是，谣言几乎立刻就在密集的人群中传开了。市区遇袭之后，人们觉得斯帕克人的下一个目标就是我们了，还说斯帕克人已经包围了山顶，随时可能攻上山来，杀光这里的所有人。斯帕克人根本没来这儿，甚至没有任何靠近的迹象，但市民们仍然不停逼问我们怎么保证他们的安全。他们说，"答案"首先应该保护山上的每一个人，然后再考虑市里的人。

有些人甚至开始在舱门前静坐示威，他们什么也不说，只是盯着我们，然后给其他人通风报信。

伊万通常坐在最前方。他甚至开始管布雷德利叫"人道主义者"。

这个称呼可算不上夸奖。

"我知道你的意思,"陶德说,"山下也不怎么好过。"

"如果有事发生,我会告诉你的。"

"我也是。"

"有消息吗?"陶德刚挂了通信器,柯伊尔助医就走进了康复室。

"你不该偷听别人说话。"

"这个星球上根本没有隐私,我的孩子,这就是最大的问题。"她仔细看了看躺在床上的我,"胳膊怎么样了?"

胳膊很疼。抗生素已经不起作用了,红色的条纹又开始蔓延。罗森助医给我用了一种新的复合绷带,但看得出来,她仍然非常担心。

"用不着你管,"我说,"罗森助医弄得很好。"

柯伊尔助医低头看着地面:"告诉你吧,治疗这种感染,我已经有一些成功经验了——"

"罗森助医准备好了就会帮我处理,"我打断了她,"你有什么事吗?"

她长长地叹了一口气,好像我令她很失望。

过去八天也都是这样。除她自己想做的事之外,柯伊尔助医拒绝采取任何行动。她在营地忙得脚不沾地,分发食物,治疗女病患,她大多数时间都跟西蒙妮待在一起,我似乎根本没机会和她谈和解的事。就算我偶尔离开这张愚蠢的床,找到机会逮住了她,她也只是说:"再等等,和平只会在合适的时机到来;斯帕克人会行动、市长也会有新的动作,只有到了那个时候,我们才能插手调解。"

这听起来好像和平只是我们自己的私事,和其他人无关。

"我想跟你说说话,孩子。"她看着我的眼睛,大概是想试探我会不会躲开她的目光。

我没有躲开:"我也想跟你聊聊。"

"先让我说吧,孩子。"她说。

然后她说了一些出人意料的话。

【陶德】

"着火了,长官。"奥黑尔先生说道。我刚挂断通话,还不到一分钟。

"我眼睛没瞎,上尉,"市长说,"但还是谢谢你指出了显而易见的事实。"

离开那栋鲜血涂地的房子之后,我们在返城途中驻足停留,因为远处着火了。北面山坡废弃的农舍被点燃了。

希望那里没人。

奥黑尔先生带着一支约莫20名士兵的队伍赶上了我们,他们跟我一样疲惫不堪。我读着他们的声流。士兵们年龄不一,有人年长、有人年轻,但是眼神都流露出老态。没有一个人是自愿当兵的,他们都是被市长逼迫才离开了家、农场、商店和学校的。

然后每天都见证着死亡。

我即方圆,方圆即我。我又在脑海中想。

为了让我的思绪和记忆消失,达到无声的状态,我现在经常这样做。大多数时候行之有效,人们听不到我的声流。我能听到他们,而他们听不到我,就像泰特先生和奥黑尔先生一样。我觉得或许这就是市长教会我这一招的原因:他想把我转化成他的鹰爪。

怎么可能。

不过我并没有把这事告诉薇奥拉。不知缘由。

或许是因为一直没和她见面，在过去的八天里，我一直心怀怨念。她留在山上监视柯伊尔助医，但每次我们通话时，她都躺在床上，而且日渐苍白虚弱，我知道她病了，病情逐渐恶化，她没有告诉我，可能是不希望我担心，但这让我更加忧虑，如果她有什么差池，如果她出了什么事——

我即方圆，方圆即我。

我镇定了一些。

我没有告诉她，也不想让她担心。我控制住了。

帅小伙？我身下的安格哈拉德紧张地问。

"没事，姑娘，"我说，"很快就到家了。"如果事先知道房子里是那样的场景，我就不会带它去了。两天前它才让我骑上去，现在它仍会因为不慎踩断树枝而受惊。

"我可以派人上山灭火。"奥黑尔先生说。

"没什么意义，"市长说，"烧就烧吧。"

屈服吧！

"朱丽叶的喜悦"在他身下用尖厉的声音叫道，并没有特意针对谁。

"我得换一匹马。"市长咕哝着。

然后他突然抬起头，不禁令我十分在意。

"怎么了？"我问。

他四处张望，先是扭头回望通往那栋血宅的小路，然后看了看通往市里的大路。没有什么特别的。

但是市长的脸色变了。

"怎么了？"我又问。

"你没听到吗——"

他又停了下来。

这时我听到了——

声流。

不同于人类的声流,正从四面八方涌来。到处都是,正如那位士兵所说。

"不会的,"市长的脸因为愤怒而逐渐扭曲,"他们不敢。"

我现在听得清清楚楚——

我们被包围了,就是这么快。

斯帕克人冲着我们来了。

【薇奥拉】

柯伊尔助医对我说:"教堂炸弹的事,我还欠你一个道歉。"

我没有回应。

我惊呆了。

"我不是想要杀你,"她说,"也不是觉得你的命更不值钱。"

我用力地咽了下口水。"出去,"我说,为自己的镇静感到惊讶,一定是因为我发烧了,"现在就出去。"

"我本来希望总统会翻你的包,"她说,"他把炸弹拿出来,然后就一了百了。我也想过,只有你被他们抓住之后,这事才能奏效。而你一旦被捕,估计也难逃一死。"

"你不该擅作决定。"

"我必须这样,孩子。"

"如果你事先问过我,我甚至可能会——"

"你不会做任何可能伤害陶德的事。"她等我反驳,而我没有,"领导者有时候必须做出一些骇人的决定,"她说,"我所做的决定就是：如果你非要冒着生命危险跑那一趟，那我也得碰碰运气，不管机会多么小，我要让你死得其所。"

我涨红了脸，因为高烧以及极度愤怒而发起抖来："成功只是其中一种可能性，除此之外还有其他可能的结果，我和李极有可能被炸成碎片。"

"那你们就会成为我们伟大事业的殉道者，"柯伊尔助医说，"我们会以你们的名义继续战斗。"她坚定地看着我，"殉道者的力量令人惊叹。"

"只有恐怖主义者才会这么说——"

"不管怎么说，薇奥拉，我想告诉你，你是对的。"

"我已经听够了——"

"让我说完，"她说，"炸弹的事是个错误。我的确想要不惜一切代价干掉他，但这还不值得我冒险赌上别人的性命。"

"对极了——"

"所以，对不起。"

当她真的说出了这几个字，我沉默了。沉重的静默又持续了一阵子。然后她起身，准备离开。

"你到底想要什么？"我开口拦住了她，"你是真的想要和平，还是只想打败市长？"

她挑起眉毛："其中一个无疑是另一个的必要条件。"

"万一你两个都想要，结果两个都实现不了呢？"

"有价值的和平才是和平，薇奥拉，"她说，"如果最后我们只是恢复到以前的状态，那有什么意思？伙伴的牺牲是为了什么？"

"一支将近5000人的舰队正在赶来。这里不会再同以前一样了。"

"我知道，孩子——"

"想想，如果你帮我们签订了新的停战协议，你会拥有多大的权力？是谁为他们争取了这个世界的和平？"

她沉思了一会儿，然后单手扶住门框，并没有看着我："我告诉过你，你多么令我钦佩，还记得吗？"

我哽咽了，因为我想起了玛迪——她为了帮助我，做出令人钦佩的义举，然后中枪身亡。

"我记得。"

"我仍旧钦佩你，比以前更加钦佩。"她仍旧不看我，"你知道，来到这里时，我年纪已经不小了。飞船着陆的时候我已经成年了，我和其他人一起努力，想为大家建立一个渔村。"她噘起嘴唇，"但是我们失败了。鱼吃掉了很多人，比人们吃掉的鱼还多。"

"你可以再努力一次，"我说，"跟新移民一起。你说过大海并不太远，坐车只需要两天——"

"只要一天，其实，"她说，"如果骑上一匹快马，只要几个小时。当时我告诉你需要两天，是因为我不想让你跟我同去。"

我皱起了眉头："又一个谎话。"

"但我还是错了，我的孩子。就算要花费一个月时间，你也会去的。这就是我钦佩你的地方，还有你如何死里逃生，如何努力奋斗，如何单枪匹马去争取和平。"

"那就帮帮我。"我说。

她用手掌拍了一两下门框，好像仍然在思考。

"我还不确定，孩子，"她终于说话了，"不确定你是否准备好了。"

"准备什么？"

她转身走了，一个字也没说。

"准备什么？"我对着她的背影叫喊，从床上一跃而起，站了起来——

一阵头晕目眩,我又跌倒在另一张床上。

我深吸了几口气,想让世界停止旋转,然后重新站起来,追了出去。

【陶德】

士兵们举起步枪,四处张望,但是斯帕克人的咆哮声铺天盖地,从四面八方席卷而来——

市长也端起了步枪。我也一样,另一只手则抚摩安格哈拉德,试图让它镇定下来,但是我什么都看不见,还没有——

紧接着,前方一个士兵跌倒在地,他尖叫着,手抓着胸膛——

"在那里!"市长喊道。

突然,一整排斯帕克人从树林里冲了出来,宛如疾风,几十个人杀到马路上,他们用白棍子向我们射击,士兵们还来不及开枪回击就纷纷受伤倒地。

市长骑着马从我身边跑过,他一边开枪,一边俯身躲避向他飞来的箭。

帅小伙!安格哈拉德大叫起来,我想把它拽走,离开这个地方。

步枪开火之后,斯帕克人也接二连三地倒下。但是每倒下一个,身后就会有另一个人站出来。

撤退!

我的声流中浮现一道命令——市长。

向我这边撤退!

没有叫喊,甚至没有蜂鸣。他就在那里,就在你的脑子里。

一开始我还无法相信,然后我看到所有存活的士兵,大概有

12个人,齐刷刷地行动起来,就像羊群听从牧羊犬的叫声移动。

所有人!

向我这边撤退!

他们一边移动一边开枪,逐渐向市长身边靠拢。所有人突然整齐划一,踩着节奏相同的步伐后退,若无其事地踏过其他士兵的尸体,好像那些死者根本不存在——

来我这边!

来我这边!

我甚至感觉自己拉着缰绳的双手掉转方向,慢慢偏向市长身后——跟随其他人一起移动。

帅小伙?!

我骂了自己一句,然后拉着它离开了主战区,但是那些士兵仍在朝市长靠近,即使倒下了一两个,其余人仍然不停靠拢,他们排成两个短队,整齐划一地开枪——

斯帕克人死在枪火之下,遍地横尸。

士兵们正在撤退。

奥黑尔先生骑马来到我旁边,他也在开枪,而且跟其他人的节奏完全一致。我看到一个斯帕克人从路旁树林里冲了出来,白棍子对准奥黑尔先生,然后——

趴下! 我想——只是想,根本没有说出口。

一阵蜂鸣由我传向他,速度极快。

他趴了下来,那个斯帕克人的枪弹从他头顶飞过。

奥黑尔先生直起身,一枪打中了对方,然后转过身看着我。

他非但没有说"谢谢",眼睛里还充斥着白炽的怒火。

这时,周围突然安静了。

斯帕克人消失了。没人看清他们是怎么撤退的,他们突然就消失了,这场袭击宣告结束。我们的士兵牺牲了不少,斯帕克人也阵亡了许多,而全程不到一分钟。

存活的士兵仍旧齐刷刷地站成两排,整齐划一地端着步枪,盯着斯帕克人刚刚冒头的地方,等候再度开枪——等候市长下达命令。

我看到,市长的脸因全神贯注而满面通红,那股狠劲儿令人不敢直视。

我知道这意味着什么,这意味着他的操控力渐入佳境。

更快,更强,更敏锐。

(但是我也一样,我也一样。)

"确实,"市长说,"你也一样,陶德。"

我愣了一下,随后才意识到,尽管我的声流寂静无声,但他仍然能听到。

"回市里吧,陶德。"说着,他终于露出了微笑,"或许我该试点新花样了。"

【薇奥拉】

"太棒了,威尔夫。"走出侦察舰时,我听到布雷德利说。我四处寻找柯伊尔助医的身影。威尔夫推着一辆载有大桶新鲜用水的车来到飞船旁,准备给大家调配水源。

"没什么,"威尔夫对布雷德利说,"分内事罢了。"

"幸好有人记得分内事。"从我身后传来一个声音。是李,他刚刚打猎回来。

"你看到柯伊尔助医去哪儿了吗?"我问他。

"你就这样跟我打招呼吗?"他大笑着,举起了手里的野鸡,

"这只最肥的留给我们。西蒙妮和人道主义者吃那只小的。"

"别这么叫他。"我皱着眉头说。

李抬头望向布雷德利,后者正在走进飞船。今天,静坐在舱门口的市民更多了,其中就有伊万。他们叽叽咕咕地不停议论着,我在那几个男人的声流中听到:那个人道主义者。

"他正在想方设法拯救大家的性命,"我对他们说,"这样对即将着陆的人们也有益,如果我们能跟斯帕克人和平相处的话。"

"对,"伊万回应道,"但他好像没发现,他的武器比人道主义行动更能迅速地带来和平。"

"他的人道主义行动能让你活得更久,伊万,"我说,"还有,管好你自己的事。"

"求生就是我要管的事。"伊万大声说道,旁边有个女人随声附和,脏兮兮的脸上带着自鸣得意的微笑。虽然她脸色苍白,似乎跟我一样正在发烧,她也戴着那种铭牌,我还是想狠狠打她几巴掌,让她再也别那样看我。

可是李已经抓住我的胳膊把我拉走了,我们绕过侦察舰,来到了引擎一侧。引擎已经冷却,但这里是山上唯一没有搭起帐篷的地方。

"愚蠢、小心眼——"我狠狠地骂道。

"对不起,薇奥拉,"李说,"但是我基本赞同他们的想法。"

"李——"

"普伦提斯总统杀了我的母亲和姐姐。"他说,"只要能阻止斯帕克人和老普伦提斯,做什么我都不在乎。"

"你跟柯伊尔助医一样坏,"我说,"她还想杀你呢。"

"说说而已。如果我们有那武器,大可以亮出来——"

"然后就等着未来多年杀戮不断!"

他傻笑了一下，真令人火大："你听起来就像布雷德利，只有他会这么说话。"

"没错，你以为这座山上那些饥饿至极的人能给出什么理性的——"

我停了下来，因为李正盯着我看——他在看我的鼻子。我知道，因为我能通过他的声流看见，看到我自己正在怒吼，看到我的鼻子皱了起来（气疯了的时候我就会这样），看到他温柔地注视着我皱起的鼻子——

突然，他的声流中出现了一个场景。画面里，我们两人一丝不挂，紧紧地抱在一起；画面里的我正看着他胸前的金色毛发，我从来没在现实中见过那个，那毛茸茸的、柔软而浓密得惊人的毛发一直蔓延到他的肚脐，再往下——

"噢，讨厌。"他说着，后退了几步。

"李？"我说，但是他已经转身，快步走开了。他的声流里充满了旖旎而尴尬的画面，他大声说着"我回去找打猎的队伍"，然后加快了脚步——

我动身去找柯伊尔助医，却发现自己皮肤烫得惊人，似乎浑身都在发红——

【陶德】

斯帕克人来袭之后，回程时，安格哈拉德一路都在对我说**帅小伙**，不用我开口就走得非常快。**帅小伙？**

"就快到了，姑娘。"我说。

我跟在市长后面，骑着马踏入营地，市长脸上仍然熠熠生辉，他沉浸在方才操控士兵的喜悦之中。他从"朱丽叶的喜悦"身上滑下，把马交给了一旁等候的詹姆斯。我也来到他身边，从安格哈拉德的鞍上跳了下来。

"它需要一些饲料，"我立刻说，"还有水。"

"已经准备好饲料了，"他说，我把安格哈拉德引到帐篷外，"水是限量供应的，所以——"

"不行，"我说着，快速帮它解开马鞍，"你没明白我的意思。它需要水，我们刚刚——"

"又对你闹脾气了吗？"詹姆斯说。

我转向他，瞪大了眼睛。他正在微笑，这个人完全不了解我们刚才经历了什么，只觉得我对自己的坐骑言听计从。他根本不知道我有多担心它，而它也需要我——

"马很美，"说着，他揪起安格哈拉德的一绺乱毛，"但你才是主人。"

我能看到他的想法：他的农场，他和他爸养过的三匹马，它们全都是棕褐色的，鼻子是白色的。他正在回忆那些马是如何被军队抢走的，日后他再也没见过它们，大概它们已经战死了。

他的想法又令安格哈拉德开始不安：**帅小伙？**

于是我更恼火了——

"不行，"我对詹姆斯说，"现在就拿点水来。"

我盯着他，无意识地推动自己的声流去抓住他的声流——

掌控他的声流，掌控他。

我即方圆，方圆即我。

"你在干什么，陶德？"他用力在自己眼前挥舞着双手，好像在打苍蝇。

"水，"我说，"马上。"

我察觉到，那个蜂鸣声出现了，正在空气中摇摆。

虽然天很冷，但我已经出汗了。我看到他也出汗了——满头大汗，满脸疑惑。

他皱起眉毛："陶德？"

他说话时似乎很难过，似乎——我不知道——被背叛了，好像我进入他的内心胡作非为。我差点就停手了。我差点不再集中注意力，差点不再对他下手——

只是差点。

"我会取来足够的水，"他的眼神很迷茫，"我现在就去。"

他走了。他向水塔走去。

我愣了一下，深深吸了一口气。

我做了。

我又这样做了。

这感觉很好，充满力量。

"啊，救我。"我轻声说道，浑身颤抖，不禁跌坐于地。

【薇奥拉】

我在医疗帐篷外找到了柯伊尔助医，她背对着我。

"喂！"我喊道，脚步"咚咚"地向她跑去。因为刚才李那件事，我刻意加大了声音，但我并不像表面上这么精神，其实随时都有可能晕倒。

柯伊尔助医转过身，有三个女人跟她在一起。纳达利助医和布雷斯薇特助医，自从"答案"到达这个山顶，这两人就没搭理过我。但是我看向了第三个人。

西蒙妮。

"你应该卧床休息，孩子。"柯伊尔助医说。

我瞪着她:"你刚问完我有没有做好准备,然后转身就走?"

柯伊尔助医看着其他几个人,西蒙妮点了点头,然后柯伊尔助医说道:"好吧,孩子。如果你非要知道。"

我仍然喘着粗气。根据她的语气推测,我觉得自己大概不会爱听她接下来的话。她伸出一只手,想要拉住我的胳膊。我拒绝了她的示好,跟着她从医疗帐篷旁走开。另外两位助医和西蒙妮像保镖一样跟在我们身后。

"我们在验证一个猜想。"柯伊尔助医说。

"你们?"我说,又看了一眼西蒙妮,她还是不发一语。

"不得不说,最近这个想法变得越来越合理了。"柯伊尔助医说。

"直说行吗,拜托?"我说,"一整天我都感觉很不舒服。"

她点了点头。"好吧,孩子,"她停下来,转身面对我,"我们开始猜测,铭牌引发的炎症可能无法医治。"

我不自觉地把手放在了受伤的胳膊上:"什么?"

"这种铭牌我们戴了几十年了,"她说,"旧世界的时候就开始了。老天,人类被烙上铭牌何其残忍。但以前从未出现类似的感染病例,西蒙妮检索了你们庞大的数据库,一无所获。"

"怎么会——?"

我没再说下去,因为我意识到,她有所暗示。

"你觉得市长在铭牌里加了什么东西?"

"这样他就能神不知鬼不觉地伤害众多女性。"

"但我们会听到风声啊,"我说,"总会有流言从男人的声流中传出——"

"想想吧,孩子,"柯伊尔助医说,"想想他以前做过的事。想想旧普伦提斯女性的灭绝。"

"他说她们全是自杀。"我知道自己的声音多没底气。

"我们找到了连我都无法辨认的化学剂,薇奥拉,"西蒙妮说,"真的很危险。这儿水很深。"

听到她说"水深",我感到一阵反胃:"你什么时候这么相信助医们的话了?"

"从我发现你和所有被烙上铭牌的女人都有可能被那个男人害死的时候起。"她说。

"小心,"我说,"她很有办法诱导别人按照她的想法做事,"我看着柯伊尔助医,"还能发动人们静坐围观、抨击我们。"

"孩子,"柯伊尔助医说,"我没有——"

"你想从我这里得到什么呢?"我问,"你想让我做什么?"

柯伊尔助医愤怒地叹了口气:"我们想知道,你的陶德是否知道内情,他有没有对我们隐瞒什么?"

我已经开始摇头:"如果他知道,他一定会告诉我的。只要看到我的胳膊,他就会对我和盘托出。"

"他能打听到吗,孩子?"她的声音很紧张,"他能帮我们查明真相吗?"

我花了点时间才明白她的意思。等我明白——

"啊,现在我懂了。"

"懂什么了?"柯伊尔助医说。

"你想要一个间谍。"我更生气了,语气也越发强硬,"又是这一招,是吗?柯伊尔助医的惯用伎俩,想方设法争夺权力。"

"不,孩子,"柯伊尔助医说,"我们发现了一些化学剂——"

"你一定别有用心。"我说,"这段时间,你一直拒绝透露初次停战协议的细节,非要等市长先做出行动,现在你又想利用陶德,像你以前利用我那样——"

"伤口是致命的,孩子,"她说,"感染是致命的。"

【陶德】

"羞耻感消失了,陶德。"就在我目送詹姆斯穿过军队营地去给安格哈拉德取水的时候,市长出现在我身后。

"都是你的错。"我在颤抖,"你把它植入我的脑袋,让我——"

"我可没做过这种事,"他说,"我只是给你指了路,是你自己走下去的。"

我没说话。因为我知道他说的没错。

(我听到的那个嗡嗡声——)

(我假装没听到的那个嗡嗡声——)

"我没有操控你,陶德,"他说,"这是协议的一部分,我一直遵守。是你已经发现了自己身体里蕴藏的力量。这是欲望。你明白吗?你想控制一切,这就是其中的奥秘。"

"不,不对。"我说,"每个人都有欲望,但不是所有人都会操控别人。"

"那是因为大多数人的欲望是听从别人的指令。"他转过头,看着广场上拥挤的帐篷、士兵还有市民,"人们口口声声说想要自由,但是他们真正渴望的是摆脱忧虑。如果我能解决他们的问题,他们并不介意听令行事。"

"一些人是这样,"我说,"并不是所有人。"

"确实,"他说,"你就不是。这反而让你更擅长操控别人。这个世界上有两种人,陶德。他们,"他指了指军队,"还有我们。"

"别把我算在内。"

他却咧着嘴笑了:"你确定?我相信斯帕克人的声流相连,他们合而为一,共用一个声音。为什么你觉得人类不能呢?只要联结你和我的声流,陶德,我们就会知道如何利用声音。"

"我不像你,"我说,"我永远不会像你一样。"

"好了,"他说着,眼睛放着光,"我觉得你会比我更加得心应手。"

这时,突然一道光线闪过——

比任何电灯的光都更明亮——

光从广场上空闪过,它离军队很近,但并非来自军队。

"是水塔,"市长说道,他已经动身,"他们袭击了水塔!"

【薇奥拉】

"致命?"我说。

"已经死了4个女人,"柯伊尔助医说,"还有7个活不过这周。我们不想造成恐慌,所以没有声张。"

"1000个病人当中才出现了10例死亡,"我说,"她们本来就虚弱,再加上病重——"

"你想赌上你自己的性命,赌上每一个烙有铭牌的女人的性命吗?截肢都没用,薇奥拉。你觉得这像普通的感染吗?"

"你问我相不相信你会为了自己的目的而骗我,你觉得我会怎么回答?"

柯伊尔助医慢慢做了一个深呼吸,好像在努力控制她的怒火。"我是最好的康复师,孩子,"她的声音因情绪激动而变得凶狠,"如果连我都救不了她们,"她的目光落到了我的绷带上,"不知道还有谁能救那些烙有铭牌的人。"

我轻轻地抚上胳膊，又是阵阵疼痛。

"薇奥拉，"西蒙妮轻声说，"这些女人的情况真的很严重。"

不行，我在想。不行。

"你不懂，"我摇摇头，"这就是她的花招。将一个微不足道的真相敷演为弥天大谎，好让你乖乖服从——"

"薇奥拉。"柯伊尔助医说。

"不，"我提高了嗓门，但是我又想了很多，"我不能冒险。如果这是个谎言，那可真是聪明，因为如果我错了，我们都会死。所以，好吧，我看看能不能从陶德那里打探点什么。"

"谢谢你。"柯伊尔助医热切地说。

"但是，"我说，"我不会让他做你的间谍，而且作为回报，你要为我做点事。"

柯伊尔助医看着我的脸，眼睛直发光，她想知道我的话到底有多真。

"什么事？"她终于问道。

"你不能一拖再拖。你得马上告诉我，当初人们是怎么一步步跟斯帕克人签订协议的，"我说，"然后你要帮我重启这个过程。不能耽搁，也不能再观望。明天就开始。"

我看得出来，她正在考虑借口："这么跟你说吧——"

"没有任何条件，"我说，"要么照办，要么泡汤。"

这次，她只很短暂地停顿了一下，便立刻说："同意。"

突然，侦察舰里传出一声大喊。布雷德利从舷梯上跑下，他的声流在咆哮："城里出事了！"

【陶德】

我们奔向水塔,前面的士兵主动给我们让道,尽管他们背对着我们。

我能听到市长在他们脑袋里忙活,他命令他们动起来、别挡路。

到了现场,我们看到水塔摇摇欲坠。

水塔的其中一根支柱几乎被打断了,可能是飞旋的火刃近距离攻击所致,因为连绵的白色火焰在木制水塔上蔓延,看起来就像水流一样——

斯帕克人也到处都是。

步枪四处扫射,斯帕克人也在用他们的白色棍子射击。士兵们纷纷倒下,斯帕克人也纷纷倒下,最糟糕的是——

火! 市长尖叫道,声音冲击着每一个人的耳朵,**把火扑灭!**

士兵们开始行动了。

这时,问题出现了,很严重的问题——

前线的士兵纷纷丢下步枪,拎起水桶开始打水。此时火势凶猛,斯帕克人就在近旁,我方士兵却一致转身打水,对眼前这场战斗视而不见——

但是斯帕克人看得见。许多士兵还没来得及看清战况,就送了命——

等等! 继续战斗!

我听到市长的声流。

但是,现在好像有什么蹊跷。原先丢掉步枪的那些士兵又捡起枪来,而另一些士兵只是愣愣地站着,不知该做什么——

然后他们被斯帕克人的武器击中,倒在了地上。

我看向市长,那张正在努力集中注意力的脸庞几乎快要分裂成两半——他想让一些人做这件事,同时让另外一些人做那件事,最终两件事都没办成,阵亡的士兵越来越多,水塔也快倒塌了。

"总统先生?!"奥黑尔先生大叫道,端起步枪冲了进来,但他立刻被眼前的乱局惊得说不出话来。

斯帕克人已经看到我方军队陷入混乱——我们根本无所适从:只有一部分士兵在开火,另一些人则戳在原地,坐视火势向粮仓蔓延。

即使不懂斯帕克人的语言,我也能感受到他们的声流。他们获得了出乎意料的胜利——或许就是最终的胜利。

这期间,我行动自如——不知为何,我成了唯一没有被市长操控的人。

或许他真的没入侵我的大脑,但是我不禁好奇这意味着什么。

我抄起步枪枪管,用力向市长的耳朵甩去。他大叫一声,踉跄着歪倒在旁。

一旁的士兵们也大叫起来,好像他们同时也挨打了一样。

市长单膝跪在地上,手掌捂住脑袋,血液从他的指缝里溢出,他的声流中涌动着哀号。

我已经转身面向奥黑尔先生,叫道:"让士兵们排成一排,然后开枪,马上,马上,马上!"

我察觉到了蜂鸣声,但是不知道是因为我的话起了作用,还是他想好了下一步计划,他已经跳了起来,对身边的士兵大喊:"排好队,举起枪,射击——"

子弹又划破了空气,斯帕克军队不断向后撤退,战况的突变令他们措手不及,斯帕克士兵们绊倒在彼此身上。我看到泰特先生向我们跑来,没等他开口,我就大叫:"把火扑灭!"

他看看市长，市长仍然跪在地上，血流不止。然后他对我点点头，命令另一队士兵拿起水桶，去抢救水源和粮食——

世界在我们周围腾空飞起，尖叫、撕裂、化成碎片。一队士兵奋力向前，将斯帕克人从水塔逼退。

我站在市长身边，他仍然跪着，双手抱头，黏稠的血不断往外渗出。我没在他旁边跪下，我不关心他的伤势，也没有做任何事。

我发现，自己也没有离他而去。

"你打了我，陶德。"我听到他这样说。他的声音跟他的血一样粗厚。

"你活该被打，蠢货！你差点儿把所有人都害死了！"

他抬起头，手仍然捂着脑袋。"是的，"他说，"你阻止我是正确的做法。"

"不必开玩笑。"

"你做到了，陶德，"市长说，他的呼吸声很重，"就在刚才的危急时刻，你成了领导者。"

就在这时，水塔轰然倒塌。

【薇奥拉】

"发生了一场大规模袭击。"布雷德利告诉我们。

"多大规模？"我问着，立刻开始翻找通信器。

"探测器上出现了一道耀眼的光，然后——"

他停了下来，因为我们又听到了一个声音。

树林边缘的尖叫声。

"现在又是什么？"西蒙妮问。

声音从树林边缘传来，我们看到篝火旁的人们纷纷站了起来，然后更多的尖叫声响起——

然后李——

李双手捂住自己的脸,他跌跌撞撞地走出人群,满身是血。

"李!"

我用尽力气向他跑去,却因为发烧乏力而跑得很慢,还喘不上气。布雷德利和柯伊尔助医从我身边跑过去,他们扶住李,让他躺在地上,柯伊尔助医费力地把他的手从沾满鲜血的脸上挪开——

人群中又传来了一声尖叫。

我们看到,李失去了眼睛。

他的眼睛就那么消失了,仿佛在一道血口里融化,可能是被酸给腐蚀了。

"李!"我喊道,跪在他身边,"李,你能听到我说话吗?"

"薇奥拉?"他说着,伸出鲜血淋淋的双手,"我看不见你!我看不见!"

"我在这儿!"我抓住他的手,紧紧握住,"我在这儿!"

"发生了什么事,李?"布雷德利镇定地低声问,"打猎的其他人呢?"

"他们死了。"李说,"天哪,他们死了。马格纳斯死了。"

我们知道他接下来要说什么了,他的声流已经提前泄露了一切——

"是斯帕克人,"李说,"斯帕克人来了。"

【陶德】

水塔的支架折断了,蓄满水的巨大金属容器倒了下来,这情景发生得如此缓慢,几乎让人觉得不真实——

水塔重重地砸在地上，几个士兵被压在了下面。

我们用来续命的水源汇成了一堵坚实的墙，奔腾而出，冲着我们袭来——

市长仍然站不稳，他头晕眼花。

快跑!

我用声流传达这一消息，并一把抓住市长那贵重的制服，把他拽走。

水墙在我们身后紧追不舍，大水冲上街道，冲进广场，把士兵和斯帕克人全都撞翻，顷刻间扫荡了所有的帐篷和床铺。

水扑灭了粮仓的火，但是这下也耗尽了我们生命的源泉。

市长几乎只有脚后跟着地，我硬拖着他躲避汹涌的大水，对靠近的士兵大喊"让开！"从他们中间穿过。

他们确实让开了。

我们跑到一栋住宅的门前台阶上，水从我们身边奔流而过，漫到我们膝盖的位置，继续向前流去。水面渐渐下沉，流水缓缓渗入地面。

我们的未来也一并流走了。

就这样，转眼间大水来了又去，只留下广场上的一片狼藉和无数尸体。

我才喘了口气，望向这片混乱，市长在我身边缓过劲儿来。

然后我看到——

天哪，不要——

地上，一具尸体被水冲了过来。

不——

詹姆斯。

詹姆斯仰面躺着，眼睛盯着天空。他的喉咙被打穿了一个洞。

我恍惚地丢下步枪向他跑去，我踩过一地积水，跪倒在他身边。

这就是被我操控的詹姆斯。没有任何原因，我只是为了一己私欲而派他去取水，我直接把他派去找死。

噢，不。

噢，拜托，不要。

"啊，太可惜了，"市长在我身后说。他听起来很是真诚，堪称善良，"我为你的朋友感到抱歉。但是你救了我，陶德，你救了我两次。一次是我自己发蠢，一次是水墙。"

我没说话。我无法将目光从詹姆斯脸上移开，他依然天真，依然和善、开朗，但已经发不出任何声音了。

战斗已经停歇，奥黑尔先生还在远处的街道不停射击，这又有什么用？

他们毁掉了水塔，断了我们的后路。

我好像听到市长在叹气。"是时候见见你的朋友了，陶德，"他说，"终于，是时候跟柯伊尔助医谈一谈了。"

我用指尖合上詹姆斯的眼睛。上次为戴维·普伦提斯这样做时，我的声流同样空洞，我甚至无法去想自己有多抱歉，因为抱歉远远不够，完全不够，不论我此生说不说抱歉。

"斯帕克人已经变成了恐怖分子，陶德。"市长说，但是我没注意听，"或许，对付恐怖分子就要用恐怖分子的方法。"

然后，我们两个都听到了。一片混乱之中，又突然出现了一个轰鸣声，一个与此处喧嚣格格不入的声音。

我们向东边望去，在教堂废墟之上，在摇摇欲坠的钟楼后面。

远处，侦察舰升空了。

迫在眉睫

我被淹没在"大地"的声音中。

我向"寸草不生"发起攻击。我的手察觉到武器正在燃烧,我的眼观察到他们的士兵正在死去,我的耳听到战场上的怒吼和尖叫。我来到山顶,在参差不齐的崖边望向谷底;我也身处战场,我在那些浴血奋战、英勇献身的"大地"的声音中亲历这场战斗。

我目睹水塔倒下,但是那些距离足够近、亲眼看着它倒塌的"大地"随后便死在了"寸草不生"的手中。每当有人死亡,"大地"的声音就会出现一次可怕的撕裂,这般突兀的离世撕扯着、刺痛着——

但这是必须的——

牺牲在所难免,必须挽救"大地"这个整体。"天空"向我表示,他也在观战。

有必要在舰队到达之前结束这场战争。我也向他表示,故意强调了那个我没教过他的奇怪的词。

还有时间。"天空"表示,他的注意力仍然集中于山下的城市和那边传来的声音。动静越来越小,更多的人开始逃跑。

还有时间?我很惊讶,不知道他为什么这么肯定。

我暂时搁置了忧虑,因为"天空"的声音提醒我——在推倒水塔的目标达成之后,今晚将要发生的事。

无论如何,今晚就是扭转战局的关键。

摧毁他们的水塔是第一步。

全面入侵是第二步。

过去几天,"大地"一直没闲着。几支队伍陆续对"寸草不生"发动奇袭,就在那些令人意想不到的分散地点,给予他们突如其来的重击。"大地"比"寸草不生"更擅长跟土地和树林共处,也更容易伪装自己。"寸草不生"的飘浮灯不敢靠得太近,不然就会被"大地"击落。

"寸草不生"当然可以向河流上游发射他们的大型武器,甚至可以直接向"天空"射击,不过他们肯定想不到,"天空"正在近距离监视着他们。

如果他们真的开火,河水就会奔流而下,将他们淹没。

还有另一个原因。"寸草不生"怎么可能留着这么强大的武器不用?他们怎么会看着自己一次又一次被攻击、敌人的火力不断升级,还不反击?

除非,就像我们一开始奢望的那样,他们没有更多武器可以发射了。

我希望自己身在山下。我向"天空"表示。我们一直在通过"大地"的声音观察战况。我希望端起步枪射击,击中"猎刀"。

不可以。"天空"表示，他的声音低沉，满腹思虑。他们已经被逼上了绝路。我们之所以能打得他们节节败退，是因为他们还没有协同行动，做出回应。

你想让他们回应。我示意着。

"天空"想让"寸草不生"显露实力。

我们可以现在进攻。我这样表示，内心越来越兴奋。他们现在一团混乱。如果我们现在行动——

我们要等。"天空"表示。等到远处山顶开始有所动静。

远处的山顶。那些在远方搜集情报的"大地"告诉我们，"寸草不生"分裂成了两个阵营。一方占据了山下的城市，另一方占据了远处的山顶。到目前为止，我们没有理会山顶，因为那个阵营似乎在逃离战争，他们对打仗没有兴趣。但我们也知道，飞船就在那里着陆，大型武器也可能是从那边发射的。

我们一直没能靠近山顶，所以无法探明他们是否还有更多武器。

但今晚我们就可以确定了。

"大地"准备好了。"大地"准备好发动攻击了。我表示，几乎无法抑制自己的兴奋。

是的。"大地"准备好了。"天空"表示。

在他的声音中，我看到了他们。

过去几天，"大地"慢慢在城北和城南聚集成群，他们躲在"寸草不生"忽略的小路边，保持着一定距离。"寸草不生"听不到他们的声音。

在"天空"的声音中，我看到了另一群"大地"，他们藏身于山顶附近的隐蔽之处，时刻做好准备。

此刻,"大地"已经做好了向"寸草不生"发动全面进攻的准备。

把他们全部杀光。

我们会等远处山顶传来消息。"天空"又示意道,这一次他更加坚定、更有耐心。贸然出击必然战败。

如果消息传来,确实如我们所愿呢?

他看看我,眼睛闪闪发光,他的目光在声流中扩展,宛如世界一样宽广,将我包围,向我展示即将到来的事、即将发生的事,我的愿望全都会实现。

如果山顶传来消息,他们发现"寸草不生"已经耗尽了大型武器——

那么今晚战争就会结束,胜利结束。我示意着。

他单手按住我的肩膀,声音温暖地包裹着我,我被拉进"大地"全体的声音之中。

如果,而且没有其他可能。

他表示。

如果,而且没有其他可能。

我回应。

"天空"用低沉的声音表示,声音低得只有我能听到。现在,"归者"信任"天空"了吗?

我信任。我毫不犹豫地表示。很抱歉之前怀疑过你。

我的腹部一阵刺痛,那是出于对预言和未来的激动。那件事今晚必须发生,一定会发生,我想要的无非就是"寸草不生"死有应得——此时此地,当着我的面,当着所有人的面,我要为"包袱"复仇,为我唯一的伴侣复仇,为我自己复仇。

突然,一阵轰鸣将夜空划成两半。

那是什么？我示意着。但是我感觉到"天空"也在用声音搜寻，在夜里探索。他的视线四处游走，寻找那个声音，一种对于未知武器的恐惧感渐渐升起，害怕我们错了，害怕——

在那里。他示意着。

远处，在远处的山顶上，有一个小小的东西——

他们的飞船升空了。

我们目送飞船"轰隆隆"地飞入夜空，像天鹅第一次扑动沉重的翅膀。

我们能看得更近一些吗？附近有我们的声音吗？

"天空"把问题传至四面八方。

远处的飞船看上去就和一盏灯差不多大，它在山顶上慢慢盘旋，船身倾斜着转弯。我们看到，船底的一小束亮光射入下方森林，树林瞬间便被照亮，几秒钟后，山谷那头传来了巨大的爆炸声。

这时，来自山顶的消息到了。

"天空"大叫起来，我们突然身处飞船投射的亮光下，身处森林里巨大的爆炸声中，四周都是强光，无处可逃，整个世界都炸裂了。"大地"的眼睛直视亮光，感受到了疼痛，像被泼了水的火苗一样熄灭了。

然后，我听到"天空"立即发出了撤退的命令。

不！我大喊。

"天空"用尖锐的目光看着我。

你想让他们全被杀死？

他们愿意牺牲。现在是我们的机会——

"天空"反手打了我一个耳光。

我跟跄着后退,惊呆了,疼痛的感觉在我的脑袋里炸开。

你说你信任"天空",现在你要违抗命令吗?他示意着,他声音中的愤怒撕扯着我,那感觉很疼。

你打我。

你要违抗吗?他的声音狠戾地敲打我的脑袋,我的一切想法都无处隐藏。

我盯着他,怒火慢慢升起。但我还是表示:不违抗。

那么,你现在就必须信任我。

他转身面对"小径",他们排成一道弧形,在他身后待命。

把"大地"从远处的山顶带回来。北面和南面的"大地"等我指挥。

"小径"立刻出发,将"天空"的命令直接传递给正在等候的"大地"。

他用"包袱"的语言下命令,所以我肯定能懂。

撤退的命令。

不进攻。

"天空"一直背对着我,不愿看我,但我比其他所有"大地"都更早明白他的意图,或许"大地"本不该这么了解"天空"。

你早就料到了,你料到他们拥有更多武器。我示意着。

他仍旧不看我,但他声音中的变化告诉我:我是对的。

"天空"没有对"归者"撒谎,如果没有武器,他们早就已经一败涂地了。

但你知道他们还有武器。你却让我相信——

你只不过相信希望可以成真,我说什么都无法改变。"天空"表示。

我的声音中仍然回荡着那一耳光带来的疼痛。

抱歉,我打了你。他说。在他的道歉中,我看到了。就在那短暂的几秒钟,我看到了。

好像拨云见日一般,一道不容有误的光出现了。

我看到了他追求和平的本质。

你希望和解,你希望达成停战协议。我表示。

他的声音变得强硬:难道我表达的愿望不是正与此相反吗?

你没有否定别的可能性。

智慧的领导者一定会这么选择。你会明白的,你必须明白。

我眨了眨眼,很困惑:为什么?

他又向山谷望去。他再次眺望远处那个飞船盘旋其上的山顶:我们已经唤醒了野兽。

他表示:我们将见证它有多么愤怒。

联盟

与敌人对话

【薇奥拉】

通信器响了起来,是陶德来的。此刻我正在侦察舰的康复室里,我抱着李的脑袋,他枕着我的膝盖,现在我的全部心思都放在这上面。

"抱稳他,薇奥拉。"柯伊尔助医说,侦察舰又斜向一边,她竭力保持平衡以免跌倒。

"再来一波,我们就可以着陆了。"西蒙妮用通信系统说。

我们能听到地板下面捆扎弹的低声轰鸣,一束束由磁力连接的炸弹在降落过程中散开,将森林炸成一片火海。

我们再次轰炸了斯帕克人。

李话音刚落,我们就把他抬进侦察舰,柯伊尔助医和罗森助医立刻开始帮他处理伤口。尽管隔着舱门,我们也能听到外面山顶上人们的叫喊,听到他们的恐惧,还有愤怒。现在我们已经受到了直接攻击,我能想象得到,伊万正带领那些围坐示威的监视者向西蒙妮和布雷德利讨要解释。

"他们无处不在!"我听到伊万在喊。

柯伊尔助医给李注入镇静剂,罗森助医清洗着受到重创的眼窝,血迹好像怎么也洗不干净。我们听到西蒙妮和布雷德利踏着沉重的脚步走近这里,两个人争执不断。西蒙妮去往驾驶舱,布雷德利则走进康复室,他说:"我们要起飞了。"

"我正在做手术。"柯伊尔助医头也不抬地说。

布雷德利打开一块面板,取出了一个小东西。"陀螺仪手术刀,"他说,"就算侦察舰颠个底朝天,你也能拿得稳稳的。"

"原来就是这个用途。"罗森助医说。

"外面有什么麻烦吗?"我问。

布雷德利皱了皱眉头。我在他的声流中看到:人们扑到他面前,斥他为"人道主义者"。

有一些人对着他吐口水。

"布雷德利。"我说。

"扶稳了。"他说。他跟我们待在一起,没有去驾驶舱找西蒙妮。

柯伊尔助医和罗森助医忙得焦头烂额。我差点忘了有多久没有看到柯伊尔助医亲自为人医治的场景了。她全神贯注,所有注意力都放在抢救李这一件事上,顾不得引擎启动、侦察舰升空,顾不得飞船在山顶倾斜盘旋、第一波炸弹在我们下方爆炸。

柯伊尔助医仍在不停忙活。

现在西蒙妮飞完了最后的路程,布雷德利的声流让我感受到了舱外的群情激奋。

"那么糟糕吗?"柯伊尔助医说着,小心地缝着最后一针。

"他们甚至不屑于找回同伴的遗体,"布雷德利说,"只想诉诸武力,立刻开火。"

柯伊尔助医移身到水盆边洗手。"他们会满意的。你们已经尽了责任。"

"反倒成了我们的责任,是吗?"布雷德利说,"我们的责任就是轰炸素未谋面的敌人?"

"你们已经一脚踏进了战争,"柯伊尔助医说,"不能说走就走,放任无数生命陷于水深火热中。"

"那不是正中你下怀?"

"布雷德利,"我说道,这时通信器又响了起来,但是我还不能放开李,"他们袭击了我们。"

"我们袭击了他们之后,他们袭击了我们。"布雷德利说,"然后我们再次袭击他们,就这样没完没了,直到双方死绝。"

我低下头看了看李的脸。我看到他的鼻子抵着绷带,他张大嘴巴用力呼吸;我手里攥着他的金色头发,黏糊糊的,全都是血。我的指尖感受到他受伤的体温,以及他失去意识的重量。

他再也回不到以前的样子了,永远也不会。我哽咽了,一阵胸痛袭来。

这就是战争的模样。此时此地,就在我的手里。这就是战争。

口袋里的通信器又响了起来。

【陶德】

"中立地带?"市长说着,扬起了眉毛,"我很怀疑,现在还存在这样的地方吗?"

"柯伊尔助医以前待过的康复所,"我说,"薇奥拉说的。黎明时分,柯伊尔助医和侦察舰上的人会在那里见你。"

"看样子不完全中立啊,是吧?"市长说,"不过够聪明的。"

他想了一下,又低头看了看膝盖,上面搁着泰特先生和奥黑尔先生带来的报告,显示情况不容乐观。

相当不乐观。

广场现在一片残破。半数帐篷都被水冲走了。幸运的是,我的帐篷离得远,安格哈拉德也安全,但剩下的地方已经成了潮湿又混乱的水塘。大水冲垮了粮仓的一面外墙,市长已经派人挑拣残渣,检查粮食还足够我们撑多久。

"他们真的重重地打击了我们,陶德。"市长看着报告,皱起了眉头,"仅一次行动就削除了我们95%的用水储备。极端缩减配额,也只够再用4天,而差不多还要等6个星期,飞船才能抵达。"

"食物呢?"

"食物供给情况稍好一些,"他递给我一份报告,"自己看吧。"

我盯着他手里的报告。泰特先生和奥黑尔先生圈圈点点的字迹可真够潦草的,就像以前农场粮仓里的小小黑色老鼠,它们扭来扭去、蹿得飞快,等你把板子从地上抬起来,就连一只老鼠的影子都看不到。我读着报告,心想,人们是怎么看懂这些乱七八糟的字母的——

"抱歉啊,陶德,"市长说着,放下了报告,"我忘了。"

我转身面向安格哈拉德,并不相信他是真的忘了。

"我明白了,"他说,他的声音也并非伪善,"我应该教你怎么认字。"

这句话让我更上火了,既尴尬又羞耻,还很愤怒,我想把他的脑袋拧下来——

"没有你想象的那么难,"他说,"我正在研究怎么利用声流学习——"

"你想干什么,报答我的救命之恩吗?"我大声说道,"不要一副欠我人情的样子!"

"救命之恩,咱们应该是扯平了,陶德。而且也没什么好羞愧的——"

"闭嘴,好吗?"

他久久地盯了我一会儿。"好吧,"他终于温和地说,"我不想惹你不开心。你去告诉薇奥拉,我会照他们的安排参加会面。"他站在原地不动,"还有,我只带你一个人去。"

【薇奥拉】

"听起来很可疑。"我对着通信器说。

"我也觉得。"陶德说,"我以为他要讨价还价,没想到他全盘接受了。"

"柯伊尔助医一直说他会来找她,她真说对了。"

"为什么我觉得她在搞鬼?"

我大笑了一声,却又咳嗽起来。

"你还好吗?"陶德问。

"嗯,没事,"我很快回答,"我比较担心李的状况。"

"他怎么样了?"

"情况稳定,但还是不太乐观。只有喂饭时,罗森助医才把他从沉睡中唤醒。"

"天哪,"陶德说,"替我向他问好。"我看到他正向右边望去。

"好了,再等一分钟行吗?"他又看向我,"我得走了。市长要讨论明天的事。"

"柯伊尔助医也会的,"我说,"明天见。"

他害羞地笑了:"能见到你真好。这句话是我的私心。我们好久没见了,太长时间了。"

我道了别,然后挂断了。

李躺在我旁边的床上,睡得很熟。罗森助医坐在角落里,每五分钟就通过监护器检查他的情况。她也在观察我,用柯伊尔助医的"定时治疗法"处理我的胳膊,现在炎症好像已经转移到肺部了。

柯伊尔助医说过,这个炎症是致命的。

致命。

如果她说的是实话,如果她不是为了逼我投诚而夸大其词。

我想,这就是为什么我没有告诉陶德自己的伤势究竟有多严重——如果他因此而备感焦虑(他一定会的),那我也会开始相信柯伊尔助医的话。

柯伊尔助医走了进来:"感觉怎么样,孩子?"

"好点了。"我说了谎。

她点点头,转身去检查李的情况:"他们回话了吗?"

"市长什么都同意,"说着,我又咳嗽起来,"他说,赴会时他只带上陶德。"

柯伊尔助医大笑了一声,但并不怎么愉快:"男人的傲慢。他确信我们不会伤害他,于是装装样子。"

"我跟他说,我们也一样。就你、我、西蒙妮和布雷德利四个人。我们锁住侦察舰,骑马过去。"

"绝佳的计划,孩子,"她说着,查看着监护器,"当然了,还要带几个'答案'的女兵过去,让她们带上武器,隐藏起来。"

我皱起了眉头:"就不能以诚相待吗?"

"什么时候你才能成长呢?"她说,"如果没有武力背书,善意一文不值。"

"那只会导致无尽的战争。"

"或许吧,"她说,"但也可能成为通往和平的唯一道路。"

"我不信。"我说。

"不信就不信吧,"她说,"谁知道未来呢?今天就当你赢了吧。"她动身离开,"明天我们拭目以待,孩子。"

从她的声音里,我能听出她的期待。

她期待市长向她投降。

【陶德】

黎明之前还是一片寒冷昏暗,市长和我骑行于通往康复所的那条路上。路边的树林和建筑是以前我和戴维每天见惯的景色。

这是第一次我自己骑马路过这里,再无戴维相伴。

帅小伙。

安格哈拉德想到。我在它的声流中看到了松子,过去戴维总是骑着松子,还想给它取名"死神",现在松子是薇奥拉的坐骑,今天可能也会出现。

但是戴维不会来了。他再也不会出现了。

"你在想我的儿子。"市长说。

"你不许提他。"我立刻回道,几乎出自本能。然后我说:"你怎么还能听到我在想什么?别人都听不到了。"

"我跟别人不同,陶德。"

你再说一遍。

我在心里这样想着,试探他还能不能听到。

"但你说得没错,"他说着,拉起"朱丽叶的喜悦"的缰绳,"你表现出色。你学习的速度比所有上尉都快。前途不可限量。"

他冲我笑了笑，神情透露出一丝骄傲。

道路尽头，太阳还没有升起，天空只是一片模糊的绯红。市长执意要求我们先行抵达集合点，然后等待他们出现。

我和他，还有一群随从的士兵。

我们来到两座粮仓的所在地，再拐个弯就是了。往前直走，直到路的尽头，康复所就位于干涸的河流边。当我们转过弯，看到了那栋建筑的时候，天几乎还是黑的。

原以为我们可以在室内会谈，可是出乎意料，康复所只剩下一个烧焦的木架，房顶不见了，烧毁的残骸散落在门前的草地上。一开始我以为是斯帕克人烧的，接着想起来，"答案"向市里进军，一路上见什么炸什么，包括她们自己的建筑。而且市长已经把康复所改造成了监狱，这里不再是人们休养疗愈的地方，"答案"当然更下得去手了。

另一件我们意想不到的事情是：他们已经到了，正在门前的路上等着我们。薇奥拉骑着松子，立在牛车的一侧，车上坐着一个深色皮肤的男人，还有一个表情坚定的女人——她肯定就是柯伊尔助医。看来人人都想率先到达。

我感觉身旁的市长一下子就怒了，但他很快隐藏起情绪。我们让马停下，正面对着他们。"早上好，"他说，"薇奥拉，我们认识。当然了，还有声名显赫的柯伊尔助医。但我似乎尚未有幸认识这位男士。"

"女人们带了武器，她们藏在树林里。"薇奥拉还没问好，便这样说道。

"薇奥拉！"柯伊尔助医说。

"路那边也有我们的50个人，"我说，"他说我们不妨以'防御斯帕克人'为借口。"

薇奥拉朝柯伊尔助医的方向点了点头:"她准备直接隐瞒呢。"

"有点困难,"市长说,"因为这位男士的声流已经暴露无遗——顺便说一句,还没有人为我介绍他呢。"

"布雷德利·坦奇。"那个男人说。

"我是大卫·普伦提斯总统。"市长说,"随时为您效劳。"

"你一定是陶德了。"柯伊尔助医说。

"你一定是那个想要杀了我和薇奥拉的人。"我说着,迎上她的目光。

她只是笑了笑:"我想,我不是这里唯一需要忏悔的人。"

她比我想象的更矮小,又或者是我长高了。听薇奥拉讲述了那么多她的恶行:带领军队,轰炸了半个城市,让自己成为这个城市的二号人物……我预期她是一个伟人。她确实健壮有力,要想在这个星球上生存就得成为这个样子。她的眼睛,那双眼睛看着你,眼神不掺任何杂质,好像她从来不会动摇,连一丝犹疑都没有。可能这终究是一双伟人的眼睛吧。

我骑着安格哈拉德来到松子身边,以便和薇奥拉近距离地打个招呼。每次见到她,我的内心就会涌起一股暖流,但我也看出,她似乎病得不轻,脸色苍白,而且——

她也看着我,满脸疑惑地歪着脑袋。

我才意识到,她正在努力辨认我内心的想法。

不过,她看不出来。

【薇奥拉】

我盯着陶德。看了又看。

但是听不到他的内心。

完全听不到。

本以为是因为战争对他造成了创伤，战场的震撼场面令他心绪不定、无法捉摸，现在看来并非如此。他的声流一片寂静。

和市长一样。

"薇奥拉？"他小声说道。

"据我了解，你们应该有四位成员到场？"市长问。

"西蒙妮在侦察舰驻守。"布雷德利说。尽管我的眼睛没有离开陶德，但我能听到他的声流中全都是伊万那伙人——那些人威胁说，如果我们抛下他们，他们就要发起叛乱。最终，西蒙妮只能答应留下。本来应该由布雷德利留下，因为他的声流每分每秒都在叫嚷，但是抗议者如伊万之流不接受这位"人道主义者"的保护。

"真不走运，"市长说，"市民们显然渴望强大的领导者。"

"这只是你的解读。"布雷德利说。

"好了，现在人到齐了，"市长说，"这次会谈将决定整个世界的未来走向。"

"人齐了，"柯伊尔助医应声道，"那就开始吧？"

接着她开口了，她的话把我的目光从陶德身上引开了。

"你是个罪人，是个杀人犯，"她对市长说，她的声音像石头一样冷静，"你对斯帕克人犯下种族屠杀的罪行，招致了这场战争。你把能抓走的女人都关进监狱，奴役她们，给她们烙上永久的记号。战争夺走了你半数兵力，你已经自证无能。士兵们迟早会起来造反，转而投奔火力强大的侦察舰一方，在移民舰队到来之前，这几周你至少还能保命。"

她微笑着说完了这番话，无视布雷德利和我的目光，也无视陶德的目光。

与此同时,我看到市长也在微笑。

"所以,请你给个理由,"柯伊尔助医说,"否则我们何不袖手旁观,看着你自取灭亡呢?"

【陶德】

"你,"一阵长长的沉默之后,市长回应道,"是个罪犯,还是个恐怖分子。你非但不跟我携手,将新普伦提斯打造为新移民的乐园,反而炸毁它。你宁愿眼睁睁地看着城市走向毁灭,也不愿让它脱离你的控制。你杀死士兵和无辜的市民,还想让小薇奥拉送死。你一心想推翻我,然后建立什么柯伊尔市,把自己打造成不可挑战的统治者。"他冲布雷德利点点头,"侦察舰上的人也并非心甘情愿,想必是你操纵薇奥拉发射了导弹。侦察舰上究竟有多少武器,足够抵御10万,不,100万猛如浪潮的斯帕克人,在我们全部战死沙场前赢得胜利吗?助医女士,同样也有很多问题需要你来回答呢。"

他和柯伊尔助医仍然面带微笑地看着对方。

布雷德利大声地叹了口气:"天哪,可真有意思。能不能回到会谈的初衷?"

"初衷又是什么呢?"市长问道,语气听起来像是在跟小孩子说话。

"为了阻止彻底的毁灭?"布雷德利说,"为了让这个星球上的每个人,包括你们俩,都有安身之所?舰队将在40天后抵达,为了让他们着陆在一个和平的世界?这些说法怎么样?我们每一方都有自己的力量。柯伊尔助医背后站着一支忠心耿耿的队伍,尽管没你们的兵力多,装备也不如你们;我们所在的位置更容易防守,但没有足够的空间供养一群渐趋焦躁不安的人；同时，你还要面对仅凭一己之力无法处理的袭击——"

"是的，"市长打断了他，"强强联合的军事智慧显然——"

"我不是这个意思。"布雷德利说，他的声音更激动了，声流也一样。他的声流比我见过的所有声流都更生疏、笨拙，却异常坚定，他对自己的选择深信不疑，并且有力地坚持自己的决定。

我发现我有点喜欢他了。

"我说的根本不是什么军事联合。"他说，"我有导弹，还有炸弹，如果你们不听我的，我大可以开开心心地丢下你们，随你们怎么打。我们现在要讨论的是，如何把各方力量整合起来，然后结束战争，而不是打赢战争。"

有那么一瞬间，市长收敛起笑容。

"这应该很容易才对，"薇奥拉说着咳嗽起来，"我们有水，你们有食物，我们可以互相交换，各取所需。我们不妨让斯帕克人看到，我们已经联合起来了，我们哪里都不去，只要和平。"

我只看到，她一边说话，一边在寒风中瑟瑟发抖。

"同意。"柯伊尔助医说，她似乎对目前的进展很满意，"那么谈判的第一个事项，或许总统可以帮帮忙，告诉我们怎么扭转编号环的不良反应，那想必是他的设计。现在，不良反应几乎害死了所有戴上编号环的女人。"

【薇奥拉】

"什么？"陶德大叫道。

"我不知道她在说什么。"市长语速很快，但是陶德露出了震惊的表情。

"只是一种猜测，"我说，"还没有证据。"

"难道你觉得这个做法没问题？"柯伊尔助医说。

"不太好，但也不至于害死人。"

"那是因为你年轻，身强力壮，"柯伊尔助医说，"不是每一个女人都有这么好的运气。"

"编号环是从原港湾市的一个正常牲畜群那儿得来的，"市长说，"如果你觉得我动了手脚，谋划杀死那些烙有编号环的女人，那你真是大错特错。我感觉自己受到了极大冒犯——"

"不要在我面前居高临下地耍威风，"柯伊尔助医说，"你杀光了旧普伦提斯的女人——"

"旧普伦提斯的女人是自杀的，"市长说，"因为她们挑起了战争，并且最终一败涂地。"

"什么？"陶德又一惊，飞快地转过身望向市长。我意识到，这是他第一次听到市长的说法。

"抱歉，陶德。"市长说。"但我告诉过你，你以前得知的不是真相——"

"本告诉我们发生了什么！"陶德大叫，"你别想为自己洗脱罪责！我不会忘了你是哪种人，如果你胆敢伤害薇奥拉——"

"我没有伤害薇奥拉，"市长坚定地说，"我没有故意伤害过任何女性。你一定记得，直到柯伊尔助医开始发动恐怖袭击，我才用上了编号环，是在她杀死无辜市民之后——因为我们需要追踪袭击我们的人。我们需要这种身份环。真的要怪谁的话——"

"身份环？"柯伊尔助医叫道。

"——就得怪她。如果我想对女性痛下杀手，那么早在军队刚开进城里的时候，我就可以动手了，但我当时没这么做，现在也不想！"

"不管怎么说，"柯伊尔助医说，"作为这个星球上最好的康复师，连我都对这种病症束手无策，你觉得有可能吗？"

"好吧，"市长说道，狠狠地瞪着她，"那么我们订下第一个协议。你享有充分的便利去了解我方掌握的全部信息——关于编号环，以及我们如何对待市里的女性感染者。不过我必须说，她们的情况远不如你说的那么凶险。"

我看着陶德，他显然也不知道市长的话里有几分真实。我现在能听到一些他的声流了，其中大部分是担心，还有一些他对于我的感觉，可是仍然模糊不清，跟以前完全不同。

那个我熟悉的陶德似乎已经消失了。

【陶德】

"你确定没事吗？"我问薇奥拉，骑着马靠近她，无视其他人的谈话，"你确定？"

"没什么好担心的。"她说。看得出来，她撒了谎，也许她想让我好受一些，但这让我更加难过了。

"薇奥拉，如果你有什么事，如果出了什么事——"

"柯伊尔助医只是为了让我帮她卖命，所以她才会吓唬我，就是这样的。"

我看着她的眼睛，能看出她没有说出全部事实。我的心沉了下去，如果她真的发生了什么事，如果我失去了她，如果她——

我即方圆，方圆即我。

我想着。

忧虑远离了，一切变得缓和而安静。我发觉自己闭上了眼睛，当我再睁开眼睛的时候，薇奥拉盯着我，她满脸恐惧。

"你刚刚做了什么？"她问，"你残存的一点点声流也消失了。"

"最近学会的，"说着，我移开了目光，"我能让自己的声流寂静无声。"

她惊讶地皱起了前额："这是你自愿的吗？"

"这是件好事，薇奥拉，"我的脸有点烫，"我终于能有一两个秘密了。"

但是她开始摇头："我以为你是看到了什么可怕的事情，声流才变得安静了。没想到你是故意的。"

我吞了下口水："我确实看到了可怕的事。这个办法能让我冷静下来。"

"你从哪里学来的？是他对吧，是他吗？"

"别担心，"我说，"一切都在我的掌控之中。"

"陶德——"

"只是一个工具。你念一念那些词，就能集中注意力，用意念把欲望包裹起来，然后——"

"听起来像是他会说的话。"她压低了嗓门，"他觉得你很特别，陶德。他一直都这么觉得。他可能会诱惑你去做一些你不想的事，一些危险的事。"

"我难道不知道有没有轻信他吗？"我有些尖刻地说，"他操控不了我，薇奥拉，我很坚定，足以抵抗——"

"你能操控别人吗？"她也很尖锐地回问我，"既然你已经能够让自己的声流静音，下一步不就是操控别人了吗？"

我的脑海中又出现了那幅画面。詹姆斯死了，躺在广场上。此刻我无法摆脱这幅画面，羞耻感又涌上心头，一阵反胃干呕——

我即方圆，方圆即我。

"不，还不能，"我说，"操控别人不好，我不想这样做。"

她让松子凑近我,我们两个面面相觑。

"你无法救赎他,陶德,"她说,她的声音柔和了一些,但是"救赎"这个词让我不禁退缩,"做不到的。因为他也不想得到救赎。"

"我知道,"我说,仍然不敢直视她,"我知道的。"

有那么一会儿,我俩只是站在一旁,看着柯伊尔助医和普伦提斯市长两个人争吵。

"你有的不只那些吧!"柯伊尔助医说,"我们已经通过探测器查出了你们仓库的大小——"

"你们的探测器能看到仓库内部的情景吗,助医女士?如果有这种技术,我可得大吃一惊——"

薇奥拉用手捂着嘴巴,边咳嗽边问:"你真的还好吗,陶德?"

我回问道:"编号环真的没有危险吗?"

我们两个都没有回答。

这个早晨让人感觉更冷了。

【薇奥拉】

对话持续了几个小时,从天亮开始,直到太阳当空高悬。陶德没有说多少话,而每次我想要加入会谈,就会咳嗽得说不出话。布雷德利、市长和柯伊尔助医一直不停地吵啊,吵啊。

不过,他们还是达成了不少共识。除了交换医疗信息、每隔一天进行一次物资互通——一方运送水源,一方运送食物,除了"答案"的牛车,市长许诺提供交通工具,并安排士兵护送,保证物资交换顺利进行。其实更合理的方案是双方都到一个地方碰头,但是市长拒绝离开城市,柯伊尔助医也不愿离开山顶,所以我们只能接受一方从10公里外拖来水,另一方从10公里外拖来食物。

这起码是个好的开始,我猜。

布雷德利和西蒙妮每天在城市和山顶上空飞行巡逻,希望以此震慑斯帕克人,阻止他们进攻。经过漫长的谈判,最后一项协议是柯伊尔助医会抽调一批训练有素的"答案"精兵,协助市长抵抗斯帕克人的偷袭。

"只能防卫,"我坚持道,"你们两个必须对斯帕克人表现出和平的姿态。不然一切都没有意义。"

"如果只有一方停战,局势仍然称不上和平,孩子,"柯伊尔助医说,"就算你现在正跟敌人谈判,战事也仍在持续。"

她一边说,一边看着市长。

"很对,"市长也看着她,"这是我们以往的经验。"

"这次呢?"布雷德利说,"能向我们保证吗?"

"作为和平的协议,"市长说,"这次谈判很成功了。"他脸上露出笑意,"等到真正的和平降临,那时谁知道我们会处于什么立场呢?"

"舰队着陆之前,你化身和平缔造者,"柯伊尔助医说,"他们会对你多么印象深刻。"

"你也一样呢,助医女士,你步步为营,把我带到了谈判桌上。"

"如果说有谁格外值得尊重,"陶德说,"那也是薇奥拉。"

"或者陶德。"布雷德利在我开口之前插话,"是他们俩促成了这场谈判。坦白地讲,如果你们两个人想在未来扮演重要角色,最好现在就做得像样点。毕竟就现状而言,明眼人都会觉得总统是个屠杀犯,而柯伊尔助医是个恐怖分子。"

"我统率全军。"市长说。

"我为自由而战。"柯伊尔助医说。

布雷德利苦涩地一笑。"终于谈完了,"他说,"我们已经达成协议，有些事现在就要开始，另一些事则留到明天再说。如果能坚持40天，这个星球或许还有救。"

【陶德】

柯伊尔助医给牛套上缰绳，那些牛叫唤着"威尔夫"。

"一起走吗？"柯伊尔助医对薇奥拉喊。

"你先走吧，"薇奥拉说，"我想跟陶德说说话。"

柯伊尔助医似乎已经料到了她的答案。"我很高兴，终于见到你了，陶德。"她说。她端详我很久，直到牛车渐渐远去。

市长跟他们点头道别，然后对我说："你和她好好聊聊吧，陶德。"他拉着"朱丽叶的喜悦"，沿着马路慢慢向前走去，只留下我跟薇奥拉独处。

"你觉得这次谈判有用吗？"她说，拳头抵在嘴边，大声咳嗽。

"还有六个星期舰队就到了，"我说，"要不了，五个半星期就能到。"

"五个半星期之后，情况就又会变化了。"

"五个半星期之后，我们就能在一起了。"

但是她没有接我的话。

"你真的明白自己跟他厮混意味着什么吗，陶德？"她说。

"他在我身边的时候很不一样，薇奥拉。他不再是以前那个走火入魔的疯子了。我觉得我能管住他，防止他害死我们大家。"

"别让他影响你的头脑，"她说，我从没听过她这么严肃地说话，"他最会控制别人的脑袋。"

"他不会影响我的头脑，"我说，"我也会管好自己。你也要照顾好自己。"我努力想露出笑容，但是没笑出来，"你要好好活着，薇奥拉·伊德。你要好起来。既然柯伊尔助医有这个能力,我们就得想尽办法让她治愈你。"

"我不会死的,"她说,"如果我真的有事,我会告诉你的。"

我们沉默了一会儿,然后她说:"你对我来说很重要,陶德。在这个星球上,你是唯一重要的人。"

我哽咽了,艰难地说:"你也是。"

我们知道彼此是真心的,但当我们骑上马背,各自驶向不同方向之时,我猜我们两人都正在怀疑对方是不是隐瞒了一些重要的事。

"那个,"我在回城的路上追赶上了市长,他对我说道,"你对刚才的谈判有什么想法,陶德?"

"如果编号环造成的炎症要了薇奥拉的命,"我说,"看我怎么收拾你。到时候你会求我杀了你的。"

"我相信你会的。"他说,我们骑马前行,城市的喧嚣扑面而来,"所以你要相信,我什么也没做。"

我发誓,他说得像真的一样。

"你也要信守刚才的承诺,"我说,"我们的目标是和平。认真的。"

"你觉得我是为了打仗而打仗,陶德,"他说,"但我不是。我的目标是胜利。有时候胜利意味着和平,是吧?舰队跟我的行事风格可能完全不同,但是我有一种预感,他们会尊重一个克服重重困难、尽力赢得和平的人。"

困难也是你自己制造的。

但是我没说出口。

因为,他听起来又是一副真心的样子。

或许我确实在耳濡目染地影响他。

"现在,"他说,"让我们拭目以待,创造一个和平的世界吧。"

"小径之终"

我孤独地坐在一块凸起的石头上,轻抚胳膊上编号环周围最近长出的地衣,轻轻地触摸着。一天又要结束了,编号环引发的疼痛还在持续,每天提醒着我是谁,我来自何方。

尽管伤口无法自愈,我也不再使用"大地"的药物进行治疗。

听起来毫无逻辑,但我最近开始觉得,只有"寸草不生"滚出这里,疼痛才会停止。

抑或,只有到了那时,"归者"才允许自己痊愈。"天空"示意着,从我旁边爬了上来。

来吧,是时候了。

是什么时候了?

他听到我充满敌意的语气,叹了一口气:是时候告诉你,为什么我们注定会赢。

* * *

七个夜晚过去了,自从"寸草不生"的飞船轰炸了"大地",

"天空"便撤回了进攻。这七个夜晚我们什么都没做，只是观望。远处的声音传来消息，说"寸草不生"的两支队伍又取得了联系。我们看着他们交换供给、互相帮助，看着远处山顶上的飞船又一次起飞，日复一日地盘旋于整个山谷上方，巡视着两支军队。

这七个夜晚，"天空"任由"寸草不生"变得强大。

这七个夜晚，他等待着和平。

"归者"不知道的是，"天空"只能独立裁决。我们从"大地"中穿过时，他示意着。

我望着一张张路过的"大地"的面孔，他们的声音彼此融合，如此简单的联结，我却很难融入。

是的，我知道。我表示。

他停下脚步：不，你不了解。你还是不了解。

他打开自己的声音，向我解释："天空"跟"归者"这两个称呼没什么区别，都是指"流放者"，而且在他们将他选为"天空"之前，他不过是"大地"中普普通通的一员。

他从同一的声音中分离出来，成了现在的样子。

我看到他曾经多么快乐。他跟最亲近的人、他的家人、他的打猎伙伴在一起生活，他甚至准备和唯一的伴侣给"大地"缔造新的声音，但是接着，我看到他从她身边消失，他从所有人的身边剥离、分离、上升，他那时多么年轻，不比我——

不比"归者"现在的年纪大。

他示意着，向我靠近。他的铠甲在太阳下烤得很硬，头盔沉重地压在宽大的脖子和肩膀上，也被壮硕的肌肉撑得高耸。"大地"深入地探视自己，寻找新的"天空"，而被选中的人无法拒绝。过去的生活已然结束，必须抛在身后，因为"大地"需要"天空"的看护，"天空"除了"大地"一无所有。

在他的声音中,他换上了盛装,接受了"天空"的名字,与他统治的子民分开。

你只能独立裁决。我示意着,感受到了这话的重量。

但我并不总感到孤独。"归者"也不是。他示意着。

他的声音突然向我靠近,在我意识到这一点之前——

我的记忆一下子被拉回——

——我们住的那个棚子。夜里,我唯一的伴侣被"寸草不生"主人锁在这里,我们要让他的草坪保持整洁,繁花盛开,蔬菜生长。我记事之前就被送给了主人,从来不知道是谁生养了我,唯一熟悉的同类就是我唯一的伴侣,他不比我大多少,但他教会我怎么干好活儿、少挨打,教会我怎么生火,怎么敲击燧石碎片——我们只能借此取暖。

——我们带着主人的蔬菜来到市场,遇到了其他"包袱"。他们友好地向我靠近,我却尴尬地缩进了自己的世界,而我唯一的伴侣让我安定下来,他自己负责引开他们的注意,任我肆意自矜。

——我唯一的伴侣蜷缩在我的肚子旁,因为伤口感染咳个不停,浑身发热,这是"包袱"最糟糕的病症,我们会被拖去"寸草不生"的兽医那里,再也回不来了。我紧靠着他,祈求泥土、石头、棚子,祈求他的体温降下来,求求你们了,让体温降下来吧。

——朝夕相伴的年少时期,一个夏夜,我和他用主人每星期提供一次的水,在水桶里洗澡,清洗自己的同时也为对方洗濯,惊喜地发现：原来亲密关系还有另一种可能。

——我唯一的伴侣跟我安静地待在一起，自从我们的声音被"寸草不生"偷走，彼此之间的联系遭到切断，宛如各自被流放到孤岛，又像是隔着深谷呼唤对方，却因为相距太远而无法传达。他利用"咔嚓咔嚓"的声音和手势，努力和我交流。

——棚子的门被打开。来者是"寸草不生"，他们带着刀枪。我唯一的伴侣站了起来，站在了我的前面，最后一次保护了我。

我大叫起来，"天空"放开了我，那种恐惧又重新浮现于我的声音之中，鲜活得如同刚刚发生，如同往事重演。

你想念他。"天空"示意着。你爱他。

他们杀死了我唯一的他，他们把他从我身边带走了。我示意着，怒火中烧之后是心如死灰，然后再次怒火中烧。

所以第一次见到你，我就认出了你。"天空"示意道。我们两个一样，"天空"和"归者"。"天空"代表"大地"，"归者"代表"包袱"。我们两个注定孤独。

我仍然重重地喘着气：为什么你要让我回忆起痛苦的过往？

因为了解"天空"是谁对你来说很重要，"铭记"这件事本身就很重要。他表示。

我抬起头：为什么？

跟我来。他只是这么示意。

* * *

我们继续穿过营地,走进树林中一条不起眼的小路。没多久便遇到了两个"小径"守卫,他们尊敬地向"天空"行礼,并为我们让路。小路前方突然出现一个陡坡,大片树丛几乎立刻掩住了我们的身影。沿着一条宽度仅容一人通过的小路往上攀爬,我们应该到达了河谷上游的最高点。

诚然困难重重,但某些时候"大地"必须保守秘密。"天空"边走边示意。只有这样我们才有希望。

所以他们才塑造了"天空"吗?我回应道,跟着他走上几级石阶。来承担必须完成的使命?

没错,正是如此。这也是我们俩的另一个相似之处。他回望着我。我们学会了保守秘密。

我们来到一片常春藤下。"天空"用长长的胳膊拨开藤条,藤条后面是一片开阔之地。

"小径"在空地上站成一圈。"小径"是"大地"中声音格外开阔的一批成员,从小便被选为"天空"的信使,负责为广阔的"大地"传递声音。但现在"小径"全都面向圈内站着,声音集中投在彼此身上,形成一个封闭的圈。

这里是"小径之终"。"天空"向我示意。

他们一辈子生活在这里,从出生就开始接受声音训练,只为一个目的。一旦进入这里,秘密便可以从声音中抽离而出,安全地藏于此地,直到它必须重见天日。"天空"就这样来隐藏不能为人所知的危险想法。

他面向我。

还有别的。他对着"小径之终"放大了声音,闭环慢慢地移动,打开一个缺口。

我看到了里面的情景。

闭环的中间是一张石床。

石床上躺着一个男人。

那是一个"寸草不生",他失去了意识,正做着梦。

他是你的线人。我悄悄地示意着,我们从缺口走了进去,圆环又闭合了。

一个士兵,"天空"表示道,我们在路边发现了他,当时以为他受重伤殒命了。但就在沉默的最边缘,他的声流突然传了出来,毫无防备和保留。我们留住了声流,它仍然一息尚存。

留住了声流?我示意道,始终盯着那个男人。他的声流被"小径"的声音掩盖,从更大的声音中剥离出来,所以声音中的秘密从未离开这个圆圈。

只要声音能被听到,就有可能康复。"天空"表示。即使声音已经远离了本体,确实已经走远了,只要我们治好他的伤口,呼唤他的声音,它就会被召唤回来。

他将复生。我示意着。

是的。他的声音一直在为我们提供信息,相比"寸草不生",我们有了很大优势,而"归者"回归"大地"之后,我们的优势就更明显了。

我仰头看了一眼:在我回来之前,你已经打算向"寸草不生"进攻了?

只要"大地"存在任何潜在危险,"天空"就有责任提前做好准备。

我又低头望向线人：所以你笃定我们会赢。

线人的声音告诉我们，"寸草不生"的首领不会拥有真正的盟友。无论眼下他对远处的山顶采取什么措施，他都是一个独裁者。只要形势转变，他就会毫不犹豫地背叛伙伴。这就是"寸草不生"的弱点，而"大地"可以加以利用。天亮之际，我们会再次进攻。到时，那一联盟面对压力会做何反应，就让我们拭目以待。

我怒视着他：但是你仍然可能向他们求和，我从你心里看到了这个信息。

如果目的是拯救"大地"，是的，"天空"会求和。"归者"也会。

他不是在问我，而是在告诉我：我会做出和他一样的选择。

我带你来的原因就在于此。他示意着，将我的注意力引回那个男人身上。

如果和平降临，如果一切冲突最终得以平息，我会将线人交给你，任凭你处置。

我抬头看着他，疑惑不解：把他交给我？

他现在基本痊愈了，我们一直让他昏睡，是为了听到他不加防备的声音，但是我们随时可以唤醒他。"天空"示意着。

我又看看那个男人。

对我来说这样就算是复仇了吗？这算什么——？

"天空"向"小径之终"做了个手势，让他们为这个男人的声音腾出位置——

然后我听到了。

他的声音——

我径直走向那块石板，俯身看着那个男人沧桑的脸。和所有"寸草不生"一样，他的脸庞毛发稀疏。我看到他胸口贴着"大地"的药膏，身上穿着破烂的衣服。

我听见了他的声音。

普伦提斯市长。

还有武器。

还有羊群。

还有普伦提斯市。

还有一天清早。

然后他说——

他说——

陶德。

我猛地转身看着"天空"。所以这是——

是的。"天空"示意。

我在"猎刀"的声音中看到过他。

是的。"天空"再次示意。

这个男人叫本。我示意道，声音因惊讶而开阔。在"猎刀"心里，他几乎跟唯一的伴侣同样重要。

如果和平便是最终的结局，那么为了偿还"寸草不生"强加于你的不幸，他就属于你了。"天空"表示。

我转身看着那个男人。

我看着本。

他是我的，我想。如果和平到来，他就是我的了。

我可以杀了他。

和平进程

【陶德】

我们听到他们在树林里穿梭,离得很远,但速度很快。

"等着吧。"市长小声地说。

"他们是冲着我们来的。"我说。

他转过脸面向我,拂晓的第一缕阳光透过雾气照在他的脸上:"这就是做诱饵的风险,陶德。"

帅小伙? 安格哈拉德在我身下紧张地说。

"没事的,姑娘。"我回应,尽管自己心里也没底。

屈服吧! "朱丽叶的喜悦"在我们旁边想着。

"闭嘴。"市长和我一起说道。

市长对我露出了微笑。

刹那间,我也对他笑了笑。

跟之前比起来,过去一周可以说是非常惬意的。食物和水源的交换顺利进行,市长或者柯伊尔助医都没有惹是生非,当你不再担心自己没水喝，自然会开心很多。营地安顿好了，城市看起来又有城市的样子了，薇奥拉说山顶局势也平静了很多，差不多恢复了正常。她还说，她也好多了。不过，我分辨不出这话的真假，而她每天都会找各种借口来拒绝跟我见面，我忍不住担心，忍不住胡思乱想——

我即方圆，方圆即我。

但是我也很忙，忙着和市长一起干活儿。他最近非常友善，开始探访营地里的士兵，关心他们家里的情况、他们的故乡，还有他们对于战后的打算，以及他们对即将到来的新移民寄予了什么希望，等等。市民们也是如此。

他也给我搜集来了各种好东西。满腹牢骚的奥黑尔先生设法帮我把帐篷布置得更加舒服，分配给我一张软和的行军床，还附送了许多御寒的毯子。他想方设法让安格哈拉德得到更多饲料和水，甚至每天都向我通报编号环并发症的研究进展，尽力不让薇奥拉有任何危险。

这些举动都显得很奇怪。

但是很不错。

情况之所以转好，是因为一整个星期都没有斯帕克人来袭。不过，我们并未就此懈怠或是暂缓筹备战争。布雷德利和西蒙妮用探测器模拟了几条斯帕克人进城偷袭的路线，市长已经把这几条路列为重点关注区域。由于我们的新盟友没有声流，所以不会被斯帕克人窃取信息，她们便趁着夜色溜进树林，做足准备。

现在看来，未雨绸缪不失为一个良策。

我们面对着一条横穿城南树林的道路，听到了斯帕克人进军的声音，他们正是来自我们之前预计的方向。

声音越来越大。

"没什么好担心的,"市长对我说道,他抬头回望树林上空的探测器,"一切都在照计划进行。"

斯帕克人的声流上升了一个度,更响亮、更稳定,但是声流的速度太快,无法从中提取任何信息。

陶德,安格哈拉德说,它更紧张了,**陶德**!

"安抚一下你的马,陶德。"市长说。

"没事的,姑娘。"我揉着它的腹部。话虽如此,我还是拉紧缰绳,逐渐靠向路边,藏身于钻井设备背后。

我拿起通信器:"探测器上能看到什么吗?"

"看不清,"薇奥拉说,"我们看到一些模糊的身影,但那可能是风造成的。"

"那不是风。"

"我知道,"她说着,捂着嘴咳嗽起来,"先稳住,不要行动。"

斯帕克人的声流变得更响亮了,不断变响——

"真的来了,陶德,"市长说,"他们来了。"

"我们准备好了。"通信器里传出说话声。那不是薇奥拉,而是柯伊尔助医。

就在这时,斯帕克人从树影背后倾巢而出,就像是湍急的潮水,瞬间淹没了道路,直奔我们而来。

他们高举武器,箭在弦上。

"稳住。"市长一边说话,一边端起步枪。

斯帕克人蜂拥而至,越来越多——二十个人、三十个人、四十个人。

我和市长,区区两个人。

"稳住。"他又说道。

空气中充斥着他们的声流,距离我们越来越近。

越来越近,直到进入武器的射程范围——

"咝咝"声响起,一根白色棍子开火了。

"薇奥拉!"我喊道。

"发射!"柯伊尔助医的声音从通信器里传来。

轰!

路两边的树被炸成了千万块燃烧的碎片,它们撕扯着斯帕克人,市长和我也在冲击波中摇摇晃晃。我用力稳住安格哈拉德,竭力防止它受惊逃走或是把我甩下马背。

我飞快地转过身,烟雾已经散去,只留下一地横倒、烧毁的树木残躯。

不见一个斯帕克人的影子。

只见遍地死尸,尸首不计其数。

"什么鬼东西?!"我对着通信器大喊,"威力比你说的大多了!"

"化合物出了小小差错,"柯伊尔助医说,"我得跟布雷斯薇特助医反映一下。"

但我看到,她在微笑。

"或许是,过于热情了,"市长说着,骑马向我走来,他的脸上也挂着明显的笑意,"不过,和平进程就此开启!"

接着,我们听到身后传来了其他声音。原先蹲守在路尽头、时刻准备支援前线的士兵们正喜气洋洋地向我们快步走来。

他们在欢呼。

市长骑着马在他们中间阔步,如他所愿。

【薇奥拉】

"这是屠杀,"布雷德利愤怒地说,"这怎么可能是和平的开始?"

"化合物调配过头了,"柯伊尔助医耸了耸肩,"这是我们的第一次尝试,下一次就有经验了。"

"下一次——"布雷德利才刚开口,她就已经往驾驶舱外走了。刚才,我们就在舱内,通过主屏幕目睹了一切。西蒙妮在外面遥控投影机,用三维影像向山顶的人全程直播。

爆炸甫一发生,人群便欢呼起来;柯伊尔助医走出船舱,欢呼声更响亮了。

"她是故意的。"布雷德利说。

"当然是故意的,"我说,"她一贯如此。给她一个苹果,她能把树都抢走。"

我从椅子上站起来,却立刻又坐了回去,因为脑袋剧烈地眩晕起来。

"你还好吗?"布雷德利说,他的声流饱含担忧。

"还是老样子。"我说。其实并非如此。柯伊尔助医的定时治疗法还算顺利,但是今天早上,高烧又卷土重来,而且更严重了,到现在还没退去。又死了六个女人,都年纪很大、身体不好,但也有很多人病得更重了。光是观察她们的脸,你就可以辨认出谁戴了编号环,而谁没有。

"她没有从市长提供的资料里发现任何有用信息吗?"布雷德利问。

我摇摇头,咳嗽起来:"不知道他是不是真的提供了所有资料。"

"还有33天，舰队将会带来完备的医疗室，"布雷德利说，"再坚持一下？"

我点点头，只是因为咳嗽得太猛而说不出话。

上周过得风平浪静，没有发生任何让人神经紧张的意外。威尔夫驾车把大桶大桶的用水运到山下，又拉回整车整车的食物，没出任何纰漏。市长甚至派士兵保护他，还派来工程师修缮这里的集水设施。他也答应，纳达利和罗森助医可以帮忙整理食物储备，监督分配情况。

这期间，柯伊尔助医的情绪前所未有地高涨。她甚至已经开始设想签订停战协定。显然，还是得多用炸弹才行。布雷斯薇特助医对我进行过军事训练，但那好像是上辈子的事了。她在树林里放置了炸弹，希望向斯帕克人扬威，也希望抓住一个活口，然后让他捎话回去：如果他们不跟我们和平会谈，我们就接着炸。

柯伊尔助医发誓，上一场大战中，这招就挺管用。

通信器响了，陶德向我转达那场袭击的具体情况。

"没有幸存者，是吗？"我问道，然后又咳嗽起来。

"没有，"他说，看起来很担心，"薇奥拉，你——"

"我没事，只是咳嗽而已。"我努力憋住不咳。

自那场于康复所原址进行的重大会谈之后，一周以来，我只能借助通信器与他相见。我没下过山，他也没上山。这儿有太多事要做，我告诉自己。

我告诉自己，绝不是那个没有声流的陶德让我感觉——

感觉像是——

"明天我们再试一次，"我说，"然后继续，直到成功。"

"嗯，"陶德说，"只有尽快促成停战谈判，一切才能画上句号，你才能快点康复。"

"你才能尽快摆脱他。"我说。我大声地说出了这句话,等意识到的时候已经太晚了。都怪这愚蠢的高烧。

陶德皱起了眉头:"我没事的,薇奥拉,我发誓。他比以前好多了。"

"好?"我说,"他什么时候好过?"

"薇奥拉——"

"还有33天,"我说,"克服一下,我们就解脱了。只有33天了。"

但是我不得不说,最后的33天似乎漫长得没有终点。

【陶德】

斯帕克人不停地进攻,幸好每次我们都抵挡住了。

屈服吧! 我们听到"朱丽叶的喜悦"在路那头大喊,**屈服吧!** 我们听到市长的大笑声。

黑暗中传来了沉重的马蹄声,市长的牙齿在月光下闪闪发亮,我甚至能看到他制服袖口的金丝边反射出来的微光。

"就现在,**发射!**"他喊着。

布雷斯薇特助医厌恶地咂吧着舌头,按下遥控装置上的按钮。市长身后的路顿时成了一片火海,点燃了那些躲避追赶的斯帕克人,他们原本以为这名散兵窃取到了机密情报:我们在旁边那条路布下了陷阱。

但是,所谓的陷阱不是陷阱,这名散兵才是。

我们五天里挡住了四次袭击,这是第五次。他们越来越聪明,我们也一次比一次高明,似真却假、似假还真的陷阱,四面八方的袭击,层出不穷。

占据上风的感觉相当不错,像是我们终于有所行动,像是我们终于——

(要赢了——)

(要赢得这场战争了——)

(令人兴奋不已——)

(闭嘴)

(但说得没错——)

"朱丽叶的喜悦"跑到安格哈拉德身边停了下来,我们看着火焰汇成一团,在树林里升腾,驱散了夜晚的寒意。

"前进!"市长大喊,蜂鸣声迅速穿透了身后士兵们的声流,他们踏着整齐的步伐,经过我们身边,去追捕存活的斯帕克人。

从火焰的规模来看,这一次也不会留下活口。市长望着路后方的毁坏情况,脸上的笑容消失了。

"又是这样,"他说着,面向布雷斯薇特助医,"你的炸药威力猛得令人费解,连一个活口都不留。"

"看来你更希望他们杀了你?"她满不在乎地说道。

"你就是不想让我们先抓到斯帕克人,"我说,"你想抓一个俘虏,献给柯伊尔助医。"

她狠狠地瞪了我一眼,目露凶光:"希望你不要对前辈这么说话,孩子。"

市长却放声大笑起来。

"我想说就说,助医女士,"我说,"我了解你的上级,不用在我面前拿乔,好像她没有什么鬼点子似的。"

布雷斯薇特助医又看看市长,脸上仍是那样的表情。"你可真棒。"她说。

"精辟,"市长说,"一如既往。"

面对意料之外的夸赞，我的声流有点害羞。

"请向你的领导汇报，这次和之前一样成功，"市长低头看着布雷斯薇特助医说，"也一样失败。"

布雷斯薇特助医跟纳达利助医横眉怒目地看着我们，转身向市里走去。

"我也会和她一样的，陶德。"市长说。士兵们从火场撤回来了，这一次仍然没有俘获活着的斯帕克人，"不让对手赢得任何优势。"

"我们应该共同努力，"我说，"我们应该为了和平而努力。"

不过他倒没什么烦忧，只是看着身边行进的士兵。他们说着笑着，天真地认为：经过了这么多次失败，我们终于大获全胜。等我们回到广场，还会有更多人向他表示祝贺。

薇奥拉告诉我，柯伊尔助医在侦察舰那边也得到了一样的英雄待遇。

他们两人正在打一场仗，较量谁比谁更爱好和平。

"我想你可能是对的，陶德。"市长说。

"什么？"我问。

"我们的确应该合作。"他转过脸来，面对着我，脸上挂着标志性微笑，"或许现在我们应该认真起来了。"

【薇奥拉】

"现在什么情况？"李问道，将手伸进绷带下面挠痒。

"别挠。"我说着，玩闹似的拍了一下他的手，这一下却给我的胳膊带来了剧烈的疼痛。

我们身处侦察舰的康复室中，墙上的屏幕正在显示散布于山谷各地的探测器点位。昨天布雷斯薇特女士猛烈进攻之后，市长提议让西蒙妮领导下一次任务，这让我们大吃一惊。柯伊尔助医同意了，西蒙妮开始着手准备，整个任务的最终目的就是活捉一个斯帕克人，并让他回去求和。

杀了那么多敌人之后，反倒主动向他们求和——这看起来非常奇怪，但是显而易见，这场战争自打一开始就毫无意义。你杀人，只是为了告诉对方你想停手。

男人的兽性，我想。还有女人。

所以今天，西蒙妮安排了一场更浩大的行动，她们声东击西——白天部署各个探测器，假装我方已经预料到斯帕克人会从某条南边的道路进攻，因此布雷斯薇特助医在那里布置了地雷，然后地雷提前爆炸，像是我们失误了一样。与此同时，北面的路线畅通无阻，其实西蒙妮及"答案"的精锐女兵正藏身于此，等着斯帕克人自投罗网。希望这些没有声流的女人会打他们一个措手不及。

"你什么也没告诉我。"李说，他又开始往绷带下面挠痒。

"让布雷德利陪着你，会不会好办一些？"我说，"通过他的声流，你可以直接看到当下发生了什么。"

"我更希望你陪着我。"他说。

我在他的声流里看到了自己，没有任何隐秘的事，只是一个干净健康、容光焕发的我，而不是现在这样——发着高烧、骨瘦如柴，身上脏得好像再也洗不干净。

他不会提起自己的失明，除了开玩笑的时候。当带着声流的人出现在附近，他还是能通过他们的声流看到画面，他说这样就跟用眼睛观看一样。大多数时候都是我在陪着他，这段时间，我们俩注定要住在这间讨厌的康复室里了。突然，他失去了原有的一切，徒留记忆以及别人眼睛里的世界。

他甚至连哭都哭不了,因为眼睛的烧伤非常严重。

"你安静坐着的时候,"他说,"我知道你正在看我内心的想法。"

"抱歉,"我移开了目光,又咳嗽了一阵,"我只是很担心。希望一切顺利。"

"别再一直自责了,"他说,"你是为了保护陶德,仅此而已。如果是为了保护妈妈和姐姐,我也会毫不犹豫地选择发起一场战争。"

"但你不能将私人感情卷入战争,"我说,"不然就永远无法做出正确的决定。"

"如果你所做的决定不涉及私人感情,那你也就算不上人了。从某种程度上来说,一切战争都关乎个人,对吧?我们不都是为了某个人吗?只不过通常是出于仇恨。"

"李——"

"我只能说,如果有人这么爱他,愿意为他挑战整个世界,他该有多么幸运。"他的声流不是很自在,他好奇我现在是什么表情,会有什么反应,"我就是这个意思。"

"他会为了我这么做。"我轻声说道。

我也会为了你这么做。李的声流说道。

我知道他会的。

但是那些因为我们而丧命的人呢?会有人为他们复仇吗?

所以谁才是对的呢?

我把脑袋埋在双手里。感觉脑袋非常沉。每天,柯伊尔助医都会尝试新疗法,每天我都短暂地感觉到状态有所改善,但很快就会重回原样,甚至更严重。

"致命。"

我想起柯伊尔助医的话。

还有几个星期舰队才会到达,就算他们真的能帮上忙——

飞船的通信系统突然发出了"噼里啪啦"的声响,我们两个吓了一跳。

"他们成功了。"布雷德利的声音传来,听起来很惊讶。

我抬起头:"什么成功了?"

"他们抓住了一个,"布雷德利说,"在北面。"

"但是,"我一边说着,一边扫视着一个个屏幕,"现在还早啊。没有——"

"不是西蒙妮,"布雷德利听起来跟我一样困惑,"是普伦提斯。他抓住了一个斯帕克人,而我们都还没有开始行动呢。"

【陶德】

"柯伊尔助医要气得冒烟了。"我说,而市长正跟前来祝贺的士兵一一握手。

"我发现自己出奇地镇定,陶德。"他说,完全沉浸在胜利的喜悦之中。

还记得北面搜集情报的那支中队吗?士兵们无所事事地守在那里,进城偷袭的斯帕克人时常从他们身边溜过,甚至还会取笑他们。

柯伊尔助医忘了。布雷德利和西蒙妮也忘了。我也忘了。

市长没有忘。

他从通信器上看着西蒙妮定下今晚的大计,同意了布雷斯薇特助医安排的地雷的地点和引爆的时间。然后,因为我们假装南面未设防,误导斯帕克人以为自己识破了陷阱,山谷北面的道路更容易被攻击，于是他们派出了一小队人马，偷偷从我们的士兵身边溜过，正和前十几次一样——正中我们下怀。

结果这一次，他们发现我们没那么容易糊弄了。

市长悄悄排兵布阵。士兵们找准时机，从侧面一拥而上，切断了斯帕克人的去路。敌人还没反应过来发生了什么，就被枪火撂倒了一大半。

斯帕克人几乎全军覆没，只剩下两个活口。不到20分钟，这两个人就被押进了市里，围观的军队发出欢呼的声流。泰特先生和奥黑尔先生把他俩带到教堂后面的马厩，市长则忙着接受新普伦提斯市民们的祝贺。我跟他一起慢慢地穿过拥挤的人群，大家又是握手，又是欢呼，到处都是庆贺的声音。

"你可以先告诉我的。"喧嚣之中，我提高了嗓门。

"说得对，陶德。"他说着，驻足凝望着我，人们不断地向我们涌来，"应该告诉你的，我道歉。下次我一定提前告诉你。"

太让人惊讶了，他这话说得好像很真诚。

我们继续在人群中穿行，终于来到了马厩。

几个助医已经气冲冲地等在那里。

"我让你带我们进去！"纳达利助医说，一旁的罗森助医"哼"了一声，表示赞同。

"安全第一，女士们，"市长对她们微笑，"我们都不知道被俘虏的斯帕克人有多危险。"

"赶紧的。"纳达利助医说。

市长仍然在微笑。

他身后，整个城市的士兵都在微笑。

"我先确认没有危险，再喊你们进来，可以吧？"他说着，走到被一队士兵拦住的助医身边，又走了进去。我跟在他身后进去了。

我的胃紧紧地绞在一起。

马厩里，两个斯帕克人被绑在椅子上。他们的胳膊被捆在身后，这个样子我太熟悉了。

（不过，两个都不是1017，我不知道我是松了一口气，还是难过——）

其中一个人裸露的白色皮肤上布满了红色的血迹，身上的地衣被撕下，扔在地上。他仰着头，眼睛圆睁，声流里全是对我们的咒骂和诅咒——这不奇怪。

而他旁边的那个斯帕克人，他旁边的那个斯帕克人都不像个斯帕克人了。

我正要大叫出声，结果——"搞什么鬼？"市长先喊了起来，我很惊讶。

士兵们也很惊讶。

"审问，长官。"奥黑尔先生说，他的双手和拳头上满是血，"短时间里我们已经获取了不少信息。"他指着那个遍体鳞伤的斯帕克人，"然后审问过程中，这一个不幸伤重不治——"

"呼"的一声，市长挥出一巴掌、一拳，仿佛用声流射出一发子弹——有一段时间没听到过这个声音了，奥黑尔先生头往后一仰，倒在了地上，痉挛般颤抖着。

"我们现在是要争取和平！"市长对其他士兵吼道，他们像受惊的羊羔一样，"未经允许，不得使用酷刑。"

泰特先生清了清嗓子："这一个更扛得住审问，"他指向还活着的那个斯帕克人，"他是个耐打的样本。"

"算你走运，上尉。"市长的声音里仍有怒气。

"我得让那几个助医进来，"我说，"她们可以为他治疗。"

"不，别去，"市长说，"我们要放他走。"

我停了下来："什么？"

"什么？"泰特先生说。

市长走到斯帕克人身后。"我们的本意是要捕获一个斯帕克人，让他捎话回去，我们想要讲和。"他拿出猎刀，"所以要放他走。"

"总统先生——"

"请打开后门。"市长说。

泰特先生直起身："后门？"

"快点，上尉。"

泰特先生走过去，打开了马厩的后门，从这个门可以离开广场——躲开那些助医。

"喂！"我说，"你不能这么做。你跟她们说好了——"

"我是在遵守承诺，陶德。"他弯下腰，嘴巴凑近那个斯帕克人的耳朵，"我想那个声音会说我们的语言吧？"

我暗忖："那个声音？"

一阵低沉的声流来来回回地在市长和那个斯帕克人之间传递，深邃、黑暗、猛烈，快速地流动着，但房间里没有人听得懂。

"你在说什么？"我问着走上前去，"你跟他说了什么？"

市长抬起头看着我："我跟他说我们多么迫切地想要和平，陶德。"他歪着头，"你不相信我吗？"

我咽了一下口水。

又咽了一下。

我知道市长想要和平，想要这份功劳。

我知道我在水塔救了他之后，他人变得比以前好多了。

我也知道他并没有被我救赎。

我知道他不可能得到救赎。

（他能吗？）

但是他现在的举动，看起来就像已经得到了救赎。

"你也可以这样跟他说话。"他说。

他眼睛看着我，手里的猎刀轻轻一动。那个斯帕克人吃惊地向前一倾，他的双手突然自由了。他向周围看了看，不知道接下来会发生什么，直到他看到了我——

我想让我的声流变得沉重、响亮，但它就像是一块许久没有活动的肌肉，我感到一阵疼痛。我想用力告诉他，我们真正想要的是什么，不管市长说了什么，我和薇奥拉，我们是真心盼望和平，我们想要结束战争，然后——

斯帕克人发出一个嘘声，这让我停了下来。

我在他的声流里看到了自己。

然后我听到——他认识我？

还有词语，人类语言里的词语——

我听到——

猎刀。

"猎刀？"我说。

但是那个斯帕克人又"嘘"了一声，夺门而出，渐渐跑远了——

没人知道他带去了什么消息。

【薇奥拉】

"真不要脸，"柯伊尔助医咬牙切齿地说，"士兵们激动地围着他，像烧开水的锅一样，都忘了这座城市在他统治之下度过了一段最糟糕的日子。"

"我以为至少能跟斯帕克人面谈,"西蒙妮说,她刚刚跟几位助医一起怒气冲冲地坐车穿过市区回来,"告诉他们,人类并不都是一副嘴脸。"

"陶德说他已经传达了我们真正的想法,"我一边说,一边剧烈地咳嗽,"所以我们只能希望他们得到的是这样的信息了。"

"如果信息传出去了,"柯伊尔助医说,"老普伦提斯会把所有的功劳都算在自己头上。"

"又不是要看谁功劳最大。"布雷德利说。

"不就是这么一回事儿吗?"柯伊尔助医说,"舰队抵达的时候,你乐意看到这个男人处于强势地位吗?这就是你们想要的新生活?"

"说得好像我们有权力解除谁的职权一样,"布雷德利说,"好像我们能大摇大摆地插手,强加自己的意愿一样。"

"为什么不能?"李说,"他是个杀人犯。他杀了我的姐姐和母亲。"

布雷德利没有回应,但是西蒙妮说:"我倾向于赞同。如果他的行动危害到了每个人的性命——"布雷德利的声流中震惊得雷声大作。

"我们来的目的是建立一个差不多1000人的定居点,"布雷德利打断了她,"人们不该在战争之中醒来。"

柯伊尔助医只是重重地呼了一口气,好像她根本没在听:"最好出去跟人们解释一下为什么不是我们俘获了斯帕克人,"她说着走出这间小小的康复室,"如果伊万胡说八道,我就要打烂这个乡巴佬的脸。"

布雷德利看向西蒙妮,他的声流里充满了疑问和异议——他想从她身上知道什么,声流里满是她的样子,他多么想要触摸她。

"你能停下来吗?"西蒙妮说着转开了脸。

"对不起。"他向后退了一步,又退了一步,然后没再说什么,离开了房间。

"西蒙妮——"我说。

"我就是没办法适应,"她说,"我知道我应该适应,也知道以后必须适应,但是——"

"不妨当成一件好事,"我想着陶德,"一种亲密的体现。"

(但是我现在听不到他了——)

(感觉他没有那么亲密了——)

我又咳嗽起来,从肺里咳出了一些绿色的恶心东西。

"你状态不太好,薇奥拉,"西蒙妮说,"我用点柔和的镇静剂让你休息一下,没意见吧?"

我摇了摇头。她走到抽屉边,拿出一小块敷剂,轻轻地贴在我的下巴上。"给他一个机会,"我说,药物开始发挥作用了,"他是个好人。"

"我知道,"她说,我的眼皮沉了下来,"我知道。"

我陷入一片黑暗。黑暗的镇静中,很长时间内什么感觉也没有,我兀自沉浸在空无里,只有黑暗,就像那无尽的远方——

然而,这种感觉结束了。

我仍然睡着,还做了梦。

我梦见了陶德,他就在那里,我却够不着。

我听不到他,我听不到他在想什么。

他瞪着我,他好像一个空瓶子,好像一尊没有灵魂的雕像——

好像他已经死了。

天哪,不要——

他死了。

他死了——

"薇奥拉。"我睁开了眼。李靠过来叫醒了我,他的声流满是忧虑,还夹杂着一些别的——

"发生了什么?"我问道,感觉全身都是发烧出的汗,衣服和床单都湿透了。

(陶德,他从我身边溜走了——)

我看到布雷德利站在床脚。"她行动了,"他说,"柯伊尔助医离开了,她开始行动了。"

【陶德】

那是个很细微的声音,在营地沉睡的声流中,我本来应该听不到它的。

但我认得那个声音。

空气中有一声呜呜。

帅小伙? 安格哈拉德紧张地询问。我离开帐篷,走进薄暮中,天气日渐寒冷。

"那是枚追踪炸弹。"我对着它,也对着大家说道。我打了一个寒战,四处寻找那个声音。一些仍旧醒着的士兵也开始寻找它,他们的声流突然高涨,因为它从瀑布底下的干涸河床上沿一条弧线冉冉升起。"答案"的追踪炸弹向北面飞去,斯帕克军队很有可能藏在那边的山里——

"她们到底知不知道自己在做什么?"市长突然来到我旁边,紧紧盯着那枚追踪炸弹。他转头看向奥黑尔先生,后者正睡眼惺忪地走出帐篷:"去找布雷斯薇特助医。现在就去。"

奥黑尔先生连衣服都没穿好,就急忙跑走了。

"追踪炸弹时速很慢,杀伤力不足为惧,"市长说,"这一定是障眼法。"他的目光移到了那条被毁坏的弯曲山路上,"你能呼叫薇奥拉吗,陶德?"

我走进帐篷去拿通信器,当我出来的时候,我们听到了追踪炸弹在远处爆炸的声响。"轰",它击中了北面的树。市长说得没错,牛车都比追踪炸弹跑得快,所以它只有一个作用。

转移斯帕克人的注意。

但是她们不想让他们注意到什么呢?

市长仍然望着斯帕克人所在的那座陡峭山峰,那条路已经无法容纳大批人马下山了——

同样也无法上山。

但有一个人可以,有一个人可以爬过那些碎石头——这个人没有声流。

市长的眼睛顿时睁大,我知道他也想到了。

就在这时——

轰!

弯曲的山路顶上传来一声轰鸣。

【薇奥拉】

"她是怎么做到的?"布雷德利说,我们通过康复室的显示屏看到那枚追踪炸弹升空,李也从布雷德利的声流中看到了这一景象。"她是怎么在瞒着我们的情况下安排好的?"

通信器响了起来,我立刻按下接听按钮。

"陶德?"

但对方并不是陶德。

"如果我是你,我会立刻调整探测器,对准山顶。"柯伊尔助医说着,屏幕上的她对我露出微笑。

"陶德在哪儿?"我咳嗽着,"你怎么拿到了通信器?"

在布雷德利的声流中,有个场景吸引了我的注意。我看到,他忆起西蒙妮在备用零件的柜子里摆弄着两个通信器,却告诉他,自己只是在清算库存。"她不会的,"他说,"都不告诉我一声?"

"我们应该看看那个山顶。"我说。

他在屏幕上按了按,打开控制通路,然后将一个探测器转向山顶,打开了夜视模式,图像全部变成了绿色和黑色:"我们要看什么呢?"

我想到了一个主意:"按热度检索。"

他又按了按屏幕,然后——

"出来了。"我说。

我们看到了一个孤单的人影,一个人类,鬼鬼祟祟地贴着灌木丛向山下走,但动作非常快,就算被人察觉也没多大关系。

"肯定是某个助医,"我说,"如果是男人,别人会发现声流的。"

布雷德利将探测器稍稍往上移,我们可以看到山崖边的情形了。斯帕克人站在崎岖的山脊之上,向北眺望着那片遭到追踪炸弹袭击的森林。

而没有看向他们脚下,那儿有一名正在奔逃的助医。

这时,屏幕上出现了一道光:热感应器超载。一秒钟后,我们通过探测器的扬声器听到了一声巨响——轰!

与此同时,飞船外响起一阵热烈的欢呼声。

"他们也在看?"李说。

我又从布雷德利的声流里看到了西蒙妮,连带着几句粗话。我再次拿起通信器:"你做了什么?"

但柯伊尔助医没有接起。

布雷德利在屏幕上拨了几个键,打开一个通信器,开始向飞船外广播。他的声流隆隆作响,每一秒都变得更大声、更坚定。

"布雷德利,"我说,"你要做什么——"

"周围人群请散开,"他对着通信器说道,我能听到他的话音在外面山顶上空回响,"侦察舰准备起飞。"

【陶德】

"那个垃圾。"市长抱怨道,环视四周的士兵。广场上一片混乱。没人知道发生了什么。我一直试着打给薇奥拉,但是信号不通。

一辆车来到营地边上,在我们附近停了下来。

"通常来说,如果一个男人叫一个女人'垃圾',那是因为她做对了。"柯伊尔助医就像一条发现了泔水桶的狗,正冲我们笑得耀武扬威。

"我们已经释放了和平的信号,"市长对着她怒吼,"你胆敢——"

"别跟我说'胆敢',"她也怒吼着,"我这么做,全是为了警示斯帕克人。这些没有声流的人随时都能发动攻击,甚至跑到他们的后院。"

市长重重地呼吸了一下,然后以一种柔和得骇人的声音说道:"你是孤身一人驾车过来的吗,尊敬的助医?"

"不是一个人,不是,"她说,指向一个正盘旋于营地上方的探测器,"我的朋友们在上面盯着呢。"

这时,我们听到东边的山顶传来熟悉而遥远的隆隆声。侦察舰缓缓升空，柯伊尔助医动作放慢了一点，她没能藏住脸上的惊讶。

"你所有的朋友都参与了你的计划吗，尊敬的助医？"市长说，他的心情似乎又好转了。

通信器响了起来，这一次，窗口中显示出了薇奥拉的脸。

"薇奥拉——"

"等一等，"她说，"我们在路上了。"

她挂断了，周围的军队又传来一阵骚动。奥黑尔先生从主干道走进广场，推搡着前面的布雷斯薇特助医，她显然不喜欢被这样对待。同时，泰特先生带着纳达利助医和罗森助医从粮仓那边过来了，他的两只胳膊伸得笔直，手中捧着一个帆布包。

"告诉你的手下，把他们的手从助医身上拿开，"柯伊尔助医命令道，"马上。"

"他们只是一时激动，我向你保证。"市长说，"说到底，我们还是盟友。"

"我正好在山下抓住了她，"奥黑尔先生大喊着走了过来，"当场抓获。"

"这两个人正在自己的帐篷里藏炸药。"泰特先生说着，走到我们跟前，把那个包递给了市长。

"炸药是用来帮你们的，蠢货。"柯伊尔助医厉声说道。

"侦察舰快要着陆了。"我说着，举起一只手在眼睛上方挡风，侦察舰已经开始降落了。唯一具有着陆条件的地方就是广场，整个广场的士兵纷纷散开，为它腾出空地。侦察舰并没有喷出太多汹涌的热气，但它仍然是个庞然大物。飞船触碰地面时，我转过脸，躲开了那股气流——

这时，我看到了那条弯曲的山路。

山路上亮光攒动。

侦察舰还没完全着陆,舱门就打开了,薇奥拉站在门口,手扶门框。她看起来很憔悴,特别憔悴,比我预想得更加憔悴。她虚弱、消瘦,几乎无法站稳,甚至没用戴有编号环的那只胳膊施力。我不应该离开她,我不该让她一个人留在山上,太久了。我从市长身边跑过,他伸手拦我,但是我避开了他——

我向薇奥拉跑去,我们四目相望,然后她开口了。

就在我到她身边的时候,她说话了:"他们来了,陶德。他们从山上下来了。"

无声

事情并不像它表面看上去的那样。"天空"示意着。

我们望着那个出奇渺小的物体缓缓升入空中，向山谷北边飞去，"大地"不慌不忙，躲开了所有它可能坠毁的地方。

注意了。所有的眼睛注意了。"天空"向"大地"示意着。

"寸草不生"开始示威了。就在我们重新开始出击的那个早上，他们突然料到了我们会从哪个方向进攻。我们从执行任务的"大地"眼中观察这次行动，想打探"寸草不生"的新联盟，想见识他们的真正威力。

然而，在一片火光和碎片中，"大地"的声音被切断了。

只有一种解释。"天空"几个小时后表示。

是安静无声的"寸草不生"。我表示。

"天空"和我回到了"小径之终"。

"小径之终"将进入其中的声音隐藏起来。

关于线人的身份。我们只知道,对于"猎刀"来说,他是父亲一般的存在;四下无人之时,"猎刀"的声流始终诉说着对他的思念,而现在这个人就在我伸手可及的范围内,他是我刺进"猎刀"心脏的武器——

这种感觉在我心里熊熊燃烧,明亮而直白,原本不可能瞒住"大地"。但是"天空"命令"小径"尽头围起我们,确保我们对这件事的想法只会停留在此处。这些想法会跟其他想法一样,通过我们的声音传播,但是永远不会进入"大地"的声音,它们只会径直回到"小径"尽头。

我们最近了解到,无声之人本来是受到压迫的一方,但现在,她们也加入了战争。"寸草不生"初次回击的那天夜里,我们两个站在线人两边,"天空"向我如此表示道。

他们很危险。我表示。我想起,旧日的主人会悄无声息地出现在我们身后,毫无预警地殴打我们,而那些携带噪声的"寸草不生"总是轻信了她们。

"天空"伸出一只手掌,放到线人的胸前:现在,我们必须知道真相。

他的声音缓缓流动,包裹住线人的声音。

沉入无尽睡眠之中的线人开始说话了。

那晚,我们安静地离开了"小径之终",安静地下了山,回到了俯视"寸草不生"的山崖。

完全出乎我的意料。"天空"终于示意道。

是吗?我示意。他说她们是危险的斗士,上一次大战中,正是她们使"大地"屈服。

他也说了,她们是和平缔造者。"天空"抚着下巴示意。

他说，她们被有声音的"寸草不生"背叛，并因此丧命。他看着我说道。我不知道该如何理解。

不妨理解为"寸草不生"比以往更危险了。我表示。或许现在就是一举歼灭他们的时候了，我们应该释放河水，把他们从世界上抹去，就像从来不存在一样。

那些还没抵达的"寸草不生"呢？"天空"问道。我们又将如何对待那些即将到来的"寸草不生"？他们已经来了两个，之后还会来更多。

到那时，我们就告诉他们，如果他们看轻"大地"，会有什么后果。

他们会在空中用高级武器把我们杀死，我们连够都够不着。"天空"转过头望着"寸草不生"。问题还是没有解决。

于是，我们派出更多的士兵，每天发动突袭，以此试探他们的武力。

而我们总是被他们愚弄，一败涂地。

今天，"大地"被"寸草不生"捉住了。

然后，"大地"又被送了回来，带回了两个截然不同的消息。

空无。

这就是生还的"大地"告诉我们的信息。他经历了严刑拷问，被逼目睹同伴惨死，自己却被"寸草不生"的首领送了回来，带回了敌方的信息。

一条空无、寂静、万籁俱静的信息。

他就告诉了你这个?"天空"紧盯着他,问道。

他又再次向我们展示这一信息。

空无一物,完全无声。

这就是他想要的?"天空"示意着。或者他只是向我们介绍他自己?他面向我。你曾说过,他们把自己的声音当作一种诅咒,甚至是一种必须被"治愈"的病毒。或许他真正想要的就是这个。

他想要我们毁灭。我表示。这就是信息的含义。我们必须进攻,我们必须在他们强大到不可战胜之前打败他们。

你有意忽略了另一条信息。

我沉下了脸。另一条信息来自"猎刀",他显然已经痊愈了,已经将那个懦夫般的自我藏匿起来。"天空"让生还的"大地"复述了一遍"猎刀"的信息——

对于"大地"过去遭受的不幸,他痛心疾首——还是老样子,我太了解他了。信息里还说,他们所有人——包括飞船乘客和"猎刀"唯一的伴侣——他们完全不想要战争,他们只想要一个人人欢喜、人人安居的世界。

一个和平的世界。

"猎刀"不能代表他们发言,他无法——

但是我能看出,"和平"的念头正在"天空"的声音中翻腾。

他离开了。我想跟上去,但他让我留在原地。

我怒气冲天地待了几个小时,他肯定是去"小径之终"思考如何说服我们去求和。终于,他在寒夜中归来,声音仍然没有平复。

嗯?我们现在怎么做?

我愤怒地示意。

这时,空中传来一阵呜呜,声音来自那枚出奇缓慢的火箭。

所有的眼睛都盯紧了。天空再次示意。我们看着那枚火箭呈弧线行进，落回了地面。我们注意着山谷的上空，看看是不是有更大的导弹，或者那个飞船又出现了；我们注意着山谷中的每一条路，留意搜寻行进中的军队。我们等待、观望，心想那会不会是个意外、一个信号，或者一次失误的袭击。

我们到处留神，唯独忘了脚下的这座山。

这次爆炸从各种意义上来说都是极大的震撼，刺痛了"大地"的每一只眼睛和耳朵、每一张嘴巴、每一个鼻子，以及皮肤。我们的一部分在二次爆炸中死去了，被撕碎了。"大地"死去时，声音大大敞开，向所有人传达死讯，于是，我们同他们一起死去，同他们一起受伤，所有"大地"全被笼罩在浓烟下，尘土和石头如雨般坠下，砸倒了我和——

天空。我听到一声呼唤。

天空？这一声呼唤在我体内涌动。

天空？这脉动在"大地"中传开，有那么一刻，就那么一刻——

"天空"的声音沉寂了下来。

天空？天空？

我的心一阵抽搐，放大声音，加入"大地"。我跟跟跄跄地站起来，在浓烟中挣扎着，在恐慌中挣扎着，呼唤着天空？天空？

直到——

"天空"一直在。他示意。

我伸手扒开压在他身上的石头，很多双手也来帮忙，把他从碎石堆中挖了出来。他的脸上、手上满是鲜血，好在盔甲救了他一命。他站了起来，浓烟和尘土在他周围飞旋——

带一位信使过来见我。

他示意。

"天空"要派一位信使去见"寸草不生"。

不是我，尽管我主动请命。

他派出了那个曾被俘获又平安归来的"大地"。我们通过他注视着一切，看着许多"小径"跟他一起沿着崎岖的山路下山，一个个沿路驻守在固定间隔的位置上，这样"大地"的声音便可如同长舌一般横贯"寸草不生"，并通过被选中的"大地"跟他们交谈。

他走进"寸草不生"领地的时候，我们通过他的眼睛看见一张张"寸草不生"的脸，他们后退着让路，没有像上次一样抓住他、朝他欢呼。在他们的声音中，他听到了人类"首领"下达的命令：让他进来，不要碰他。

我们应该现在就释放河水。我示意。但是"天空"的声音推开了我。

就这样，"大地"走过敌人的街道，把最后一个"小径"留在身后，独自踏入中心广场，走向对方的首领。在"包袱"的语言里，这个男人叫普伦提斯，他站在那里，等着接待"大地"，或许他就是"寸草不生"的"天空"。

不止他一个人。广场上还有三个没有声音的"寸草不生"——包括"猎刀"唯一的伴侣。"猎刀"经常想起她的脸，我对她几乎就像对我的唯一那样熟悉。"猎刀"在她身边，依旧不发一言，就算是现在，他那无用的担忧也显而易见。

"你好。"一个声音说道。这人不是首领。

说话人是一个没有声音的人类。在他们嘴巴发出的"咔嗒咔嗒"声中,她站到了那位首领前面,向我们的信使伸出手。但她的胳膊被那位首领抓住了,两人僵持不下。

这时,"猎刀"站了出来,无视两人,径自走到信使面前。

首领和那个无声的人相互拉扯,同时也都看向他。

"猎刀"开口说话了:"和平,我们想要和平。不论那两个人跟你说了什么,和平才是我们真正的渴求之物。"

我察觉到,"天空"正在通过他的声音理解"猎刀"所说的话,理解"猎刀"说话的方式,然后他倾身向前,靠得更近了一些,通过信使凑近"寸草不生",潜入"猎刀"沉默的声音中。

"猎刀"粗声喘气。

"天空"听着。

"大地"听不见"天空"所听到的声音。

你在做什么?我示意着。

但是天空已经通过"小径"给出了答复。

他将"大地"同一的声音送下山,顺着马路,穿过广场,传入信使的声音之中。

速度如此之快,"天空"想必已经计划良久了。

只有两个字——

这两个字让我的声音难以抑制地狂怒起来——

和平。"天空"告诉"寸草不生"。

和平。"天空"许诺他们和平。

我愤然离开"天空",离开所有"大地",先是疾走,然后奔跑着冲上山坡,来到属于我自己的那块石头上——

但是根本无法逃脱"大地",是吧?"大地"就是这个世界,离开"大地"的唯一途径就是离开这个世界。

我看着胳膊上的编号环,看着这个使我永远孤立的东西,立下誓言。

杀了"猎刀"的本远远不够,尽管我会痛下杀手,并且让"猎刀"知道——

我还要做更多。

我要阻挡和平。就算自己死去,我也要阻挡和平。

我一定要为"包袱"报仇。

我一定要为自己报仇。

和平不会实现的。

使者

代表

【陶德】

"很明显,"市长说,"应该由我来。"

"除非我死了。"柯伊尔助医大声说道。

市长得意地笑了:"这个条件我接受。"

所有人都挤在侦察舰的一个小房间里。我、市长、柯伊尔助医、西蒙妮、布雷德利,还有李——他躺在床上,满脸都缠着可怕的绷带,还有薇奥拉,她躺在另一张床上,情况看起来糟透了。这里就是新世界人类历史上最重要的会谈举办地——一个充满疾病和汗水味道的小房间。

和平。斯帕克人对我们说道。他响亮、清晰地传递出"和平",像一个灯塔,像一个要求,像对于那个我们一直在问的问题做出的回答。

和平。

还有一些别的东西,在我的脑子里翻找,与市长的作风颇为相似,但是更快、更温和,不像是来自面前这个斯帕克人,更像是他身后的某种神志通过他看穿了我,看穿我的真相,即使我已经消去了声音。

好像整个世界只有一个声音,而它正在与我单独交谈——
它听到了我的真心。

然后,斯帕克人开口了:明天早上。在山顶。派两个人。

他转过头,仔细巡视我们所有人,视线久久地停留在市长身上,市长也用力地瞪了回去,然后他转身离开了,全然无视我们的回应。

这就是争论的开始。

"你很清楚,大卫,"柯伊尔助医说,"如果侦察舰一定要派出一个人,也就是说你和我之间,只有一个人能去赴会。"

"那也不会是你。"市长说。

"或许这是个圈套,"李说,他的声流发出低沉的响音,"如果是这样,我投总统一票。"

"或许应该派陶德去,"布雷德利说,"是他在和斯帕克人对话。"

众人都望向他。

"不,"市长说,"陶德留在这里。"

我飞快地转身:"你说了不算。"

"如果你不留下来,陶德,"市长说,"我们还怎么阻挡善良的助医们往我的帐篷里放炸弹呢?"

"真是绝妙的主意。"柯伊尔助医微笑了。

"吵够了吧,"西蒙妮说,"我和柯伊尔助医两人会是完美的——"

"我要去。"薇奥拉说,她平缓的声音让所有人都安静下来。

"不行。"我刚开口,她就已经开始摇头了。

"他们只让我们派两个人去,"她躺在床上说,咳嗽得很凶,"我们都知道不可能是市长或者柯伊尔助医。"

市长叹了口气:"为什么你们两个仍然坚持叫我——?"

"也不能是你,陶德,"她说,"必须有人留在这里,保证他俩不会把我们所有人害死了。"

"但是你病了——"我说。

"是我向那个山坡发射了导弹,"她的语气非常平静,"我一定要把事情摆平。"

我咽了一下口水。通过她脸上的表情,我能看出来,她是认真的。

"我觉得这个方案可行,"柯伊尔助医说,"薇奥拉是一个美好的象征,她象征着我们奋力争取的未来。西蒙妮可以跟她同行,主导这次会谈。"

西蒙妮站得更直了一些,但是薇奥拉说:"不,"她又咳嗽起来,"要布雷德利去。"

布雷德利的声流闪现出惊讶的火花。西蒙妮肯定也一样,如果她有声流的话。"这由不得你决定,薇奥拉,"她说,"我是这里的指挥官,我是——"

"他们能看透他的想法。"薇奥拉说。

"这就是问题所在。"

"如果我们派两个没有声流的人去,"她说,"会是什么感觉?但他们能够看清布雷德利,他们能够看到和平,绝无半分虚言。陶德可以留在这里,陪着市长;西蒙妮和柯伊尔助医可以开着侦察舰,在会谈过程中保障我们的安全,我和布雷德利到那个山上去。"

她又咳嗽起来:"现在你们都离开吧,我要休息一下,为明早做准备。"

没有人说话,我们都在思考这个方案的可行性。

我不喜欢这个点子。

但我能看出来,薇奥拉的说法很有道理。

"嗯,"布雷德利说,"问题解决了。"

"好吧,"市长说,"我们找个地方聊一下具体条款,怎么样?"

"是的,"柯伊尔助医说,"走吧。"

他们依次走出了房间,市长离开前,最后环视了一圈。"侦察舰真不错。"他这样说着,消失在了门外。李也走了,他和布雷德利的声流一同远去。薇奥拉说他可以留下,但我猜,他故意为我们俩创造独处的空间。

"你确定吗?"其他人离开之后,我问她,"你无法预见山上的情况。"

"我自己也不是很喜欢这个主意,"她说,"但是目前不得不如此。"

她的语气十分坚定,然后她凝望着我,没再说什么。

"怎么了?"我说,"有什么不对吗?"

她摇了摇头。

"怎么了?"

"你的声流,陶德,"她说,"我讨厌它。抱歉。我讨厌它。"

【薇奥拉】

他看着我,很迷惑。

但是他的声流并不迷惑。他没有任何声流。

"没有声流是件好事,薇奥拉,"他说,"这样能帮助我们,帮助我，因为如果我能……"

他观察着我的表情，然后声音渐渐变轻。

我只能转过脸去。

"我还是我，"他小声地说，"我还是陶德。"

但他不再是了。以前那个陶德，心思五光十色、乱七八糟，怎么也掩藏不住。以前那个陶德，就算事关性命，也说不出一个谎，他也确实连性命攸关的时候也没有说谎。以前那个陶德，曾经不止一次、以不止一种方式救了我的命。以前那个陶德，我听得到他所有不安的想法，我能够依赖他，也自认为了解他——

我——

"我没有变，"他说，"现在的我只是更像你了，也更像从小认识的那些男人，更像曾经的布雷德利。"

我还是没有正眼看他。希望他不会发现我有多虚弱。伴随着每一次呼吸，我的胳膊上的疼痛都在悸动，这场高烧已经把我的身体掏空了。"我真的很累，陶德，"我说，"明早就要动身，现在我得休息了。"

"薇奥拉——"

"你要想方设法跟他们一起行动，"我说，"别再让市长和柯伊尔助医把自己封为过渡时期的领导人物了。"

他盯着我："我不明白什么是'过渡时期'。"

这倒跟我认识的陶德很接近。我笑了，虽然笑容微弱得几乎看不见："我没事的，睡一觉就好。"

他仍然盯着我："你会死吗，薇奥拉？"

"什么？"我说，"不。不，我不会——"

"你是不是快要死了，只是没有告诉我？"他的目光似乎能穿透我，其中充满了忧虑。

但我还是听不到他的内心。

"我的病情没有好转,"我说,"但也不是说,我很快就要死了。柯伊尔助医肯定会找到办法的,如果她没办法,舰队还有更先进的医疗手段。只要撑到那个时候就可以了。"

他仍然盯着我。"我承受不了,如果——"他嘶哑地说,"我真的接受不了,薇奥拉。我真的不能。"

就在这时——

他的声流出现了,虽然很轻,但是声流正在他心底燃烧。他的感受,他的真心,他对我的担心,我能听到,虽然很微弱,但是我能听到。

然后我听到,**我即方圆**——

他又安静下来,像一块冷冰冰的石头。

"我不会死。"说着,我转过脸去。

陶德站了一会儿。"我就在外面,"他终于开口,"需要什么就叫我。你叫我,我会拿给你。"

"好的。"我说。

他嘴唇紧绷,点了点头,然后再次点头。

他走了。

我安静地坐了一会儿,听着广场外军队发出的轰鸣。市长、柯伊尔助医、西蒙妮、布雷德利和李提高了嗓门,他们仍然在争论。

但是我听不到陶德的声音。

【陶德】

布雷德利重重地叹了口气,他在冰冷的夜里瑟瑟发抖。我们已经在营火旁争执了几个小时。"就这么定了吧,"他说,"我们提议双方立即停火，过去的一切既往不咎。之后再谈那条河的事。然后，开始谋划今后的共生共存方案。"

"同意。"市长说，他看起来毫无倦意。

"好吧，"柯伊尔助医生硬地咕哝着，她站了起来，"快天亮了，我们要回去了。"

"回去？"我说。

"山顶的人们需要了解眼下的情况，陶德，"她说，"再说，我得让威尔夫把薇奥拉的马带下山，她还发烧呢，肯定不能步行上山。"

我又看看侦察舰，希望薇奥拉睡着了，希望她醒来之后，身体状况真的能好一些。

她说自己不会死，不知道这是不是谎言。

"她的情况到底怎么样？"我问柯伊尔助医，并跟着她站了起来，"她病得有多重？"

柯伊尔助医久久地注视着我："她情况不好，陶德。我只希望每个人都可以尽己所能去帮助她。"她的语气非常严肃。

她离开了，我一个人站在原地。我回头看了看市长，他目送柯伊尔助医远去，随后走了过来。"你很担心薇奥拉，"他这样说道，并非询问语气，"我也觉得她现在情况不太好。"

"如果她因为那个编号环而遭遇不幸，"我说，声音低沉而坚定，"我对天发誓，一定——"

他挥手示意我住口："我很清楚，陶德，比你以为的更清楚，我会让医生们加倍努力。别担心，我不会坐视不管的。"他的声音听起来竟然无比真诚。

"我也不会。"布雷德利说，他听到了我们的对话，"她是个战士，陶德，如果她觉得自己明天有足够的精力上山，我们就得相信她。我确保不会出事,相信我。"

通过他的声流,我知道他说的每一个字都发自真心。他叹了一口气:"不过我猜,我也需要一匹马。"**尽管我不知道怎么骑马**,他的声流补充道,颇显担心。

"我会让安格哈拉德载你,"我说着,望向它吃草的地方,"它会照顾好你们两个的。"

他笑了:"你知道吗,薇奥拉曾经告诉我们,如果我们对这里发生的事有任何疑问,最值得信任的人就是你。"

我感到自己的脸颊开始发烫:"嗯。"

他友好地拍了拍我的肩膀,力道不小。"我们明天早上再飞,"他说,"别担心,或许到了明天晚上,世界和平就实现了呢。"他眨了眨眼,"到时候你可以教教我,你是怎么保持安静的。"

他和李,还有西蒙妮和柯伊尔助医登上了侦察舰,柯伊尔助医留下了她的牛车,嘱咐威尔夫带回山顶。布雷德利用扬声器通知大家后退。士兵们退后,引擎开始隆隆作响,飞船仿佛被气流形成的软垫托了起来。它起飞了。

飞船还没升至半空,我听到了市长的声音。

"先生们!"他喊道,他的声音钻入附近的人群,盘绕、旋转,回响在广场上每一个人的脑海中。

"我向各位报告,胜利!"他大喊道。

欢呼声响彻云霄,久久没有平息。

【薇奥拉】

飞船重新降落在了山顶,我醒来,舱门打开了。

柯伊尔助医对外面等候的人群大喊:"我们胜利了!"

即使隔着飞船的厚厚金属外壳，我也能听到巨大的欢呼声。

"这不是什么好事啊。"李说，他又躺到了旁边的那张床上，他在声流中想象着柯伊尔助医：她伸出双臂，人们把她扛到肩上，奔跑着庆祝胜利。

"或许不远的未来，这个场景就会成真。"我说着，大笑了一声，结果咳嗽得停不下来。

门打开了，布雷德利和西蒙妮走了进来。

"你错过了庆祝会。"布雷德利用讽刺的语气说道。

"她为什么不能享受自己的荣光呢，"西蒙妮说，"从很多方面来说，她都是个了不起的女人。"

我想要接话，随即又咳嗽起来，因为咳得太厉害，布雷德利拿出了一帖药剂，贴在我的咽喉部位。清凉的药剂立刻让我感觉好多了，我慢慢呼吸了几次，试图把药的气味吸进肺里。

"所以，计划是什么？"我说，"我们有多少时间？"

"几个小时吧，"布雷德利说，"我们先飞回市里，西蒙妮会在山下、山上设好投影，大家都能同步看到现场情况。然后在整个会谈期间，她都会驾驶飞船，盘旋在场地上空。"

"我会关照你们的，"西蒙妮说，"你们两个。"

"很好。"布雷德利温和地轻声说道，然后他转向我："威尔夫会把松子带到山下，它是你的坐骑，陶德把他的马借给我了。"

我笑了："真的吗？"

布雷德利也笑了："这是一种信任的表示吗，我猜？"

"意思就是，他希望你平安归来。"

我们听到舷梯那边传来了脚步声。欢呼声还在持续，虽然不像之前那么响了。向这边走来的两个人像是在争论。

"我觉得这件事我不能接受，尊敬的助医。"伊万说道。柯伊尔助医先于他进了门。

"是什么让你觉得自己能说了算？"她厉声回应道，声音充斥着愤怒，足以令一般人吓得闭嘴。

但是伊万没有："我是为大家说话的。"

"我说的话才代表着大家，伊万，"她说，"不是你。"

伊万瞥了一眼我和布雷德利。"你们派一个小姑娘和一个人道主义者去跟敌人会谈，后者强大到足以把我们歼灭，"他说，"我不觉得这个选择能够服众，尊敬的助医。"

"有时候，人们并不知道什么对他们来说才是最好的，伊万，"她说，"在某些必要的事情上，人民是需要被说服的，这就是领导的作用，而不应该晃着脑袋、无条件地支持他们的所有想法。"

"希望你是对的，女士，"他说，"为了你自己好。"

他最后看了我们一眼，离开了。

"外面一切还好吗？"西蒙妮说。

"还好。"柯伊尔助医说，她的心思显然在别的地方。

"他们又开始欢呼了。"李说。

我们都听到了。

但这次欢呼不是为了柯伊尔助医。

【陶德】

帅小伙，安格哈拉德说，它用鼻子抵着我。然后它说，**帅小伙，好的。**

"是为了她好，真的，"我说，"如果发生了什么事，我希望他能带她离开，就算扛也要把她扛走，好吗？"

帅小伙，它说着，又抵在我身上。

"但是你可以吗,姑娘?你确定你没事?如果你不愿意,我不会送你去任何地方的——"

陶德,它说,**为了陶德**。

我感到喉咙一紧,不得不用力咽了几下,然后说道:"谢谢你,姑娘。"我努力不去回想,上一次我请求动物为我冒险的时候发生了什么事。

"你是个了不起的年轻人,知道吗?"我听到身后有人这样说。

我叹了口气。他又来了。"我只是跟我的马说话。"我说。

"不,陶德,"市长说着,离开了他自己的帐篷,"有一些事我想告诉你,在这个世界发生变化之前,我希望你能听我说。"

"这个世界一直在变,"说着,我拉起安格哈拉德的缰绳,"至少对我来说,它一直在变。"

"听我说,陶德,"他真的很认真的样子,"我想说,我越来越敬重你了。我尤其敬重你跟我一起战斗的样子。是的,每一个危急时刻,你恰好都在。我也敬重你的抗争精神,别人都不敢这样做。哪怕周围的一切全都失去了理智,你仍然赢得了这场胜利。"

他单手放在安格哈拉德身上,轻轻地揉着它的肚子。它动了动,但没有阻止他。

我也没有阻止他。

"我想你就是新移民愿意与之对话的人,陶德,"他说,"别管我,别管柯伊尔助医,你才是符合他们要求的领袖人选。"

"好吧,"我说,"等我们先取得和平再开始庆功吧,好吗?"

他鼻子里呼出一团冷气:"我想给你点东西,陶德。"

"我不想要。"我说。

但是他已经拿出了一张纸。

"拿着。"他说。

我迟疑了一下,还是接了过来。上面写了一行字,字迹很密、很黑,我认不出。

"你读一下。"他说。

我突然暴怒:"你是想挨打吗?"

"拜托!"他说,听起来温柔而真诚。虽然很生气,我还是低头看了一眼那张纸。上面只有一些字,我想那是市长手写的。一行浓密的黑色字迹,就像一条无法接近的地平线。

"看看那些字,"他说,"告诉我写了些什么。"

纸在火光中闪烁着。字词不是很复杂,我认出了至少两处,那是我的姓名——

像我这样的傻瓜都能看懂这么多。

第一处是——

我的名字叫陶德·休伊特,我是新普伦提斯人。

我眨了眨眼。

上面就是这么写的,就在这页纸上,每一个字都像太阳一样发光。

我的名字叫陶德·休伊特,我是新普伦提斯人。

我抬起头。市长满怀期待地看着我。没有发出操控他人时的蜂鸣声,只有一个微弱的嗡嗡声(那个嗡嗡声,跟我心里想**我即方圆**的时候听到的一样)。

"上面说了什么?"他问。

我低下头,读着那些字,我念出了声:"我的名字叫陶德·休伊特,我是新普伦提斯人。"

他长长地呼了一口气,嗡嗡声消失了:"现在呢?"

我又看向那些字。字仍然印在纸上,但是从我脑子里溜走了,字词的含义逐渐消失——

却也不是完全消失。

我的名字叫陶德·休伊特，我是新普伦提斯人。

纸上是这么写的。

纸上仍旧是这么写的。

"我的名字叫陶德·休伊特，"我念道，语速放慢了一些，因为我在努力辨认，"我是新普伦提斯人。"

"你当然是。"市长说。

我抬起头看着他："不是我自己想读。是你，是你把这些字塞进了我的脑袋。"

"不。"他说，"我一直好奇，斯帕克人是怎么学习的？他们是怎么传递信息的？斯帕克人没有书面文字，如果他们始终有办法彼此联系，也就不需要文字——只要直接交换知识就行。他们的声音蕴含着自己的身份和见识，所有个体通过一个整体的声音共享这些信息。或许对他们来说，整个世界都只有这一种声音。"

听到这里，我抬起了头。同一种的声音。那个来到广场的斯帕克人，那个声音——好像是整个世界在说话，在对我说话。

"我教给你的不只是几个字，陶德，"市长说，"我教给你的是认字的知识，你可以从我这里取走这些知识，就和我教你怎么保持无声一样。我想，这条通道会让我们建立起一种超乎想象的联系，类似斯帕克人之间的那种联系。现在这个过程还比较粗糙钝涩，但会越来越纯熟。想想看，陶德，如果精通此道，那我们以后能用它来做多少事情啊！我们能共享无数知识，而且易如反掌。"

我又看了看那张纸。"我的名字叫陶德·休伊特。"我轻声念着，仍然只能理解其中一部分词语。

"如果你愿意，"他说，听起来很坦率诚恳，"我相信，我教给你的知识足够帮助你在新移民到达之前就看懂你母亲的日记。"

我考虑了一下。妈妈的日记本还被我藏着,我只听薇奥拉念过一次,日记本上残存着阿隆的刀痕。

我不相信他,绝不会,他无可救药——

但是,我对他的看法有了一点变化。他不再是一个恶魔,而是一个人。

如果我们以某种方式相连,在同一个声音中彼此相连——

(那个嗡嗡声——)

或许是双赢的选择。

他可以教我识字,反过来,我也会让他变得更好。

远方传来熟悉的轰鸣,侦察舰升空了。在东方的天空中,飞船和太阳同步升起。

"说回正事,陶德,"市长说,"现在我们要去建立和平了。"

【薇奥拉】

"今天是个重要的日子,我的孩子,"柯伊尔助医对我说,我们聚在康复室里,西蒙妮正驾驶飞船,朝着市里飞去,"对你和我们所有人来说都很重要。"

"我知道今天有多重要。"我平静地说。布雷德利望着显示屏,监控我们的行程。李留在了山上,提防伊万闹事。

柯伊尔助医自顾自地笑了起来。

"怎么?"我问。

"太讽刺了,"她说,"我把所有希望都放在了一个讨厌我的女孩子身上。"

"我不是讨厌你。"我说。我知道自己说的确实是真心话,即使之前发生了那么多事。

"或许吧,孩子,"她说,"但你肯定不相信我。"

我没有回应她。

"去建立和平吧,薇奥拉,"她的语气陡然变得严肃,"建立起真正的和平。要让所有人看到,这一成就应当归功于你,而不是那个男人。我知道你不想让我掌控这个世界,但我们也不能坐视这个世界落入他的手中。"

她望向我:"不管用什么办法,请取得成功吧。"

我感觉胃在焦虑中翻腾起来:"我会尽我所能的。"

她慢慢地摇头:"知道吗,你很幸运。你还这么年轻,面前有这么多机会。你会成为一个更好的我,一个更善良的我。"

我不知道怎么回应:"柯伊尔助医——"

"别担心,孩子,"她边说边站了起来,飞船正在准备着陆,"你不必成为我的朋友。"她的眼睛中亮起了一小团火焰,"你只要成为他的敌人就好。"

我们感到轻轻一震,飞船着陆了。

时间到了。

我从床上起来,走到舱门边。舱门打开后,我一眼便看见陶德站在众多士兵前面,身旁一侧是安格哈拉德,另一侧是松子和威尔夫。

人群喧嚣不绝,士兵们望着我们,市长也望着我们,他的制服平整挺括,脸上的表情则让人想扇他一耳光。一个个探测器悬在空中,它们把所有画面传回山顶,供那里的人们观看。所有人聚在我身后的舷梯上,大家都准备好了——

千百人中,陶德看到了我。他说:"薇奥拉。"

直到这时,我才真正意识到,我们将要去做的事情是多么沉重。

我走下舱门,那么多双人类的眼睛看着我们,或许也有斯帕克人正在注意着我们,谁知道呢。我无视市长伸出的手,让他把问候留给其他人。

我径自走到陶德面前。

"嘿,"他说着,咧嘴微笑,"你准备好了吗?"

"完全准备好了。"我说。

两匹马在我们脑袋边上互相聊着天:**帅小伙,宝贝儿;带头,跟上**……充满了同类间的温情,它们俩像两堵墙一样,把我们跟人群隔开了。

"薇奥拉·伊德,"陶德说道,"和平缔造者。"

我神经质地大笑一声:"我害怕得快无法呼吸了。"

上次交谈之后,他对我有点歉疚,我是这样认为的。但是他拉起了我的手:"你知道该怎么做的。"

"你怎么这么肯定?"我说。

"因为你一直都是这样。危急时刻,你总能做出正确的选择。"

发射导弹可不是正确的选择,我想。他一定从我的表情看出来了,因为他又捏了捏我的手。突然,我觉得这远远不够。

尽管我仍然很讨厌这种无法触碰他的内心的感觉,尽管我总觉得自己是在对着旧时陶德的照片说话——我扑进他的怀里,他用胳膊环住了我。他把脸埋在我的发间,天知道经历发烧和汗湿之后的头发会是什么味儿,但我就是想靠近他,感受他的拥抱,被他的一切所包围,尽管我听不到他——

我只能相信,他的内心仍旧是那个陶德。

与此同时,市长在附近某处开始了他令人作呕的演讲。

【陶德】

市长爬上侦察舰旁边的一辆车,俯视周围的人群。

"今天既是终结，也是新的开始！"他说，声音在士兵和市民的声流中轰鸣，人们的声流将他的声音放大，所有人都听得到他的声音，每个人都看着他，他们疲倦但是满怀希望。人群边缘还站着一些女人，有些甚至抱着孩子，通常她们都会尽量躲避这种场合，但是现在，不论男女老少，每一张脸都充满期待地看着市长，希望他说的是真的。

"我们以伟大的计谋和勇气跟敌人作战，"他说，"我们已经把他们打趴在地！"

人群里传来欢呼声，尽管这并不是事实。

柯伊尔助医双臂交叠，冷眼看着他，然后走到市长的车前。

"她要做什么？"布雷德利说着，走到我和薇奥拉跟前。

我们看着她爬上车，站在市长旁边。市长给了她一个死亡凝视，并没有停止自己的演讲。"这一天将被后世子孙永远铭记！"

"善良的人们！"柯伊尔助医喊得比他还夸张，但是她没有看着人群，而是抬头望向山顶的探测器："今天是一个我们毕生难忘的日子！"

市长也提高了嗓门，欲与她一较高下："通过你们的勇气和牺牲——"

"你们用毅力面对困难——"市长喊道。

"我们达成了这一项不可能的——"柯伊尔助医喊道。

"未来的新移民将会看到我们创造的这个世界——"

"我们用自己的鲜血和决心创造了这个新世界——"

"我们该走了。"薇奥拉说。

我和布雷德利惊讶地看着她，然后我看到，他的声流闪过一丝搞怪的念头。我让安格哈拉德和松子跪下，扶着薇奥拉骑到松子背上。威尔夫帮着布雷德利骑到了安格哈拉德的背上。对于骑马，他似乎不怎么有信心。

"别担心,"我说,"它会好好照顾你的。"

帅小伙。它说。

"安格哈拉德。"我回应它。

"陶德。"薇奥拉也跟它一起叫我。

我回头看着薇奥拉,说:"薇奥拉。"

就这样,我只是叫了她的名字。

我们知道这就够了。

就要开始了。

"我们时代和平的光辉证明——"

"我带领你们获得了伟大胜利——"

马儿们动身上路,经过演讲场地,穿过人群,离开广场,沿着大路向斯帕克人所在的山顶进发。

市长看到这幅景象,结巴了一下。柯伊尔助医仍在声嘶力竭地大喊。她抬头对着探测器,没有发现他们已经走了。市长抓住时机,迅速补充道:**我们用热烈的呼声欢送我们的和平使者上路!**"

听到这里,人群欢呼起来,打断了柯伊尔助医的讲话,她看起来不怎么高兴。

"薇奥拉会好起来的,"威尔夫说,我们的目光跟着她走远,"她总是能渡过难关。"

广场上依旧人声鼎沸,市长从车上跳下来,走到我和威尔夫身边。"他们这就出发了,"他有些恼火,"比我预料的早很多。"

"你能说一个上午,"我说,"山上还有危险在等着他们呢。"

"总统先生。"柯伊尔助医表情扭曲地经过我们身边,向侦察舰的舷梯走去。

我一直望着薇奥拉和布雷德利,直到他们从广场边缘消失,我才把目光移到西蒙妮刚才安装的大投影仪上。投影悬在教堂废墟上方，同样的画面也会传送回山顶，现在薇奥拉和布雷德利正在骑马赶路，直入战场的死亡地带。

"我不担心，陶德。"市长说。

"我知道，"我说，"要是斯帕克人想耍花招，天上的侦察舰就会把他们炸飞。"

"是啊，没错。"市长说。他的语气让我不禁回头——或许他还有什么事瞒着我。

"怎么了？"我说，"你动了什么手脚？"

"你为什么总是怀疑我呢，陶德？"他问。

他脸上仍然挂着那个意味深长的微笑。

【薇奥拉】

我们骑马出了市区，穿过遍地烧焦的尸体。那些死者遭受火刃攻击而亡，尸首横七竖八地倒在原地，像被砍倒的树一样。

"在这个充满美好和希望的地方，"布雷德利看着四周说，"我们不断地重复同样的错误。我们就那么痛恨港湾市？一定要把它作践成垃圾堆？"

"你是在给我们加油打气吗？"我问。

他大笑起来："不妨看作誓言——我们立志做得更好。"

"看，"我说，"他们为我们清出了一条路。"

我们到了山脚下，上面就是斯帕克人的营地了。路上的大石头斯帕克人的尸体，还有他们坐骑的残骸都被挪开了，这些都是市长的炮弹、我发射的导弹还有柯伊尔助医的炸弹所造成的后果，我们几个难辞其咎。

"好迹象，"布雷德利说，"一个小小的欢迎仪式，我们今后的路将更好走一些。"

"更好地走进他们的陷阱里吗？"我说着，紧张地拉着松子的缰绳。

布雷德利想在前面开路，但松子察觉到了安格哈拉德的迟疑，于是走到了它前面，一副充满信心的样子，让它安心。

跟上。

它的声流非常温柔。

跟上。

它跟上了。我们向山上走去。

爬山的过程中，我们听到身后山谷传来引擎隆隆作响的声音，西蒙妮驾驶飞船悬在半空，侦察舰像鹰隼一样注视着我们，如果有什么不对劲，它随时会带着武器赶来。

通信器响了。我从口袋里掏出通信器，陶德在屏幕上正看着我。

"你没事吧？"他问。

"我刚刚离开。"我说，"西蒙妮也已经在路上了。"

"是，"他说，"我们能看到你们，投影比真人还大，就像电影明星。"

我想笑，却咳了起来。

"如果有任何危险迹象，"他的语气更严肃了一些，"只要出现任何迹象，你就赶紧离开。"

"别担心。"我说。然后我又说："陶德？"

他通过通信器看着我，猜测我接下来要说什么。"你不会有事的。"他说。

"如果我出了什么事——"

"不会的。"

"如果真的出事——"

"不会的。"他几乎有点生气,"我不会跟你告别的,薇奥拉,所以你也别这么想。你上山争取和平,结束了就下山,然后我们会把你治好。"他靠近了通信器的镜头,"我们很快就能见面了,好吗?"

我哽咽了一下:"好。"

他挂断了。

"一切还好吗?"布雷德利问。

我点点头:"咱们快点了结这事吧。"

我们顺着这条临时开出的路往上走,离山顶越来越近。侦察舰已经攀升到高空,它能看清前方等待我们的一切。

"像是一场欢迎会,"西蒙妮接通了布雷德利的通信器,"一片空地,站在其中一头巴特鲁魔上的人想必就是他们的首领。"

"有危险吗?"布雷德利问。

"看不出来。但是他们人数众多。"

我们在崎岖的山路上继续前进,这里可能是陶德和我被阿隆追杀时的藏身之处。当时我们跳上瀑布后面的石台,而那里也正是斯帕克人排成一排、发射火刃的地方。那个平台已经不复存在——我把它炸没了。

我们继续前行,路过了我中弹的地方。陶德曾在那里狠狠揍了戴维·小普伦提斯一顿。

我们来到最后一段上坡路,这儿只有一部分还维持原貌。上一次我和陶德来到这儿附近的时候,我们俩眺望着山脚下的港湾市,以为自己已经安全了。

结果,事情却走到了这一步。

"薇奥拉,"布雷德利说,他的声音很低沉,"你还好吧?"

"体温又开始升高了,"我说,"我晕晕的,有点儿走神。"

"快到了,"他温柔地说,"我会跟他们问好。他们肯定也会向我们问好。"

然后我们再看会发生什么。

他的声流说。

我们爬过最后一段遭受破坏的山路,抵达了山顶。

进入了斯帕克人的营地。

【陶德】

"他们快到了。"我说。

我、威尔夫、市长,还有广场上的所有人,我们一起看着教堂废墟上空的巨大投影,看着薇奥拉和布雷德利的身影。他们看起来就像是突然缩小了一样,走进了一排站成半圆形的斯帕克人中间。

"那一定是他们的首领。"市长说,他指着那头体形最大的巴特鲁魔,上面站着一个斯帕克人。我们盯着他。斯帕克人排成半圆,立在首领面前,薇奥拉和布雷德利除了来路无路可逃。

"首先他们会互相问候,"市长说,他的视线没有离开画面,"事情就要这样开头。然后双方会声称自己有多强大,最后表明各自的意图。都是这一套。"

我们通过投影看着布雷德利,他似乎正准备打招呼,就像市长预言的那样。

"那个斯帕克人下来了。"我说。

斯帕克人的首领缓慢而优雅地从那个动物背上抬起一条腿。他步下坐骑,摘下那个类似头盔的东西,将它递给了旁边的斯帕克人。

然后,他步行穿过空地。

"薇奥拉要下马了。"威尔夫说。

她下来了。松子跪在地上,她小心翼翼地踩到地面上。她转过身,准备去见斯帕克人的首领,后者仍在慢慢地向这边走来,他伸出一只手——

"进展很顺利,陶德,"市长说,"非常顺利。"

"先别得意。"我说。

"喂!"威尔夫突然大喊,身体随之向前一冲。

我也看到了。

士兵们也看到了,人群中传来一阵骚动。

一个斯帕克人从队伍里跑了出来,打乱了队形,他直冲着斯帕克人的首领跑去,直冲着——

斯帕克人的首领转过身来。他好像很吃惊的样子。

在清晨寒冷的阳光下,我们看到——

那个奔跑的斯帕克人手里拿着一把刀。

"他要杀了首领——"说着,我站了起来。

人群中的喧嚣声高涨起来——

那个奔跑的斯帕克人举着刀,跑到了首领身边,又向前跑去——

他从首领身边跑过,首领伸开胳膊想要阻拦,但他避开了障碍,继续向前跑去——

向薇奥拉跑去。

就在这时,我认出了他。

"不,"我说,"不!"

那是1017。

他正对着薇奥拉跑去,手里还拿着一把刀——

他要杀了她。

他要杀了她,以此惩罚我。

"薇奥拉!"我大喊。

"薇奥拉!"

他的唯一

黎明将至。"天空"示意道。他们很快就到了。

他全副武装、高高在上地站在我身侧,雕有复杂花纹的陶土覆盖住他的胸膛和双臂,这身行头华丽得根本不可能穿上战场。礼仪专用的头盔在他头上摇晃,形状像一个尖顶小房子,与之搭配的是悬于身侧的沉重石刃。

你看起来很可笑。我示意。

我看起来就是一个首领的样子。他回应,完全没有生气。

我们根本不知道他们会不会来。

他们会来,他们会来。

他听到了我那段"阻挠和平"的誓言。我知道他听到了。我愤怒得根本不想隐藏这个想法,尽管隐藏也没有用。然而,他还是让我待在自己身边,对我毫不设防,从未把我视作威胁。

不要觉得我平白无故地给了他们和平。他示意。不要觉得他们可以随心所欲地控制这个世界。"包袱"的经历不会重演,至少不会在我是"天空"的时候重演。

我从他的声音中看到了什么，深邃、忽隐忽现。

你有一个计划。我冷笑着。

可以这么理解。毕竟我不会毫无准备地前来赴会。

你只是为了让我闭嘴。我示意道。他们会得到一切他们想要的，然后就会用武力得到更多。他们不会住手的，直到从我们这里夺走一切。

他叹了口气："天空"再次请求得到"归者"的信任。为了证明这一点，"天空"非常希望"归者"能在双方会谈时陪在身边。

我抬头看着他，惊讶极了。他的声音很诚实——

（我的声音渴望触摸他的声音，渴望确认，他正在做对我、对"包袱"、对"大地"来说都是正确的事，我那么希望信任他，情绪强烈到胸腔开始隐隐作痛——）

我对你的承诺依旧不变。他示意。线人随你处置。

我看着他，读着他的声音，读着其中每一个细节：那种沉重而伟大的责任感时时刻刻都压在他身上，不论是醒时还是眠时；他对我充满忧虑，因为我被仇恨和报复吞噬；他对未来一段时间的情况感到焦虑，不论今天发生什么，"大地"都将发生永久性的改变，而且改变已经开始了。我还看到，如果迫于无奈，他会选择撇开我。他可以丢下我，只要是为了"大地"。

我也看到，如果真的那样做，他将会多么难过。

我也清楚无误地看到：他确实有一个秘密计划，就藏在"小径之终"。

我会去的。我示意道。

绯红的霞光已经出现在遥远的天边。"天空"站在巴特鲁魔的背鞍上。他手下最为精锐的士兵也身穿礼服，佩戴礼仪石刀，列队围在崎岖的崖边。"寸草不生"最多只能到达这里，不能再往里走了。

"大地"的声音敞开着，所有人通过"天空"望向山边。

我们言之如一。"天空"示意着，这句话在"大地"中传递。

我们是"大地"，我们言之如一。"大地"反复吟诵，彼此相连，以牢不可破之势迎接敌人。

我们是"大地"，我们言之如一。

除了"归者"，我想，因为我胳膊上的编号环又开始作痛。我抚开地衣，伤口周围的皮肤和金属连在一起，疤痕因肿胀而紧绷。从戴上编号环的那一天起，疼痛始终伴随着我。

但是肉体上的疼痛怎么也无法与我声音中的疼痛相比。

因为"寸草不生"对我下了毒手。"猎刀"下的毒手。这东西在我身上留下"归者"的记号，它将我跟"大地"永远分开。他们在我周围吟唱，将他们同一的声音放大，用"寸草不生"能懂的语言来表达。

我们是"大地"，我们言之如一。

而"归者"只能自说自话。

你不是自说自话。"天空"示意着，他在坐骑上低头俯视我。

我们周围传来这样的吟唱："归者"就是"大地"，"大地"就是"归者"。"大地"就是"归者"。

说出来，说出这句话来，"寸草不生"就会知道他们在跟谁打交道，那么我们便是共同发声。"天空"向我示意。

他伸出一只手，好像想触摸我，但是他骑在巴特鲁魔身上，太高、太远了。

说出这句话来，你就是"大地"。他的声音向我靠近，将我包围。他请求我跟他一起，跟"大地"一起，让我融入更浩大、更广阔的集体,这个集体或许——

"寸草不生"的飞船突然升到了我们头顶,悬在半空。

"天空"看着它,我们身后的吟唱仍然在继续。

时间到了,他示意,他们来了。

我一下子认出了她。我惊喜得如此明显,"天空"立刻低下头看我。

他们派来了她。我示意着。

他们派来了"猎刀"的唯一。

我的声音高涨起来。他会跟她一起来吗?他会吗?

他没有。另一个"寸草不生"来了,他的声音比所有人都更嘈杂。但那嘈杂声中只有和平。他浑身洋溢着对于和平的渴求,以及惧怕,也有勇气。

他们想要和平。"天空"示意道,"大地"的声音变得欣喜。

我抬起头看着"天空"。我在他身上也看到了和平。

"寸草不生"骑着坐骑走进了半圆的场地,仍与我方保持一段距离。他们紧张地看着我们,他的声音很大,充满了希望,而她身上只有无尽的沉默。

"我的名字叫布雷德利·坦奇,"他说,嘴巴和声流都在传达信息,"这是薇奥拉·伊德。"

他顿了顿,好奇我们是否听懂了他的语言,"天空"简单地点了点头之后,他继续说:"我们前来谋求和平,希望以非暴力的方式终结这场战争,纠正过去的错误,创造崭新的未来,然后两个种族可以共同生活。"

"天空"沉默了很久,吟唱的回声在他身后不断翻滚。

我是"天空"。"天空"示意着。他使用了"包袱"的语言。

这个"寸草不生"男人看起来很吃惊,但是从他的声流中,我们能看出他明白了。我注视着"猎刀"的唯一。她盯着我们,身体在清早的寒意中苍白发抖。她发出的第一个声音,是一阵压抑的咳嗽声。然后她说话了。

"我们所有人都支持这一决定。"她的嘴巴"噼里啪啦"地表达着这些字,"天空"将自己的声音稍稍敞开,来确保自己听懂了。她指了指山上盘旋的飞船,毫无疑问,只要我们表露出一点要惹麻烦的意思,飞船随时可以发射更多武器,"他们期待我们带回和平的消息。"她说。

和平,我苦涩地想。和平意味着我们会成为奴隶。

安静。

"天空"低头对我示意。他态度柔和,但这是一个确切的命令。

接着,他从巴特鲁魔身上下来。他把腿跷到身后,"砰"的一声稳稳地下了地。他摘下头盔,递给身边最近的一名士兵,向"寸草不生"走去,走向那个男人。现在,我能更近距离地观察他的声音,发现他刚刚来到这里,是还在路上那些人的先行者。那些人要把"大地"从自己的世界轰出去,还想把我们所有人都变成"包袱"。毫无疑问,随后还会更甚。还会更甚。

我想,与其坐视惨剧发生,还不如去死。

身边一名士兵转过身,他的声音中满是震惊,他用"大地"的语言让我镇定。

我的目光落到了他佩戴的礼仪刀上。

"天空"缓缓地笨重前行,维持着首领的姿态向"寸草不生"走去。

向"猎刀"的唯一走去。

而"猎刀"本人,尽管他对和平充满焦虑和忧心,尽管想要做正确的事,却派了他的唯一来,只因为他害怕亲自面对我们——

我想起他把我从"包袱"的尸体中拉出来。

我想起把他击垮的誓言。

我发现自己已经在思考了。

不行。

"大地"的声音压着我,它凑近我,想让我在这最重要的时刻保持镇定。

但是我又开始想了。

不行。

不行,不能这样。

那个唯一从坐骑上下来,她问候"天空"。

而我还没想清楚自己要做什么,就已经动身了。

我抓起身边那个士兵的礼仪刀,动作快到他都没来得及阻拦,只发出了一声惊呼。我拿起刀,迅速跑了起来。我看着眼前掠过的一切——路上的石头、干涸的河床,我的声音清晰得出奇。"天空"伸手阻拦我,但是他穿着盛装盔甲,动作太迟缓了——

我穿过这片空地,向她跑去。

我的声音越来越响亮,发出一声大叫,这在"包袱"和"大地"的语言中都没有任何意义。

我知道我们正在受到飞船的监视,飞船周围盘旋的亮灯紧紧盯着我们——

我希望"猎刀"能看见——

看见我冲向前去,杀死他的唯一。

我高举手中沉重的刀刃,她看到我来了,跌跌撞撞地跑回坐骑处。

那个"寸草不生"男人嘴里叫嚷着什么,他自己的坐骑想要挡在我和"猎刀"的唯一之间——

但是我的速度太快了,而我与她的距离太短。

"天空"也在我身后呼喊。

他的声音,整个"大地"的声音在我身后轰鸣,冲上来阻挡我。

但是声音无法阻挡躯体。

她向后仰倒,倒在她自己坐骑的腿边,她的坐骑虽然想要保护她,却跟她一起摔倒在地。

就是此刻——

只有我,只有我的复仇——

刀刃高举着——

刀刃向后——

沉重的刀刃急欲落下——

我迈出了最后几步,把全身所有力量都压在这把利刃上——

她抬起胳膊保护自己——

谈判

【薇奥拉】

袭击突如其来。斯帕克人的首领——按照他对自己的称呼——"天空",带着问候向我们靠近。

突然,另一个人向他跑来,手举一把凶狠的石刀,锋利而沉重。

他要杀了"天空"——他要杀了自己的首领。

在和平会谈上,竟然发生了这样的事。

"天空"转身,看到那人持刀冲来,"天空"想要伸手阻拦,但是那个人轻易地躲过了。

从他身边躲过,向我和布雷德利跑来。

向我跑来。

"薇奥拉!"我听到布雷德利喊。

他掉转安格哈拉德,想要挡在我们中间,但是他们慢了两步。

我和那人之间毫无阻挡。

我跌倒在松子的腿边。

宝贝儿! 松子说。我跌倒在地——

没有时间了。

那个斯帕克人已经来到我面前,那把刀在空中高高扬起。

我举起胳膊,徒劳地保护自己,然后——

刀没有落下。

刀没有落下。

我抬眼张望。

那个斯帕克人盯着我的胳膊。

就在刚才跌倒的时候,我的袖子褪了下去,绷带也松开了。他盯着我胳膊上的编号环。

那片肌肤已经红肿、发炎,嵌入其中的编号环刻着1391这个数字。

然后我看到了——

他的前臂,正如我的胳膊一般伤痕累累。

一个刻着1017的编号环。

这是陶德的那个斯帕克人,那个在修道院的种族屠杀中幸存下来的斯帕克人。他的铭牌显然也引发了感染。

他的动作顿住了,刀也停在空中,没有落下。他盯着我的胳膊。

一对马蹄重重踢在他的胸前,他摔出了这片空地。

【陶德】

"薇奥拉!"

我狂喊着她的名字,忙着寻找马匹、裂变自行车,寻找任何能把我弄上山的东西——

"没事了，陶德！"市长盯着投影喊叫，"没事了！你的马把他踢开了。"

我回头看向投影，刚好看到1017摔在了几米之外。他倒在人堆中间，安格哈拉德的后腿刚刚落地——

"啊，好姑娘！"我大叫着，"好马儿！"我抓起通信器大喊道，"薇奥拉！薇奥拉，你在吗？"

我看到布雷德利跪在薇奥拉身边，斯帕克人的首领抓住1017，几乎是把他"扔"回了其他斯帕克人中间，他们把他拖走了。我看到薇奥拉从口袋里掏出通信器——

"陶德？"她说。

"你还好吗？"我说。

"是你的斯帕克人，陶德！"她说，"你放走的那个人！"

"我知道，"我说，"如果我再见到他，我要——"

"他看到我胳膊上的编号环就停手了。"

"薇奥拉？"西蒙妮插话。

"别开火！"薇奥拉立马说道，"别开火！"

"我们要把你带走。"西蒙妮说。

"不！"薇奥拉大叫，"难道你看不出来，他们也没料到这一幕吗？"

"让她把你带走，薇奥拉！"我大喊，"那里不安全。我就知道不该让你——"

"听我说，你们两个，"她说，"已经没事了，你们能不能——"

她突然停了下来。投影上，斯帕克人的首领又向他们走来，他的双手向前平伸，做出和平的姿态。

"他说他很抱歉，"薇奥拉说，"他说这不是他们想看到的……"她又停了一秒，"他的声流中更多的是图像，我猜他可能是在解释，刚才那个人是疯子。"

听到这里,我心里感到一丝刺痛。1017疯了。1017被逼疯了。他当然会疯。经历了那些事之后,谁还能不发疯呢?

但他也不该袭击薇奥拉——

"他说他想要继续推进和平谈判,"薇奥拉说,"还有,噢——"

投影中,斯帕克人的首领牵起她的手,将她扶起。他对着站成半圆队形的斯帕克人挥挥手,他们让开了路,一些斯帕克人搬出了细木条编成的椅子,给他们一人一把。

"现在怎么样?"我对着通信器说。

"我想他——"她停了下来。那半圆队形从中分开,眼前出现了一条路,一个斯帕克人抱着水果和鱼走了出来,旁边的斯帕克人则拿着一张木头编织的桌子。"他们给我们拿来了食物。"薇奥拉说。我听到布雷德利在道谢。

"和平会谈重新开始了。"薇奥拉说。

"薇奥拉——"

"不,我说真的,陶德。我们会有几次机会呢?"

我气得冒烟,但是她听起来很固执。"那好,你不要关通信器,听到了吗?"

"我同意,"西蒙妮在另一边说,"你要告诉他们的首领,刚刚他们险些就要灰飞烟灭了。"

通信器里的声音停顿了一下。投影中,斯帕克首领在椅子上坐直了身体。

"他说他知道,"薇奥拉说,"还有——"

我们听到了他传达出的话。他用的是我们的语言,那声音像是来自我们的同类,但又像是一百万个声音同时在说话,同时说出了同一句话。

"'大地'为'归者'的行为感到深深抱歉。"那声音说。

我看着市长。

"他什么意思？"

【薇奥拉】

"坦白地说，"布雷德利说，"我们没办法离开。这趟旅程要耗费几十年的时间，只有来路，没有返途。我们的祖先把这个星球当作移民的首选目的地，而太空探测器——"他不安地清了清嗓子，不过我们已经能从他的声流中看到他要说什么了，"——太空探测器未发现这里存在任何智慧生命的迹象，所以——"

"所以'寸草不生'不能离开，""天空"说着，抬头看着上方盘旋的侦察舰，"'寸草不生'不能离开。"

"抱歉，"布雷德利说，"你称呼我们什么？"

"但是'寸草不生'有太多问题需要回答。""天空"说。他的声流向我们展示着那个持刀杀向我们的斯帕克人，那个胳膊上戴着编号环的斯帕克人，陶德认识的那个斯帕克人。

这声音背后蕴含着某种感觉，就是一种感觉，没有语言可以表达那种极度悲伤的感觉，不是因为我们，不是因为和平会谈的中断，而是因为那个袭击了我们的人。那阵悲伤跟斯帕克人遭遇屠杀的画面一起涌来，还有1017得以幸存、最终与其他斯帕克人重聚的画面。那声音为他受到的伤害而悲伤，那是我们给他带来的伤害。

"我不是辩解，"我打断了他，"但那不是我们干的。"

"天空"停下了他的声流，看着我，这就好像这个星球表面上每一个斯帕克人都在看着我。

我小心地选择措辞。

"布雷德利和我是新来的，"我说，"我们非常希望不要重犯第一批移民那样的错。"

"错？""天空"的声流再次打开，第一次斯帕克战争的场景徐徐浮现——

战争造成的伤亡规模我无法想象。

成千上万的斯帕克人接连死去。

人类犯下累累恶行。

画面中的孩子、婴儿……

"对于已经发生的事，我们已经无法挽回，"我想把目光移开，但是他的声流无处不在，"但是我们可以做一些补救，防止悲剧再次发生。"

"立即停火。"布雷德利补充道，他似乎被那些沉重的画面震惊了，"这是我们协商的首要事项。我们不会继续发动袭击，你们也不能继续发动袭击。"

"天空"再次打开声流，他向我们展示了以下画面：一堵十人高的水墙从我们坐着的河床上冲下，冲刷掉前方的一切，涌入下面的山谷，把新普伦提斯市从地图上擦去。

布雷德利叹了口气，也打开了他的声流。画面中，侦察舰投放的导弹把山顶烧成了灰，更多导弹从天而降，斯帕克人根本无力还击，整个斯帕克种族即将在熊熊烈火中灭亡。

"天空"的声流透露出欣慰，好像我们只是确认了他已经知道的事实。

"所以这就是我们彼此的立场了，"我咳嗽着，"现在怎么办？"

漫长的沉默之后，"天空"再次打开了他的声流。

我们开始了和谈。

【陶德】

"他们已经谈了好几个小时了,"我在营火旁看着投影说道,"怎么这么久?"

"安静,陶德,"市长说,他想努力听清通信器里传出的每一个字,"我们得了解他们在讨论什么,这很重要。"

"有什么好讨论的?"我说,"都别打了,和平地生活在一起。"

市长看了我一眼。

"是的,好吧,"我说,"但是她身体很不好,总不能在冷风里坐一整天吧。"

这会儿我们围着篝火,我、市长、泰特先生还有奥黑尔先生一起围观。所有市民都在看着投影,随着时间流逝,大家兴趣渐减,不管是多么重要的谈话,看别人说话真的没什么意思。终于,威尔夫说他要回去找简,于是带着柯伊尔助医的牛车回山顶了。

"薇奥拉?"通信器里传出声音,是西蒙妮。

"怎么?"薇奥拉回答。

"跟你报告一下我们目前的燃料情况,亲爱的,"西蒙妮说,"能量足以撑到傍晚,但要是再晚一些,你们就得考虑明天回程的可能性了。"

我按了一下通信器上的按钮。"不要把她丢在那里,"我说,"不要让她离开你们的视线。"投影里的斯帕克首领和布雷德利看起来都很惊讶。

柯伊尔助医回答:"别担心,陶德,等到我们把飞船上的燃料都用完的时候,他们就会知道我们是多么强大、多么坚定了。"

我困惑地看了一眼市长。

"这话是说给山上的民众听的吧,尊敬的助医?"他抬高了嗓门,好让通信器那边的人能听到。

"都闭嘴好吗?"薇奥拉说,"不然我要把这东西关上了。"

这又引发了她的咳嗽。我看到投影里的她是那么苍白单薄、那么弱小。纤细的身体让我心痛。虽然她个子一直都比我小。

但在我心里,她就同整个世界一样浩瀚。

"如果你有任何需求,随时跟我说,"我对她说,"不管是什么需求。"

"我会的。"她说。

接着传来"嘟"的一声,那头所有的声音都消失了。

市长惊讶地抬头看向投影。布雷德利和薇奥拉又开始和斯帕克首领交谈,但是我们听不到他们说的话。她把声音关掉了。

"真是多亏了你,陶德。"柯伊尔助医说,她听起来很生气。

"她不是只想让我一个人闭嘴,"我说,"毕竟你们每个人都想插嘴。"

"愚蠢的小娘们儿。"我听到篝火对面的奥黑尔先生咕哝着。

"你说什么?"我嚷嚷着站了起来,目光像子弹一样射向他。

奥黑尔先生也站了起来,喘着粗气,一副挑衅的样子:"现在我们无法追踪那里的进展了,不是吗?派这样一个小姑娘去,就是会造成这种局面——"

"你闭嘴!"我说。

他的鼻孔翕张着,紧握拳头:"你能怎么样,小子?"

市长想过来调和,但是——

"向前一步。"我说。

我的声音很镇静,声流很轻盈。

我即方圆——

奥黑尔先生毫不犹豫地向前走了一步——

正好踏进了火堆里。

他站了一秒,什么也没注意到。然后他痛得大叫一声,向上跃起,他的裤腿着了火,慌忙跑去找水浇灭。我听到市长和泰特先生大笑不止。

"啊,陶德,"市长说,"真不一般。"

我眨了眨眼,全身颤抖。

我可能真的会让他受伤。

我可能……只是想想就可以。

(感觉不错——)

(闭嘴——)

"趁着谈判还没结束,我们可得打发一下时间,"市长说道,仍然在大笑,"看点儿轻松的读物怎么样?"

我的呼吸慢慢恢复正常。我又愣了好一会儿,才明白他是什么意思。

【薇奥拉】

"不,"布雷德利说着摇了摇头,他呼出的空气凝成一团白雾,太阳已经快要下山了,"不能从惩罚开始。不能以此为将来的一切奠定基调。"

我闭上眼睛,回忆起他以前跟我说过同样的话,好像是很久很久之前了。他说得没错,我们一开始就搞砸了,然后接连不断地遭遇灾难。

我用双手撑着头。我好累。我知道自己又开始发烧了,不管带多少药都没用。尽管天黑之后斯帕克人在我们旁边生了一堆火，我仍然不停地发抖、咳嗽。

不过，这一天非常顺利，进展甚至超过我们的预期。我们达成了很多共识：谈判期间，双方全面停火；设立议院，解决所有争论……我们甚至开始谈论新移民的定居地。

但是这一整天，我们都有一个跨不过去的坎儿。

"罪行，""天空"用我们的语言说道，"用'寸草不生'的语言来说，就是你们对'大地'犯下的罪行。"

我们猜到"大地"指的是他们，而"寸草不生"是指我们，对他们来说，连我们的名字都是一种罪行。但是他们还提出了更具体的要求。他们让我们交出市长和他的高级军官，让他们为自己对斯帕克人犯下的罪行领受惩罚。

"但是你们也杀过人类，"我说，"你们也杀了几百个人。"

"是'寸草不生'发起了这场战争。"他说。

"但是斯帕克人也并不无辜，"我说，"双方都做了坏事。"

市长种族屠杀的画面又出现了——

还有陶德走过成堆的尸体，去找1017的画面——

"不！"我大喊。"天空"向后坐直了腰，吃了一惊："他跟这事没有任何关系。你不知道——"

"好的，好的，"布雷德利说着，举起了双手，"天晚了。我们都同意今天成果显著吧？进展顺利。我们坐在同一张桌子上，吃同样的食物，为了同样的目标努力。"

"天空"的声流安静了一些，但是我又产生了那种感觉——好像每一双斯帕克人的眼睛都在看着我们。

"明天再见，"布雷德利接着说，"我们回去之后会再商量，请你们也再内部谈谈。这样，也许我们都能从全新的角度看待问题。"

"天空"又沉思了一会儿。

"'寸草不生'和'天空'今晚一起留在这里,"他说,"'寸草不生'是我们的客人。"

"什么?"我警觉起来,"我们不能——"几个斯帕克人搬出来三顶帐篷,显然,他们一开始就计划好了。

布雷德利把手搁在我的胳膊上。"或许我们应该留下,"他压低了声音,"或许这是一种信任的表示。"

"但是飞船——"

"飞船不必非要在我们头顶发射武器。"他提高了音量,想让"天空"也听到,后者确实也听到了。

我看着布雷德利的眼睛、他的声流,其中的善良和希望一如既往。他并没有因这座星球、声流、战争或者至今所发生的任何事而泯灭人性。

这些帐篷似乎是用密织的苔藓制成的,不一会儿就搭建完成了。"天空"对我们说了长长一段晚安语,然后走进了帐篷。布雷德利和我站起来照顾马匹,马儿们用温暖的嘶叫问候我们。

"进展确实相当顺利。"我说。

"我想你受到的伤害或许帮了我们的忙,"布雷德利说,"让他们更愿意接受和谈。"他压低了声音,"不过你有那种感觉吗?好像自己正在被每一个活着的斯帕克人凝视着?"

"是的,"我小声回道,"我一整天都在想这件事。"

"我想他们的声流不只用于沟通,"布雷德利低声说,语气中充满了惊奇,"声流就是他们自己。他们因声流而存在。如果我们能学会他们的说话方式,如果我们能加入他们的声音……"

他的声音越来越小,声流却响亮发光。

"什么?"我说。

"啊，"他说，"我在想，我们会不会成为同一种族。"

【陶德】

我看着投影里的薇奥拉进入梦乡。我不同意她晚上留宿山上，西蒙妮和柯伊尔助医也不同意，但她还是留下了。天黑之后，侦察舰飞了回来。

她把帐篷前门对着火堆敞开，我能看到帐篷里她的身影，她咳嗽、辗转反侧。我的心向她靠近，不断靠近——我想待在她身边。

我不知道她在想什么。我不知道她会不会想我。我不知道还要多久我们才能恢复和平的生活，还要多久她才能康复，我才能去照顾她，当面听她本人说话，而不是借助通信器。以及，什么时候，她才能再读我妈妈的日记给我听？

或者我读给她听。

"陶德，"市长说，"你好了吗？我准备好了。"

我对着他点点头，走进帐篷。我从我的背包里拿出妈妈的日记，像以前一样抚摸封面，抚过阿隆用刀刺过的地方，那晚这本日记救了我的命。我打开日记本，看着里面的字迹。那是妈妈亲手写下的字，从我出生到她丧命的那些日子里，她一直坚持写日记。她不是死在斯帕克战争中，就是死在市长手中，抑或是市长一直坚称的"自杀论"。这又激起了我对他的怒气。看着纸上那宛如蚁丘一般的墨迹，我既生气又不安，我已经改变主意，不想让他这么做了，但是——

"亲爱的儿子，"我读着，那些字在纸上突然变得明了，"你还没满月，而生活已经准备好了它给你的挑战！"

我咽了一下口水，我的心快速跳动，喉咙紧闭，但是我没有把眼睛从纸张上移开,因为她就在那里,她就在那里——

"庄稼歉收了,儿子。连续两年收成不好,这是个很沉重的打击,因为本和基里安的羊要靠庄稼饲养,而我们所有人都要靠那些羊养活——"

我感觉到了那个低沉的嗡嗡声——市长就站在我背后敞开的帐篷门口,把他的学识塞进我的头脑,他跟我分享——

"——如果这还不够糟糕,儿子,阿隆牧师开始责难斯帕克人了。这些害羞的生物看上去从来没能吃饱。我们听说港湾市也有斯帕克人的问题,但是我们的军官大卫·普伦提斯说,我们应该尊重他们,不能因为庄稼歉收就去寻找替罪羊——"

"这是你说的?"我说,眼睛仍然看着日记。

"如果你妈妈说那是我说的,"他的声音很紧张,"我没办法一直坚持己见,陶德。我很抱歉,但这要消耗的精力——"

"等一下再说。"我说。

"你在隔壁房间醒来了。多么有意思,每次都是你在那里呼唤我,让我没办法继续待在这里写字。也就是说,我总是能跟你说话,儿子,还有什么能让我比现在更快乐呢?跟以往一样,我强壮的小男子汉,你是——"

这时,那些字从页面上、从我的脑袋里溜走了,突然的冲击让我开始大口喘气,尽管我看到了下面几个字("我全部的爱",她说,她说我是她全部的爱),那些字变得坚硬、纠结、混浊,像一片森林挡在了我的面前。

我向市长转过身。他的眉毛上沾满汗珠,我也一样。

(那微弱的嗡嗡声再次在空气中响起——)

(但它并没有令我心烦,并没有——)

"抱歉,陶德,"他说,"我只能坚持这么久。"他微笑着,"但是我干得越来越顺手了。"

我没说话,重重地呼吸着。我的胸口也很沉重,妈妈的话像瀑布一样在我头脑里冲撞,她刚才就在我身边,她就在跟我说话,诉说她对我的希望,诉说着她——

我哽咽了,忍住了流泪的冲动。

"谢谢你。"我终于说。

"啊,没事的,陶德,"市长说,声音很低,"这没什么。"

我们俩站在我的帐篷里,我突然意识到,自己已经长这么高了——

我几乎能平视他的眼睛。

我再一次注视面前这个男人——

(那微弱的嗡嗡声,几乎令人愉悦——)

他不是一个恶魔。

他咳嗽起来:"你知道吗,陶德,我可以——"

"总统先生?"我们听到有人喊他。

市长从我帐篷里走了出去,我快速跟上,以防有事发生。

"时间到了。"泰特先生说,他立正站在那里。我向投影看了看,没有什么事。薇奥拉仍然在帐篷里睡觉,一切都保持着刚才的样子。

"什么时间到了?"我问。

"是时候了,"市长说着,挺直了身板,"去赢得这场谈判。"

"什么?"我说,"赢得这场谈判,这话是什么意思?如果薇奥拉有危险——"

"她确实有危险,陶德,"他微笑着,"但是我要去救她。"

【薇奥拉】

"薇奥拉。"我听到有人叫我。我睁开眼睛,一时不知道身在何方。

火光从脚底照过来,烘得我浑身暖暖的,我躺在一张床上,身下垫着木头刨花制成的床垫,不知道怎么形容它的柔软——

"薇奥拉,"布雷德利又轻声叫我,"有情况。"

我起身太猛,脑袋一阵眩晕,只好身体向前倾,闭上眼睛缓了口气。

"'天空'大概十分钟之前起床了,"他轻声说,"他现在还没回来。"

"或许他只是要上厕所,"我说,我的头开始跳着疼,"我想他们也要上厕所吧。"

火光挡住了一部分视野,挡住了对面斯帕克人的半圆形队列,他们大多数人已经铺床睡下了。我用毯子把自己裹住了。毯子好像是用苔藓做成的,和他们身上避体的衣物一样,近看却跟我想象的不一样,更像是布,但是更重,而且非常暖和。

"不只这样,"布雷德利说,"我从他们的声流里看出了一些什么。不太像图像。转瞬即逝,但是很清晰。"

"是什么?"

"一群斯帕克人,"他说,"全副武装,鬼鬼祟祟地进城里去了。"

"布雷德利,"我说,"声流不是这么回事。它是幻想和记忆、愿望和事实的结合,并非彻底的假象。我们需要长期练习才能分辨什么是真的,什么只是想象。它本来就乱七八糟的。"

他没有说话,但是他的声流中再次演示了一遍那个画面。跟他刚才所说的一模一样。他的声流向周围传开，穿过那个半圆，传向斯帕克人。

"我确定没事，"我说，"还有一个斯帕克人袭击我们呢，不是吗？或许他不是唯一反对和平的人——"

我的通信器突然嘟嘟响起，我们两个都吓了一跳。我伸手将它从毯子下拿了出来。

"薇奥拉！"我一接通，便听到陶德大叫，"你有危险了！快离开那儿！"

【陶德】

市长把通信器从我手里打掉了。

"你这样做只会让她更危险。"他说，我慌忙捡了起来。通信器没有摔坏，但是关闭了，我再次按下通话键，试图与她联络。"我不是开玩笑，陶德，"他语气很严肃，我不由得停下了动作，"如果他们察觉我们已经知道发生了什么，我可没法保证她的安全。"

"告诉我现在是怎么回事，"我说，"如果她有危险——"

"她有危险，"他说，"我们都有。如果你信任我，陶德，我可以救出大家。"他转身面向泰特先生，泰特先生仍然在旁边待命，"一切都准备好了吗，上尉？"

"是的，长官。"泰特先生说。

"准备什么？"我问，眼睛来回扫视他们两个。

"这个嘛，"市长说着，回过头看我，"就是有意思的地方了，陶德。"

我手心里的通信器又响了起来。"陶德？"我听到里面传来声音,"陶德,你在吗?"

"你相信我吗,陶德?"市长说。

"告诉我是怎么回事。"我说。

他只是又问了我一遍:"你相信我吗?"

"陶德?"薇奥拉叫我。

【薇奥拉】

"薇奥拉?"我终于又听到回应。

"陶德,发生了什么事?"我一边问,一边抬起头看着布雷德利,"你说我们有危险了是什么意思?"

"先……"他停顿了一会儿,"先稳住,等等看。"他挂断了。

"我去牵马。"布雷德利说。

"等等,"我说,"他说先稳住。"

"他也说了,我们有危险,"布雷德利说,"如果我看到的是真的——"

"如果他们想伤害我们,你觉得我们能逃出去吗?"

我们看到,有几个站在半圆形队伍里的斯帕克人回头望向我们这边,他们的脸在篝火中忽隐忽现。眼下的境况并不凶险,但是我还是握紧了通信器,希望陶德清楚他自己在做什么。

"如果这就是他们的计划呢?"布雷德利说,他压低了自己的声音,"把我们骗来谈判,然后展示一下他们的手段?"

"我从'天空'那里没有发觉任何危险的信号,"我说,"一次都没有。他为什么要这么做?为什么要冒险?"

"为了获得更多筹码。"

我停顿了一下,意识到了他指的是什么:"惩罚。"

布雷德利点点头:"或许他们的目标是总统。"

我坐直了身体,想起"天空"的声流所显示的种族屠杀:"也就是说,他们的目标是陶德。"

【陶德】

"做好最后的准备,上尉。"

"是的,长官。"泰特先生敬了个礼。

"还有,请去叫醒奥黑尔上尉。"

泰特先生微笑着:"是的,长官。"他答应着离开了。

"告诉我是怎么回事,"我说,"不然我就自己上山去接她。我现在信任你,但不可能一直——"

"情况完全在我掌控之中,陶德,"市长说,"等你发现我处理得有多好,肯定会高兴的。"

"怎么在你掌控之中?"我问,"你怎么知道出了什么事?"

"这么说吧,"他的眼睛闪闪发光,"我们抓获的那个斯帕克人,他透露的信息远比他自己以为的要多。"

"什么?"我说,"他告诉我们什么了?"

他难以置信地笑了:"他们是冲着我们来的,陶德。他们是冲着你和我来的。"他听起来似乎被逗乐了。

【薇奥拉】

"我们应该留意什么?"西蒙妮在侦察舰上问道,侦察舰还悬在山顶上空。

"探测器发现的任何异常状况。"我看着布雷德利,"布雷德利说,他从声流里看到了一支突袭小队。"

"只是展露实力罢了,"柯伊尔助医说,"为了表明他们仍然处于上风。"

"我们觉得他们的目标可能是市长,"我说,"他们一直要求我们把他交出去,他们要他为他犯下的罪行接受惩罚。"

"不是挺好的吗?"柯伊尔助医说。

"如果他们去抓市长,"布雷德利说着,跟我对视了一下,"陶德就在他身边。"

"噢,"柯伊尔助医说,"那就有点麻烦了,是吧?"

"我们还不确定,"我说,"也可能是误会。他们的声流不像我们的那么——"

"等等,"西蒙妮说,"我看到了什么东西。"

我从山顶望出去,一个探测器向城市南边飞去,而身后斯帕克人的声流表明,他们也看到了。"西蒙妮?"

"那儿有光,"她说,"什么东西正在行进。"

【陶德】

"长官!"奥黑尔先生喊道,他的脸肿得好像没睡醒一样,"城南有光!斯帕克人向着我们来了!"

"是吗?"市长假装很惊讶,"你最好派一些士兵去会会我们的敌人,是吧,上尉?"

"我已经命令各中队准备迎战了,长官。"奥黑尔先生说,他看起来很高兴,说话时还偷偷看了我一眼。

"非常好,"市长说,"我热切地期待你们的报告。"

"是的,长官!"奥黑尔先生敬了个礼,小跑着去跟他的中队会合，随时准备战斗。

我皱起眉头。有什么地方不对劲。

薇奥拉的声音从通信器里传了过来："陶德！西蒙妮说，南边道路上有光！斯帕克人来了！"

"是的，"我说，眼睛仍然盯着市长，"市长派士兵去迎战了。你还好吗？"

"没有斯帕克人找我们麻烦，但是首领已经消失好一会儿了。"她压低了声音，"西蒙妮正在驾驶飞船回来，武器已经备好了。"她的声音里慢慢透露出失望。看起来和平终究无法实现了。

我正要说点什么，突然听到市长对着一旁耐心等待的泰特先生说："就现在，上尉。"

泰特先生从营火堆里捡起一个火把。

"现在干什么？"我问。

泰特先生将火把举过头顶。

"现在干什么？"

世界一分为二。

【薇奥拉】

轰！

爆炸声响彻四野，不断回响于山间，如雷声一般隆隆作响。布雷德利扶我站起来，我们向外望去。夜空之中，月亮发着淡银色的幽光，除了市里的营火，别的什么也看不到。

"发生了什么？"布雷德利质问道，"那是什么？"

我听到一阵声流，回头看向身后。半圆队伍里的斯帕克人现在都醒过来了，全部站了起来，向我们靠近，逐渐逼近山沿，也向着山谷看去——

我们都看到,浓烟从那里升了起来。

"但是——"布雷德利开口了。

"天空"从我们身后的斯帕克人队伍中冲了出来。他还没出现,我们就听到了他的声流,那是一阵声音和画面的急流,还带着——

还带着惊讶。

他很惊讶。

他从我们身边经过,来到崖边,望着山下的城市。

"薇奥拉?"我听到西蒙妮在通信器那头说话。

"是你干的吗?"我说。

"不是,我们还没准备好——"

"那是谁干的?"柯伊尔助医插了进来。

"从哪里发射的?"布雷德利说。

浓烟不是从南边升起来的,现在还能看到树林间的光,城市方向也有一些光亮,正在向南边移动。

浓烟和爆炸来自河流北面——山坡上那些废弃的果园。

接着又是一声。

【陶德】

轰!

第二次爆炸跟第一次一样,城北和城西的夜空被照亮了,士兵们听到声音后纷纷走出帐篷,目睹浓烟慢慢升起。

"我觉得再来一次就够了,上尉。"市长说。

泰特先生点点头,又举起了火把。我看到了:一个士兵爬上摇摇欲坠的教堂钟楼,他确认泰特先生举起火把之后,便点亮了自己手里的火把,将消息传给驻守底下河岸的士兵们。

那些士兵听从市长的指挥,他们控制着大炮。

那些大炮本来已经废弃,因为我们已经有侦察舰的保护了,侦察舰的武器更为先进。

然而大炮仍然可以使用,可真是谢谢你了——

轰!

我又拿出通信器,里面各种声音乱作一团,包括薇奥拉的声音。所有人都一头雾水,疑惑到底发生了什么。

"是市长干的。"我对着通信器说。

"他朝哪里开火?"她问,"光不是从那里发出的——"

就在这时,市长从我手里夺走了通信器,他满脸喜悦、容光焕发——

"是的,但那才是斯帕克人真正的所在,亲爱的姑娘,"他说着转过身,防止我再抢回通信器,"问问你的朋友'天空',问问他,他会告诉你的。"

我还是把通信器抢了回来,但他脸上的微笑让人如此不安,我几乎无法直视他。

他还是笑着,仿佛自己已经胜券在握,仿佛赢得了史上最大的成功。

【薇奥拉】

"他什么意思?"通信器里传来柯伊尔助医慌张的声音,"薇奥拉,他的话是什么意思?!"

"天空"向我们转过身,他声流中的画面和感觉像旋涡一样打转,什么也看不清。

但他看起来不太高兴。

"我收到了发射地的探测器发来的图像,"西蒙妮说,"哦,天哪。"

"给我。"布雷德利说着,从我手里拿走了通信器。他按了几个按钮,通信器投射出一个小小的三维图像,就像山下那种遥控投影仪一样,小小的通信器投射的图像悬挂在夜空中,画面里——

到处都是尸体。

斯帕克人的尸体。还有几十个人携带布雷德利曾在声流中瞥见的武器,足以在市里掀起各种风波——

足以抓走陶德和市长,如果抓不走,大可以把他俩就地处死——

没有一点光亮。

"如果尸体是在北面山上,"我问,"南面的光又是什么?"

【陶德】

"什么也没有!"奥黑尔先生一边喊一边跑回营地,"那里什么也没有!地上只有几个燃烧的火把,一个人也没有!"

"是的,上尉,"市长说,"我知道。"

奥黑尔先生突然停了下来:"你知道?"

"我当然知道。"市长面向我,"我可以再用一下通信器吗,陶德?"

他伸出手。我没有给他。

"我答应过你,要救薇奥拉,对吧?"他说,"如果我们放任斯帕克人不管,任由他们取得今晚的小小胜利,之后薇奥拉会如何?我们又会如何?"

"你怎么知道他们会发动袭击？"我问,"你怎么知道其中有诈？"

"你是想问,我是怎么救出了大家吗？"他仍然伸着手,"我要再问你一次,陶德。你相信我吗？"

我看着他的脸,他那轻诺寡信、无可救药的脸。

(我听到了那个嗡嗡声,很微弱——)

(好吧,我知道——)

(我知道他在我的脑子里——)

(我不是笨蛋——)

(但他确实救了我们——)

(他教会我读妈妈的日记——)

我把通信器递给了他。

【薇奥拉】

"天空"的声流像暴风雨一样飞旋。我们都通过投影看到了那里的情形。我们都听到了山下城市里士兵们的欢呼。我们都听到了侦察舰重新起飞、穿过山谷时发出的隆隆声。

我不知道我和布雷德利将会如何,也不知道我们是不是很快就会丧命。

布雷德利仍然在争论。"你们先攻击了我们,"他说,"我们带着友好的信念来到了这里,而你们——"

通信器响了,比以往的声音更大。

"现在该让他们听我说了,布雷德利。"

又是市长。他那张大脸得意扬扬地在投影中微笑着。他甚至不忘调整角度,正视"天空"。

好像他正直视着他的眼睛。

"你以为你学了一招,是不是?"他问,"你以为你的士兵看透了我,知道我能像你们一样深入理解声流,对吧?所以,我就对这一点加以利用。"

"怎么回事?"我听到柯伊尔助医在通信线路上说,"他正在向山顶广播——"

"所以你派他来,作为和平使者,"市长继续说着,好像没听到她的话,"你让他向我透露,让我认为自己发现了你们准备从南边进攻的计划。其实接下来还有另一个计划,是不是?一个埋得很深的计划,任何……"他停顿了一下,加强语气,"任何'寸草不生'都看不到的计划。"

"天空"的声流爆发了。

"把通信器夺走!"柯伊尔助医大喊,"把他的信号切断!"

"但是你低估了我的能力。"市长说,"你没料到,我能比所有斯帕克人都看得更深,深到足以看清你们真正的计划。"

"天空"的脸上没有表情,但他的声流在愤怒中翻滚,大声呼喊,毫无掩饰。

他翻滚的声流印证了市长发言的真实性。

"我看着你们'和平使者'的眼睛,"市长说,"看着你的眼睛,然后明白了一切。我听到那个声音在说话,然后看到你来了。"他把通信器往前移了移,他的脸在投影上放得更大了,"我了解了,"他说,"如果我们两军相斗,胜利一定是我的。"

然后他消失了。他的脸和画面熄灭了,"天空"回头盯着我们。我们听到了侦察舰的引擎声,但飞船还在半路上。斯帕克人已经全副武装,但这些都无所谓,因为如果有必要,"天空"自己就能把我和布雷德利干掉。

但是"天空"仍旧一动不动,他的声流在黑暗中旋转。那种感觉又来了,好像每一双斯帕克人的眼睛都在望着我们,思考着刚才发生的事——

考虑下一步应该怎么做。

然后他向前走了一步。

我想都没想,向后一退,撞到了布雷德利身上,他单手放在我的肩上。

"就这样吧。""天空"说。

他接着又说:"和平。"

【陶德】

"和平。"我们在斯帕克人首领的声流里听到了这个词,那低沉的声音像市长的声音一样穿过广场,他的脸占满了投影画面。

周围响起喧嚣的欢呼声。

"你什么时候学会用这个的?"我说,低头看着通信器。

"你有时候确实得多加休息,陶德,"市长说,"我对新技术充满好奇,这是我的错吗?"

"祝贺你,长官,"泰特先生说着握住市长的手,"这下他们该服气了。"

"谢谢你,上尉。"市长说。他转身面向奥黑尔先生。白跑了一趟,奥黑尔先生看起来充满怨恨。

"你的任务完成得很好,"市长说,"我们不能走漏风声,所以我没有告诉你。"

"当然了,长官。"奥黑尔先生说,他的语气听起来并不那么释然。

士兵们一拥而上,所有人都想跟市长握手,所有人都挤过来夸赞他的智慧,每一个人都说着市长赢得了和平,说他没有依靠侦察舰的力量就办成了事情,说他真的让敌人服气了,不是吗?
　　市长也毫不谦虚,欣然接受一切恭维。
　　欣然接受每一句献给他所获胜利的赞美。
　　这一刻,只有短短一刻——
　　我感觉有点骄傲。

我举起我的刀

我举起我的刀,我在来时从食物营偷了那把刀,那是一把用来屠宰猎物的刀,又长又重,尖利血腥。

我对着线人举起刀来。

我本可以让和平化为齑粉,可以让战争永无止境,本可以把"猎刀"折磨得生不如死——

但是我没有。

我看到了她的编号环。

那种疼痛在无声的"寸草不生"身上都那么明显。

她也被烙上了印记,就像"包袱"一样,她似乎也出现了同样的反应。

我记得自己被迫烙上编号环的痛。那疼痛不只存在于我的胳膊,还包围了我的自我,将我本身抽离,"寸草不生"只会看到我胳膊上的编号环,看不到我,看不到我的脸,听不到我被抽离的声音——

声音被抽离的我们，就像无声的"寸草不生"。

所以我不能杀死她。

她就像另一个我。她和我一样，都被烙上了编号环。

就在那时，那畜生抬起后腿，把我踢飞，踢断了我胸口不止一根肋骨，骨头现在还很疼。但是"天空"把我抓起来，把我扔回"大地"的手中。

如果你无法跟"大地"同言同语，那也是你自己选的。

他示意。

我懂了，我被真正地放逐了。"归者"回不来了。

"大地"将我从和谈的场地带走，带到了营地深处，他们粗暴地送我上路。

但是，在"天空"实现最后的诺言之前，我是不会离开的。

我偷了一把刀，来到了这里——

我站在这里，准备杀死线人。

我抬起头，看到"天空"试图偷袭"寸草不生"的消息在"小径之终"闪现。所以那才是他的计划：要让"寸草不生"瞧瞧，我们是多么强大的敌人，可以在和谈期间走进他们的要地，想抓谁就抓谁，还要让他们接受应有的制裁。和平将以此为起点。如果和平能够实现，那也必须由我们来定义和平。

这就是他让我相信他的原因。

但是他又失败了。他自认失败，呼唤着和平。"大地"将畏缩在"寸草不生"之下，这和平不会给"大地"带来力量，只会带来软弱——

我举刀站在线人面前。我准备好了，准备为往日的屈辱做个了断。

我站在这里,准备杀了他。

我知道你会来。"天空"示意着,他继我之后来到了"小径之终"。

你不是要去争取和平吗?你不是要背叛"大地"吗?我回应道,一动不动。

你不是要去杀一个人吗?他示意。

你答应过我,你说过他随我处置。所以我要杀了他,然后离开。

然后我们就失去了"归者","归者"也失去了自己。"天空"示意。

我回头看着他,用刀指着编号环:他们把这个烙在我身上的时候,我就已经失去了自己。他们杀死"包袱"的时候,我就已经失去了自己。"天空"拒绝为我复仇的时候,我就已经失去了自己。

那现在就动手吧,我不会阻拦你。"天空"示意。

我盯着他,盯着他的声音,盯着他的失败。

我看到了,在充满秘密的"小径之终",我看到这失败比我想象中的还要惨重。

你本来要把"猎刀"带来交给我处置,那是你给我的惊喜。你本来要把"猎刀"带到我面前的。

意识到这一点后,我愤怒了。我本来可以处置"猎刀",我本来可以处置"猎刀"本人——

但是你连这都失败了。我愤怒地示意。

所以你可以把仇报到线人身上,我还是不会阻拦你。

对,我几乎对他啐了一口,对,你不会。

我转过身，面对线人。

我举起了刀——

他躺在那里，他的声流在梦里说个不停。这几个星期、几个月来，他一直躺在"小径之终"，说出了所有的秘密，毫无保留地帮助我们。他从沉寂的边缘回来，融入"大地"的声音。

线人，就是"猎刀"的父亲。

"猎刀"得知噩耗后会哭得多惨。他会多么悲恸哀怨，多么自责、多么恨我，因为我把他爱的人带走了——

（我察觉到，身后"天空"的声音中出现了我的唯一，但是为什么——？）

我要报仇——

我要让"猎刀"像我一样心痛——

我现在就要动手。

然后——

然后——

然后我开始吼叫。

我的声音开始奔涌，涌向整个世界，那吼叫来自全部的自己、全部的声音——我的每一种感受、每一个疤痕、每一个伤口、每一处疼痛。我吼出我的记忆、我的失去，诉说我的唯一——

我从内心深处大吼，为我的软弱大吼——

因为——

我下不了手。

我跟"猎刀"一样可恶。

我下不了手。

我瘫倒在地，吼叫声在"小径之终"回响，在"天空"的声音中回响，或许也在"大地"中回响，然后又回到我心中的那片空虚，那片巨大的空虚足以将我整个吞噬。

这时，"天空"的声音温柔地靠在我身上。

他搀着我的胳膊，扶我站了起来。

我感受到了周围的温暖，感受到了理解。

我感受到了爱。

我甩开他，走到一边：你早就知道。

"天空"不知道，但是"天空"抱着这样的希望。

你用我自己的失败来折磨我。

这不是失败。这是成功。

我抬起头：成功？

因为现在，你已经完成了回归，他回应道，现在你已经有了真名实姓，同时姓名也在这一刻化为虚有。你已经回到"大地"之中，你不再是"归者"。

我充满怀疑地看着他：你在暗示什么？

只有"寸草不生"会为了仇恨而杀戮，会为了一己去战斗。如果你这样做了，就会成为他们的同类，永远无法回归"大地"。

你也杀过"寸草不生"，数以百计。

每一次都是在"大地"的生命危在旦夕之时。

但是你答应了他们的和平请求。

我想要争取对"大地"最好的安排，这是"天空"一直以来想要的。当"寸草不生"下了杀手，我就跟他们作战，因为迎战对"大地"最为有利。当"寸草不生"想要和平，我就给他们和平，也是为了"大地"。

今晚你袭击了他们。我示意。

那是为了把"猎刀"带来给你,为了把他们的首领带来赎罪。这些也都是为了"大地"的利益。

我看着他,想着。

但是"寸草不生"或许会放弃他们的首领。我们已经看到了他们之间的分歧。他们或许会把他交给你。

"天空"不知道我想问什么。

或许吧。

但是"猎刀",他们会为他而战。如果你把他带来——

你不会杀了他的。你已经证明了这一点。

但是我也可能会杀了他。那么战争就永无止境了。为什么你要为我冒这么大险?为什么为我赌上一切?

因为饶过"猎刀"可以让"寸草不生"看到我们的仁慈。可以让他们看到,即便我们有理由这么做,仍然可以选择不下杀手。这是强者的姿态。

我盯着他:但是你不知道我会怎么做。

"天空"看了看线人,他仍然沉睡着,一息尚存。

我相信你不会。

为什么?我逼问。为什么我的选择那么重要?

因为你需要拥有这种意识,他示意,在你成为"天空"之前。

什么?沉重的气氛持续了片刻,我示意道。

但是他走了,走到线人身边,他看着线人的脸,双手放在线人的耳朵上。

当我成为"天空"的时候?我大声示意。这是什么意思?

我想,线人已经完成了他的任务。他回头看着我,他的声音里灵光一闪。现在是时候唤醒他了。

你才是"天空",我慌了手脚,你要去哪里?你生病了吗?

不。他示意着,回头看向线人。但是有一天我会离开。

我张大嘴巴:等你走的时候——

醒醒。"天空"将他的声音传递给线人,好像一块石头掉进了水里。

等等!我示意——

但是线人已经挣扎着睁开了双眼,响亮地吸了一口气。他的声音越来越快,随着苏醒而逐渐明亮起来。他又眨了眨眼睛,看着我和"天空",眼神中充满惊奇——而不是恐惧。

他想要坐起来,却由于过度虚弱而倒了下去。在"天空"的搀扶下,他慢慢用手肘支撑起身子,他又看了看我们。一只手放在胸前的伤口上,他的声音吟唱着迷茫的记忆,他又看了看我们。

我做了一个非常奇怪的梦。他示意。

他说的是"寸草不生"的语言。

却完美无误地使用着"大地"的声音。

和平时期

荣耀的日子

【薇奥拉】

"听听他们，"布雷德利说，隔着这么远的距离，市里的噪声还是大到让他不得不提高嗓门，"这次终于是为了好事欢呼了。"

"你觉得会下雪吗？"我坐在松子的马鞍上，抬头望着翻滚而来的云团，这在晴朗的寒冬日子里很少见，"我还没见过雪。"

布雷德利笑了："我也没见过。"他的声流也在微笑，笑我说了一些没头没脑的话。

"抱歉，"我说，"都是因为发烧。"

"我们快到了，"他说，"一会儿你就能暖和起来。"

我们顺着弯曲的山路走下来，沿着那条通往广场的路前进。

昨晚大炮袭击之后，我们一大早便返程了。

我们成功了。尽管是市长的行动起了关键作用——对此柯伊尔助医一点儿都高兴不起来——我们确实做到了。两天的时间里，我们举行了人类—斯帕克人理事会的首次会议，说明了所有的细节。

目前，理事会成员包括我、布雷德利、西蒙妮、陶德，还有市长和柯伊尔助医，我们六个不得不想方设法一起努力，跟斯帕克人共同创造一个新世界。

这或许能让我们真心实意地一起努力。

不过我还是希望我能恢复健康。和平已经来了，真正的和平，但我还是头疼得要命，咳嗽也很凶——

"薇奥拉？"布雷德利声音里充满了担心。

就在这时，我看到陶德从路尽头向我们跑来。我烧得很厉害，他仿佛在一片欢呼的波涛中冲浪，世界突然变得无比刺眼，我不得不闭上眼睛，陶德在我身边，他向我伸出双手——

"我听不到你在说什么。"我说。

我从松子的鞍座上摔了下来，掉进了他怀里。

【陶德】

"这充满荣耀的崭新一天，"市长声如洪钟，"今天，我们打败了敌人，开启了一个新时代！"

下面的人群欢呼起来。

"我已经受够了。"我对布雷德利低声咕哝，抱着薇奥拉坐在板凳上。我们坐在高高的车子上，面对着人山人海的广场，市长的脸不仅出现在半空悬浮的投影画面中，甚至还投放到了两栋建筑的侧面。他自己又摸索出了一种新玩法。布雷德利皱着眉头听市长扯个没完。柯伊尔助医和西蒙妮坐在我们对面，眉头皱得更紧了。

我感到薇奥拉动了动脑袋。"你醒了？"我说。

"我睡着了吗？"她说，"为什么没人把我放到床上？"

"哎，"我说，"市长说你必须先待在这里，但是他说个没完，我——"

"我们的和平缔造者醒过来了！"市长说着，回头看着我们。他面前有一个麦克风，但是我很确定他根本不需要它，"感谢她救了我们的性命，结束了这场战争！"

突然，我们淹没在人声鼎沸的喧嚣之中。

"什么情况？"薇奥拉问，"为什么他这么说我？"

"因为他需要一个英雄，而这个英雄不能是我。"柯伊尔助医怒气冲冲地说。

"当然也不要忘了伟大的柯伊尔助医，"市长说，"她在镇压斯帕克人叛乱的战争中帮了我大忙。"

柯伊尔助医的脸红得可以煎鸡蛋了："帮了大忙？"她口水都喷出来了。

但是在市长的声音下，你几乎听不到她说话。

"在尊敬的助医发表讲话之前，"市长说，"我要宣布一件事。这件事我尤其想让薇奥拉知道。"

"什么事？"薇奥拉对我说。

"不知道。"我说。

我真的不知道。

"我们取得了突破性进展，"市长说，"就在今天，我们对编号环所引起的并发症研究取得了突破性进展。"

我下意识地抓紧了薇奥拉。人群安静了下来，这是很罕见的。探测器把这里的情况传回了山顶。市长让这个星球上的每一个人类都竖起耳朵听他说话。

然后他说："我们找到了治疗方法。"

"什么？"我大喊，但是我的声音立刻被人群的喧闹声淹没了。

"这个结果与和平在同一天来临，真是太应景了，"市长说，

"新时代的开端。现在我向你们宣布,编号环导致的病痛可以终结了,多么美好,多么喜庆!"

他现在抬头对着探测器讲话,直接播送回山顶,传给那里病倒的女人——柯伊尔助医没能治好她们。

"不要浪费时间了,"他说,"我们立刻开始分发药品。"

然后他又回头看向我和薇奥拉:"就从我们的和平缔造者开始。"

【薇奥拉】

"他抢走了所有功劳!"回程路上,柯伊尔助医一边在康复室里来回踱步,一边大喊大叫,"他说什么他们都信!"

"你不想试试他的药吗?"布雷德利说。

柯伊尔助医看着他,好像他刚才是叫她把衣服脱光。"你真的以为他现在才发现了治疗方法?他一直都知道该怎么治!谁知道这药是不是真的有用,万一又是一个小型定时炸弹呢?"

"他何必呢?"布雷德利说,"治好了女人会让他更受爱戴吗?"

"他是个天才,"柯伊尔助医怒气冲天地说,"连我都不得不承认。他是个残忍、可怕、野蛮、冷酷无情的天才。"

"你觉得呢,薇奥拉?"旁边床上的李问道。

我只能用咳嗽来回答他。当市长要拿新绷带给我的时候,柯伊尔助医走到我面前,不许他给我用那些绷带,她和其他助医要先对其彻底测试,然后才能用于临床治疗。

人群对着她发出一片嘘声,真的。

特别是当市长带领三位戴了编号环的女人走出来的时候——她

们三位没有任何感染的迹象。"我们还没找到安全移除编号环的方式，"市长说，"但是早期效果非常显著。"

局面从这里开始失控。柯伊尔助医甚至没能发表演讲，不过人们或许本来也不欢迎她。我们下车之后，陶德说他知道的并不比我们多。"柯伊尔助医可以测试，"他对我说，"我也看看这边还能有什么发现。"

他抓紧了我的胳膊。出于希望还是害怕？我不知道。

因为我听不到他的声流。

罗森助医跟我们一起去检测市长提供的药物，其余的人则回到侦察舰上。

"我不知道该相信什么，"我对李说，"但我能确定的是，拯救我们对他有利。"

"所以我们以后做决定还得看他的眼色吗？"柯伊尔助医说，"聪明，真是聪明。"

"我们要着陆了。"西蒙妮通过通信系统说。

"等着瞧吧，"柯伊尔助医说，"等我们在理事会共事的时候，我要让他知道，他跟我耍花招的日子结束了。"飞船着陆的时候猛烈震动了一下。"现在，"她用激昂的语调说，"我要发表我的讲话了。"

引擎还没关好，她就已经离开房间，走出了舱门。我通过监视器上看到，那里站满了等待我们的市民。

迎接她的是几声欢呼，但应者寥寥，和市长在市里得到的待遇根本没法比。

接着，伊万和其他几个家伙开始对她喝倒彩。

【陶德】

"我为什么要伤害那些女人?"篝火旁,市长这样对我说道。夜幕降临,他的凯旋之日即将结束,"就算你认为我一心想杀死她们,可我为什么要在我最重大的胜利时刻这么做?"

"那你为什么不提前告诉我?"我说,"既然你已经找到治疗方法了?"

"因为我不想冒险,我担心要是实验失败,你会非常失望。"

他久久地注视着我,想要看透我,但是我现在已经非常熟练了,就算对面是他,也听不到我心里的想法。

"我能猜猜你在想什么吗?"他终于说话了,"我觉得你想尽快把药拿给薇奥拉。你担心柯伊尔助医的测试速度太慢,因为她不想承认我是对的。"

我确实是这么想的。确实。

我希望那药真的管用,我迫切地希望——快要窒息了。

但那药是市长给的。

药能救薇奥拉。

但它是市长给的——

"我觉得你想要相信我,"他说,"我当然是真心的。就算不是为了她,也是为了你。"

"我?"我说。

"我发现了你的特殊才能,陶德·休伊特。我早该从我儿子的举动中看出来。"

我的胃因为愤怒、悲痛而紧绷,每次别人提起戴维时,我都会变成这样。

"你让他变得更好,"市长继续说,他的声音很柔和,"你让他更有智慧,更加善良,更深刻地了解这个世界以及他自己的价值。"他放下了咖啡杯,"不管我是否乐意,你也对我产生了同样的影响。"

那微弱的嗡嗡声响起——

将我俩相连——

(我知道市长的控制还在,但是它并没有影响到我——)

(并没有——)

"我对戴维的意外感到后悔。"他说。

"你亲手开枪杀了他,"我说,"这可不是什么'意外'。"

他点点头:"每一天我都更后悔一点。跟你在一起的每一天,陶德。每一天,你都在让我变得更好。我知道你关注着我的一举一动,"他舒了一口气,"即便是今天。按说,这是我迄今取得的最大胜利,但我的第一个念头是——陶德会怎么想?"

他指了指我们头顶渐渐黑下来的天空。"这个世界,陶德,"他说,"这个世界在说话,它的声音多么浩大啊。"他目光迷茫,似乎有点儿走神,"有时候这是你唯一能听到的声音,它想让你消失,让你成为虚无。"

他用几近耳语的声说道:"但我听到了你的声音,陶德,你把我带了回来。"

我不知道他在说什么,只是一个劲儿地问他:"你是不是一直都有治疗感染的药?只是没拿出来?"

"并不是,"他说,"我让我的手下夜以继日地工作,为了帮你拯救薇奥拉,陶德。为了让你知道,你对我来说极其重要。"他的语气很强烈,几乎称得上激动,"你救赎了我,陶德·休伊特。虽然人们都觉得这不可能,"他又笑了,"或者你根本不希望救赎我。"

我仍然什么话也没说,因为他无可救药。连薇奥拉都这么说。

但是——

"她们亲自测试之后就会明白,"他说,"她们会发现,这种药物确实有效,你也会知道我对你说了实话。这一点很重要,我甚至不奢望你相信我。"

他又停下来,等待我的回应。但我仍然没有回应他。

"现在,"他说着,双手拍了一下大腿,"该开始准备我们的首次理事会会议了。"

他最后看了我一眼,便向他的帐篷走去。过了一会儿,我也站了起来,走到安格哈拉德那边,它和"朱丽叶的喜悦"一起被拴在我的帐篷旁,满心欢喜地吃着干草和苹果。

在山上,它救了薇奥拉的命。我永远不会忘记。

山下,市长也提出要救薇奥拉的命。

我希望我相信他。我也想相信他。

(救赎——)

(但是相信到什么程度呢——?)

帅小伙。安格哈拉德说,鼻子蹭着我的胸口。

屈服吧! "朱丽叶的喜悦"瞪着眼睛叫道。

我还没说什么,安格哈拉德突然也更大声地回应说:**屈服吧!** "朱丽叶的喜悦"低下了头。

"好姑娘!"我惊喜地说,"这才是我的好姑娘!"

帅小伙。它说。我抱住它,感受着它的温暖。它身上闷热的马味儿让我的鼻子感觉痒痒的。

我抱住它,心里念着"救赎"。

【薇奥拉】

"你进不了理事会的,伊万,"柯伊尔助医说,伊万跟在她后面进了侦察舰,"你也不能进侦察舰。"

这是我们从市里回来的第二天,我还在床上躺着,情况比之前更糟了。罗森助医最新的抗生素组合对我的高烧没有任何效用。

伊万站在那里,挑衅地看着柯伊尔助医,目光扫过我、躺在另一张床上的李、帮李拆除最后几条绷带的罗森助医。"你还是一副'这里我说了算'的样子,女士。"伊万说。

"这里本来就是我说了算,法罗先生,"柯伊尔助医火冒三丈地回答他,"据我所知,没有人任命你成为新助医。"

"所以人们才成群结队地回市里了?"他说,"所以有一半女人已经用上了市长的新药?"

柯伊尔助医转身面向罗森助医:"什么?"

"我只把药给了那些快要死去的人,妮可拉,"罗森助医怯弱地说,"如果要在'必死无疑'和'有死亡风险'之间做选择,人们只能选后者。"

"不只是那些病危的患者,"伊万说,"现在其他人也都看到药效了。"

柯伊尔助医没有理他:"你都不告诉我一声?"

罗森助医低下头:"我知道你会很不高兴。我也想劝大家不要用——"

"连你自己的下属都在质疑你的权威。"伊万说。

"闭上你的嘴,伊万·法罗。"罗森女士厉声说道。

伊万舔了舔嘴唇,又把我们所有人打量了一遍,然后离开了,向舱外的人群走去。

罗森助医立刻开始道歉:"妮可拉,我很抱歉——"

"不,"柯伊尔助医打断了她,"你做得对,当然了。那些情况每况愈下的人,那些已经一无所有的人……"她揉了揉自己的前额,"人们真的回市里去了吗?"

"没有他说的那么多,"罗森助医说,"但是确实有一些人回去了。"

柯伊尔助医摇了摇头:"他赢了。"

我们知道她说的是市长。

"你还有理事会,"我说,"你比他做得好。"

她又摇了摇头。"他现在大概也有所计划了。"她哼了一声,然后一言不发地离开了。

"有所计划的人不止他一个。"李说。

"我们都知道她以前的计划有多管用。"我说。

"你们两个别说了,"罗森助医大声说,"很多人能活到今天,都是她的功劳。"

她重重地把李脸上最后一块绷带撕了下来,然后咬着下嘴唇,抬头偷偷瞥了我一眼。在李的鼻梁上方,原本双眼的位置只剩下粉红色的伤痕组织,眼窝被铁青色的皮肤覆盖着——那双蓝色的眼睛消失了。

李察觉我们没人说话:"很糟糕吗?"

"李——"我刚要说话,但他的声流显示他还没准备好。他换了个话题。

"你准备用那个药吗?"他问。

我在他的声流里看到了他对我的所有感觉,里面有我的形象,可比我本人美多了。

但在他心中,我将永远都是那个样子。

"不知道。"我说。

我真的不知道。我没有好转,一点儿都没有,舰队还要过好几个星期才到,而且不知道他们到了之后是不是真的能帮上忙。

"致命。"我一直想着这个词。之前柯伊尔助医不像在故意吓我。我不知道自己属不属于罗森助医所说的那些要在"必死无疑"和"有死亡风险"之间做出选择的人。

"我不知道。"我又说了一遍。

"薇奥拉?"威尔夫出现在门口。

"啊。"李说,他的声流向威尔夫迎去,很不情愿地看到了威尔夫声流里的画面——

看到了他自己眼部的疤痕。

"咻。"他吹了个口哨,但是你能听出其中的紧张,那种假装出来的勇敢,"没那么糟。你们两个刚才的样子好像我变成斯帕克人了一样。"

"窝把松子从市里带回来了,"威尔夫对我说,"跟窝的牛拴在一起。"

"谢谢你,威尔夫。"我说。

他点点头。"还有小李,"他说,"如果需要窝帮里看什么东西,只管说。"

李的声流里出现了一阵惊讶和感动的情绪,威尔夫明白了他的回答。

"嘿,威尔夫?"我突然想到一个主意,并且觉得这点子不错。

"怎么?"他说。

"你想做理事会成员吗?"

【陶德】

"这个主意太棒了,"我看着通信器上薇奥拉的脸说道,"每次他们要做蠢事,威尔夫连否定都懒得提,直接说我们应该怎么做。"

"我也是这么想的。"说着,她又弯腰咳嗽起来。

"检测进行得怎么样了?"我说。

"用了药的人目前没有出现问题,但是柯伊尔助医想多检测几次。"

"她永远也不会批准使用的,是吧?"

薇奥拉没有反驳我:"你怎么想?"

我深深地呼吸了一下。"我不相信他,"我说,"不管他重申多少遍自己得到了救赎。"

"他这么说了?"

我点点头。

"好吧,听起来是他会说的话。"

"对。"

她等我继续说下去:"但是?"

透过通信器,我看向她的眼睛。她在山顶上,跟我同处于一个世界,却那么遥远。"他看起来很需要我,薇奥拉。不知道为什么,但不知怎的我好像对他很重要。"

"以前有一次他管你叫儿子,就是我们跟他打仗的时候。他说你拥有强大的力量。"

我点点头:"我不相信他是出于好心,他从来都没安好心。但是我觉得,他这么做是想让我站在他这边。"我咽了一下口水。

"这理由足够让我们冒险吗?"

"你快要死了,"我接着说下去,虽然她已经准备打断我了,"你快要死了,还撒谎说没事。如果你出了什么事,薇奥拉,如果出了什么事——"

我哽咽了,感觉自己无法呼吸。

我没再说什么。

（我即方圆——）

"陶德？"她终于说话了，而且第一次没有否认她的病情远比她自称的要严重，"陶德，如果你想让我用那个药，我就用。我不等柯伊尔助医同意了。"

"我也不知道怎样才好。"我说，我的眼里仍然满含泪水。

"我们明天早上飞过去，"她说，"然后上山举办第一次理事会。"

"嗯？"

"如果你想让我用药，"她说，"我想让你亲自为我绑上绷带。"

"薇奥拉——"

"如果是你来帮我，陶德，"她说，"就不会出错。如果是你，我就知道自己很安全。"

我等了很久，始终没有说话。

我不知道自己该怎么说。

我不知道自己该怎么做。

【薇奥拉】

"所以你也要用药了，是吗？"我刚和陶德通完话，柯伊尔助医就出现在门口。

我本想抱怨她又偷听我的私人通话，但她经常这么做，我都没脾气了："还没有确定。"

这儿只有我自己。西蒙妮和布雷德利去筹备明天的会议了，李跟威尔夫出去研究家畜了，李可以通过威尔夫的声流看到外面的世界。

"测试进行得怎么样？"我问。

"很好,"她说,双手环在胸前,"这种药是强力抗生素跟一种芦荟混合制成的,普伦提斯说,这种芦荟是从斯帕克人的武器里发现的,可以提高药物的疏散速度,比传统药物扩散快10到15倍。它能快速击中病源,快到没有时间复发。相当聪明,说真的。"她正视着我的眼睛,我发誓我从中发现了悲伤,"确实是重大突破。"

"你还是觉得不放心?"

她重重地叹了口气,坐到我旁边:"我怎么能放心?看看他过去都做了什么吧。现在所有女人都主动用药,我怎么能不失望,怎么能不担心她们上当受骗?"她咬着嘴唇,"现在你也是。"

"或许吧。"我说。

她长长地叹了一口气:"也不是所有女人都用药了,你知道。还有一部分人,人数不算少,她们宁愿信赖我,坚信我能找到更好的治疗方法。我会找到的,你知道,我会的。"

"我相信你,"我说,"但来得及吗?"

她脸上浮现出一种罕见的表情,我反应了一会儿才明白那是什么。

挫败感。

"你病得太重了,只能被困在这个小房间里,"她说,"你都没有意识到自己在外面成了多大的英雄。"

"我不是英雄。"我感到很惊讶。

"拜托,薇奥拉。你镇住了斯帕克人,还赢了和谈,人们都以你为榜样。你是未来的完美象征。"她换了换姿势,"不像我们这些属于过去的人。"

"我不觉得——"

"上山时你还是个小女孩,下山时已经成为一个女人,"她说,"我一天被问五百遍,和平缔造者现在怎么样了。"

这时我才明白她到底想说什么。

"如果我用了那个药，"我说，"你觉得其他人也会跟着用。"

柯伊尔助医一言不发。

"那么他就完全胜利了，"我继续说，"这就是你的想法。"

她看着地板，仍然沉默着。她终于开口，说了一些我意想不到的话："我想念大海。骑着快马，现在立刻出发，太阳下山时就能到达海边。但是我们建设渔村的努力失败之后，我再也没见过大海。我搬到了港湾市，再也没往回看。"我从没听过她用这么小的声音说话，"我觉得生活已经结束了。我当时觉得港湾市有我值得为之奋斗的事。"

"你还是可以为之奋斗。"我说。

"也许我已经被打败了，薇奥拉。"她说。

"但是——"

"不，权力曾经从我面前溜走，我经历过一次了，孩子。我知道那是什么滋味。但是我一直知道，我会回来的。"她转身看着我，她的眼睛里盛满悲伤，除此之外我看不出其他情绪，"但是你没有被打败，是吧，我的孩子？到目前为止还没有。"

她点点头，像是自问自答，然后她又点了点头，站了起来。

"你要去哪里？"我在她背后喊道。

她继续往前走，没有回头。

【陶德】

我拿起妈妈的日记本："我想看看结尾。"

市长从报告上抬起头："结尾？"

"我想知道她出了什么事，"我说，"看她自己怎么说的。"

市长向后靠:"你觉得我不敢让你知道吗?"

"那你敢吗?"我说着,迎上他的目光。

"我只是怕你难过,陶德。"

"难过?"

"那是个可怕的年代,"他说,"不管对谁来讲,那一段历史都没有圆满结局。不论是我,还是本,或者你母亲。"

我仍然盯着他。

"好吧,"市长说,"翻到最后吧。"

我又看了他一眼,然后打开了日记,翻到最后一篇。我心跳加速,不知道自己会发现什么。那些字还是一团乱麻,像滑坡的碎石一样滚落满地(不过我确实能认出一些字了),我的眼睛直接扫到结尾,最后一个段落,直接看她给我的最后留言——

然后突然,我还没准备好——

这场战争,我最亲爱的儿子——

(她写到了——)

我憎恨这场战争,因为它威胁到了你的未来,陶德。跟斯帕克人打仗就已经够糟了,现在我们阵营内部还出现了分裂,一边是大卫·普伦提斯,我们这里军队的首领;另一边是杰西卡·伊丽莎白,我们的市长,她团结起了女人和不少男人,包括你父亲、本和基里安,双方对于具体战略问题争执不休。

"你要分裂我们市?"我说。

"不止我一个人。"市长说。

噢,这让我难过,陶德,亲眼看着我们分裂成了这副样子,还没实现和平,我们自己就先分道扬镳了。如果大家都放不下旧日的恩怨,我们还怎么建立一个真正的新世界?

市长的呼吸很轻,他不像之前那么紧张了。

（还有那个微弱的嗡嗡声，这个声音告诉我，他正在与我相连——）

但是还有你，儿子，目前市里最年幼的男孩，甚至可能是这个世界上最年幼的男孩。你一定要纠正这一切，听到了吗？你是原生的新世界人，所以不要重蹈我们的覆辙。你可以抛弃过去，或许，只是或许，你可以让这个地方变成一片乐土。

我感觉胃被紧紧揪住，因为她从一开始就对我抱有如此巨大的希望。

不过这责任大概一天也完不成吧？我现在要去开伊丽莎白市长召集的秘密会议了。

对了还有，我漂亮的孩子，我对她的提案感到担心。

到这里就没了。

这句话之后，就只剩空白了。

空无一言。

我抬起头看着市长："伊丽莎白市长的提案是什么？"

"她提议对我和我的军队发动攻击，陶德，"他说，"他们发动了一场攻击，然后失败了，虽然我们尽力挽救局势。之后，为了陷我们于不义，他们集体自杀了。我很抱歉，但这就是当时的真实情况。"

"不，不是的，"我说，心中燃起一股怒火，"妈妈不会这样对我。本说了——"

"我说服不了你，陶德，"他说着，难过得皱起了眉头，"我怎么辩解都没用，我知道。我很清楚那时候我自己也有错，我的错误导致了超出预料的后果，或许真的是这样。"他向前靠了靠，"但那是从前，陶德，不是现在。"

我的眼睛仍然湿润。我想着妈妈，叹了一口气。

我很害怕后来发生的事情。

不论当时到底发生了什么。

答案已经无从得知。后来真正发生了什么，日记里没有写。我对市长的认知也无法继续深入。

"我是个坏人，陶德，"市长说，"但是我正在变好。"

我用指尖触摸着日记本的封面，抚过那道刀痕。我不相信实情是他说的那样，我就是不信，永远不信。

但是我相信，在他眼中，事情就是这样。

我相信，他可能真的感到抱歉。

"如果你伤害薇奥拉，"我说，"我会杀了你。"

"这也是我永远不会伤害她的原因之一。"

我吞咽了一下："那个药能让她好转吗？能救她的命？"

"是的，陶德，那个药能救她。"他说。

我抬头望了望天空。又是一个寒冷的夜晚，天空仍然阴沉，但还没有下雪。又是一个难眠甚至无眠的夜晚，这是第一次理事会会议的前夕，也是我们真正开始创造新世界的前夕。

正如我母亲所说。

"把绷带拿给我，"我说，"我会亲自帮她戴上。"

他发出了一个低沉的声音，几乎像是通过声流发出来的。他忍住微笑，那是一个发自内心的微笑。

"谢谢你，陶德。"他说。

他听起来似乎颇为真诚。

我憋了很久，但还说了出来："不用谢。"

"总统先生，"我们听到有人叫他。奥黑尔先生走到我们跟前，趁机插话。

"什么事，上尉？"市长的眼睛仍然看着我。

"有个人整晚都吵着要见您，"奥黑尔先生说，"想表示他对您的支持。"

市长甚至懒得掩饰自己的不耐烦："如果我不得不听这个星球上每一个人对我表示支持——"

"他让我告诉您，他的名字叫伊万·法罗。"奥黑尔先生说。

市长看上去很惊讶。

接着他脸上换成了另一种表情。

伊万·法罗。这个趋炎附势的人。

【薇奥拉】

"看，多美啊。"西蒙妮在通信系统里说道。我们能感觉到，侦察舰正在缓缓升空。"咔嗒"一声，康复室里所有的屏幕上都出现了一幅画面——太阳从远处的海面升起，天边一片绯红。

只这么一霎，云团就又将它覆盖住了。

"日出。"威尔夫说，他的声流向李靠近，为他展示日出的景象。

"好兆头，"李说，"太阳在灰暗的早晨破云而出。"

"我们要飞到下面去，创造一个新世界。"布雷德利说，他的声流温暖而兴奋，"这次是真正的新世界了。"他微笑着，整个房间里都充满了他的笑意。

柯伊尔助医坐在我床边的椅子上。她昨天整晚都不在，毫无疑问，她在思考如何才能在与市长的斗争中重新抢占制高点。

又或者如何接受自己的失败。

这让我出奇地难过。

"你决定要不要用药了吗，薇奥拉？"她问我，声音轻得只有我一个人听到。

"我不知道,"我说,"我会跟陶德谈一下。但我不会故意让你难堪,不会有任何影响——"

"但确实会有影响,我的孩子。"她转过身面向我,"不要误解我的意思。我已经接受现状了。领导者应该明白什么时候适合移交控制权。"

我努力坐直:"我不想控制任何人——"

"你受到人们的爱戴,薇奥拉。只要一点技巧,你就能轻易将其转换成力量。"

我咳嗽起来:"我真的不想——"

"这个世界需要你,我的孩子,"她说,"如果你愿意做反对派的门面,我没关系。如果反对派还有体面可言的话。"

"我只想尽己所能改善这个世界。"

"嗯,那你就继续努力吧,"她说,"一切都会好起来的。"

她没再说什么。不久,我们着陆了,舷梯落在广场上,人群顿时沸腾起来,热烈地迎接我们。

"斯帕克人将在中午时分迎接我们的到来。"西蒙妮说。我们走了出去,布雷德利一路扶着我:"总统答应给我们每个人都准备马匹,并且保证今天上午留出充足的时间来讨论议程。"

"陶德说,市长同意缩短他的演讲时长,"我对着柯伊尔助医说,"保证你今天也有时间说几句。"

"非常感谢,我的孩子,"她说,"不过你可能也要准备一下,说点什么。"

"我?"我说。"我不——"

"他来了。"说着,她望向舷梯下方。

陶德穿过人群向我们走来。

他胳膊下夹着一卷绷带。

我听到柯伊尔助医压低声音说道:"听天由命吧。"

【陶德】

"我不是很清楚这该怎么弄。"我说着,把市长给我的绷带展开。

"就像缠布一样把绷带缠起来,"薇奥拉说,"扎得紧一点,但也别太紧。"

我们坐在帐篷里的帆布床上,外面的世界人声鼎沸。市长、柯伊尔助医、布雷德利、西蒙妮、威尔夫以及不请自来的李正在就谁应该第一个与斯帕克人讲话而争论不休,还有大家应该说些什么,等等。

"你在想什么?"薇奥拉问。

我微微一笑:"我在想应该怎么弄。"

她也对我笑了一下:"如果你一直没有声流,我猜我也只能慢慢习惯。"

"你不讨厌了吗?"

"讨厌,但那是我的问题,和你无关。"

"我还是我,"我说,"我还是陶德。"

她看向一边,目光落在绷带上。"你确定吗?"她问,"你确定没有任何谎言?"

"他知道如果他伤害了你,我会杀了他,"我说,"而且他看起来——"

她抬起头:"可能只是看起来——"

"我觉得我让他有所改变,薇奥拉,"我说,"无论如何,他愿意为了我救你。"

她一直看着我,努力想要看懂我。

我不知道她看到了什么。

过了一会儿,她伸出了胳膊。

"好吧,"我说,"我们开始。"

我拆开她伤口上的旧绷带。我解下一条又一条,然后编号环露了出来,上面写着1391。伤口情况很糟糕,比我想象的还糟,周围红肿溃烂,皮肤紧绷,令人不忍直视;再往旁边,肤色暗沉,发紫发黄,颜色很不正常,还散发出一种气味,一种腐坏、溃烂的气味。

"天哪,薇奥拉。"我小声说。

她没说什么,但是我看到她咽了一下口水。我拿起一条新绷带,覆在编号环上。第一波药物注入她体内,她轻轻喘了口气。

"疼吗?"我说。

她咬着嘴唇,很快点了点头,然后示意我继续。我展开第二条绷带,然后是第三条,按照市长教我的那样,把它们包在第一条绷带的边缘位置,然后她又喘起气来。

"看,陶德。"她说,她的呼吸又浅又快。她胳膊上的瘀伤和暗沉已经散去,我们仿佛能确切地看到药物在她体内扩散,在她的皮肤底下跟炎症病灶做着斗争。

"感觉怎么样?"我问。

"像被烧烫的刀子割着。"她说道,两滴眼泪从眼睛里落了下来。

我伸出手,拇指轻轻放在她的脸颊上,温柔地为她拭去两边的泪。

我的手感受着她的皮肤,感受着她皮肤的温度、柔软——

我想一直这样触碰她,不放手。

想到这里,我觉得很尴尬,随后我意识到,她听不到我在想什么。

我开始想她会有多难过——

然后她用力把脸颊靠在了我的手指上。

她转过头,让我的手掌捧住她的脸——

捧着她——

又一滴泪落了下来。

她又转了转头,用她的嘴唇压住我的手心——

"薇奥拉。"我说。

"我们该走了。"西蒙妮说着,把头探进了帐篷。

我赶紧把手拿开,尽管我知道我们没做什么错事。

尴尬的一刻之后,薇奥拉说:"我感觉好多了。"

【薇奥拉】

"我们开始吧?"市长说,他脸上挂着一个大大的微笑,身上那件金色条纹袖管的制服看起来像全新的一样。

"如果一定要的话。"柯伊尔助医说。

我们聚在教堂的废墟前,站在一辆大车背后。车上放着一个麦克风,供柯伊尔助医讲话。这里的投影将被传回山顶,同时影像投射在两栋建筑的侧面,并悬在我们身后的废石堆上空。

人群已经开始欢呼了。

"薇奥拉?"市长问着,他伸手拉起我,把我引到讲台上。陶德跟在我后面。

"如果你们不介意,"柯伊尔助医说,"我希望今天早上就由我和市长来发表简单的讲话?"

市长看起来很吃惊，但是我先开口了。"好主意，"我说，"这样能节省不少时间。"

"薇奥拉——"市长说。

"我也想先休息一会儿，让药物发挥作用。"

"谢谢你，"柯伊尔助医说，她声音很沉重，"你会成为一名优秀的领导者，薇奥拉·伊德。"接着，她自言自语小声说："是的，你一定会的。"

市长仍然坚持他自己的想法，但是西蒙妮和布雷德利没有动作，他终于妥协了。"好吧，"他说着，把胳膊递给柯伊尔助医，"那我们跟民众讲话吧？"

柯伊尔助医没有挽他，径自向讲台走去。市长快步跟上，赶到她前面，他要让人们看见他把她邀请上台。

"这都是在干什么？"陶德看着他们两个问。

"呵，"布雷德利说，他的声流带着嘲笑，"你什么时候开始让着她了？"

"对柯伊尔助医好一点，拜托了，"西蒙妮说，"我想我明白薇奥拉的意思了。"

"什么意思？"陶德说。

"新世界善良的人们，"我们听到柯伊尔助医的声音在扩音器中轰鸣，"我们已经走了这么远。"

"柯伊尔助医认为自己当领导的日子要结束了，"西蒙妮说，"这是她的告别方式。"

威尔夫脸上露出了奇怪的表情："告别？"

"普伦提斯总统带领我们走到了这么远的地方，"柯伊尔助医说，"远得超过了我们此前的想象。"

"但她仍然是领导，"坐在我们身后的李说，"有很多人，很多女人——"

"不过,这个世界在变化,"我说,"而她不是那个改变世界的人。"

"所以她要以自己的方式退出,"西蒙妮说,她的声音里带着某种感情,"所以我敬佩她。她知道什么时候应该退场。"

"……把我们从一个深渊的边缘,"柯伊尔助医说,"带到了另一个深渊的边缘。"

"告别?"威尔夫又说了一遍,语气更重了一些。

我转向他,听到了他声流里的担忧:"怎么了,威尔夫?"

现在陶德也意识到了,他的眼睛睁得更大了。

"他用杀戮来保护我们,"柯伊尔助医说,"永无休止的杀戮。"

人群中出现了不安的低语,议论声越来越大。

"她觉得这就是终结了,薇奥拉,"陶德说,他的声音越来越惊慌,"她觉得这就是终结了。"

我转身面向讲台。

我这才意识到柯伊尔助医要做什么,但已经太晚了。

【陶德】

还没明白到底发生了什么,我就向讲台跑过去。我只知道一定要过去,趁还来得及——

"陶德!"我听到薇奥拉在身后呼唤我,我一边跑一边转过身,看到布雷德利抓住她的肩膀,阻止她冲过来,西蒙妮和威尔夫跑在我后面,向讲台跑去——

柯伊尔助医还在继续发表她那不受欢迎的讲话——

"用鲜血染成的和平,"她对着麦克风说,"用女人尸体铺成的和平之路——"

人群中已经嘘声四起,我终于到了讲台边上。

市长微笑地看着柯伊尔助医,那是个危险的微笑,我太熟悉了,他微笑着任她继续,让形势对她越来越不利。

但这还不是我想到的事——

我从讲台后边跳上去,柯伊尔助医在我右边,市长在我左边。

西蒙妮从我右边跳了上来,威尔夫跟在她身后——

"这和平,"柯伊尔助医说,"是他用沾满鲜血的拳头夺来的——"

市长转过头来,疑惑我来这里干什么。

就在这时,柯伊尔助医向他转过身。

她说:"但是,还是有人关心这个世界,不会让这一切发生——"

她解开了上衣的扣子——

露出了缠在腰上的炸药——

【薇奥拉】

"放开我!"我大叫着,想要从布雷德利手里挣脱。陶德跳上讲台,西蒙妮和威尔夫跟在他后面。

因为我也明白了——

"殉道者的力量会让你惊讶。"柯伊尔助医曾经对我说。

赌上牺牲者的名义,人们会以超乎想象的决心奋战。

我听到人们看到投影时发出的惊呼声。

然后我和布雷德利看到了——

投影上的柯伊尔助医就如真人一般大小,脸庞像茶杯托一样苍白冷硬,她掀开上衣,露出了紧紧绑在身上的炸药,炸药量足以炸死她,炸死市长——

炸死陶德。

"陶德!"我尖叫。

【陶德】

"陶德!"我听到薇奥拉在我们身后尖叫。

但我们离柯伊尔助医太远了,在台子上还离她好几步远,根本拦不住她——

她的手伸到了炸弹的按钮上——

"跳!"我大叫,"快下车!"

我叫着跳了起来,躲开她,抓住西蒙妮的上衣拉着她一起从另一边跳下——

"为了新世界,"柯伊尔助医说,麦克风仍旧隆隆响着,"为了一个更好的未来。"

她按下了按钮。

【薇奥拉】

轰!

火焰从柯伊尔助医身上腾起,向四周爆发,热浪把我拍到布雷德利身上,我的头撞到他的下巴,疼得他直抽气,但是我立马站好,逆迎着气浪向前冲。我看到火势如瀑布一样蔓延,大叫道:"陶德!"

我刚才看到他从车上跳下来,还拉着另一个人,拜托。这时,最初的冲击波随着浓烟和火焰消散,车子被点燃了。人们尖叫着,声流轰鸣不绝。我挣脱布雷德利的钳制,向前跑去——

"陶德!"

【陶德】

"陶德!"我又听到薇奥拉的喊声,耳中嗡嗡作响,衣服着火了,烫得不行——

但是我一心想着西蒙妮——

刚才我抓住她,我们两个一起扑倒在车下,熊熊大火在我们周围蔓延,我们落地时打了个滚,火苗一下子蹿到了她身上,我拍打着她的衣服灭火。浓烟之下,我什么也看不到,只能大喊:"西蒙妮!你还好吗?西蒙妮!"

一个声音因为疼痛而哼哼着,说道:"陶德?"

这不是西蒙妮的声音。

烟雾散开。

这人不是西蒙妮。

"你救了我,陶德。"市长说。他躺在那里,脸部和手部都有严重的烧伤,衣服像燃烧的丛林一样冒着烟,他说:"你救了我的命。"

他的眼睛里充满了惊奇。

爆炸发生的瞬间,我选择救下的人——

我下意识救下的人——

(他甚至没有时间控制我,没有时间迫使我这么做——)

原来是市长。

"陶德!"我听到薇奥拉大喊,转过头去。

威尔夫从跳车的地方挣扎着站起来。

还有薇奥拉,她还在跑。

她看着我和地上的市长,市长还在呼吸,还在说话。

"我觉得我需要一位康复师,陶德。"他说。

到处都找不到西蒙妮——

炸弹爆炸的时候,西蒙妮就站在柯伊尔助医面前——

西蒙妮在我伸手可及的范围内——

"陶德?"薇奥拉问着,她停在几米之外。威尔夫正在咳嗽,也盯着我们,布雷德利从他们身后跑了过来。

每个人都看到了——我救了市长,而不是西蒙妮。

薇奥拉又说话了——

"陶德?"

她看起来离我好远,从来没有这么远过。

线人

透过"小径之终"围着我们的圆圈,我们瞥到绯红色的太阳在东方升起,又消失在厚重的阴云背后,那团云已经在我们头顶飘了两天。

飘在我和线人头顶,而我们正在等着召开和平议会。

这是"天空"的愿望,他希望在他准备议会的时候,我留在这里给线人送食物,帮他重新站起来,帮在他长眠醒来之后重新恢复行走的力量。我用"寸草不生"的方式帮他清洗、穿衣、剃须,同时把他沉睡期间发生的一切告诉他。

然而,他好像已经变成了"大地"。

他打开自己的声音,向我展示他所见过的别样日出,那里田野变得金黄,线人和他的唯一在晨作中直起身,看着太阳升起。如此简单的记忆,然而烙上了种种情绪的印记:欢乐、失落、爱和悲痛——

还有希望。

这些都通过"大地"的声音得以完美呈现,还伴随着苏醒之后复杂的欣喜。

接着,他的声音说明了为什么他充满希望。线人会在今天被送还给"寸草不生",这是一个表示善意的举动。

他将要再次见到"猎刀"。

他看着我,声音中充满了温暖,我也感受到了那温暖。

我赶快站起来摆脱它。

我去拿早饭。我示意。

谢谢你。他示意。

我向灶火走去,没有做任何回应。

过去几个月我们一直听着他的声音,在我们叫醒线人的第一晚。"天空"向我示意。他反过来也在听,学习适应我们的声音,最终接受这种方式。"天空"的声音在我周围改变了形状。就像"天空"希望"归者"能做到的一样。

我在接受,尽我所能地接受。我回应。

线人用"大地"的语言表达,就好像那是他自己的语言,但是你仍然只说"包袱"的语言。

那是我的母语,也是我唯一使用的语言。我示意,然后将目光移向一边。

我当时也是在灶火旁,给线人做第一顿正常的饭。几个月来,他一直以摄入流食来维持生命。

他用我们的声音说话,并不意味着他就是我们的一员。我示意。

不是吗?"天空"问。如果没有这"声音","大地"是什么呢?

我回头看着他:你是在暗示——

我只是觉得,如果这个人已经如此深入地沉浸在"大地"中,如此通透,感觉自己是"大地"的一部分——

他不会带来危险吗?我问。不会对我们造成威胁吗?

或者,他会成为盟友。他能不能让我们对未来怀抱超乎想象的希望?如果他能做到,其他人呢?有没有可能带来更多的理解?"天空"回应。

我没有回答,他准备离开了。

你之前表示我会成为"天空"是什么意思?我示意。为什么你在所有"大地"中选择了我?

一开始我以为他不会回答,但是他回答了:因为在所有"大地"中,只有你了解"寸草不生"。在所有"大地"中,你最透彻地了解邀请他们进入我们的声音意味着什么,如果真的有那么一天。在所有"大地"中,你最倾向于开战,所以如果最终你选择了和平,你的声音会变得更加坚定,也更强大。

我给线人带来了早饭,是炖鱼。我从没见过"寸草不生"吃这种东西,但是线人没有抱怨。

他不会抱怨任何事。

没有抱怨我们在他昏迷期间一直扣押着他,反而感谢我们、感谢我,好像是我帮了他,帮他治好了胸口的子弹伤口。令我惊讶的是,那个伤口是"猎刀"那个聒噪的朋友造成的,在我胳膊上烙上铭牌的也是那个人。

他也不抱怨我们利用他的声音窃取各种情报。尽管他会为同类的战死而难过,但他也感到高兴,一方面是因为自己为战胜"寸草不生"的首领做了贡献,另一方面则是因为和平的可能性。

我递给他早饭的时候,他示意道:我不抱怨是因为我被改变了。我听到了"大地"的声音。这感觉很奇怪,因为我仍然是我,仍然是一个人,但我也是很多人,从属于某一更大的存在。

他吃了一口早饭:我想,我可能代表了我们人民下一步前进的方向。和你一样。

我惊愕地站起来:我?

你是"大地"之一,但你可以像人类一样隐藏想法。你是"大地"之一,但你比我还会说我的语言,而且比我遇到的任何人都说得好。我们是跨越种族之间鸿沟的桥梁,你和我。

我怒不可遏:有一些鸿沟永远不应该被逾越。

他仍然微笑着:就是这种思想让我们长久以来困于战争。

别这么高兴了。我示意。

但是今天,今天我又能见到陶德了。他示意着。

是的,"猎刀"。他一遍又一遍提起"猎刀",次数频繁到好像"猎刀"就站在"小径之终",他跟我们在一起。在线人的声流里,他看起来是多么光鲜靓丽,多么年轻、青春、强壮。多么受人宠爱。

我已经把线人醒来之前发生的所有事都告诉了他,包括"猎刀"的每一个行动,但线人没有失望,反而感到很骄傲。他很骄傲"猎刀"渡过了难关,同时也为"猎刀"遭受的一切、犯下的每一个错误感到理解和悲伤。每一次线人想起"猎刀",都伴随着一段奇怪的"寸草不生"的旋律,一首唱给幼时"猎刀"的歌,一首将"猎刀"与线人联系起来的歌——

"请称呼我'本'吧,"线人用嘴巴说道,"还有,'猎刀'的名字是陶德。"

"大地"没有自己的名字。我回应。如果你理解我们,请你理解这一点。

"归者"是这么想的吗?

他示意，嘴巴里塞满炖鱼，正对着我微笑。

我的声音再次洋溢着温暖和舒心，但是我不想这样。

你非要讨厌我，是吗？他示意。

我的声音变得冷酷起来：你们杀死了我们的同类。你们杀死他们，奴役他们。

他的声音向我靠近，这种温柔我从来没有在"寸草不生"那里感受过：这只是某些人的所作所为。你们要对抗的那个男人也杀了我的唯一，所以我会跟你们一起来对抗他。

我站起来要走，但是他示意：拜托，等等。

我停了下来。

我们，我们的人，对你们不公，我知道，但你们的人一直把我扣押在这里，这对我来说也是不公平的。但是我个人没有对不起你。你也没有对不起我。

我尽量隐藏起声音中我拿着刀对着他的事。

然后我不再掩饰。我告诉他，我本来可能对他做什么。我想做什么——

但是你停手了。他示意。毫无疑问，这是我们俩相互达成的理解，一个人类的声音向"大地"的声音靠近。毫无疑问，这是真正的和平的开始。

确实，"天空"进入了"小径之终"，这是最好的开始。

线人放下他的饭。到时间了？他问。

到时间了。"天空"回应。

线人开心地舒了口气，他的声音又被"猎刀"填满。"陶德。"他用"寸草不生"喳喳叫的声音说道。

就在这时，我们听到了远方的爆炸声。

我们全都转过身，望向地平线，尽管肉眼根本看不到发生了什么。

发生了什么？线人问。我们被袭击了吗？

"我们"？我向他示意。

等等。会有消息的。"天空"示意。

果然，过了一会儿，"小径"收到了下面"大地"传来的声音，告诉我们城市中央发生了爆炸，一个"寸草不生"的首领被炸了。不过我们也只是通过站在高高山崖边上的那些眼睛看到，眼睛里只有一团火和一股烟。

是"大地"吗？线人问。是"大地"做的吗？

不是。"天空"示意着。他快步走出"小径之终"，挥手示意我们跟上。我们走向那条陡峭的小路，仍然虚弱的线人得靠我帮忙才能爬下去。到了之后，线人的声音里充满了——

害怕。

不为他自己，不为和平进程。

是为"猎刀"感到害怕。他的声音透露着他多么害怕在这个即将团聚的早上失去"猎刀"，害怕发生最坏的事。他已经失去了他的儿子，他最宠爱的儿子，我能感到他因为担心而心痛，因为爱和忧虑而心痛——

这种痛我也懂，这种痛我感受过。

在我们下山的时候，这种痛由线人传递给我——

"猎刀"——

陶德——

他站在我的声音里，跟任何人一样真实、脆弱、珍贵——

但是我不想要这样。

我不想要这样。

分裂

【陶德】

罗森助医用绷带裹住市长的脑袋,他只是轻轻地抽了一口气,尽管那里的烧伤严重到无法直视。

"很严重,"罗森助医说,"幸好只是皮外伤。火灭得很快,没有烧得太深。你会留疤,但也会痊愈。"

"谢谢你,女士。"市长说。她在他脸上烧伤处擦上了一种透明的凝胶,他的正脸伤势没有后脑那么严重。

"我只是做了我应该做的,"罗森助医尖刻地说,"现在我要去治疗其他人了。"

她拿着一大捆绷带离开了康复室。我坐在市长旁边的椅子上,我的手上也涂了烧伤凝胶。威尔夫在另一张床上,他的身体正面都被烧着了,但仍然活了下来,因为炸弹爆炸的时候他已经跳到了外面。

舱外又是另外一幅景象。李利用人群的声流,帮忙照料几十个被柯伊尔助医的自杀袭击波及的烧伤病患。

有人死去。至少死了五个男人和一个女人。

还有柯伊尔助医自己,当然了。

还有西蒙妮。

薇奥拉自爆炸之后就没有跟我说过话。她和布雷德利一直在忙着什么。

忙着跟我没关系的事。

"会没事的,陶德,"市长看到我不停地看门外,对我说,"他们知道你只有片刻的时间做决定,而我离得最近——"

"不,你不是。"我说。我握紧了拳头,烧伤痛得我龇牙咧嘴:"我得绕远才能够到你。"

"但你抓住了我。"市长惊喜地说。

"是的,好吧。"我说。

"你救了我。"他几乎在自言自语。

"是,我知道——"

"不,陶德,"他说着,从床上坐了起来,尽管这个动作显然给他带来了疼痛,"你救了我。你大可不必这么做的。我该如何向你表达谢意呢?这对我来说意义太大了。"

"你可说个没停。"

"我永远不会忘记,你觉得我值得去救。而我确实值得,陶德。是你让我变成现在这样。"

"别这么说了,"我说,"别人可是死了。我没法去救他们。"

他只是点点头,他的举动只会让我再次确认:没救西蒙妮实在是太扯淡了。

这时他说:"她不会白白死掉的,陶德。我保证。"

他又是一副真诚的样子,就像一直以来那样。

（确实感觉很真诚。）

（那个微弱的嗡嗡声因喜悦而明快——）

我看向威尔夫。他盯着天花板，白色的绷带间露出黑灰覆盖的皮肤。"窝觉得里可能也救了我，"他说，"里说，跳。里说，快下车。"

我清了清喉咙："我并没有真的救了你，威尔夫。那也救不了西蒙妮。"

"里在窝脑袋里，"威尔夫说，"里在窝脑袋里说，跳，窝都没反应过来脚就跳了，是里让窝跳的。"他对我眨眨眼，"里怎么做到的？"

我回忆了一下。或许我确实这样做了，控制了他，西蒙妮没有声流，她肯定不会对此作出反应。

但市长或许会。我或许根本没必要抓他。

市长把双脚放在地上，痛苦而缓慢地站了起来。

"你这是想去哪儿？"我说。

"去向人群发表讲话，"他说，"我们要告诉他们，和平进程不会因为一位助医的死而终止。我要让他们看到，我仍然活着，薇奥拉也活着。"他小心翼翼地用手摸向脖子后面，"和平很脆弱，人命也很脆弱。我们要告诉他们，没有理由放弃希望。"

听到最后两个字，我不由得撇了撇嘴。

泰特先生带着一摞衣服进门来了："一切按照您的吩咐，长官。"说着，他便把衣服递给了市长。

"你要换上干净的衣服？"我说。

"你也是，"他说着，把其中半摞交给了我，"我们不能穿着烧焦的破布出去。"

我低头看了看我的衣服，罗森助医已经把烧焦的部分剪掉了。

"穿上,陶德,"市长说,"你会惊讶的,干净衣服能让你感觉非常舒服。"

(那个微弱的嗡嗡声,那其中的喜悦——)

(似乎让我感觉没那么糟了——)

我开始穿新衣服了。

【薇奥拉】

"在那里。"布雷德利坐在驾驶座上,指着屏幕,"他确实离西蒙妮更近,而普伦提斯则靠近演讲台。"

他调慢了录像,在柯伊尔助医将要按下炸弹按钮的时刻暂停视频。西蒙妮仍然径直向她走去,威尔夫则回头跳下了车。

而陶德伸手抓向市长。

"他根本没时间想,"布雷德利说,他的声音很沉重,"更别说做出选择了。"

"他直接冲着市长去的,"我说,"他根本不必想。"

我们又看了一遍刚才城市和山顶上空播送的画面,天知道现在人们会怎么想。

我们又看到市长获救。

但西蒙妮没能得救。

布雷德利的声流很悲伤,破碎不堪,我几乎不忍直视。

"你告诉过我,"他说着,闭上了眼睛,"我可以怀疑这个星球上的任何人,但陶德是绝对值得相信的。你说的,薇奥拉。你每次都是对的。"

"除了这次。"因为我能看到布雷德利的声流,能看到他真正的想法,"你也想责怪他。"

他转过头不看我，我看到他的声流正在挣扎。"陶德显然很后悔，"他说，"你能从他的脸上看到。"

"但是你听不到。你听不到他的声流。人们不会把真相摆在脸上。"

"你问过他吗？"

我只是抬头看向屏幕，看着柯伊尔助医引爆炸弹的画面，以及随之而来的大火和混乱。

"薇奥拉——"

"她为什么这么做？"我大声说，想尽量掩盖西蒙妮消失之后的空缺，"为什么她要在我们即将实现和平的时候这样做？"

"或许她希望他们两个丧命之后，"布雷德利难过地说，"这个星球能够由你这样的人来领导，人们重新团结起来。"

"我不想承担这种责任。我也并没有答应承担。"

"但你或许不得不接下这样的责任，"他说，"而且你会明智地处理。"

"你怎么知道？"我说，"我自己都不知道。你说战争从来都不应该涉及私事，但它一直与我有关。如果我没有发射那枚导弹，我们根本不会面临这种处境。西蒙妮就还——"

"喂，"布雷德利打断了我，因为我越来越不安，"我得跟舰队联系一下，告诉他们发生了什么事。"他的声流因为悲痛而暂时关闭，"告诉他们，我们失去了她。"

我点点头，眼睛更加湿润了。

"还有，你，"他说，"你要跟你的男孩谈谈。"他抬起我的下巴，"如果他需要被拯救，你就去救他。这不就是你曾经告诉我的、你们为对方做过的事吗？"

我又流了一会儿泪，然后点了点头："一次又一次。"

他拥抱我，坚强而又悲伤，然后我离开了，好让他跟舰队联系。我走过短短的走廊，尽量放慢回康复室的脚步。仿佛有人把我撕成了两半。我无法相信西蒙妮死了，也无法相信柯伊尔助医死了。

我无法相信陶德救下了市长。

但他是陶德，是我用生命信任的陶德。毫不夸张。我信任他把那些绷带绑在我身上，说实在的，我确实感觉比过去几个月好多了。

如果他救了市长，那么一定有他的原因。一定有。

我在康复室的门外做了一个深呼吸。

一定有合适的理由，不是吗？那不就是陶德本来的样子吗？尽管他犯过错，在河边杀过斯帕克人，还帮市长做事，但陶德的本质是好的，我知道，我看过，我在他的声流里感受过——

但我再也感受不到了。

"不，"我又说，"他是陶德。他还是陶德。"

我按了按钮，打开了门。

看到陶德和市长正在穿配套的制服。

【陶德】

我看到她在门口，她看起来多么健康——

她看到我和市长正在穿衣服，也看到了我们上衣袖子上镶着的金色条纹。

"不是你想的那样，"我说，"我的衣服都烧坏了——"

但她已经从门口退了出去，走开了。

"薇奥拉，"市长说道，他的声音很有力，他叫住了她，"我知道你现在很难过,但是我们必须向人们发表讲话。我们必须安抚他们,让他们放心,和平进程仍会照计划进行下去。一旦情况允许,我们就必须派代表团去见斯帕克人,向他们做同样的保证。"

薇奥拉正视他的眼睛:"你的'必须'说得太容易了。"

市长拧着他烧伤的脸,努力挤出一个微笑:"薇奥拉,如果现在不让人们安定下来,局面就会崩溃。'答案'可能希望完成柯伊尔助医未竟之事,乘虚而入大搞破坏。斯帕克人也可能出于同样的想法而袭击我们。我的手下甚至可能判断我大势已去,谋求发动政变。我相信,这些都不是你希望看到的结果。"

我猜,她也感觉到了他身上散发的那种怪异的喜悦。

"你想对他们说什么?"她说。

"你想让我说什么?"他问,"告诉我,我会一字不差地复述。"

她眯起了眼睛:"你在玩什么花样?"

"什么花样也没有,"他说,"今天我本来可能会死,但是我没死。我没死,是因为陶德救了我,"他向前走了几步,热切地说,"这可能不是你想要的结果,但如果陶德救了我,那就说明我值得被救,难道你看不出来吗?如果连我都值得被救,那么我们所有人都值得。这个地方,整个世界。"

薇奥拉用求助的眼神看向我。

"我觉得他受到了惊吓。"我说。

"或许你是对的,"市长说,"但我向群众说话也没错,薇奥拉。我们必须发言,而且要快。"

薇奥拉盯着我,盯着我身上的制服,她在搜寻着某种真相。我想让声流变得厚重,以便她看清我的感受,好让她知道:一切都失控了,我并不想让事情变成这样,但事已至此,或许——

"我听不到你。"她轻声说。

我想要再次打开声流,但是似乎有什么东西阻挡我——

她瞥向威尔夫,眉头皱得更紧了。

"好吧,"她说,目光看向别处,"我们去跟人们说说吧。"

【薇奥拉】

"薇奥拉,"我走下舷梯时,陶德在我身后喊,"薇奥拉,我很抱歉。为什么你都不给我机会解释?"

我停下脚步,想要看清楚他的想法。

但那儿仍然无声。

"你真的感到抱歉吗?"我说,"如果你必须重新做出选择,你确定自己不会做出同样的事?"

"怎么能这么问?"他皱着眉头说。

"你有没有注意到自己最近的穿着?"我回过头看着市长,他慢慢地走下舷梯,小心地呵护着自己的伤口,脸上涂了烧伤凝胶,但他仍然在微笑。他穿着一件干净得不可思议的制服。

和陶德的制服一样。

"你们就像一对父子。"

"别这么说!"

"是真的,看看你自己。"

"薇奥拉,你了解我。在这个星球上,所有活着的人当中,你是唯一了解我的人。"

我摇了摇头:"或许现在不是了。自从我无法听到你——"

他听到这话,眉头紧锁:"所以你想要的就是我的声流,是吗?我并不在乎自己的想法被你听到,但情况反过来就不行了?难道一切必须尽在你的控制之中,否则我们就不能做朋友吗?"

"这跟控制没有关系，陶德。这事关信任——"

"我做了那么多，还不够让你信任我？"他指着舷梯上的市长，"他在为和平而战。他之所以这样做，是因为我——我改变了他。"

"是，"我说着，拍打了一下他制服袖管的金色条纹，"那他又怎么改变了你呢？他是怎么让你选择了救他，而不是西蒙妮？"

"他没有改变我，薇奥拉——"

"你是不是控制了威尔夫，让他跳下车？"

他的眼睛睁大了。

"我从他的声流里看到了，"我说，"如果这事让威尔夫烦恼，肯定就不是件好事。"

"我救了他的命！"他大喊，"我是出于好意——"

"所以就没关系了吗？所以你就可以撒谎，说自己没学着控制别人，也永远不会这么做？'出于好意'——你还'出于好意'控制过多少人？"

他沉默了一会儿。我从他的眼睛里看到了真切的悔意，他为自己没有对我说实话而感到后悔，但我仍然感受不到他缺失的声流。

"我做这些事全都是为了你！"他终于大喊道，"我想为你创造一个安全的世界！"

"我做的一切也是为了你，陶德！"我也大喊，"却发现你已经不再是原来的你了！"

他如此愤怒，又如此害怕，我所说的话令他震惊，而且他感觉很受伤，我几乎能——

一瞬间我几乎能——

"他来了！"一个声音突然刺破了侦察舰周围的**喧嚣**。

"是总统！"

其他人也跟着喊了起来，一个声音、一百个声音、一千个声音,喧嚣声越来越高,越来越大,仿佛化为一片声流的海洋,海浪涌上舷梯,把市长高高托了起来。他开始慢慢地往下走去,昂首挺胸,笑意满面,他向人群挥手,告诉他们:对,他没事,他还活着,他还是他们的领袖。

他仍旧掌权,仍旧是胜利者。

"来啊,陶德,薇奥拉,"他说,"世界在等待。"

【陶德】

"世界在等待。"市长说着,拽住我的胳膊,把我从薇奥拉身边拉走。他注视着欢呼的人群,我看到投影仪仍然在运转,探测器仍然跟着我们,跟着他。我们的脸出现在广场周围建筑物的墙壁上,市长开路,而我被他拉着,跟在后面,薇奥拉仍然站在舷梯上,布雷德利和威尔夫站在她身后——

"你听,陶德。"市长对我说,我又听到了那个嗡嗡声。

那喜悦的嗡嗡声。

即使人群一片喧嚣,我仍然能感觉到它。

"我们真的能做到。"他说。人群在我们面前分开,他们为我们让路。我们走到一个新的演讲台上,这一定是泰特先生和奥黑尔先生匆忙搭建的,"我们真的可以主宰这个世界,"市长说,"让它成为一个更好的地方。"

"让我走。"我说。

但是他不松手。

他甚至看都不看我。

我转过身,想去找薇奥拉。她仍一动不动地立在舷梯上。李穿过人群,走到她身边。他们看着我,看着我们两个穿着同样的制服，任由我被市长拽走。

"让我走。"我又说了一遍，想要挣脱市长。

市长转过身，用力抓住我的肩膀，人群堵住了我和薇奥拉之间的通道。

"陶德，"市长说，那喜悦的嗡嗡声像阳光一样从他身上散发出来，"陶德，你看到了吗？你做到了。你引领我走上救赎的道路，现在我们抵达了终点。"

人群仍然喧嚣不绝。市长来到人群中间，周围更是人声鼎沸。他站得更直了，望着我们周围的士兵、市民，甚至连女人们都在欢呼。他微笑着说道："请安静。"

【薇奥拉】

"见鬼了，什么情况？"我说，人群的喧嚣声几乎立刻消失了，寂静宛如水波纹一圈圈散开，直到声音和声流中的欢呼声都停止，这个地方从来没有这样寂静过。女人们看到男人们变得那么安静，也静了下来。

"我听到了。"布雷德利小声说。

威尔夫也小声说："窝也听到了。"

"听到了什么？"我说。在安静无声的环境之中，我的声音显得尤其突兀，人们纷纷回头示意我小声。

"就是那几个字，'请安静'，"布雷德利小声说，"出现在我脑袋中央。我的声流立刻安静了。"

"我的也是，"李说，"就像我又瞎了一样。"

"怎么会？"我说，"他怎么能有这么强大的力量？"

"爆炸之后，他就变得很奇怪。"威尔夫说。

"薇奥拉,"布雷德利说道,他把手放到了我的胳膊上,"如果他能同时对着1000人发号施令——"

我向那边望去,发现市长站在陶德面前,直视着他的眼睛。

我走向人群。

【陶德】

"我一生都在等待这一刻。"市长对我说,我发现自己已经无法移开视线。

我也无意移开视线。

"我甚至都没意识到,陶德,"他说,"过去我只想把这个星球置于自己的股掌之中,如果失败,干脆就让它彻底毁灭。如果我得不到它,别人也休想得到。"

我们周围的声流几乎完全肃静下来。"怎么做到的?"我问。

"但是我错了,你明白吗?"他说,"当我意识到柯伊尔助医要出事,当我意识到自己没能预料到一切,但你预料到了,陶德,而且你还救了我——"他顿住了,声音里无法抑制的感情让他没办法继续说下去,"当你救了我的命,陶德,一切都改变了。一切都豁然开朗了。"

(那个嗡嗡声就像一座灯塔,在我脑袋里发着光。)

(那喜悦,让人感觉很好。)

"我们可以让这个世界变得更好,"他说,"你和我一起。你的善良——不论你做什么,都能让人感同身受,教人忏悔、抵抗堕落——陶德,你的善良可以和我的领导力、控制力结合起来——"

"他们不想被控制。"我说。

他的眼睛。我没办法把目光移开——

"不是那种控制，陶德，"他说，"和平的控制，仁慈的控制——"

那种喜悦，我感觉到了。

"就像斯帕克人的首领对他子民的控制，"市长接着说，"就是那个我一直听到的声音，那个同一的声音。他们是他，他也是他们，他们就那样生生不息，学习、成长，得以生存。"他的呼吸声很重，脸上的烧伤凝胶让他看上去好像刚从水里走出来一样，"我也可以成为那样的首领，陶德。我可以成为人们的声音，你可以帮助我。你可以引我向善，带领我弃恶从善。"

我可以帮助他，我可以——

（不——）

"让我走。"我说。

"在普伦提斯的时候我就知道你很特别，"他说，"但是今天，今天你救了我之后，我才意识到这是为什么。"

他抓得我更紧了。

"你是我的灵魂，陶德，"他说，周围的人们迷醉在他洪亮有力的声音里，他们的声流肯定着他、回应着他，"你是我的灵魂，不知不觉间，我便在寻找着你。"他微笑着，惊奇地看着我，"我找到你了，陶德。我找到了——"

这时出现了一个声音，一个与众不同的声音。它自人群边缘传来。声流中的一个喃喃低语，从广场远处向我们传来，"轰隆隆"，声音越来越大。

"是斯帕克人。"市长小声说，几秒钟之后我看到了，画面在人群的声流中出乎意料地清晰。

一个斯帕克人正骑着巴特鲁魔到这里来。

"还有……"市长说着轻轻皱起眉头，起身看过去。

"还有什么？"我说。

就在这时，我也在人群的声流中看到了——

那个斯帕克人不是一个人。

有两头巴特鲁魔。

然后我听到了——

我听到了那个颠倒整个世界的声音——

【薇奥拉】

我奋力挤过人群，无所谓有没有踩到或者撞到别人，大多数人好像也根本没注意。就连女人们也着迷于此情此景，她们脸上洋溢着同样怪异的期盼——

"让一让。"我咬着牙说。

因为我现在才意识到，太晚了，太晚了，市长已经控制了陶德，他当然会这样做了。或许陶德的确改变了他，引领他向善，但毫无疑问，市长总是更强大，也更有心机。他现在比以前好，并不意味着他成了个善人，而且他当然也改变了陶德——我怎么会这么傻，没有看出来，还拒绝跟他说话……

我没有去救他。

"陶德！"我喊道。

但我的声音立刻被一阵突然涌出的声流淹没了。远处传来的画面显示，有什么大事发生了。这个消息很快就在人群中散播开来——

声流中，两个斯帕克人正沿着道路前往此地。

两个骑着巴特鲁魔的斯帕克人，其中一个人是坐着的而不是站着。

我吃了一惊,因为站着的斯帕克人就是攻击我的那一个。
但现在没时间多想了,声流突然发生了变化——
那个坐着的斯帕克人并不是斯帕克人——
那是一个人类男性。
人群的声流像是接力传递一样,我听到了——
那个男人在唱——

【陶德】

我的胃仿佛坠到了地下,我用力呼吸,好像快要窒息一样。我的腿终于能活动了,我想挣开市长,但他不愿意松手,他几乎要把我抓出瘀青来了——

但是我要走。

哦,天哪,我要走——

"陶德!"他在我身后叫道,声音充满了震惊,似乎真心因我要从他身边逃跑而备感痛苦。

但是我要逃跑,没什么能阻止我逃跑。

"让让!"我大喊。

我面前的士兵和人们让开了路,仿佛受到了操控——

他们确实受到了操控。

"陶德!"身后的市长仍然呼唤着我,但声音离我越来越远。

在我前面——

哦,天哪,我不敢相信——

"让一让!"

我努力去听,想再听一听那个声音,听一听那首歌——

前面的人不停地给我让路,好像我是一团火,他们生怕被我烧着——

那个斯帕克人也进入了他们的声流——

那是1017——

那个斯帕克人是1017。

"不!"我大喊,全力以赴地奔跑起来。

我不知道1017的到来意味着什么,但是他来了,他出现在人群的声流之中。

我和他的距离越来越近,他越来越清晰。

我从没见过这么清晰的声流画面。

"陶德!"我听到了身后的叫声,但没有停下脚步。

我越来越靠近,人群的声流已经盖不住了——

那首歌像空气一样清晰,把我的心撕成两半——

那首歌,我的歌——

每当早晨,太阳升起……

我的眼睛湿润了。人群越来越稀薄,我所走过的道路即将与斯帕克人经过的路会合。

再经过几个人的距离,就几个人——

人群让开了——

就是他,出现在我眼前的就是他。

我不得不停下来。我不得不停下来,因为我站都站不住了。

我想叫出他的名字,但是我张开嘴巴,几乎忘记了怎么说话。

但是他听到了——

我知道他听到了。

"本。"

【薇奥拉】

那是本。

通过人群的声流,我清清楚楚地看到了他,仿佛他就站在我的面前。还有那个想杀我的斯帕克人,1017,他骑着一头巴特鲁魔。本跟在他身后,坐在另一头巴特鲁魔身上。他的歌声越来越清晰了,山谷低处,少女轻吟——

但是他的嘴巴没有动。

一定又是被人们的声流扰乱了——

但他就在那里,他骑着巴特鲁魔来到了这里。这里没人认识他,所以一定是这张脸没错,那一定就是本——

我感到市长给的药物在我体内翻腾,借助这股力量,我更用力地挤开人群——

通过他们的声流,我看到市长也在艰难地挤过人群——

然后我看到,陶德来到了本的面前。

一切清清楚楚,好像我就在现场亲眼见证一样。

我感觉我就在那里,因为陶德的声流敞开了。他离市长越来越远,离本越来越近,他的声流像以前一样敞开,带着惊讶、喜悦,还有无尽的爱,强烈得几乎令人难以承受。所有的情感就像浪潮一样在人群中汹涌波动,受到陶德的情绪波动影响,人们几乎都站不稳了——

陶德已经能像市长一样煽动人心了。

【陶德】

我什么也说不出来，没有语言能够表达此刻的心情。我向他跑去。我与1017擦肩而过，本从巴特鲁魔上走下来，他的声流向我迎来，那声流里有我熟悉的一切，从我还是婴儿开始——也就是说，他真的是本。

他并没有用语言来表达。

他张开双臂，我扑进他的怀里，猛地撞在他身上，撞倒在他骑的那头牲口上。

你长这么大了。

他说。

"本！"我一边说一边大喘着，"啊，天哪，本——"

你跟我一样高了，是个大人了。

我几乎没注意到他奇怪的说话方式，只是紧紧抱着他，眼里盛满泪水，我说不出话，只是感受着他。他就在这里，活生生的，他还活着，还活着——

"怎么回事？"我终于开口了，稍微向后退了退，但仍然抱着他。我没多说什么，但他知道我的意思。

斯帕克人发现了我，戴维·普伦提斯朝我开了一枪——

"我知道。"我说，我胸口一沉，声流也有了重量。我好像已经很久没有体会过这种实在的感觉了，本看出来了，他说——

给我看看。

我照做了。在我找到任何合适的词语之前，我向他展示了我们与他分开之后发生的所有灾难，而他在帮我，帮我讲出阿隆死去、薇奥拉受伤、我们两人被迫分开、"答案"发动袭击、斯帕克人被烙上编号环、女人们被烙上编号环、斯帕克人成群死去……我看向仍在巴特鲁魔上的1017，我把他的事也展示给了本，还有之后发生的一切：戴维·普伦提斯想要洗心革面，然后死在了市长手里，还有那场战争，更多死亡——

没事了，陶德，都结束了。战争结束了。

我能看出来，我能看出来：他原谅了我。

他原谅了我所做的一切。他告诉我，我根本不需要请求原谅；他跟我说，我已经尽力了，我犯了错，但是人都会犯错，这不重要，重要的是如何对待错误。我能从他身上感受到，通过他的声流感受到，他告诉我，我现在可以住手了，一切都会好起来的……

我发觉他并没有说话。他在我的头脑中直接传达一切，不，他没有，他只是用这些意涵包围住我，我身临其中，所以我知道这是真的，我可以被原谅，被赦免——这个词我根本不认识，却突然学会了它——只要我愿意，他会赦免我的罪，赦免我所做的一切。

"本？"我感到很迷惑，不只是迷惑，"这是怎么回事？你的声流——"

我们有很多话要谈。他仍然没有用嘴说话。我开始觉得奇怪，但是一种奇异的温暖包围着我，周遭弥漫着我所熟悉的本的气息，我的心再一次被打开了。他对我微笑，我也笑着回应——

"陶德？"我听到身后传来呼唤我的声音。

我们回头望去。

市长站在人群边缘，望着我们。

【薇奥拉】

"陶德？"我听到市长说，我刚好在他旁边停了下来。

那是本，真的是，我不知道这是怎么回事，但确实是本。

他和陶德转过头，一团欢乐的声流在他们周围环绕，笼罩了一切，包括旁边那个仍然在巴特鲁魔上的斯帕克人。我向本冲过去，我的心剧烈地跳动起来——

奔跑的途中，我瞥见了市长的脸——

我看到了痛苦，只有那么一霎，从他涂满凝胶、闪闪发亮的脸上一闪而过。然后，他换上了那种我们再熟悉不过的表情，还是一副捉摸不透、权力在握的样子。

"本！"我大喊，他伸出一条胳膊环住我。陶德向后退了退，本身上散发的气息太美妙、太强烈。过了一会儿，陶德把我们两个都抱在怀里，我高兴得哭了起来。

"摩尔先生，"市长隔了一段距离喊道，"看来你已遇难的消息并不属实。"

关于你的消息也是。本说。但他说话的方式很奇怪。他没有张嘴，而是直接用声流表达意思，我从来没听到过这种——

"这真是出乎意料，"市长说着看了一眼陶德，"当然也令人高兴，实在是让人高兴。"

不过，我并没看出他有多高兴，尽管他脸上仍然挂着微笑。

陶德似乎没有注意到市长的样子。"你的声流是怎么回事？"他对本说，"为什么你这样说话？"

"我觉得我知道原因。"市长说。

但是陶德没听到。

"我会解释的。"本说，这是他第一次张开嘴巴。不过他的声音沙哑，就像是很多年没用过嗓子一样。

但是先让我说完。他又用声流说道，逐渐靠近市长和后方人群。

和平仍然与我们同在。"大地"仍然想要和平。一个真正的新世界大门仍然向我们所有人敞开。这就是我要来告诉你们的事。

"是这样吗?"市长说着,脸上仍然挂着冷酷的微笑。

"那他来这里干什么?"陶德说着,冲1017点点头,"他想要杀了薇奥拉。他才不关心和平。"

"归者"犯了一个错误,我们必须原谅他。

"你说的是谁?"陶德困惑地说。

1017已经掉转巴特鲁魔的头向大路走去。他一言不发。重新穿越人群,准备离开城市。

"好吧。"市长说,他的笑容仍然僵在脸上。本和陶德相互依偎,他们身上涌出的快乐像波浪一样,让我忘了所有烦恼,感觉好极了。"好吧,"市长又更大声地说了一遍,确保自己得到了所有人的关注,"我非常、非常想要听听本的说法。"

我知道你想。本用他那奇怪的声流说。但是首先,我要跟我儿子好好叙叙旧。

陶德的心情汹涌而出,他没有发现市长脸上再次一闪而过的痛苦神色。

【陶德】

"但是我不明白,"我说,其实这句话我已经说了好几遍了,"所以你现在成了斯帕克人吗?"

不。

本发出声音,比一般声流中的声音清楚太多了。

斯帕克人发出的是这个星球的声音,他们活在这种声音里。现在,因为我在那声音里沉浸了太久,我也变得和他们一样了。我已经跟他们联结起来了。

"联结",又是这个词。

我和本坐在我的帐篷里,就我们俩,安格哈拉德被拴在帐篷入口。我知道市长、薇奥拉、布雷德利和其他所有人都在外面等候,等着我们出去解释到底是怎么回事。

不过,就让他们等着吧。

本失而复还,我不会让他离开我的视线。

我吞了一下口水,想了一会儿。"我不明白。"我又说了一遍。

"我觉得这可以成为人类发展的方向。"这次他用嘴巴说话了,声音嘶哑而刺耳。他咳嗽了一下,又用起了另一种声音。

如果我们都能学会这样的表达方法,那么我们和斯帕克人之间就不再有隔阂,人类之间也不再有隔阂。这就是这个星球的秘密,陶德。交流,真实而开放,这样我们才能彻底互相理解。

我清了清嗓子。"女人没有声流,"我说,"她们要怎么办?"

他停了下来。

我忘记了。我已经很久没有见过她们了。斯帕克女人们也有声流。如果有办法让男人们关闭声流——

他看了看我。

那么一定也有办法让女人们开启声流。

"眼下的局面,"我说,"我不知道你的想法能获得多少支持。"

我们安静地坐了一会儿。好吧,也没有安静,因为本的声流在我们身边不停地翻转,非常自然地将我的声流跟他的声流混合在一起,瞬间,我就知道了关于他的一切。比如说戴维开枪射伤了他,他倒进灌木丛里等死,在那里躺了一天一夜,然后被几个打猎的斯帕克人发现,接下来几个月一直沉睡于濒死的梦中。在一个充满了奇怪声音的世界里,他学习斯帕克人的所有知识和历史,学习新的名字、新的感觉。

然后他醒了过来,世界变样了。

但他仍然是本。

我尽己所能地运用着声流,我的声流重新打开,重获自由,几个月来它的状态一直不正常。我告诉他这里发生的一切,但是我仍然不太清楚我是怎么穿上这身制服的——

他只问了我一个问题:为什么薇奥拉不进来跟我们一起?

【薇奥拉】

"你不觉得被排斥了吗?"市长说着又围着营火踱了一圈步子。

"并没有,"我看着他说,"里面可是他父亲呢。"

"又不是他真正的父亲。"市长说着,皱着眉头。

"很够格了吧。"

市长仍然在踱步,表情僵硬又冷酷。

"难不成你的意思是——"我说。

"如果他们出来了,"他对着本和陶德所在的帐篷点了下头,我们能听到(并看到)里面传出一团飞旋的声流,比任何人的声流都要浓密、复杂,"陶德出来之后,告诉他来见我。"

然后他就走了,奥黑尔上尉和泰特上尉跟着他离开。

"他怎么了?"布雷德利看着市长离开,问道。

威尔夫回答:"他觉得失去了儿子。"

"儿子?"布雷德利问。

"不知道为什么,市长觉得陶德是戴维的替代品,"我说,"你也看到了他跟他说话的样子。"

"我在人群里听到了一些,"坐在威尔夫旁边的李说,"他说是陶德改变了他。"

"现在陶德真正的父亲来了。"我说。

"真不是时候。"李说。

"或者说来得正是时候呢。"我说。

帐篷的门帘掀开了,陶德的脑袋探了出来。

"薇奥拉?"他说。

我转过身看着他——

当我看到他时,我能听到他内心所想的一切。

一切。

比以前更加清晰,清晰得不可思议。

我甚至不确定我该不该,但是我直视着他的眼睛,我看到了——

在他所有的感受中间,即便在我们爆发争吵之后,即便在我怀疑他之后,即便在我伤害他之后——

我看到了,他有多么爱我。

不仅如此。

【陶德】

"所以现在的情况是?"薇奥拉跟我一起坐在行军床上,她对本说道。

我握着她的手。我什么也没说,只是握住她的手,我们并排坐着。

现在要和平。本说。"天空"派我来探明爆炸的情况,看看是否仍然可能达成和平。

他微笑着,他的笑通过声流向我们靠近,我们很难不被这样的笑容感染。

仍然可能。这就是"归者"要告诉"天空"的。

"为什么你觉得1017值得信任?"我说,"他攻击了薇奥拉。"

我抓紧了薇奥拉的手,她也抓紧了我的手。

因为我了解他,我能听到他的声音,听到他内心的矛盾,听到他心底深藏的善良。他就像你一样,陶德。他下不了杀手。

听到这里,我低下头看着地面。

"我觉得你需要跟市长谈一谈,"薇奥拉对本说,"你回来了,他感觉不太高兴。"

是的,我也有这种感觉,尽管他很难看透,是不是?

他站了起来。"他需要知道,战争已经结束了。"他用粗哑的嗓音说道。

他看着我和薇奥拉,又微笑了一下,然后离开了,帐篷里只剩下我们两个。

我们沉默了一会儿。接着又沉默了一会儿

然后,我向她说起见到本之后我一直在想的事。

【薇奥拉】

"我想回到旧普伦提斯。"陶德说。

"什么?"我很惊讶,尽管我已经通过他旋转的声流感知到了。

"或许不是旧普伦提斯,"他说,"但也不是这里。"

我坐直了:"陶德,我们都还没开始——"

"就要开始了,而且很快,"他仍然握着我的手,"舰队就要来了,移民们会醒来,会打造一个新城市,住满所有的新居民。"他看向一边,"在城市住过一段时间之后,我觉得我没那么喜欢城市。"

本离开后,他的声流弱了一点,但我仍然能看到——他正在想象舰队到达之后的生活。一切恢复正常,人们重新沿河定居。

"你想走。"我说。

他转过头,看着我说道:"我想让你跟我一起走。还有本。或许还可以带上威尔夫和简。还有布雷德利,如果他愿意。罗森助医看起来也很和蔼。我们为什么不能自己建造一个城镇?远离所有的一切。"他叹了一口气,"远离市长。"

"但是必须有人制约他——"

"5000新居民,他们会知道他是什么人。"他又看向了地面,"另外,我想我已经尽我所能了,"他说,"我累了。"

他说话的语气也让我意识到自己的疲劳。我已经厌倦了这一切,想必他也是一样,他看起来已经精疲力竭了。想到这里,我的喉头一紧。

"我想离开这里,"他说,"我想让你跟我一起走。"

我们就这样坐着,沉默了很久。

"他在你的脑子里,陶德,"我终于说了出来,"我看到他了。不知怎的,你们仿佛联结在一起。"

陶德听到"联结在一起"时又叹了口气。"我知道,"他说,"这就是为什么我准备离开。险些就成了那样,幸好我还没忘了我是谁。本让我想起了我需要了解的所有事。是的,我确实跟市长联结在了一起,但是我把他从这场战争里拖出来了。"

"你看到他对人们做的那些事了吗?"

"很快就要结束了,"陶德说,"我们会获得和平,他会获得他的胜利,他不再需要我,尽管他自己觉得他需要。舰队来了之后,他会成为英雄,但是他寡不敌众,到时候我们就离开这里,好吗?"

"陶德——"

"很快就要结束了,"他又说了一遍,"我能坚持到结束的那一刻。"

然后,他换了一种眼神看着我。

他的声流越来越安静,但是我仍然能看到——

看到他正在体验我手部皮肤的触感,看到他希望抓起我的手放到自己唇边,呼吸我的气味;我看到自己在他眼里的样子有多美,大病初愈,光彩照人,他多么想轻轻触摸我的脖子,就是那里,他多想搂住我然后——

"天哪,"说着,他突然移开视线,"薇奥拉,对不起,我不是——"

我抬起手,环住了他的脖子——

他说:"薇奥拉?"

我向他身上靠去。

我吻了他。

感觉好像是,这一刻终于来临了。

【陶德】

"我完全同意。"市长对本说。

你同意?本很惊讶。

我们聚在营火周围,薇奥拉坐在我旁边。

她又握住了我的手,好像再也不想松开了一样。

"当然了,我同意,"市长说,"我已经说过很多次了,和平就是我想要的结果。我真心呼唤和平。如果你们不相信,和平对我本人也是有益处的。"

"那么太好了,我们会按照计划召开理事会。不过,你的伤势不碍事吗?"

市长的眼睛闪了闪光:"你说什么伤,摩尔先生?"

大家一齐看着他脸上的烧伤以及他脖子和后脑的绷带,安静了下来。

但是,他看起来完全感觉不到伤痛。

"与此同时,"市长说,"安抚工作必须立刻进行。"

"安抚谁?"薇奥拉问。

"远处山顶上那些人,"市长说,"他们或许还没有集结成一支殉道者军队。不过,如果柯伊尔助医已经预料到了自己的失败,所以提前给布雷斯薇特女士留下了指示,我一点儿也不会感到惊讶。得有人回山顶主持大局。"

"我去,"罗森助医说着,皱起了眉头,"她们会听我的话。"

"我也去。"李说,他的声流避开了我和薇奥拉。

"我们的朋友威尔夫可以驾车送你们去。"市长说。

我们全都抬起了头。"我可以驾侦察舰送他们去。"布雷德利说。

"那你要去一整晚吗?"市长问,用力地瞪着他(我似乎听到了那个嗡嗡声——)"明天早上才能回来吧。你这里的烧伤中心可比市里的任何装备都高级。另外,布雷德利,我觉得你今天得再去一趟斯帕克营地,立刻。你跟本和薇奥拉一起去。"

"什么?"薇奥拉说,"我们说好了明天——"

"到了明天,柯伊尔助医希望见到的分裂局面可能就成形了,"市长说,"如果你们这些和平使者今晚就能过去解决一些问题,情况会好很多吧?比如劝说他们给河流缓慢放水?"

"我想跟本一起去。"我说,"我不——"

"很抱歉,陶德,"市长说,"真的很抱歉,但你必须留在这里跟我一起,像以往一样,确保我不会做出对大家不利的事。"

"不行。"薇奥拉说,她的声音响得出人意料。

"都这么长时间了,你现在才开始担心?"市长微笑着说道,"几个小时而已,薇奥拉,柯伊尔助医死了,功劳全都落在了我头上。我必须注意自己的行为,相信我。舰队或许会给我加冕为王呢。"

大家很久没说话,你看看我,我看看你,默默思考着。

不得不说,这样的安排听起来相当合理。当然了,除了"加冕为王"那部分。本终于发言了。

大家详细讨论的时候,我看了看市长。他也正在看我。我以为他很愤怒。但是我只看到了难过。

然后我意识到了——

他在告别。

【薇奥拉】

"本的声流太惊人了,"李说,我将他扶到车上,车子会送他们回到山顶,"声音里好像包含着全世界,而且一切都格外清晰。"

我们又讨论了一会儿,决定遵循市长的计划。我、布雷德利和本骑马上山,去见斯帕克人。李、威尔夫和罗森助医去山顶稳定民心。陶德和市长留在市里。我们大家都速战速决。

陶德说他觉得市长只是想单独跟他告别,既然本回来了,如果陶德不留下,情况可能变得更危险。我还是争执了一番,直到本同意了陶德的意见,说真正的和平就快要到来,不管陶德能对市长产生什么影响,都非常关键。

我仍然很担心。

"他说所有斯帕克人都这么说话,"我对李说,"声音是斯帕克人生存、进化的方式,这是为了更好地适应这个星球。"

"我们就不行?"

"他说如果他能学会,我们也可以。"

"那女人们呢?"李问,"她们怎么办?"

"市长呢?他已经没有声流了。"

"陶德也没有。"李说,他说得没错。陶德离本越远,就越安静。然后我在李的声流里看到了陶德,看到我和陶德在帐篷里,我和陶德——

"喂!"我说着,脸一下子红了,"还没发生呢!"

"总之有事情发生,"他咕哝着,"你们在里面待得挺久的。"

我没再说什么,只是望着威尔夫把牛套在车前,罗森助医小心照看着要带回山顶的设备。

"他让我跟他一起离开。"过了好一会儿,我说。

"什么时候?"李问,"去哪里?"

"等一切都结束,"我说,"尽快。"

"你要走吗?"

我没有回答。

"他爱你,你这个傻瓜,"李说,语气和善,"瞎子都看得出来。"

"我知道。"我小声说着,回头看着营火:陶德正给安格哈拉德套上马鞍。

"我们准备好了。"威尔夫说着走了过来。

我抱了抱他。"祝你好运,威尔夫,"我说,"明天早上见。"

"你也是。"

我也抱了抱李,他在我耳朵旁小声地说:"你走了我会想你的。"

我推开他，又拥抱了罗森助医。"你看起来很健康，"她说，"变了个人似的。"

然后威尔夫用力拉紧一下缰绳，牛车上路了，车子绕过教堂的废墟，绕过如今依然矗立的钟楼。

我目送他们，直到人影消失。

就在这时，一朵雪花落到了我的鼻尖上。

【陶德】

我伸手接住飘落的雪花，笑得像个傻子一样。它们就像是完美无缺的小小水晶，转瞬间就在我手中融化。烧伤的皮肤仍然通红。

"几年没下雪了。"市长说着，随着大家一起抬头。雪像白色羽毛一样落下，到处都是。

"真难得啊，"我说着，仍然面带笑意，"喂，本！"我朝他走过去，他正在跟他的巴特鲁魔介绍安格哈拉德。

"等一下，陶德。"市长说。

"怎么了？"我有点不耐烦，因为我更想跟本一起赏雪，而不是市长。

"我想，我知道他出了什么问题。"市长说，我们两个又向本望去，他仍然在跟安格哈拉德和其他马匹说话。

"他没有问题，"我说，"他仍然是本。"

"是吗？"市长问，"斯帕克人开启了他的某些潜能。我们并不知道那样会对一个人有什么影响。"

我皱着眉头，感到胃里一阵翻滚。这是愤怒的感觉。

也有一点儿害怕。

"他没事。"我说。

"我这么说是因为担心你,陶德,"他的声音听起来很真诚,"看得出来,他回来之后你有多高兴。父子重聚的意义是多么重大。"

我盯着他,想看透他的意图,同时我让声流变轻,所以我们就像两块石头,什么也不向对方透露。

两块慢慢被雪覆盖的石头。

"你觉得他可能面临危险?"我终于说话了。

"这个星球到处都是信息,"市长说,"未曾停息。它在向你传达信息,也从你这里获得信息,并分享给其他人。你有两种回应方式。一是控制你给出的信息,就像你和我,关掉我们的声流——"

"——或者彻底开放自己。"我说着,回头望向本,他迎上我的眼神,冲我微笑。

"哪种方式更合适,"市长说,"我们拭目以待。我劝你留意本,这是为了他好。"

"你不必担心,"我转身说道,"此后余生,我的目光都不会离开他。"

我笑着,仍能感受到本的温暖。但是我捕捉到市长眼中某种一闪而过的东西。

那是一丝痛苦的神色。

紧接着,它消失了。

"我希望你也可以陪在我身边,留意我、关照我,"他又恢复了那种微笑,"保证我一直行为端正。"

我叹了一口气。"你很好,"我说,"有没有我都一样。"

那种痛苦的神色又出现了。"是的,"他说,"是的,我想我会的。"

【薇奥拉】

"你看上去像在面粉里打过滚儿。"我低下头,冲着走过来的陶德说道。

"你也是。"他说。

我晃了晃脑袋,雪花在周围落下。我已经骑上了松子,我听到马儿们在跟陶德打招呼,特别是安格哈拉德。

它真是个美人。本如此示意。他骑着他的巴特鲁魔,站在我们旁边。

我觉得它好像有点心花怒放。**帅小伙。**安格哈拉德说着,对着巴特鲁魔低下了头,看向一边。

"你们的首要任务就是消除他们的疑虑,"市长说着走了过来,"你们要告诉斯帕克人,我们从未如此坚定地渴望和平。然后看看你们能不能让他们立刻做出回应。"

"比如打开水闸,给河流放水,"布雷德利说,"我同意。人们需要看到希望的曙光。"

"我们会尽最大努力。"我说。

"你会的,薇奥拉,"市长说,"你一直都是。"

我注意到,他的眼睛一直看着陶德和本,看着他们俩互相道别。

几个小时就好了。我听到本这样说道,他的声流明亮、温暖而又让人安心。

"你要注意安全,"陶德说,"我不能第三次失去你了。"

啊,那运气可真是坏透了,不是吗?本微笑着说道。

他们彼此拥抱,温暖而紧密,就像所有的父子那样。

我一直观察着市长的表情。

"祝你们好运。"陶德说着,来到我跟前。他压低了声音:"好好想想我的提议。好好想想未来,"他害羞地笑了,"现在,我们真的有未来了。"

"你确定没问题?"我问,"我可以留下来。布雷德利可以——"

"我跟你说了,"他说,"他只是想告别,所以才这么奇怪。一切都已经结束了。"

"你确定你没事?"

"我没事,"陶德说,"我已经跟他待在一起这么长时间了。我可以再坚持几个小时。"

我们又紧握住对方的手,许久没有松手。

"我决定了,陶德,"我小声说,"我会跟你一起走。"

他没有说话,只是更用力地握紧我的手,把它放到自己的脸上,好像要把我吸进自己的身体一样。

【陶德】

"雪越下越厚了。"我说。

薇奥拉、本还有布雷德利已经上路好一会儿了,我从投影里看到他们往斯帕克人驻扎的山上去了,几个人在雪天里慢慢地骑行。薇奥拉说她一抵达目的地就会联系我,不过现在看着他们也无妨,是吧?

"雪花很大,不用担心,"市长说,"如果雪花较小,又像雨一样细密,就要小心了,可能随后会有暴风雪,"他拂去袖子上的雪,"现在这些不过是徒有其表。"

"不管怎么说,这都是雪。"我看着远处的马匹和巴特鲁魔。

"过来，陶德，"市长说，"我需要你帮忙。"

"我？"

他指了指他的脸："我可能嘴上说没事，但是这些烧伤凝胶时刻提醒着我。"

"但是罗森助医——"

"她已经回山顶了，"他说，"正好你也可以抹一些药，涂在你的伤口上。这就省事了。"

我低头看了看自己的手，药已经慢慢蹭掉了，现在又开始刺痛。"好吧。"我说。

我们向侦察舰走去。侦察舰停在广场的一个角落，离我们不远。我们走上舷梯，进入康复室，市长坐在床上，脱下了制服上衣，将它叠好放在旁边。他慢慢揭开后脑和后颈处的绷带。

"你应该留着它们，"我说，"这些绷带还是新的。"

"绑得太紧了，"市长说，"我想让你帮我换上新绷带，包扎得松一点，拜托了。"

我叹了口气："好的。"我走到医务抽屉旁，拿了一卷烧伤绷带出来，还有一罐烧伤凝胶。我打开绷带包装，让他身体向前倾，然后把绷带松松地包扎在他脑袋后面可怕的烧伤处。"情况不太好。"我说道，轻轻地放下绷带。

"如果你没有救我，肯定会更糟，陶德。"他松了一口气，药物渗入了他的体内。他坐直身子，对着我仰起脸来，等着我给他涂上凝胶。市长面带微笑，那微笑看起来有些悲伤。"还记得上次我给你包扎绷带吗，陶德？"他问，"已经是好几个月前的事了。"

"我不可能忘记。"说着，我把凝胶涂在他的额头上。

"那是我们第一次真正理解对方，"他说，"那时你发现我还没有坏到罪无可恕。"

"或许吧。"我说着，小心地用两根手指把凝胶抹在他通红的脸颊上。

"那一刻是真正的开始。"

"开始了地狱般的一切。"

"现在换你给我包扎绷带了，"他说，"在一切结束的时候。"

我停了下来，手停在空中："什么结束？"

"本回来了，陶德。我不会假装不知道这意味着什么。"

"这意味着什么？"说完，我警惕地看着他。

他又微笑起来，这一次他的笑里全是悲伤。"我还是能看懂你的，"他说，"没人能真正看懂你，但我不一样，是吧？就算你像这片夜空一样寂静，我仍然能看懂你。"

我向后靠了靠，离他远了点。

"你想跟本走，"他说，微微耸了耸肩，"完全可以理解。等这一切结束了，你想要带着本和薇奥拉开始新生活，离开这里，"他露出痛苦的表情，"离开我。"

他的话并没有威胁的意味，实际上，这正是我意料中告别的样子，但是房间里的气氛，这种奇怪的感觉——

（还有那个嗡嗡声——）

我第一次注意到，嗡嗡声完全从我的脑袋里消失了。不知为何，这比它在那里的时候还让人害怕。

"我不是你的儿子。"我说。

"你本来可以是，"他小声说道，"而且你会是个多么棒的儿子啊。你是我值得托付的人。你的声流里充满了力量。"

"我不像你，"我说，"我永远也不会变得和你一样。"

"是的，你不会。"他说，"你真正的父亲在这里，你当然不会。尽管我们的制服都是配套的。是吧，陶德？"

我低头看了看我的制服。他说得没错。我们的制服甚至连尺寸都一样。

然后他略微转了转脑袋:"你可以出来了,士兵。我知道你在那里。"

"什么?"说着,我向门口转过身。

然后看到伊万走进了门。"舷梯打开了,"他看起来有点儿不安,"我只是确认一下有没有闲杂人等。"

"总是嗅着权力的气味,士兵法罗,"市长说着,悲伤地微笑,"恐怕这里已经没有你想要的东西了。"

伊万紧张地瞥了我一眼:"我这就走。"

"是的,"市长说,"我想你终究会走的。"

他冷静地把手伸向制服上衣,制服叠得整整齐齐的,放在床上。我和伊万只是站着,看着他把手伸进一个口袋,他脸上的表情毫无变化,然后对着伊万的头开了一枪。

【薇奥拉】

我们听到那个声音的时候正好到达山顶,刚刚踏进斯帕克人的营地,"天空"和1017正在那里等着迎接我们。

我坐在马背上转身,回头向市里望去。

"那是枪声吗?"我说。

【陶德】

"你疯了。"我说着举起了双手,向门边走去,伊万的血溅得到处都是。市长举起枪的时候,他没有动,甚至毫不畏缩,没有做任何事来阻止自己的死亡。

而我知道原因。

"你不能控制我,"我说,"你不能。我会反抗你,我会赢。"

"你会吗,陶德?"他的声音仍然很低,"站在那里别动。"

我停了下来。

双脚仿佛被冻在了地面上。我的双手仍然高举,哪里也去不了。

"这段时间你真的以为自己占了上风?"市长从病床上直起身来,手里仍然握着枪,"简直令人感动呢。"他大笑着,好像自己被逗乐了,"知道吗,你确实占了上风。在你表现得像一个好儿子的时候,我会去做你要求的任何事,陶德。我救了薇奥拉,我救了这个城市,我为和平而战,这些都是你的要求。"

"走开。"我说,但是我的脚仍然无法动弹,我无法离开这该死的地面。

"然后你救了我的命,陶德,"他说着向我靠近,"你救了我,而不是那个女人。我就想,他是跟我站在一边的。他真的跟我站在一边。他真的满足了我对一个儿子的所有期望。"

"让我走。"我说,但是我甚至无法抬起手捂住耳朵。

"然后本回来了,"他的声音里闪现出一道火光,"刚好就在一切就要圆满完结的时候,就在你和我将世界的命运握在手心的时候。"他打开他的手掌,好像在给我展示这个世界的命运,"然后,一切像雪一样融化了。"

薇奥拉。

我对着他想,正对着他的脑袋。

他对我笑了笑:"不像以前那么有效了,是吧?在你的声流没有声音的时候,可没那么容易做到。"

我的心一沉，我意识到他做了什么。

"不是我做了什么，陶德，"他说着，走到我的面前，"是你做了什么。这只跟你自己做了什么有关。"

他举起了枪。

"你伤了我的心，陶德·休伊特，"他说，"你伤了一位父亲的心。"

他用枪托撞在我的太阳穴上，世界变成了一片漆黑。

未来终于来了

冰凌从天上的云里缓缓降下,"天空"向我骑行而来。雪花好像白色的落叶,在地上铺开了一张毯子,盖住了我们,也盖住了我们身下的巴特鲁魔。

这是未来的信使。"天空"快乐地示意。雪是新起点的信号。过去已经被擦洗干净,我们可以开启一个全新的未来。

又或者只是天气不好而已。我示意。

他大笑:这正是"天空"必须思考的。这象征着未来吗,还是只是天气现象而已?

我向前骑至崖边,在那里,我更清楚地看到他们一行三人穿过了上坡前的最后一片空地。现在他们已经来了,没有等到明天,毫无疑问,他们是迫切地想要得到进一步的和平信号,来安抚内部的分裂。"天空"已经让"大地"在我们堵住河水的地方做好了准备,我们知道他们会要求我们放水,慢慢地放水,恢复河流本来的样子。

我们会让他们如愿。要先谈判,但是我们会让他们如愿。

你怎么知道我会成为"天空"?我问。你不能告诉"大地"该选择谁。我在他们的声音里看到了。"大地"会在"天空"死后做出一致决定。

没错。"天空"示意,把他的苔藓披风裹得更紧了。但是我看不出他们还能做什么别的决定。

我没有资格。我仍然对"寸草不生"心怀恨意。我杀不了他们,虽然他们该死。

你不觉得这种矛盾正是成为"天空"所必需的条件吗?当面前的两条路看起来都走不通,不就应该去寻找第三条路吗?你已经体验过负重的感觉。你自己已经做了类似的选择。

我向山下望去。除了线人之外,之前来过这里的那两个"寸草不生"也来了,那个聒噪的深色皮肤男人——

还有"猎刀"的唯一。

你现在怎么看"猎刀"?"天空"问。既然你已经和他本人重逢了?

他来了。

他向线人跑来,途中发现了我,但他根本没有慢下脚步。他那么欢乐、满怀爱意地扑向线人,我差点骑着巴特鲁魔掉头就走。线人的声音洋溢着同样的情感,感染了周围的每一个人。

包括"归者"。

就在那一刻,我沉浸在那种欢乐中,我身处那爱和幸福之中。在那重逢团圆的场景之中,我又看到了"猎刀"。他是个犯过错的"寸草不生",而线人原谅了"猎刀",线人赦免了"猎刀"所做的一切——

陶德所做的一切——

我感到我的声音也在表达着赦免，我感到我的声音跟线人一起，诉说着我自己的原谅，诉说着放下并忘记他对我的一切不公，他对我们种族的一切不公。

因为我透过线人的声音看到，"猎刀"为他自己的罪行狠狠惩罚着自己，这是我所做不到的。

他只是"寸草不生"之一，跟其他人一样平淡无奇。我向"天空"表示。

他不是，他是他们中间很不平凡的一个。"天空"温柔地表示。就像"归者"在"大地"中间一样。那就是为什么当你到这里之后仍然无法原谅他，而现在你为什么只是通过线人的声音，就可以原谅他——

我不是发自内心原谅他的——

但是你已经看到了原谅的可能性。这本身也说明了你的不平凡。

我不觉得我不平凡，我只是觉得很累。我示意。

和平终于到来了。"天空"示意。他伸出一只手，放在我的肩膀上。你很快可以休息了。你会快乐的。

他的声流把我包围起来，我吃惊地倒抽一口气——

因为从"天空"声音里浮现出来的那个未来，他很少提及的那个未来，近期一直十分黯淡，如今却像降落的冰花一样明亮。

在这个未来中，"寸草不生"信守诺言，不越边界，而"大地"可以定居山巅，从此无忧地生活，不受战争的侵扰。

在这个未来中，"寸草不生"可以使用"大地"的声音表达，互相理解不仅是一种可能性，还成了民心所向。

在这个未来中，我站在"天空"身边，学习如何成为一个首领；在这个未来中，他引领、教导着我。这个未来充满了阳光和惬意，而不是死亡。

"天空"轻轻地捏了一下我的肩膀。

"归者"没有父亲。他示意。"天空"没有儿子。

我明白了他在说什么。

他看出了我的犹豫不决。

如果他也像我的唯一一样离开我——

这只是一种可能，还可能有别样的未来。他示意着，声音里仍然充满温暖。眼前就有一种。他抬起头。

线人带着他们走上来，他的声音里洋溢着欢欣和愉悦，一边问候着我们，一边走上山顶。那个"寸草不生"的男人走在线人身后，在他们的语言里，他叫"布雷德利"。他的声音很响，而且很粗糙，远不像线人那样扣人心弦。

最后是她，"猎刀"的唯一。

薇奥拉。

她骑马上山，在冰花结成的一片白色上留下了马蹄印。她看上去比之前健康多了，基本痊愈了，我惊讶着她的变化，心想他们是不是找到了治疗编号环的良药，而我自己胳膊上编号环仍然在刺痒灼痛。

我还没来得及问，"天空"还没来得及好好问候他们，山谷中传来一个爆裂声，在这白色毯子的覆盖下，那声音很含糊。

但确实是爆裂声，不会错。

"猎刀"的唯一迅速转身望去。

"那是枪声吗？"她问。

线人还有那个男人的声音迅速被阴云笼罩。

"天空"也一样。

可能相安无事。他示意。

"这个地方什么时候相安无事过?"那个"寸草不生"男人说道。

线人转向"天空":我们的眼睛能看到吗?我们够近吗,能看到吗?

"你说的是什么意思?"那个男人问,"看到什么?"

"猎刀"的唯一从口袋里掏出来一个小盒子。"陶德?"她对着它说,"陶德,你在吗?"

但是没人回答。

然后,我们都听到了一个熟悉的声音——

"是飞船!"那个男人说着,他掉转马头,看着飞船从谷底升起。

"陶德!""猎刀"的唯一对着金属盒子大叫,但是仍然没人回答。

发生了什么?"天空"用命令的语气示意着。

飞船的驾驶员不是死了吗——

"她是死了,"那个男人说,"我是唯一知道怎么驾驶的人——"

但是它飞起来了,从城市中心轰隆隆地升入空中。

速度越来越快,向我们飞来。

"陶德!""猎刀"的唯一越来越惊慌,"回答我!"

是普伦提斯。只能是他。线人对"天空"示意。

"怎么可能呢?"那个男人诘问道。

没什么不可能的,如果是市长——线人示意。

我们得跑。"天空"说完,转向"大地",立即发出命令,然后跑啊跑——

飞船上传来"嗖"的一声,几乎压到了我们头顶,那个声音让已经开始逃跑的我们转过身——

飞船发射出最大的武器——

正对着我们——

新世界的末日

最后一战

【陶德】

"醒醒,陶德,"市长的声音从通信系统里传来,"你看看这个。"

我呻吟着,翻了个身——

撞到了伊万的尸体上。飞船晃动着、翻滚着,满地鲜血汇成河流。

飞船晃动着。

我抬头看了看监视器。我们在天上。我们竟然在天上——

"什么鬼东西?!"我大叫。

市长的脸从一个显示屏上跳了出来。"我驾驶得怎么样?"他说。

"怎么?"我说着站了起来,"你怎么会知道?"

"知识交换,陶德。"我看到他调整了几个控制按钮,"我说的话你都没听进去吗?只要你跟那个声音相连,那么它所知道的一切,你也会全都知道。"

"布雷德利,"我明白了,"你靠近他,然后得到了驾驶飞船的技能。"

"就是这样,"他又露出了那个微笑,"简单得惊人,只要你掌握窍门。"

"下去!"我大喊,"现在就下去!"

"你想怎么样呢,陶德?"他问,"你已经做出了选择。非常明确的选择。"

"这不是选择!本是我唯一的父亲——"

我一说出口,就知道说错了话,市长的目光变得从未有过的幽深,他一说话,好像黑夜从天而降,从他嘴里冒了出来。

"我也做过你的父亲,"他说,"我塑造了你,教育了你,如果不是我,你不会变成今天这样,陶德·休伊特。"

"我并非故意伤害你,"我说,"我不想伤害任何人——"

"你怎么想不重要,陶德。行动才重要。比如现在,你看——"他伸出手,按了一个蓝色按钮。

"看好了。"他说。

"不!"我大喊。

"看看这个新世界的末日吧——"

通过其他的显示屏,我看到两枚导弹从侦察舰一侧发射了出去——

正对着那个山顶,正对着她的位置。

"薇奥拉!"我尖叫着,"薇奥拉!"

【薇奥拉】

根本无处可逃,我们根本躲不开那两枚导弹,它们以不可思议的速度向我们呼啸而来，在降落的雪花中留下一道道蒸汽。

陶德，我只有一秒的时间思考。

这时，导弹发出两声巨响，斯帕克人的声流尖叫着，碎片飞散在空中。

然后——

然后——

然后我们还在这里——

没有一波波热浪和死亡，这个山顶也没有被夷为平地，我们还站在这里——

发生了什么？本问，我们再次抬起了头。

河床上出现一道很深的沟痕，正在冒烟，那是导弹击中的地方，但是——

"没爆炸。"我说。

"那个也没有爆炸。"布雷德利指着山坡，那儿的灌木丛已经被毁了，导弹的外壳碎了一地。

它撞到了石头，然后被冲击力击碎，而不是因为爆炸。

"不可能是哑弹，"我说，"不可能两枚都是。"我看着布雷德利，突然一阵兴奋，"你把弹头拆掉了！"

"不是我，"他说着，又抬起头看着上空盘旋的侦察舰，毫无疑问，市长现在跟我们一样一头雾水，我们站着没动，"是西蒙妮。"布雷德利说。他回过头看着我，"我们一直没能从我获得声流这件事上缓过劲来，而我觉得她跟柯伊尔助医走得太近了，但是……"他重新抬起头看着侦察舰，"她一定看到了潜在的危险。"我看到他的声流正在哽咽，"她救了我们。"

"天空"和1017也在看，你能听到，他们有多惊讶导弹没有造成任何伤亡。

飞船上仅剩这些了吗？本问。

我抬起头，侦察舰已经在空中改变了方向。

"捆扎弹。"我说，想起了——

【陶德】

"怎么回事？"市长咆哮着。

我看着显示山顶情况的屏幕，导弹没有爆炸。它们只是摔碎了，只是这样而已，没有造成比扔了一块大石头下去更大的危害。

"陶德！"市长在摄像头里大喊，"你知道这是怎么回事吗？"

"你对薇奥拉发射导弹！"我喊了回去，"你的命真的是一文不值，听到了吗？一文不值！"

他又咆哮了一声，我向康复室的门跑去，当然，门被锁上了。这时整个地板向后倾斜起来，他在加大马力向前冲。我摔在了床上，滑倒在伊万的血泊里。我努力不让眼睛离开屏幕，想要看看她在什么地方——

我一只手伸进口袋找通信器，不过通信器已经被他拿走了。

我又开始在房间里四顾，西蒙妮过去常在飞船上跟我们说话，不是吗？如果通信系统能从驾驶舱连通到这里，那么通话一定也能从这里出去——

我又听到两声咻咻的声音——

屏幕上，又有两枚导弹投向山顶，这次更近了，两枚都狠狠地砸进了沿着河床逃命的斯帕克人群里。

仍然没有正常爆炸。

"真是太棒了。"我听到市长克制地自言自语，这也就是说，他真的发怒了。

我们正在斯帕克人头顶飞着,天哪!他们人可真多。

我们怎么会自以为是地觉得自己能战胜这么大的一支军队呢?

"飞船上肯定还有别的武器。"市长说。

屏幕上显示出从上往下的一个角度,一捆炸弹坠落在逃跑的斯帕克人中间——

掉了下去,摔在了地上,还是没有爆炸。

"可恶!"我听到市长大叫着。

我向前靠在通信控制板上,市长的声音从里面传出来。我触摸了旁边的屏幕,一长串词跳了出来。

"就这样吧,"身后屏幕上的市长火冒三丈地说,"我们还用老办法来解决。"

我看着屏幕上的词,努力集中注意力,调集市长教给我的所有东西。

慢慢地,慢慢地,慢慢地,它们显现出意思来了——

【薇奥拉】

"我们想要和平!"布雷德利对"天空"大喊,我们看着捆扎弹没有一点作用地掉在地上,只是可怜了刚好在下面的斯帕克人,"这只是他一个人的行为!"

但是"天空"的声流没有说话,只有愤怒,他为自己被愚弄而愤怒,为自己提出和平却陷入困境而愤怒,为我们背叛了他而愤怒。

"我们没有!"我大喊,"他想把我们也一起杀了!"

我的心快从胸腔里跳出来了,担心市长会对陶德做什么——

"你能帮我们吗?"布雷德利对"天空"说,"你能帮我们阻止他吗?"

"天空"看着他,惊讶极了。他身后的斯帕克人仍然在逃跑,但是河岸上的树渐渐挡住了飞船,侦察舰不再往下投掷已经被解除爆炸装置的捆扎弹了,它仍在飘雪的天空中不停盘旋。

"你们那种燃烧的火焰箭呢,"我说,"你们用弓发射的那种东西。"

它们对付武装完备的飞船能管用吗?"天空"问。

"如果数量足够多,或许可以,"布雷德利说,"飞船位置比较低的时候也能打到。"

飞船准备掉头了,仍然保持着先前的高度,我们听到引擎的声音发生了变化。

布雷德利猛地抬起头。

"这是怎么了?"我说。

布雷德利摇了摇头。"他更换了燃料化合物。"他说,他的声流增强了,满是困惑但是十分警惕,好像在艰难地回忆某个模糊的东西。

"他是和平的最后障碍,"我对"天空"说,"如果我们能阻止他——"

那么又会有人跳出来坐上他的位子。"天空"说。"寸草不生"中总是不乏恶魔。

"那我们就必须更努力才行!"我说,"我们已经跟飞船里的那个男人斗争到了这个地步,你不觉得这至少表示,对我们这些人来说,和平很重要吗?"

"天空"抬起头,我能看到他似乎颇有同感,他觉得我说得没错,尽管天上那个飞船里也藏着其他不可忽视的真相——

还有那些即将到来的飞船——

"天空"转向1017，他说道：让小径传递一条信息。下令准备武器。

（1017）

我？我示意。

"大地"以后也要听从你，他们现在就可以开始。"天空"表示。

他向我打开他的声音。不知不觉间，我已经用"大地"的语言下达了他的命令。

他的命令从我身上穿过，好像我只是一个通道——

从我这里穿过，又向着小径而去，传达给周围等待的士兵和"大地"，那不是我的声音，甚至也不是"天空"的声音，而是某种更庞大的声音。"天空"不是任何人的名字，"天空"是"大地"的契约，是我们所有人集聚的声音，是"大地"自言自语的声音，是确保自己安全存活并且勇于面对未来的声音，那声音通过我传达命令。

那是"天空"的声音。

它催促士兵们去战斗，鞭策其余的"大地"也去斗争，在需要的时刻骑上巴特鲁魔，拿起火具和武器。

消息传到了，救援马上就要来了——

线人对"寸草不生"说道。这时，头顶传来一个咝咝的声音，我们都抬起了头——

火焰像瀑布一样从飞船的引擎里倾涌而出。

像伤口流出的血，烟雾和蒸汽在寒冷的空气里翻滚，流到"大地"身上，把一切点着。飞船绕着我们飞起了一个大圈，火从地上咆哮而起，像一堵堵火墙，烧着了一切能点燃的东西，树、隐秘的房舍、"大地"、世界——

"燃料。"那个男人说。

"他要把我们困在这里。""猎刀"的唯一说，她骑在马背上，来回转身，那匹马对着四周的火焰警觉地大叫。

飞船在空中升高，绕的圈更大了，火仍然从飞船里不断涌出——

他要毁掉一切。线人说。他烧了整个山谷。

【陶德】

飞船一会儿向这边倾，一会儿又向那边倾，我几乎无法在通信控制板前站稳。

屏幕里到处都是火——

"你在做什么？"我大喊着，努力不要慌张，看着控制界面上的词语直流汗。

"这是老驾驶员的把戏，布雷德利忘了他祖父教过他了，"市长说，"改变一下燃料的混合方式，跟氧气混合，就能持续不间断地燃烧。"

我抬起头，我们飞得更高了，然后俯冲掠过山谷高处，一圈一圈地打转，把雨一般的火焰倒进下面的树林。火一点就着，温度超级高，就像斯帕克人的火箭，尽管下着雪，树木还是在高温下燃烧，引着别的树木。火苗在树林中飞驰，比斯帕克人跑得还快。屏幕上，我看到飞船身后的一道火焰，跟着我们绕着山谷，把他们都困在了里面——

他要把整个世界都点燃。

我看向通信系统屏幕。这里有一堆按钮,我不知道该按哪个,仍然在努力辨认最上面的按钮写的是什么。"最析",我觉得是"最析通话"。我吸了一口气,闭上眼睛,努力让声流变轻,努力想象市长在我声流里——

"快看,这个世界着火了,陶德,"市长说,"看好了,最后一场战争要开始了。"

最近通话。上面的字是这个,"最近"。

我按了下去。

"陶德,"市长说,"你在看吗?"

我抬头看到屏幕上他的脸。我意识到他看不到我。我重新看向通信界面。右下角有一个红色圆圈写着"关闭图像"。

这是我第一次完全看懂。

"你不在乎谁赢,是吗?"我说。他正绕着新普伦提斯飞,南面和北面的森林被火烧透了,火势终于蔓延到了市里。我已经看到一团火苗烧着了市区边缘的一排房子。

"你知道吗,陶德?"他说,"我真的不在意,真的。是不是不简单?就这样结束吧。就这样全部结束吧。"

"本来就要结束了,"我说,"本来就要取得和平了。"

通信界面上现在出现了一排"最近通话"记录,我猜是吧,我接着往下看——

"我们本来可以共同缔造和平的,陶德,"市长说,"但是你自作主张,决定不再跟我合作。"

联,我念着,联,联续,联系——

"我必须谢谢你,"他说,"谢谢你让我想起了自己的初衷。"

联续人1,联系人1,上面写的是这个,联系人1。这里是一个联系人名单。从1到6都有,但是没有按顺序排列。1在最上面,其次是3（我觉得是3），再次可能是2，最后就是其他的——

"你说你已经改变了，"我说，我看着操作界面满头大汗，"你说你已经变了一个人了。"

"我错了。人是不会变的。我永远都是我。你也永远都是陶德·休伊特，杀不了人的男孩。"

"嗯，不过，"我带着感情说，"人是会变的。"

市长大笑："你没听到我说吗？人不会变，陶德。他们不会变。"

飞船又倾斜了，他打了一个方向，继续在我们底下的世界放火。我仍然对着通信界面流汗。我不知道哪个号码是薇奥拉，但是如果这些是最近的通话，而且是按时序排列的，那么她一定是1或者3，因为——

"你在干什么，陶德？"市长说。

通信界面变成了一片空白。

【薇奥拉】

侦察舰几乎消失不见了，四处都冒着浓烟。我们身处遍布石头的河床上，到目前为止都还安全，但周围都是火，我们也没法逃出去。市长绕着整个山谷飞，山谷里火光耀眼，很难直视——

怎么这么多？本问。我们看着大火在森林中肆虐，蔓延的速度快得不可思议。

"几滴燃料就足以烧毁一座桥了，"我说，"想想看，一整个飞船的燃料得有多大威力。"

你联系不上飞船吗？"天空"问我。

我举起通信器。"没有回应。"我说，"我一直在联系。"

既然现在飞船不在我们的武器射程内，那么只剩下一个办法。"天空"说，他的声流做出了决定。

我们盯着他好一会儿，意识到了他想说什么。

"河流。"我说。

空中突然一声巨响，我们回过头去看。

"他又回来了！"布雷德利大叫。

我们看到了，在渐渐散开的浓烟中，侦察舰飞上了山崖边，空中发出一声巨响，像是上天的惩罚——

飞船直冲我们而来。

【陶德】

屏幕上除了火什么也没有，到处都是火，将山谷团团包围，围住了新普伦提斯，烧着了薇奥拉所在的山顶，不知道她在那片火海里的什么地方——

"我要杀了你！"我喊道，"你听到了吗？我要杀了你！"

"希望你能如愿，陶德，"市长说，在他给自己留下的那块屏幕上，他露出了一个奇怪的微笑，"你已经等了太久了。"

我开始寻求通过别的方式跟薇奥拉取得联系（拜托了）。通信界面再也无法打开，但是我发誓我见过罗森助医在康复床边的某个屏幕上做过什么。我走过去按了其中一个。

屏幕亮了，一大团字飞了出来。

我看到一个以"通"开头的词。

"我应该告诉你接下来会发生什么，陶德，"市长说，"你了解一下，这很重要。"

"闭嘴！"我说着，按下了屏幕上带有"通"字的按钮。接着又跳出了一堆选项,这次很多都是以"联"字开头的。我深呼吸了一口,努力让声流做好好阅读的准备。如果市长可以偷学,那么我肯定也可以。

"我命令奥黑尔上尉带一小支部队去跟斯帕克人作战,斯帕克人必然会攻击城市,"市长继续说,"这显然是自杀性任务,不过奥黑尔上尉一直都是可以被牺牲的。"

"通迅中必",我念着。我眯着眼睛,又呼吸了一次。拜托。"通迅中必。"我根本不知道是什么意思,我第三次深呼吸,闭上了眼睛。

我即方圆,方圆即我。

我又睁开了眼睛。通信中心。就是这个了。我按了一下。

"泰特上尉会带着剩余部队到山上和'答案'会合,"市长继续喋喋不休,"去处理叛乱的余孽——"

我抬起头:"什么?"

"啊,不能冒着我被恐怖分子炸死的风险行事呀,对不对?"他说。

"你这个恶魔!"

"然后泰特上尉会带领军队去海边。"

听到这里我抬起了头:"海边?"

"在那里,我们将背水一战,陶德,"市长说,我看到他咧着嘴笑,"大海在后,敌人在前。还有比这更好的战场吗?什么都别想,只管去战斗吧,去牺牲吧。"

我回过头去看通信界面。

找到了。最近通话。我按了一下。更多选项跳了出来。

"但是首先,斯帕克人的首领必须死,"市长说,"我很抱歉,这就意味着他身边的人都得死。"

我又抬起了头。我们正在山崖附近的上空,向干涸的河床飞去,向着逃跑的斯帕克人——

向着薇奥拉。

我在屏幕上看到她了——

她仍然骑着松子,布雷德利和本在她旁边,斯帕克人的首领在他们身后,催他们快跑。

"不!"我大叫,"不要!"

"很遗憾我们要失去她了,"市长说,我们拖着一道火焰向他们逼近,"实话说,失去本没什么好难过的。"

我按下通信界面上顶部的按钮,那个写着"联系人1"的按钮,我对通信系统大喊"薇奥拉!"我的声音在喇叭里爆破开来。

"薇奥拉!"

我在屏幕里看到,我们已经来到了他们头顶上空——

(1017)

"天空"用力掉转巴特鲁魔的头,把"寸草不生"的牲畜往边上赶,推它们躲开飞船,向河岸上着火的树林边上靠去。

但是"寸草不生"的牲畜不肯。

火,我听到它们发狂地喊着,**火**!

飞船过来了!我示意着,不只对着"天空",而且还有我周围的"大地",向四面八方发出警报。我拽着我的牲畜,往树林深处走去,那里有一小块地方可以作为藏身之处。

走!我听到"天空"说。我的巴特鲁魔回应了,飞转过身冲向火海,"寸草不生"的牲畜也跟了上来,线人、"寸草不生"那个男人,还有"猎刀"的唯一都来了——

本、布雷德利和薇奥拉。

他们的牲畜向我跑来,向树林里的这一小块地方跑来,我们也没法在这里待很久,但起码能躲过正在俯冲过来的飞船。

"大地"的恐惧在我体内流动,他们的惧怕,他们的死亡,我能感受到的情绪比我看到的还多,不只是那些跟在我的巴特鲁魔后面奔跑的人。我能感受到他们所有人——那些驻守山谷北面的士兵、南面的士兵,他们在一片火海里奋力求生,火焰从一根树枝蔓延到另一根树枝,尽管冰雪不断降落,火势蔓延的速度还是远远快过很多人逃跑的速度。我还能感知到河流上游那些远离火海的"大地",他们看着火焰从山谷里呼啸而起,吞噬了一些逃跑的人。我看到了一切,通过所有"大地"的眼睛看到了——

我看到这个星球的一双双"眼睛",眼睁睁地看着自己被火烧灼。

我也在燃烧——

"快!"我听到"猎刀"的唯一大喊。我再次转身,看到她正在呼唤"天空",他的巴特鲁魔慢了一两步,因为他在给"大地"发号施令,让他们自救——

飞船已经来到了我们头顶。

火雨从天而降,落在河床上,"天空"和我四目相接。

在烟雾、火海和降落的冰雪中,我们四目相接。

不。我示意着——

不!

他消失在一片火焰之中。

【薇奥拉】

马儿们一跃而起,我们身后的河床火光冲天——

几乎无处可逃。前面的树林着了火,山坡上的石头不知怎的也烧了起来,雪花都在半空中蒸发了,留下了一缕缕蒸汽。我们逃过了第一波攻击,但是如果他再回来,我们已经无处可去,根本无处可去。

"薇奥拉!"布雷德利大叫着,他骑着安格哈拉德撞到了松子身上,它们两个吓坏了,嘶鸣着招呼对方。

"我们怎么离开?!"说着,我在浓烟里咳嗽起来,我转过头看到一面十米高的火墙,向干涸的河床烧过去,就在我们刚才站着的地方。

"'天空'在哪里?"布雷德利说。

我们转过头看本,我刚刚意识到他的声流不见了,他的声流转移了注意,附近所有的斯帕克人也停了下来,好像冻住了一样,一片火海之中,这幅景象显得尤为怪异,尽管我们无处可逃。

"本?"我说。

他仍然盯着河床上的大火。

然后我们都听到了——

一个撕裂的声音,从我们身后传来,好像空气骤然被撕成两半。

1017——他从巴特鲁魔上下来,跑了过来。他向着火焰冲去。火势渐微,露出了光秃秃的石头,留下了一堆堆灰尘,就像斯帕克人发射火焰箭之后的战场。

只不过这一次,倒下的只有两个身影。

1017向他们跑去,他的声流发出更加可怕的声音,充满愤怒和悲痛，我一辈子都没有听过这样的声音。

他向"天空"和巴特鲁魔烧焦的尸体跑去。

（1017）

我奔跑着——

我的头脑里没有想法。

我的声音里没有声响，除了一声哀号，我几乎听不见自己——

那声哀号想要阻止一切。

那声哀号拒绝相信眼前的画面，拒绝接受发生的事实。

我只是模糊地意识到，我跑过了"寸草不生"和线人身边——

模糊地意识到，怒吼声正在我耳朵里、头脑里、心里翻涌——

还有我的声音里——

河床上的石头仍然在燃烧，在我靠近的时候，石堆间的火已经开始熄灭，这次攻击并没有酿成更大的火势——

但是它显然达成了唯一的目标——

我扑进火里，感觉皮肤被烧起了水泡，许多石头被烧得鲜红，看起来就像火炭一样——

但是我不在意——

我到达了"天空"骑着巴特鲁魔的地方——

到达了他摔倒的石堆附近——

他和巴特鲁魔还在燃烧——

我扑打着火苗，想要徒手扑灭火焰。哀号声越来越响，它冲出我的身体，冲向远方，冲进这个世界，冲进"大地"，试图抹去一切业已发生的——

我架起"天空"燃烧的双臂，把他从着火的坐骑身上拉下来——

　　我大声告诉这个世界：不！
　　我的皮肤被石头灼痛，我自己的地衣在高温下焖燃着——
　　不！
　　我用手揽住他，感觉到了死一般的沉重——
　　然后——
　　然后——
　　然后我听到了他——
　　我愣住了——
　　我完全动不了。
　　"天空"的尸体靠在我身上——
　　他的声音脱离了他的身体飘在空中，他的身体却留在原地——
　　那声音对着我说道——
　　天空——
　　他对我说："天空"。
　　然后他走了。
　　就在下一秒，我听到他们——
　　我听到所有"大地"的声音。每个人都愣住了——
　　都愣住了，尽管一些人着了火——
　　都愣住了，尽管很多人死了——
　　我也仍然怔住，双手抱着"天空"的尸体——
　　只是这已经不是"天空"的尸体了。
　　"天空"。
　　我听到。
　　现在是"大地"在发声。
　　"大地"的声音，交织在一起。

"天空"是"大地"的声音,那一刻,它被切断了,释放了,在这个世界里迷失了,没有一个表达的出口——

但是只有一刻——

"天空"。

是"大地"在对我说话。

他们的声音进入我的身体,他们的知识进入我的身体,所有"大地"和历代"天空"的知识。

他们的语言也急速涌入我的身体,那是我始终抗拒的、一直竭力疏远的东西,这一瞬间,我突然全部明白了——

我认识了他们每一个人——

我认识了我们每一个人——

我知道这是他,是他传递给我的。

"天空"是由"大地"选择的,但是战争时分,不容片刻耽搁。

"天空"。他死时这样告诉"大地"。

"天空"。"大地"便这样对我说。

我回应了,我回应了:"大地——"

我站起来,将往昔的"天空"留在身后,暂时放下我的哀痛——

因为顷刻间,重担便落在了我肩上——

"大地"在危难之中——

"大地"的利益必须放在第一位。

所以现在只有一件事要做。

我转身面对"大地",面对线人——他也唤我"天空",面对"寸草不生"那个男人和"猎刀"的唯一。所有的眼睛都在注视着我,所有的声音都在向我诉说——

我是"天空"。我说着"大地"的语言。

（但是我自己的声音也在这里——）

（我自己的声音，充满愤怒——）

我告诉"大地"开闸放水。

立刻打开全部水闸。

【薇奥拉】

"这样会把城市给毁掉的！"布雷德利说，而本还没有告诉我们现在发生了什么。

但是我们能从周围的声流里看到，看到1017命令他们开闸泄洪。

"那里还有很多无辜的人，"布雷德利说，"这条河流已经蓄水很久，释放的力量足以让他们从这个星球上消失！"

已经行动了。本说。

"天空"已经发令，已经开始了——

"'天空'？"我说。

新的"天空"。他说着，看着我们身后。

我们转过身。1017从发光的薄雾中走了出来，他眼睛里的神情与从前大不相同。

"他是新'天空'？"布雷德利问。

"哦，糟糕。"我说。

我可以跟他谈谈。本说。我会尽量劝他了解真实的情况，但是我阻挡不了那条河——

"我们必须给市里的人发出警报，"布雷德利说，"我们有多少时间？"

本的目光短暂失焦。通过他的声流，我们看到斯帕克人的水坝已经拦截了大量水流，场景不可思议：那里本是一片连绵不绝的草原，陶德和我曾经在那里见到成群的动物，它们互相喊着"来这里"；现在那里蓄满了水，几乎成了一片内陆海洋。

距离比较远。放水前还有一些工作要做。本说。他眨了眨眼。那样的话，二十分钟吧。

"这时间不够！"布雷德利说。

只有这么多时间。本说。

"本——"我说。

陶德在上面。本说道。他与我对视，他的声流好像要进入我身体，我从来没听过这样的声流。陶德在上面，仍在为你而战，薇奥拉。

"你怎么知道？"

我能听到他的声音。

"什么？"

不怎么清楚。

本说，他听起来跟我一样惊讶。

没有什么具体内容，但是我能感到他在上面。当我们选出"天空"的时候，我能感受到每一个人。

他的眼睛睁大了：我听到了陶德的声音。我听到他在为你而战。他骑着巴特鲁魔，靠近了一些。你必须为他而战。

"但是斯帕克人要死了，"我说，"还有市里的人——"

你为他而战，也就是为我们所有人而战。

"但是战争不能涉及私人感情。"我说，其实也是疑问——

如果这个人能结束战争，那就不是私人的事，而是所有人的事。

"我们得走了，"布雷德利说，"马上！"

最后一秒，我向本点了点头，然后我们掉转马头，想要穿过火光，找到一条安全的出路——

却看到1017挡住了我们的路。

"让我们走，"布雷德利说，"飞船里那个男人是我们共同的敌人。他是这个星球上所有生物的公敌。"

就在这时，我们听到轰鸣的侦察舰又转了个头，准备再一次攻击——

"拜托了。"我乞求着。

但是1017拦着我们不放。

我从他的声流里能看到我们——

从他的声流里看到我们丧命——

不。

本骑着巴特鲁魔过来：现在没有时间复仇。你必须让"大地"躲避倾泻的河水——

我们能看到1017内心的挣扎，看到他的声流扭来扭去，他希望复仇，又希望拯救他的人民——

"等等。"我说，因为我忽然想起来——

我拉起我的袖子，露出编号环，那里的皮肤现在变成了粉红色，正在愈合，不再对我的生命造成威胁，但是那块铭牌会永远留在那里。

我感受到了1017声流里的惊讶，但是他仍然没有动。

"我跟你一样憎恨那个杀死'天空'的男人，"我说，"我会尽一切努力阻止他。"

他又盯着我们看了好一会儿，大火在我们周围肆虐，侦察舰正从山谷往这边飞来——

去吧。他说。在"天空"改变主意之前快去吧。

【陶德】

"薇奥拉!"我尖叫着,但是"联系人1"和"联系人3"都没有回应,我感觉脚下的地板又倾斜起来。我抬头看着屏幕,我们又回到了着火的河床附近。

但是烟雾太浓,我看不到她或者本。

(拜托——)

"看看斯帕克人吧,陶德,"市长在通信系统里说道,听起来像着迷了一样,"他们连跑都不跑了。"

我要杀了他,我绝对要杀了他——

然后我想到,阻止他——这就是我想要做的事,是我此刻最大的欲望,如果这就叫作欲望。

停止攻击。

我想。在翻滚颠簸的飞船里,我努力集中精力,想要找到驾驶舱里的他。

停止攻击,然后让飞船着陆。

"有人在敲我的门,是你吗,陶德?"市长大笑起来。

像是一道闪光划过我的脑海,一种剧烈的痛感,我想着他从开始一直所说的话——"**你什么都不是你什么都不是你什么都不是。**"我向后一跌,视野变得模糊,思绪混乱。

"你也不用继续忙活了,"市长说,"看来我们的薇奥拉活了下来。"

我对着屏幕眨了眨眼,看到飞船正向两个骑马的人影飞去,其中一个是薇奥拉。

(谢天谢地——)

他们正骑着马,全速赶往山那边,能躲过火焰就躲过去,躲不过去就跳过去。

"别担心,陶德,"市长说,"我要做的已经做完了。如果我想得没错,那条河已经要放水了,我们应该去海岸边等待命运降临了。"

我仍然沉重地呼吸着,跌跌撞撞地走到通信系统的操作界面前。

或许我的通信器才是"联系人1",而柯伊尔助医是"联系人3"。

我伸出手,按下了"联系人2"。

"薇奥拉?"我说。

屏幕上出现了她,一个小小的人影,骑在松子背上。他们抵达了山崖,一跃而下,跳到了下面崎岖的小路上——

我看到她吃了一惊,看到她和松子跌跌撞撞停了下来,看到她把手伸进了她的斗篷——

"陶德?"我听到了,声音特别清晰。

"怎么回事?"我听到市长说。

但是我仍然按着按钮——

"大海,薇奥拉!"我大叫,"我们要去大海边!"

我再一次被声流击中。

【薇奥拉】

"大海?!"我对着通信器喊叫,"陶德,你说什么——?"

"看!"布雷德利骑着安格哈拉德,他朝着被毁坏的山路前方喊道。他指向侦察舰。

它正飞快地穿过山谷,渐渐远离我们,朝着东边航行。

朝着大海的方向。

"陶德?"我又说了一遍,但是通信器那头无人回应,"陶德?!"

"薇奥拉,我们必须走了。"布雷德利说着,吆喝安格哈拉德继续下山。通信器里仍然没有声音,但是布雷德利说得没错。大水就要来了,我们必须尽我们所能去警告大家。

松子向山下冲去,尽管我知道,我们可能只能救下零星几个人——

或许甚至救不了我们自己。

【陶德】

我呻吟着从地板上站起来,我刚才倒在了伊万的尸体上。我回头瞥了一眼屏幕,但是现在什么也显示不出来了,我甚至看不到火,下方只有绿色的树林和山坡。

所以我们已经在去往大海的路上了。

去终结这一切。

我把伊万的血从我的外套上擦掉,这件愚蠢的制服上衣跟市长那件如出一辙,一想到自己跟他看上去那么相似,我就感到无比羞耻。

"见过大海吗,陶德?"他问。

我忍不住看过去——

就在那里——

大海。

这一刻,我无法移开自己的目光。

所有的屏幕都被大海占满,满满的、满满的、满满的,那片水域如此庞大，浩瀚无边，只有面前的沙滩，它被沙子和雪覆盖，然后就是无边的水，直通云际。

它令我眩晕，我不得不移开视线。

我回到通信界面。刚才我接通了薇奥拉几秒钟就被切断了，市长关掉了一切可以让我与她通话的设备。

现在只有我和他，向大海飞去。

只有我和他，去迎接最后的审判。

他刚才是在追击薇奥拉。是在追击本。即使大火没能烧死他们，他们也会被大水淹没。那么，就让我们来一次审判吧——

是的，我们来吧。

我开始想她的名字。我开始用心用力地想她的名字，练习着，预热着，在我的头脑里，在我的声流里——

感受着我的愤怒，感受着我对她的担忧——

或许他能够压制我的声流，让我难以发挥战斗力，既然他仍能用他的声流揍我，那么我也能——

薇奥拉。

我想着。

薇奥拉——

（天空）

我必须把"大地"送出火海，拯救大家。我必须送他们爬上着火的山坡，穿过燃烧的树林，穿过崩塌、炸裂的隐秘房舍，我必须把他们救出危险的境地，并且避开那个更大的危险，它正在顺流而下——

这更大的危险是我带给他们的——

这更大的危险是"天空"认为有必要的。

因为这是"天空"的选择,是"天空"从"大地"的利益出发做出的选择。如果我们放任森林继续这样燃烧,我们中的很多人都会被烧死,就算拼命逃跑,也还是会有很多人会牺牲——

如果走另一条路,至少我们能拉上几百个"寸草不生"垫背——

不。我听到线人示意。他跟在我身后,登上陡峭的山坡。

我们骑着巴特鲁魔,想要赶在大水来临前找到一条路,能够抵达河床上游,越远越好。这一路,巴特鲁魔受了很多苦,但是我们必须前进,希望它们身上的盔甲能保护它们。

"天空"不应该那么想。线人示意。与"寸草不生"开战只会毁掉"大地"。和平的可能性仍然存在。

我站在鞍座上,转过身去俯视他。他坐在他的鞍座上,像人类一样。

和平?我震怒不已。在他们干了这些事之后,你还期望和平?

是他们其中一个人做的。线人说。和平不但仍然有可能,而且对我们的未来至关重要。

我们的未来?

他没有理会:否则,唯一的结局就是两败俱伤。

这有什么问题吗?

他的声音里已经燃起怒火:这不是"天空"应该说的话。

你对"天空"又有多少了解?我示意。你对我们当中的任何一个又有多少了解?你用我们的声音说话,但这只占了你生命的一小部分。你不是我们。你永远都不会成为我们。

只要还存在我们和他们,"大地"就永远不会安全。他回应。

我正要回答,但是"大地"的声音从西边的山谷里传来,警告着我们。我们的坐骑加快了攀爬的速度。我望向山谷,冰雪仍在降落,烈火仍在对岸熊熊燃烧,浓烟仍在不断升入云层——

山下河床处笼罩了一层薄雾,雾气在河水前飞舞,就像箭头上的哨子[①]——

就要来了。我示意。

雾气从我们身边飘过,逐渐升腾,把世界染成了一片白色。

我最后看了一眼线人,然后打开了声音。

我将声音敞向所有能听见它的"大地",寻找传递消息的小径,直到我意识到,我的声音将传送给所有"大地",不论他们身在何处。

然后我听到了自己发出的第一个指令的回声,关于拿起武器。

就像一个尚未圆满的使命。

我在声音中将它抓住,再次传送出去,传到更远更广阔的地方去——

做好准备,我告诉"大地":做好准备迎接战争。

不!线人再次大喊。

但是他的声音消散在喧嚣之中。比整座城市还高的洪流从山巅坠下,吞噬了地上的一切——

【薇奥拉】

我们沿着进城的路奔驰,松子和安格哈拉德跑得太快了,我几乎抓不住它的鬃毛——

宝贝儿,抓紧。松子说着,再次加速。

布雷德利和安格哈拉德走在前面,我们在雪中穿梭,雪花在我

[①] 箭头上的哨子:一种叫作"响箭"的箭头上会发出响声的装置,也叫作"鸣笛"。

们四周飞旋。我们快到市郊了,路边出现了一些房子——

怎么回事?

我听到布雷德利的声流大叫——

有一小队人马正沿着公路进军。他们队伍整齐,在奥黑尔上尉的带领下,举着武器,恐惧在他们的声流中涌动升腾,宛如地平线上的滚滚浓烟。

"回去!"布雷德利大叫着,我们离他们越来越近了,"你们必须回去!"

奥黑尔上尉停下了脚步,他的声流满是困惑,他身后的人们也停下了脚步。我们来到他们跟前,马儿的蹄子打滑,遂停了下来。

"斯帕克人就要攻过来了,"奥黑尔上尉说,"我接到了命令——"

"他们已经打开水闸了!"我大喊。

"你们必须去高地!"布雷德利说,"你们必须告诉市民们——"

"大部分市民已经离开了,"奥黑尔上尉说,他的声流涨得通红,"他们正跟着大部队,朝反方向全速进军。"

"他们在干什么?"我说。

但是奥黑尔上尉的表情变得越来越愤怒。"他知道,"他说,"他知道这就是自杀。"

"那你们是要去哪儿?"我追问道。

"他们去助医们所在的山顶,"奥黑尔上尉说,他的声音里充满了苦涩,"去保护他们。"

我们从他的声流中看到他恍然大悟"保护"是什么意思。

我想到李在那个山顶上。我想起李的眼睛看不见。

"布雷德利!"我大喊着,抽了一下松子的缰绳。

"让你的人都去高地!"布雷德利大喊着。我们掉转马头,准备原路返回。"能救多少是多少!"

这时,我们听到了一阵喧嚣——

那不是士兵们声流的喧嚣——

是河水奔流而下的喧嚣。

我们回过头——

一堵高得难以想象的水墙把山顶淹没了。

【陶德】

屏幕上的画面变了。大海消失了,取而代之的是城市里的画面。有一个探测器正对着空空的瀑布。

"来了,陶德。"市长说。

"薇奥拉?"我小声说着,近乎狂乱地寻找着她,绝望地祈祷着某个探测器拍到了她骑马进入城里的画面——

但是我什么也没看到。

什么也没看到,只有一堵巨大的水墙从山顶奔腾而下,随之涌起了一团规模相当于整座城市的水雾。

"薇奥拉。"我又小声叫着。

"她在那儿。"市长的声音传来。

他切换到了某个探测器,屏幕上出现了她和布雷德利,他们沿着城里的马路骑马狂奔——

很多人在奔跑,但天底下根本无路可逃。眼前是庞大的水雾,如何才能跑得比那飞流直下、向前直冲的水更快呢。

一波巨浪正向城市袭来——

"再快点儿,薇奥拉,"我小声说着,脸贴近了屏幕,"再快点儿。"

【薇奥拉】

"快点!"布雷德利在我前面喊——

但是我几乎听不到他的声音——

我们身后的潮声震耳欲聋,从山崖边飞泻而下——

"快点儿!"布雷德利又叫了起来,他回头向身后看去——

我也转过头去——

我的天哪。

那几乎就是一堵坚实的白墙,发狂的水流比新普伦提斯市最高的建筑物还要高,它冲进了河谷,立刻淹没了山底的战场,继续咆哮着前进,吞噬了路上的一切——

"快走!"我对松子喊道,"快走!"

我能看到它内心涌动的恐惧。它很清楚是什么在我们身后紧追不舍,是什么把城郊的房子轰成了碎片,毫无疑问,还有奥黑尔上尉和他所有的手下——

其他人也在奔跑,他们尖叫着从房子里逃出来,向南边的山坡跑去,但是他们离得太远了,用脚根本不可能跑得比水还快,所有人都要死——

我转过脸,因为恐惧又用脚催松子快跑。它太用力了,口中都吐出了白沫——

"快点,小伙子,"我在它两只耳朵中间说道,"快!"

它没有回答我,只是跑啊跑啊。我们穿过广场,经过教堂,上了出城的路。我又偷偷回头看了一眼,水已经冲进了广场对面的楼房——

"我们不可能跑得过了！"我对布雷德利叫道。

他看看我，然后向我身后看去。

他的表情告诉我，我是对的。

【陶德】

我眼角的余光瞟到角落里的一个屏幕，上面显示我们正准备在海岸着陆，那里有雪、有沙，有无尽的水，波浪拍打着前进，在水面上投下黑色的影子——

但是我的注意力集中于那个跟随薇奥拉和布雷德利的探测器上——

探测器跟着他们穿过广场，穿过人群，经过教堂，上了出城的路——

但是水流太快、太高、太猛——

他们逃不了的。

"不，"我说，胸膛里的心快要撕碎了，"快跑！快跑啊！"

水墙猛击着教堂废墟，终于推倒了唯一矗立的钟楼——

它消失在洪水之中，变成了一堆砖块——

我突然意识到了一件事——

水的流速慢下来了。

在它摧毁、抹杀新普伦提斯市的路上，所有的垃圾、建筑都是障碍物，能够让它减速，一点点，一点点，让水墙变矮、变慢。

"但是远远不够。"市长说。

他来到这个房间，就在我的身后。我飞快转过身，面对着他。

"我很抱歉她要死了，陶德，"他说，"我说真的。"

我全心全意地念着**薇奥拉**,朝他发动攻击。

【薇奥拉】

"不。"我呢喃道,我们身后的城市已经粉身碎骨,现在水里浮满了木材、砖头、树干和数不清的尸体。

我回头望去——

水速慢了下来——

被数目众多的残骸堵住了——

但是还不行。

它已经到达我们身后的路上,仍然速度很快,仍然来势汹汹——

陶德,我想着。

"薇奥拉。"布雷德利回头叫我,他的脸扭曲着。

但是不可能了——

就是不可能了——

宝贝儿。我听到呼唤。

"松子?"

宝贝儿,它说,它的声流因为奋力奔跑而发出刺耳的声音。

安格哈拉德也是,我听到它在前面发出的声音。

跟上来!它说。

"你说什么,跟上来?"我警觉地说,回过头一看,水距离我们已经不到100米——

90米。

宝贝儿。松子又说。

"布雷德利?"我喊道,我看到他紧抓着安格哈拉德的鬃毛,我也一样抓着松子的鬃毛。

跟上来! 它又大吼一声。

跟上来! 松子回应道。

抓紧! 它们两个一起大喊。

它突然加速,我差点被甩了下去。

那速度一定会撕裂它腿部的肌肉,胀破它的肺部——

但是我们成功了。

我回过头——

我们躲过了洪水。

【陶德】

薇奥拉!

我直直地对着他,想。

我带着自己所有的愤怒向他发出攻击,因为她身处危难之中,因为我不知道她的安危,因为她可能——

所有那些愤怒——

薇奥拉!

市长吃了一惊,摇摇晃晃地向后退去,但是没有跌倒。

"我告诉过你,你变强了,陶德,"说着,他试图站稳,然后挤出一个微笑,"但还不够强。"

一阵强烈的声流向我袭来,我往后仰倒,跌在一张床上,又滑到了地上,全世界只剩下那个声流,反复在我脑海里回荡:**你什么都不是你什么都不是你什么都不是**,所有的一切都变成了那个声音——

接着,我想起了薇奥拉——

我想到她还在那里。

我努力抵抗着。

我感到我的手在地板上——

我用手撑着身体,慢慢半坐起来——

我抬起头——

看到一米以外市长惊讶的脸。他向我走来,手里拿着什么东西。

"嚯,"他说着,语气似乎很兴奋,"比我想的还要更强呢。"

我知道另一波冲击就要来了,所以趁他还没做好准备,我要用老办法解决了。

我向他扑过去,猛地一跳,飞了过去。

他没有料到。我撞到了他的腰上,我们两个人一起撞在了屏幕上。

(屏幕里的河水仍然沿着河谷奔腾而下——)

(仍然没有薇奥拉的身影——)

他撞在屏幕上,痛呼出声,我压在他身上,举起拳头,揍了下去——

我的脖子上被什么东西轻轻一拍——

轻得就像摸了一下一样——

什么东西贴了上去,我用手摸过去——

他手上拿的东西——

是一块绷带。

"好好睡吧。"他冲我咧着嘴笑道。

我倒在地上,最后看到的是满屏幕的河水——

【薇奥拉】

"松子！"我对着它的鬃毛喊道。

但是它不理我，只是继续疯狂奔跑着，安格哈拉德也是，布雷德利他们在前面。

成功了，我们到了一个拐弯处，身后的河水仍然在奔流，仍然装满了各种残骸和树木。

但是河水慢下了很多，高度也降下来了一些，更多的水流进了河床里——

马儿们仍然在奔跑。

远处路的那边，一团雾气向我们奔涌而来，已经够到了马的尾巴——

河水仍然在奔流——

但是离我们越来越远了——

"我们成功了！"布雷德利回过头对我大喊。

"再跑远一点，松子，"我对着它两只耳朵说，"我们差不多已经逃过一劫了。"

它什么也没有说，仍然继续奔跑着。

路上的树木越来越浓密了，一半的树都着了火，这让水流得更慢了一些，我认出了这个地方。我们已经很靠近以前的康复所了，我曾被困在那里好几个月，最后逃了出来。

我看到了通信塔所在的山顶——

前方进军的军队要去的那个山顶——

或许他们已经到了。

"我知道一条小路！"我喊道。我顺着这条路往上指，那里往右有一个小农场，那边山上的森林没有着火。"从那边走！"

宝贝儿。

听到松子应道,马儿们掉转方向,转过拐角,沿着路往上冲,我知道那条小路就在树林里——

这时我们身后传来一声巨响,河水朝着我们刚刚离开的那条路冲过来了,水、树和各种碎片搅在一起,浇灭了火,淹没了一切。水流沿着我们身后的路冲了上来,吞噬了那间小小的农舍——

我们已经进了树林,树枝拍在我的脸上,我听到布雷德利大叫了一声,但是他没有松开安格哈拉德。

我们上了山,到了一片平地——

然后又是一段上坡路——

穿过茂密的灌木丛——

然后我们到达了那片空地,马蹄冲向人群,尖叫的人们四散而逃。电光石火间,我意识到——

探测器的摄像头仍然竖在帐篷边。

他们知道出什么事了——

他们知道什么要来了——

"薇奥拉!"马儿们刚跑进营地,我听到威尔夫吃惊地叫我。

"让人们躲开上山那条路,威尔夫!河水——!"

"军队来了!"他身边的简大喊道,指着空地的入口。

我们看到,泰特上尉几乎带来了一整支军队上了山。他们举着枪,准备发动攻击——

一车一车的大炮已经就绪,随时可以把这个山顶炸成碎片——

(天空)

"天空"什么都能听到。

我以前就知道，但是直到现在才真正了解。他能听到每一个"大地"心中隐藏的每一个秘密。他能听到每一个细节，重要的、不重要的、深情的、凶狠的。他能听到每一个孩子的每一个愿望，每一个老妪的每一个记忆，"大地"之中每一个声音的每一个愿望、感觉和想法。

他就是"大地"。

我就是"大地"。

"大地"必须活下去。线人继续对我说，我们骑着巴特鲁魔奔跑着，向东攀过连绵的山。

"大地"还活着，我回应他，而且会在"天空"的带领下继续活下去。

我知道你在谋划什么，你不能——

我猛然回过头看他：你没有资格对"天空"指指点点。

我们继续行进，雾气和降落的冰雪混在一起，抑制了山谷周围森林的火势。北部森林里的大火仍然凶猛，我能从"大地"的声音里看到，虽然河水已经流下，但是火势依然不减。除此之外，"寸草不生"的首领还造成了无数的破坏，那里将成为一个满目疮痍的黑暗国度。

不过南边的山上岩石更多。山里有一些小路，那里植被稀薄，灌木低矮，火烧得没有那么厉害。

所以我们向南部山丘进军。

我们向东进军。

我们所有人。在大火里幸存下来的每一个"大地"成员，每一个"小径"，每一个士兵，每一个母亲、父亲和孩子。

我们向东进军，追着"寸草不生"的脚步。

我们向东进军，向着远处那个山顶。

我们的武器准备好了,那些武器曾经将他们击退,杀死过成百上千敌人,现在更要一举将他们消灭——

然后我听到一个士兵的声音,他骑着巴特鲁魔来到我身边——

他带给我一件属于我自己的武器。

因为"天空"不可以毫无防备地进入战场。

我感谢这位士兵,从他手上接过了武器。这是"大地"的酸物质步枪,不是"猎刀"身上带的那种步枪。

不是我发誓有一天要用来报仇的那种步枪。

我对着"大地"打开我的声音。

我再次召集了他们。

我召集了他们所有人。

我们向东进军,我告诉他们。

活下来的"大地"向着"寸草不生"进发,我告诉他们。

出于什么目的呢?线人又追问道。

我没有回答他。

我们前进的速度更快了——

【薇奥拉】

"薇奥拉,停下!"布雷德利在身后喊道——

但是我已经继续骑马前行,甚至都没有告诉疲惫的松子要这么做——

在山顶上,我们疾驰穿过人群,人们开始尖叫着躲避逼近的军队。一些人举起了他们从"答案"那里得来的枪,助医们则向她们自己更大的武器仓库跑去——

战争就要来了,这里就是一个疯狂的缩影。世界行将崩溃,而这里的人们还在把最后的时间浪费在内斗上——

"薇奥拉！"我听到——

那是李，他在人群边缘，转头看着周围男人们的声流，想要了解现在到底发生了什么，想要拦住我——

但是我不要再害死任何人了，只要有我能做的——

这一切始于我发射的导弹，正是我做出的决定将这个世界拖入了战争，此后我一直在努力纠正错误。而比起这场大火、这场大水，还有陶德被市长开着飞船带走，让我更愤怒的是，即使和平协作显然是目前唯一能让我们大家活下去的选择——

然而仍然有人不愿意做出这样的选择。

我在前进的士兵面前勒住缰绳，迫使泰特上尉停下。

"把枪放下！"我发现自己在尖叫，"立刻！"

但是他仍然举着枪。

对着我的脑袋。

"现在都成什么样了？"我大喊，"山下的城市已经毁了，你们还要杀死唯一能帮助你们重建的人？"

"别挡路，小姑娘。"泰特上尉说着，脸上露出无力的微笑。

我的心一沉，我知道他能轻易杀掉我。

我抬起目光，望着他身后的军队，望着那些准备好发射大炮的士兵。

"这次袭击之后你们准备怎么办？"我对他们所有人大喊，"你们全都到海边去送死，等着被斯帕克人的百万大军歼灭？这是你们接到的命令吗？"

"确实如此。"泰特先生说。他扣下了扳机。

"你们生来是为了打仗吗？"我仍然在大喊，现在我开始同时朝身后的山顶喊话，那儿驻扎着剩余的"答案"部队，以及聚集于此的人群、拿起武器的市民们,"是吗?这就是你们想要的吗?你们不是为了更好的生活才来到这里的吗?"

我回头看向泰特上尉。

"你们来到这里,不是为了创造一个乐园吗?"我说,"还是说,因为那个男人命令你们去死?"

"他是个伟人。"泰特上尉说着,低头看着步枪的枪管。

"他是个杀人凶手,"我说,"如果他无法控制某样事物,他就去毁了它。他派奥黑尔上尉和他的手下去送死。我亲眼看到的。"

听到这话,他身后的士兵们开始窃窃私语。恰好布雷德利也骑着马过来了,他打开声流,向他们展示奥黑尔上尉和他的手下行军的景象。我离泰特上尉很近,看到此时一滴汗正流过他的太阳穴。虽然天气很冷,虽然下着雪。

"他也会对你这么做的,"我说,"他会对你们所有人这么做的。"

泰特上尉的表情看上去像是他正在跟自己搏斗,我开始想他能不能违背市长的命令。如果市长对他没有做什么事的话——

"不!"他大喊,"我得听从指令!"

"薇奥拉!"我听到李在一旁大喊。

"李,让开!"我大叫。

"我得听从指令!"泰特先生尖叫着。

枪声响了——

(天空)

雾越来越浓,跟浓烟和水汽交织在一起,在我们脚下的山谷中升腾。

但是雾拦不住"大地"。我们只是把我们的声音敞得更开，每一个脚步依次传递、传递、传递，一个接着一个，直到整个进军的画面在我们面前展开，我们各自有限的视野拼成了一幅集体行走的全景图像。

"大地"不会失明。"大地"在前进。

"天空"领头。

我能感受到"大地"在我身后集结，他们从四面八方涌来，蜿蜒穿过燃烧的森林和山巅，成千上万地聚集起来，并肩前进。"天空"的声音沿着队伍向后传递，通过"小径"和"大地"层层传播，穿过我从未见过的森林，越过"寸草不生"从未知晓的平原，找到了那些口音奇特、各不相同的"大地"声音——

但它们一样是"大地"的声音。

"天空"呼唤着他们，呼唤着他们的每一个声音，此前从未有"天空"曾经单次触及那么遥远的地方。

所有"大地"的声音都汇入前进的队伍中——

我们所有人一起——

去会一会"寸草不生"——

然后呢？线人示意着，他仍然骑着他的牲畜，仍然紧跟着我，仍然纠缠不休——

我想你现在可以离开我们了，线人现在可以回归自己的种族了。

但是你没有强迫我，任何时间你都可以这样做。他的声音高涨起来。但是你没有。你知道，"天空"知道我说的是对的，你不能攻击"寸草不生"。

那些杀害"包袱"的"寸草不生"？我回应道，内心翻涌着愤怒。那些杀了"天空"的"寸草不生"？"天空"不去回应他们的袭击吗?"天空"要转过身去,任由"大地"被他们杀死吗?

或者说,"天空"希望夺取这样的胜利吗,就算要让"大地"付出全部代价?线人示意着。

我转过身:你只想救你的儿子。

我确实是这么想的,陶德是我的"大地",他代表着一切值得拯救的东西,代表着未来的一切可能。

我又在线人的声音里看到了"猎刀",他真实而脆弱,充满生机,有血有肉——

我打断了他。我再次向"大地"打开我的声音。我告诉他们加快步伐。

这时,线人的声音里传来了一个奇怪的响声——

【薇奥拉】

听到枪响,我纵身一跳,以为会像戴维·普伦提斯开枪打我时那样,感受到同样的灼痛——

但是我什么感觉也没有。

我睁开眼睛,这才意识到自己刚才闭上了眼睛。

泰特上尉仰面躺在地上,一条胳膊蜷在胸前,他的前额上有一个弹孔。

"住手!"我大喊着,转头看是谁开的枪,只看到一群拿着枪的男男女女,他们都满脸困惑——

还有威尔夫,他站在李旁边——

李手里拿着一支步枪。

"我打中他了吗?"李说,"威尔夫替我瞄准的。"

我立刻回头看向那些士兵,他们个个全副武装,个个举着枪——

他们全都奇怪地眨了眨眼,好像刚刚醒过来,有些人看起来完全不知道发生了什么。

"我不确定他们是不是自愿跟他来的。"布雷德利说。

"那是泰特上尉吗?"我问,"还是市长在控制泰特上尉?"

你能听到士兵们的声流越来越响亮、越来越清晰,他们看着山顶上受惊的人们,他们刚刚准备开枪射杀的那些人——

你甚至能听到后方人们的担忧,因为河水已经离他们很近了,情况非常凶险。

"我们有食物,"罗森助医大声说着,从人群中走了出来,"我们要开始给所有流离失所的人搭建帐篷。"她抱起双臂,"现在只剩下我们了,我猜。"

我看看士兵们,发觉她是对的。

他们不再是士兵了。

不知怎的,他们变回了普通人。

李和威尔夫一起向我走来,威尔夫的声流为他引路:"你还好吗?"

"我没事,"我说,我看到自己出现在威尔夫的声流里,然后出现在李的声流里,"谢谢你们。"

"不用,"威尔夫说,"现在怎么办?"

"市长已经去海边了,"我说,"我们得赶过去。"

不过我身下的松子仍然在重重地呼吸着,我不确定它还怎么能够——

布雷德利突然重重地倒吸了一口气,放下了安格哈拉德的缰绳,双手抱头,眼睛圆睁——

他的声流里回响着一个声音,很奇怪很奇怪的声音,什么也听不清,不是语言也不是画面,只有声音——

"布雷德利?"我说。

"他们来了。"布雷德利说,那还是他的声音,但不只是他的声音,怪异而沉重地回响在山间。他双眼失焦,漆黑一片,看不到面前的任何东西。

"他们来了!"

(天空)

那是什么?我责问线人。你做了什么?

我凝视着他的声音深处,寻找着那个声音——

我看到了——

我一开始太过震惊,甚至忘记了愤怒。

怎么会?我示意。你怎么能做到?

我在用那个声音说话。他说着,带着惊叹的神情。那是这个世界的声音。

他声音里回荡的语言既不属于"大地",也不属于"寸草不生",而是"寸草不生"的语言和"大地"的声音结合而成的某种产物,通过"小径"传递着,通过新的"小径"——

通过"寸草不生"的"小径"——

我的声音开始抽搐:怎么会?

我想它一直都在我们中间。他示意着,呼吸声沉重。但是在你们打开我的声音之前,我们无力做到。我想,布雷德利一定是天生的"小径"——

你警告了他们。我愤怒地示意道。

我别无选择。线人说。

我举起强酸步枪,对准了他。

如果杀了我能让你大仇得报,他示意,如果这样能停止双方你死我亡的争斗,那就杀了我吧。我很乐意为此牺牲。

我从他的声音里看出他说的是真话。我看到他正在想着"猎刀",想着陶德,再次怀着那份爱——为了拯救"猎刀",他情愿与他离别。我听到那种情感在他身体里回响,就像他以前传递的信息一样——

不。我放下了武器。我感到他的声音燃起了希望。

不,我再次示意,你得跟我们一起走,亲眼看看他们的末日。我转过身,继续加快速度行进。你得跟我们一起走,亲眼看着"猎刀"死去。

【薇奥拉】

"他们来了。"布雷德利轻声说道。

"谁?"我问道,"斯帕克人?"

他点点头,仍然很恍惚。"他们所有人,"他说,"每一个人。"

周围的人群立刻发出了吸凉气的声音,男人们迅速用声流将消息传开。

布雷德利顿了一下:"是本。他告诉我的。"

"什么?怎么能——?"

"不知道。"他摇摇头。"没有人听到吗?"

"没有。"李说,"管它呢,这消息是真的吗?"

布雷德利点点头:"我确定是真的。"他看着山上的人群,"他们要来进攻我们了。"

"那么我们必须防卫起来,"李说着,转身面对那些士兵,他们大多仍然漫无目的地站在原地,"重新排好队!准备好大炮!斯帕克人要来了!"

"李!"我对着他身后喊,"我们根本没希望打败那么多——"

"是,"他说着转过身,他的声流正对着我,"但是我们可以争取足够的时间,让你到达海边。"

他的话让我闭上了嘴。

"抓住市长是让这一切结束的唯一办法,"他说,"你必须想办法让陶德也来帮忙。"

我绝望地看看布雷德利。我看了看周围每一张脸,每一张凌乱、疲惫的脸,他们历尽磨难,千方百计地活到了现在,都想知道现在是不是真的走到了绝路。浓雾很快从谷底升了上来,它笼罩了一切,将万物置于一层薄纱似的朦胧之中,人们站在其中,宛如鬼魂。

"把市长交给他们就可以阻止这一切。"布雷德利说。

"但是,"我说着,低头看着松子,它仍然喘着粗气,在它的侧腹部,汗像泡沫一样渗了出来,"马需要休息。它们不可能——"

宝贝儿,松子低着头说,**去吧,现在就去。**

斯帕克人。安格哈拉德说,它也喘着气,**去救帅小伙。**

"松子——"我说。

现在就去。它又说道,更加强硬了。

"去吧,"李说,"去救陶德,或许还可以救下我们所有人。"

我低头看着他:"你能带领军队吗,李?"

"为什么不能?"他微笑着,"人人都有机会。"

"李——"我正要说——

"不需要,"他说着,伸手想要摸摸我的腿,但是没有够着,"我知道。"然后他转过身对着士兵们,"我说了重新排好队!"

谁想得到呢？他们真的动起来了。

"如果可能的话，还是要尽力争取和平，"我对威尔夫说，"拖住他们，告诉他们，我们会把市长带来，尽量让大家活下来——"

威尔夫点点头："会的。里照顾好自己，听到了吗？"

"我会的，威尔夫。"说着，我最后看了一眼李和威尔夫，还有山顶上的人们。

我不知道还能不能再见到他们。

"路已经被水淹了，"布雷德利说，"我们要走山路，从树林里走。"

我靠近松子的耳朵："你确定没事吗？"

宝贝儿，它咳嗽着，**准备好了。**

就这样了。只剩下这条路了。

布雷德利和安格哈拉德、松子和我穿过树林出发，向着大海全速飞奔。

不知道那里等待我们的会是什么。

【陶德】

我眨了眨眼睛，睁开了，我的头一阵一阵地疼。我使劲，想要从自己躺着的地方站起来，但是我被捆得紧紧的。

"反正也没什么好看的，陶德。"市长说，我的视野慢慢变得清晰。"我们在一个废弃海岸边上，一个废弃村庄的一个废弃小教堂里。"我听到他叹了口气，"我们在这个星球上的故事差不多也就是这样了，是吧？"

我努力抬起头，这一次我成功了。我躺在一张长长的石桌上，左侧的桌角裂了，我看到地上摆了一排石头长椅，远处的墙上画着一个白色的新世界和两个月球,前面是牧师布道的讲台,另一面墙塌了一半,雪飘了进来。

"你人生里许多重要的事情都是在教堂里发生的,"他说,"我觉得把你带到教堂才最合适,这里会是你的终点。"他走近了一些,"或者是你的起点。"

"你放我走,"我说,集中注意力想要控制他,但是我的脑袋极为昏沉,"你放我走,带我们飞回去。我们还可以结束这一切。"

"哦,没有那么容易,陶德。"他微笑着,拿出一个小小的金属盒子。他按了一下,空中投射出了一个画面,画面中充满白色的雾和翻滚的浓烟。

"我什么也没看到。"我说。

"等一等。"他仍然微笑着。画面在雾气中变幻着、闪现着——

突然,雾气瞬间散开了——

那是斯帕克人,正沿着山顶行进——

他们有那么多人——

整支惊人的——

"队伍正向着那个山顶进军,"市长说,"他们到了那里就会发现,我的军队已经干掉了我的敌人,然后会继续向这里进军。"他转过身面对着我,"然后我们会进行最后一战。"

"薇奥拉在哪里?"我说,试图调动我的声音,用她的名字发出攻击。

"恐怕探测器在雾里没跟上她。"他边说边按动按钮,从不同角度给我展示山谷,全都被雾气和浓烟掩藏,看得清的地方则都被火光照亮,大火在北面熊熊燃烧。

"让我走。"

"别着急,陶德。现在——"

他停下来,朝空中看了看,表情瞬间变得不安,不过原因与这里的情况无关。他转身看向探测器的投影,但是那里仍然烟雾笼罩,什么也看不清。

薇奥拉!

我正对着他想,希望他没有听到它来了。

他丝毫没有退缩,只是再次凝视空无一物的前方,眉头越皱越紧。然后他穿过断壁残垣,走到小教堂外面,而我仍被紧紧地绑在桌子上,独自在寒冷中发抖,我感觉自己的身体有千斤重。

我在那里躺了好久,努力去想下落不明的她,努力去想那些可能会因我而死的人。

然后我开始慢慢给自己松绑。

(天空)

此刻的雾像白夜一样浓,"大地"紧密相连,循着声音前进,它给我们指明方向,带领我们靠近山顶、穿过树林——

我下令,吹响战斗的号角——

那声音在全世界蔓延,尽管相隔很远,我们还是能听到"寸草不生"对此的恐惧——

我骑着巴特鲁魔继续前进,加快速度穿过森林,我感受到身后的"大地"也随之加快了步伐。我走在队伍前列,线人仍然在我身旁,为我们的先头部队开道;他们已经点燃了火箭,随时准备发射,在他们身后——

在他们身后,是"大地"全体的声音——

前进的脚步越来越快——

快到了。我向线人示意。我们穿过一个"寸草不生"废弃的农场,农场浸泡在慢慢退去的河水里,再往上爬过一片茂密的森林。

我们在森林中行进,越来越快——

"寸草不生"的声音发现我们来了,他们听到我们的声音,听到我们无数声音向他们逼近,听到号角再次吹响——

我们进入一小块平地,又爬上了一个坡。

我冲出一大片茂密的枝叶,举着强酸步枪。

我是"天空"。

我是"天空"。

带领"大地"与"寸草不生"进行最伟大的战斗。雾很浓,我在白色中寻找着"寸草不生",拿着我的武器准备发射第一箭,命令士兵们举起燃烧的箭,准备好发射——

将"寸草不生"从这个世界彻底清除。

这时,一个"寸草不生"男人出现了。

"等一下。"他说道。他很镇定,没有武器,一个人站在雾海中:"窝有话要说。"

【薇奥拉】

"看看这个山谷。"布雷德利说,我们正在骑马穿过山顶的森林。

穿过树叶和飘浮的雾气,向左下方瞥去,你能看到河水已经泛滥。第一波碎片残骸已被冲走,现在河床上只剩下急流,洪水淹没道路,直奔大海而去。

"我们不可能及时赶到,"我对布雷德利喊道,"太远了——"

"我们已经走了很远了,"布雷德利喊着回应,"而且我们跑得很快。"

太快了，我想。松子的肺已经开始发出很不舒服的粗气声。"你还好吗，小伙子？"我在它两只耳朵之间问道。

它没有回答，只是继续"嗒嗒"地向前奔跑，白沫一样的唾液从它嘴边飞溅出去。"布雷德利？"我担心地说。

他知道。他低头看看安格哈拉德，后者看起来比松子好一点，但也没有好太多。他回头看着我："这是我们唯一的机会了，薇奥拉，我很抱歉。"

宝贝儿。我听到松子痛苦地低声说道。

它没再说别的。

我想到了留守山顶的李、威尔夫，以及其他人。

我们继续骑马前进。

（天空）

"窝的名字叫威尔夫。"男人说道，他独自站在大雾之中，我能听到他背后有几百人，还能听到他们很害怕，但是如果没有选择，他们也准备好了战斗——

他们没有选择。

但是这个男人的声音有点特别。

尽管前排的士兵骑着巴特鲁魔在我旁边列队待命，武器准备就绪，闪现着熊熊火光，随时开始战斗。

这个男人的声音——毫无掩饰，像鸟儿、像牲口、像平静的湖面——

开放、真实、不会欺骗。

它是一个通道，他身后那些声音的通道，那些藏在大雾中的"寸草不生"的声音，充满恐惧、充满忧虑——

充满了结束这一切的期望——

充满了对和平的期望——

你们已经证明了这个期望有多么虚伪。我对那个名叫威尔夫的男人说。

他没有回答,只是站在那里,他的声音打开着,然后又是那种感觉,确信这个男人不会撒谎——

他将自己的声音敞得更开,我越发清楚地看到了他背后的所有声音,那些声音通过他传来,他没有理会所有谎言,径自将它们丢开,再呈现给我——

"窝只会听,"他说,"窝只听真话。"

你在听吗?线人在一旁示意道。

别说话。我示意。

你在听吗?像这个男人一样在听吗?

我不知道你是什么意思——

就在这时,我听到了,通过这个名叫威尔夫的男人听到了,他的声音平静而开阔,传达着他们所有人的声音。

好像他是他们的"天空"。

想到这里,我听了听自己的声音——

听身后"大地"的声音,他们奉"天空"之命,会集于此——

但是——

但是他们也在诉说。他们诉说着恐惧和悔恨,还有担忧——对"寸草不生"以及即将从黑暗世界来到这里的"寸草不生"的担忧。他们看到了我面前的男人威尔夫,看到他对和平的期望、他的天真——

别听他的一面之词。我对"大地"示意着。他们是残暴的生物。他们杀死我们,奴役我们——

但是一边是这个叫威尔夫的男人和他身后的"寸草不生"（还有一支整装待发的军队，我能从他的声音中看到，那是一支惊魂未定却自愿作战的军队，由一个盲人带领），一边是"天空"和身后的"大地"，他们愿意做"天空"意欲的任何事情，愿意继续前进，消灭这个星球上的所有"寸草不生"，只要我一声令下——

但是他们也很害怕。他们和那个叫威尔夫的男人一样，仍将和平视为一个选择，一个机遇，一条可以摆脱威胁、无忧生活的路——

他们会照我说的去做——

毫不犹豫，他们会去做——

但是我让他们做的，并不是他们想做的。

我看到了。从这个叫作威尔夫的男人的声流里，我清清楚楚地看到了。

我们来到这里，只是因为我要报仇。甚至不是为"天空"报仇，只是报"归者"的仇。我将这场战争变成了私人恩怨。为了"归者"的一己私欲。

而我已经不再是"归者"了。

一切只看你的选择。线人示意着。世界的命运，"大地"的命运，都由你来决定。

我转过身面向他：但是我该做什么？我示意道，提问如此突兀，连我自己都吃了一惊。我该怎么做？

你只管去做，做"天空"该做的事。他示意。

我回头看向那个名叫威尔夫的男人，透过他的声音能看到他身后的"寸草不生"，而我也在自己的声音中感受到了身后"大地"的重量。

在"天空"的声音中。

我就是"天空"。

我就是"天空"。

所以,我只要做"天空"该做的事就可以了。

【薇奥拉】

我们已经穿过了大雾,但是雪仍然在下,虽然树林起到了阻挡作用,地上的积雪还是越来越厚了。河水依旧在我们左侧的山谷里泛滥,马儿们载着我们,尽可能快速前进。

马儿们。

不论我问什么,松子都不再回应了,它只是专注于奔跑,不顾腿部和胸腔的疼痛,我知道它有多疲惫——

而且我意识到,我意识到它一定也知道——

它此行有去无回。

"松子,"我在它两只耳朵之间轻声说,"松子,我的伙伴。"

宝贝儿。它几乎是很温柔地回应着,继续奔跑着,穿过逐渐稀疏的森林,来到了一片意外开阔的高地。雪云之下,这里已经覆上了一层厚厚的白色,我们冲进受惊的兽群,动物们互相提醒,就在我们再次冲进森林里之前——

"看那里!"布雷德利喊。

大海忽然映入了我们眼帘。

它那么大,我几乎无法表达——

它吞噬了整个世界,直抵云际,看起来甚至比漆黑的天空更广阔,正像柯伊尔助医说的那样,它隐藏着自己的庞大——

然后我们又跑进了树林中。

"还有一段路,"布雷德利喊道,"但是我们会在天黑前到达——"

我身下的松子倒了下去。

（天空）

我放下了手中的武器，周围久久地沉默着，整个世界都等着我下决定——

我也想知道我的决定是什么。

我再次从那个名叫威尔夫的男人的声流中看到了"寸草不生"，看到他们在他身后心潮澎湃，那种感觉我很不了解——

那是希望。线人示意。

我知道那是什么。我回应。

我发觉我身后的"大地"，同样等待着——

我发觉他们也在希望着——

"天空"做好了决定。"天空"必须为了"大地"的最高利益。这是"天空"的身份所决定的。

"天空"就是"大地"。

如果忘了这一点，"天空"就根本不配成为"天空"。

我向"大地"打开我的声音，向他们传回一个信息，呼唤所有加入这场战斗的人，呼唤那些响应我的召唤、聚集在我身后的人——

呼唤那些站在我身后、支持我决定的人：不要攻击——

同时还有另外一个决定。这个决定对"天空"来说很有必要，对"大地"的安全来说很有必要。

我必须找到那个袭击我们的人，我必须杀了他。这样做对"大地"最好。我向线人示意。

线人点点头，他骑着巴特鲁魔冲进雾里，经过那个叫威尔夫的男人,随后消失在前方。我听到他对"寸草不生"发出呼喊,告诉他们我们不会攻击了。他们松了一口气,叹息是那么纯粹和沉重,几乎把我从坐骑上掀了下去。

我看向旁边的士兵们,想知道他们是否只是出于忠诚才赞同我的决定,但是他们已经让自己的声音面向自己的生命,面向"大地"的生命,今后"寸草不生"将必然参与其中,没有人知道具体是以什么样的方式参与,首先肯定要把"寸草不生"造成的破坏处理干净。

或许我们甚至要帮助他们生存下去。

谁能知道呢?

线人回来了。他靠近之后,我感受到了他的担忧。

市长驾驶飞船向大海飞去了,布雷德利和薇奥拉已经出发去找他了。他示意。

那么"天空"也要去。我示意。

我跟你一起去。线人示意着,我明白这是为什么。

"猎刀"跟他在一起。我示意。

线人点点头。

你觉得我一旦有机会,就会杀了"猎刀"。我回应。

线人摇摇头,但是我察觉到他并不确定。

我会跟你一起去。他再次示意。

我们对视良久,然后我转身面对"大地"的前排士兵,把我的意图告诉他们,让他们选出十个人与我同行。

跟我和线人一起来。

我转身面对着他:那么,我们上路吧。

我告诉我的巴特鲁魔:向海边奔跑吧,以前所未有的迅疾之速。

【薇奥拉】

松子的两条前腿刚跨出半步，突然垮了下去，我重重地翻倒在灌木丛里，左半边屁股和左胳膊压在地上，我痛苦地哼了一声，听到布雷德利大叫着"薇奥拉！"但是松子仍旧向前跌去，摔倒在灌木丛中。

"松子！"我大叫着站起来，一瘸一拐地向它快走过去。它身体侧扭，精疲力竭地躺在那里，我走到它的脑袋旁边，它的呼吸很快，大声喘着气，胸膛费力地一起一伏。"松子，不要——"

布雷德利骑着安格哈拉德跑到我们身边，布雷德利跳了下来，安格哈拉德把自己的鼻子凑近松子的鼻子。

宝贝儿。松子说，疼痛在它的声流肆虐，除了受伤的前腿，还有胸腔里的内伤，那是令它倒下的首要原因，内伤太严重了，它跑得太拼命了——

宝贝儿。它说。

"嘘，"我说，"没事的，没事——"

然后它说——

它说——

薇奥拉。

然后它安静了下去，呼吸和声流都在最后一声叹息中停下了。

"不！"我说着，将它抱得更紧，把自己的脸埋在鬃毛里。在我哭的时候，布雷德利把手搁到我的肩膀上，我听到安格哈拉德轻轻地说**跟上来**，用鼻子抵着松子的鼻子。

"我很难过，"布雷德利说，他一如既往地温柔，"薇奥拉，你自己受伤了吗？"

我说不出话，仍然抱着松子，摇了摇头。

"我很难过,亲爱的,"布雷德利说,"但是我们必须继续前进。现在仍是危险关头。"

"怎么走?"我说,我的声音沙哑。

布雷德利顿了一下。"安格哈拉德?"他问,"剩下的路你能带薇奥拉去救陶德吗?"

帅小伙,安格哈拉德说,一提到陶德,它的声流变得很强烈,**帅小伙,可以。**

"我们不能害得它也丧命。"我说。

但是安格哈拉德的鼻子已经钻到我胳膊下,催我站起来。**帅小伙,**它说,**帅小伙,要救。**

"但是松子——"

"我来照看它,"布雷德利说,"你只管去吧。你要到那里去,得让这一切都值得,薇奥拉·伊德。"

我抬头看着他,看到了他对我的信任,他对善必胜恶的信心。

我满含泪水,在松子的脑袋上亲了最后一下,我站了起来,安格哈拉德在我旁边蹲了下来。我慢慢爬到它背上,我的视线仍旧模糊,我的嗓子仍旧沙哑。"布雷德利。"我说。

"只有你才能做到,"他说着露出一个悲伤的微笑,"只有你才能救他。"

我慢慢地点点头,努力把注意力放到陶德身上,放到他现在的境况上——

去救他,救我们,一了百了。

我发现我无法对布雷德利告别,但我想他懂,我对安格哈拉德大喊一声,我们踏上了去往海边的最后一段路途。

我来了,陶德。

我来了——

【陶德】

我不知道自己花了多长时间,才让一只手腕上的绳子稍微松了一点点。那个绷带不知道涂了什么药,它仍然紧紧贴住我的脖子,十分刺痒,但是我挠不到,又难受又心烦,这让我动作更慢了——

但是我一直忙活,不知道这期间市长在外面什么地方。我猜这儿是海滩,透过角落的残垣,我能看到一小片被雪覆盖的沙地。我还看到银色的海浪拍打海岸,那声音跟另一个更大的声音交相辉映,我认出那是河水的声音,尤为喧嚣。现在,所有的水终于又回归大海。市长带着我飞到这里,一定是为了等待即将发生的一切。两支军队进行他们的最后一战。

而我们皆会死于斯帕克人的百万大军之手。

我用力拽着右手腕上的绳子,感觉把它拉开了一点。

我想象住在这里会是什么感觉,在广阔无垠的水域旁边建立一个渔业社群会是什么样子。薇奥拉告诉我,这个星球上的海洋鱼类会吃人,而不是被人吃,但是我们肯定能想办法在这里生存下来。在山谷里,我们差一点就成功了。

人是多么可悲啊,总是无法摆脱软弱。不光做不成好事,还会把事情搞砸。如果不先去摧毁,就搞不了建设。

把我们赶尽杀绝的不是斯帕克人。

而是我们自己。

"我太赞同了。"市长说,他回到了小教堂里。他的表情不一样了,看起来垂头丧气。好像有什么事不对劲。好像有什么特别重要的事情真的很不对劲。

"事情没有按照我的预期进行,陶德,"他说着,眼睛并没有看着哪里,他好像在努力地听什么声音,令他极其失望的声音,"远处山顶——"

"哪个山顶?"我说,"薇奥拉出什么事了?"

他叹了口气:"泰特上尉辜负了我,陶德。斯帕克人也辜负了我。"

"什么?"我说,"你怎么会知道这些的?"

"这个世界,陶德,这个世界,"他说着,没有理会我的疑问,"这个世界,我以为自己可以控制,我以为自己控制住了。"他的眼光扫到了我,"直到我遇到了你。"

我什么也没说。

因为他看起来更加可怕了。

"或许你确实改变了我,陶德,"他说,"但不只是你。"

"你放我走,"我说,"我会让你知道,我是怎么改变你的。"

"你没有认真听。"他说,我的头一阵疼,一下子说不出话来。"你改变了我,没错,我也对你有不小的影响。"他走到桌子一侧,"但是我也被这个世界改变了。"

我这才注意到,他的声音听起来非常古怪,好像那已不再是他的声音了,其中充斥着怪异的回声。

"这个世界,因为我留意了它,因为我研究了它,"他继续说道,"将我扭曲得完全变了样,我不再是那个曾经骄傲强大的男人了。"他停在了我的脚边,"战争让人变成怪物,你曾经这样告诉我,陶德。啊,了解太深也是一样——太过了解自己的同类,太过了解他们的软弱、他们可悲的贪婪和虚荣,控制他们简直易如反掌。"

他酸楚地笑了一声:"你知道吗?陶德,只有愚蠢的人才能真正控制声流。那些敏感、聪明的人,像你和我,我们只会为此受累。我们这样的人必须去控制他们那样的人。为了他们,也为了我们自己。"

他慢慢停下来,眼神再次变得迷离。我更用力地拽着那些绳子。

"你确实改变了我,陶德,"他又说了起来,"你让我变得更好了。但这只是让我看清了自己曾经有多坏。直到我把自己跟你对比,我才知道这一点,陶德。我本以为我开始做好事了,"他停在我旁边,"直到你让我明白,事情并非如此。"

"你从一开始就是恶人,"我说,"我并没有做什么。"

"噢,但你确实做了,陶德,"他说,"你感觉到了你脑袋里那个嗡嗡声,那个嗡嗡声联结着你我。那是我内心的善,你让我看到的善。我只有通过你才能看到它。"他的眼睛变得更加黯淡,"这时候本回来了,你就要把一切都带走。你让我领略了那个我无法独自把握的善。正因为这样的罪恶,陶德·休伊特,为了这种自知之明的罪恶——"

他伸出手,开始解开我腿上的绳子。

"我们当中必须有一个人去死。"他说。

【薇奥拉】

安格哈拉德跟松子不一样,它更壮、更强、更快,但是我仍然很担心。

"拜托你好好的。"我轻声说着,并不是对它说,我知道这话不会有任何帮助。

但它只是念叨着**帅小伙**,然后跑得更快了。

我们穿过茂密的树林,山地逐渐变成了平地,海拔越来越低,我们离河越来越近,水流越来越经常出现在我的左侧,河面宽阔,河水汹涌,河岸都被淹没了。

但是我还没有看到大海,沿途只是一片又一片树林。地上的雪仍旧很厚,雪花越来越大,在空中飞旋着。即使是在茂密的森林中,地面也有明显的积雪。

天开始变暗,我心里有种不好的预感,不知道山顶情况如何,布雷德利现在怎么样了,前方海边的陶德又怎么样了——

然后,突然,它出现了——

透过树木间的缝隙,我看到海浪涌动,看到了一个小港口上的码头,港口的废弃建筑中间有一艘侦察舰——

它又消失在密布的树林之外。

但是我们快到了。我们已经快到海边了。

"坚持住,陶德,"我说,"坚持住。"

【陶德】

"那就是你,"我说道,看他松开我的另一条腿,"你要死了。"

"你知道吗,陶德?"他说,声音很低沉,"其实我心里有点儿希望你是对的。"

我保持不动,让他松开我的右手,然后我一拳向他挥了过去,但是他已经后退走向那个通往海滩的出口。他看着我松开自己的另一只手,脸上表情颇为愉快。

"我等着你,陶德。"说着,他走到了外面。

我努力向他发射**薇奥拉**,但仍然非常无力,他甚至根本没有注意到攻击,便消失在屋外了。我拽开最后几个绳结,终于重获自由。我跳下桌子,摇摇晃晃了一会儿才找到平衡,然后我慢慢向前走去,穿过那个出口——

踏上外面寒冷的海滩。

最初映入眼帘的是一排破烂倒塌的房屋，许多房子已经化成了破木头和石砾，只有几栋稍微结实一点，就像这个小教堂一样，维持得稍微好一点。在我的北面，我看到一条路通往树林，这条路无疑通往新普伦提斯市，不过半路肯定已经被泛滥的河水淹没了。

雪仍然下得很密，风也越来越大了。刺骨的寒风钻进我的制服，宛如一把钢刀，我把上衣裹紧了一些。

然后我转过身，看着大海——

哦，我的天——

它可真大。

大得不可思议，向看不见的远方延伸，不只是前方的地平线，还有南方和北方，好像无穷无尽地降临在你家门口，等你一转身，它就会把你吞掉。降雪对它没有丝毫影响。大海只是不停地翻腾着，好像它要跟你搏斗，海浪就像它挥出的拳头，想要把你打倒。

里面还有很多奇物。即便海岸上翻滚的水泛着白沫、泥泞浑浊，即便从北边入海的河流溅起了浪花和泡沫，你仍然能看到水里有很多活动的黑影——

很大的黑影——

"很惊人吧，是不是？"我听到有人说话。

是市长的声音。

我急忙转过身，并没有发现他的身影。我又慢慢地转回身。我注意到脚下是一块混凝土地面，被沙子盖住了，这里以前可能是一个小广场，或者沙滩旁边的游步道，很久很久之前，人们可以在这里晒太阳。

只是我现在身处此地，冷得快被冻住了。

"快出来，你这个懦夫！"我大喊。

"噢，你永远不能指责我懦弱，陶德。"他的声音又响了起来，但是听起来像是来自别的地方。

"那你为什么藏起来？"我大喊着，又转过身，用力抱住胳膊抵御寒冷。如果我们继续待在外面，我们两个都得死。

这时我看到了侦察舰，在海岸那边，独自停靠着，等待着。

"我不会白费力的，陶德，"那个声音又响了起来，"你还没找到我，你就死了。"

我又转了个身。"你的军队不会来了，是吗？"我大喊，"所以你才说泰特先生辜负了你！他不会来了！"

"正确，陶德。"市长说着，这一次，他的声音听起来不一样了。

听起来来自不远处的真实声音——

我再次飞转过身——

他出现在一栋破旧木房的拐角处。

"你怎么知道的？"我说着，调试我的声流，让自己做好准备。

"我听到的，陶德，"他说，"我告诉过你，我什么都能听到。"他向我走来。"慢慢地，慢慢地，这真的实现了。我对这个世界的声音打开自己。然后现在，"他停在沙子覆盖的广场边上，雪飘得到处都是，"现在我能听到世界上的每一条信息。"

我看到他的眼睛。

我终于明白了。

他确实什么都听到了。

所以他疯了。

"别着急，"他说道，他的眼睛漆黑一片，他的声音满是回响，"我跟你的事还没有完。会有那一天，陶德·休伊特，你也会听到的。"

我的声流跳动不止，温度急速上升，绕着一个名字打转，尽可能地变得沉重,我不顾他是否能听到,因为他总会知道我要动手了——

"确实。"市长说。

他对着我发送了一阵声流。

我侧身跳开,听到它从我旁边呼啸而过。

我落在雪和沙上,打了个滚,重新抬头看着他,看着他向我走来。

薇奥拉!

我向他挥去——

这场搏斗开始了——

(天空)

你做得很对。线人对我示意,我们在树林中穿行,向大海的方向奔驰。

"天空"不需要别人肯定他的选择。我回应。

我们速度很快。巴特鲁魔比"寸草不生"的动物速度快,更适应在树林中没有路的地方奔跑。河流在我们脚下的深谷中安顿下来,或许已经改变了走向。雾仍然很浓,雪仍然在下,一些火苗仍然在身后的山谷中燃烧着。但是我们在前进,穿过一片突如其来的平地,穿过一群饿坏了的动物,向着敌人前进。

等等。线人示意。我意识到我把他和士兵们落在了后面。

等等!我听到前面有东西——他再次示意道。

我没有慢下来,但是我打开了走在前方的我的声音——

就在那里,我们还没看到就先听到了,那是一个"寸草不生"的男人的声音——

布雷德利。我听到线人喊，然后我们看到了他，我们穿过一片树林，他赶紧向后退，我们勒停了巴特鲁魔。

"本？"那个叫布雷德利的男人说着，警觉地看着我。

没事了，战争结束了。线人说。

暂时。我示意。"猎刀"的唯一在哪里？

那个叫布雷德利的男人看起来很困惑，直到线人告诉他，我指的是薇奥拉。

这时，我们看到了那个动物的尸体，被树叶和灌木掩盖着，现在还覆上了一层薄薄的雪。

"她的马，"那个男人说，"我把它埋了，想生把火——"

薇奥拉呢？线人示意。

"她去海边了，"布雷德利说，"去帮陶德了。"

线人的声音中涌起一股急流，那急流填满了我的声音，充满了他对"猎刀"的爱和担心——

但是我已经离开了，我催促我的巴特鲁魔再快一点、再快一点，甩下我身后的线人和他身后的士兵们。

等等。我又听到线人在喊——

我要先到达海边——

我要自己到达海边。

如果"猎刀"在那里——

嗯，我要看看我会看到什么——

【陶德】

我投出的第一声**薇奥拉**击中了市长，我看到他跌向一边，没来得及躲开。

但是他又转过身，向我发射他的声流，尽管我又躲过了，但我感觉脑袋仿佛裂开了。我从这片沙子和混凝土的平地上纵身一跃，跳向海边的斜坡，在沙子和雪里打着滚，暂时躲开了市长的视线。

"噢，但是我不需要看到你，陶德。"我听到。

嘣，又一阵白色的声流，尖叫着**"你什么都不是什么都不是什么都不是"**——

我打了个滚儿坐正，抓着脑袋一侧，强迫自己睁开眼睛——

我看到前面海岸上的河水正倾倒进大海，我望向河水，看到那里漂浮的各种残骸，在浪里摇摆着，树、房子，毫无疑问还有人——

我认识的人——

甚至可能有薇奥拉。

我感到一股愤怒在我声流中涌起。

我站了起来——

薇奥拉!

我对着他想，我意识到不用找到他也能攻击，凭直觉就能感受到他在哪里，我向他发出一击，转过身看到他重重地倒在混凝土广场的地面上，抓着自己的手腕——

我听到令人愉快的"啪"的一声，他的手腕折断了。

他呻吟着。"真不一般，"他说，声音因为疼痛而沙哑，"非常不一般，陶德。你的控制力更强大、更精准了。"他想要用没有断的那只胳膊支撑自己站起来，"但控制是要付出代价的。你能听到你周围聚集起来的这个世界的声音吗，陶德？"

薇奥拉!

我又对着他想——

他再次跌跌撞撞地往后退去。

"我可是能听到，"他说，"我什么都能听到。"

他的眼睛闪烁着,我愣住了——

他在我的脑袋里,跟那个嗡嗡声一起,要跟我相连。

"你能听到吗?"他又问。

然后——

然后我能了,我能听到了——

在波浪和河水的喧嚣声后,有一个呼啸声——

那个呼啸声来自这个星球上生活着的一切——

用大到不可思议的同一个声音诉说着——

一瞬间,我感到无力抵抗。

这就是他想要的——

我的头突然一阵炫目的疼痛,我眼前一黑,跪倒在地上。

但是只有那么一瞬。

因为在那些声音的呼啸声中——

尽管不可能——

尽管她没有声流——

我发誓我听到了她。

我发誓我听到她来了。

就这样,我甚至没有睁开眼睛——

薇奥拉!

我听到又一声痛苦的呻吟——

我重新站了起来。

【薇奥拉】

地面开始下倾,我们现在能望到大海了。

"快到了,"我喘着气,"快到了。"

帅小伙。安格哈拉德说。

它跳了一下，我们冲出了树林，来到了海滩上，安格哈拉德的蹄子踢飞了地上的雪和沙，它慌忙左转，向着废弃的城镇，向着奔流的河——

向着陶德和市长。

"他们在那里！"我大喊，安格哈拉德也看到他们了，它穿过沙滩冲了过去——

帅小伙! 它喊道。

"陶德！"我大叫。

但是汹涌的海浪声音太吵，浪头太大——

我发誓我听到了什么，从大海传来的声流，透过汹涌的海水，我一眼瞥到水下一些黑暗的影子在移动——

然后我看到——

他在跟市长搏斗，在小教堂的一座建筑门前的一片沙子覆盖的广场上——

我的心突然一沉，我和陶德有多少可怕的遭遇都是在教堂里发生的。

"陶德！"我再次大喊。

我看到他们中有一个人向后跌去，一定是受到了声流攻击。

然后另一个人跳到了一边，抓着自己的脑袋——

但是这么远的距离，我看不出来他们谁是谁。

他们都穿着那愚蠢的制服，而陶德已经长这么高了——

个子高到很难分辨出他和市长。

我的心又揪紧了，安格哈拉德也感觉到了。

帅小伙! 它喊道。

我们跑得更快了。

【陶德】

后退， 我对着市长想，我看到他后退了一步，但是只有一步，接着另一道声流又向我袭来，我痛苦地咕哝着，跌到了一边，我看到沙子里有一大块破裂的混凝土，我抓在手上，向他挥了过去。

放下。 他发出了蜂鸣声。

我就这样放下了——

"不用武器，陶德，"他说，"你看我也没有武器，是不是？"

我意识到确实是，他没有拿枪，侦察舰也很远，根本用不上。他想只用声流对打。

"没错，"他说，"更强的人才会赢。"

他说着又向我袭来。

我"哼"了一声，用**薇奥拉**向他回击，然后奔跑着穿过小广场，在雪上滑行着，向一栋破烂的木头房子跑去。

这可不行。 市长发出了蜂鸣声。

我的脚停了下来。

但是接着，我跑了一步——

又跑了一步——

我继续向那边跑去。

我听到市长在背后大笑。"干得不错。"他说。

我慌乱地爬到一堆旧木头的后面，低下身让他看不到我，尽管我知道这样没用，但是我需要一秒钟思考——

"我们实力相当。"市长说。我听得很清楚他说话，尽管有汹涌的海浪，尽管有奔流的河水，尽管有各种可能会挡住他声音的东西。他就在我脑袋里说话。

就像他一直所做的那样。

"你一直是我最好的学生,陶德。"他说。

"闭嘴!不要胡说。"我大喊着回应,向木头堆后面看去,看有没有什么东西,任何能帮上忙的东西——

"你对自己声流的控制比其他人都做得好,除了我,"他继续说着,越来越靠近了,"你能用它控制其他人。你能把它当作武器来用。我一开始就说了,你的力量会超过我。"

他更用力地向我袭击,我眼前一片白光,但是我仍一直想着薇奥拉,撑着木板站了起来。我竭尽所能,召集起最大力的蜂鸣,想道:**后退!**

他后退了。

"哦,陶德。"他说,仍然一副觉得我很厉害的样子。

"我不会坐上你的位子,"我说着,从废墟后面走了出来,"无论如何。"

他又后退了一步,尽管我没有命令他这么做。

"必须有人这么做,"他说,"必须有人控制声流,告诉人们怎么使用它,告诉他们应该做什么。"

"谁也不用告诉谁任何事。"我说着,又向前走了一步。

"你怕不是个诗人吧,陶德?"他说,又后退了一步。他现在站在了铺着沙子的广场边缘,伸着他断了的手腕,一根血淋淋的骨头穿透皮肤露在外面,但他似乎根本不觉得疼。他身后只有一个很长的斜坡,通向大海和其中隐藏的黑影——

我看到了市长的眼眸有多幽深,他的声音充满了多少回响——

"这个世界要把我生吞活剥了,陶德,"他说,"这个世界和它其中的信息。太多了。多到无法控制。"

"那就不要控制了。"我说着,念着**薇奥拉**向他袭去。

他往后一退，但是没有跌倒。"我没办法，"他微笑着说，"这不是我的天性。但是你，陶德。你比我更强。你可以把握好它。你可以统治这个世界。"

"这个世界不需要我，"我说，"再说最后一次，我不是你。"

他低头看了看我的制服："你确定吗？"

我感到一股怒火，再次将**薇奥拉**用力地向他袭去。

他又往后一退，但是没有躲开，而是用他的声流向我击来。我咬紧牙，再次做好攻击的准备，准备打在他愚蠢的笑脸上——

"我们可以一整个下午都在这里对打，把对方打成胡言乱语的傻子，"他说，"不如让我告诉你我们的赌注吧，陶德。"

"闭嘴——"

"如果你赢了，你可以获得这个世界——"

"我不想——"

"但是如果我赢了——"

突然，他向我展示了他的声流——

我第一次看到它，看到全部，已经不知道是多久之前的事了，甚至或许是在旧普伦提斯的时候，或许从未——

它无比寒冷，比这个冰冷的海滩还要冷——

一片空洞。

这个世界的声音包围着他，就像黑暗的天空向他压下来，那是无法想象的重量——

认识我让他一时间能够忍受这一切，但是现在——

他想要毁了它，毁了所有——

我意识到他想做的——

他最想做的事——

是闭耳塞听。

那其中的仇恨，他声流中的仇恨，他对自己声流的仇恨，那么强烈，我不知道能不能打败它，他比我强，他一直都比我强，我直视着他的空洞，那空洞让他去摧毁、摧毁，我不知道能不能——

"陶德！"

我看向一边，市长喊了一声，好像我把什么东西从他身上撕掉了。

"陶德！"

在雪中，她骑着我的马，骑着我那匹英姿勃发的马——

薇奥拉来了——

市长用尽全力向我袭来——

【薇奥拉】

"陶德！"我大叫，他转过头看到了我。

他受到市长袭击，疼得叫了出来，他歪歪倒倒地向后退去，血从鼻子里飞了出来，安格哈拉德尖叫着**帅小伙**！穿过沙子直奔他而去，我仍然在叫他的名字，用我最大的声音呼唤着——

"陶德！"

他听到我了。

他抬头看向我。

我仍然听不到他的声流，只能看到他用什么在打斗。

但是我看到了他的眼神。

我又叫道——

"陶德！"

因为这样才能打倒市长。

你无法独自战胜他——

我们必须联手打败他——

"陶德！"

他向市长转过身。我看到市长脸上紧张的神情，听到我的名字如同霹雳一般咆哮而出——

【陶德】

薇奥拉。

因为她在这里，她来了——

她为我而来。

她呼喊着我的名字，我感到她的力量在我声流中穿梭，宛如火焰。

市长跌跌撞撞地后退着，像是被一幢幢房子砸在脸上一样。

"啊，是了，"他咕哝着，手捂着头，"你的力量之源来了。"

"陶德！"我又听到她的呼喊。

我将她的呼喊接收住，为我所用。

我能感觉到她在这里，骑马来到世界尽头，就是为了找我，为了救我，如果我需要搭救——

我确实需要——

然后——

薇奥拉。

市长又向后跌去，他扶着自己断掉的手腕，我看到有血从他耳朵里流出来。

"陶德！"她又喊道，这次她像是在叫我看她，我看了过去，她在广场边上停下安格哈拉德，她看着我，直视着我的眼睛。

我看懂了她——

我完全了解她在想什么——

我的声流、我的心、我的脑袋都充满了力量要喷薄而出,好像我要炸开了——

因为她说——

她用她的眼睛、她的脸庞和她完整的自我诉说着——

"我知道,"我回应她,我的声音很沙哑,"我也是。"

我转身面向市长,我满心是她,是她对我的爱,还有我对她的爱——

爱让我变为一座坚不可摧的山峰——

我接收了这份力量,用尽全力向市长身上摔打过去——

【薇奥拉】

市长直冲下斜坡,跌跌撞撞向海里滑去,被一堆沙子挡住了。

陶德回头看着我,我的心跳到了喉咙里。

我仍然听不到他的声流,尽管我知道他正攒着劲儿,准备再次向市长出击——

"我知道,"他说,"我也是。"

他看着我,眼睛里闪着光,咧着嘴笑着。

虽然我听不到他,但我懂得他——

我知道他在想什么——

就在这一刻,我不必听到他的声流,就能看懂陶德·休伊特——

他看出我懂了他。

就在这一刻,我们重新了解了彼此——

我能感受到我们的力量,他转身面对着市长——

他没有用声流袭击他——

他在空气中发送出一个低沉的蜂鸣——

往后走。陶德对市长说。市长已经站了起来，握着自己的手腕——

他开始往后走——

往后面的海洋走去。

"陶德，"我问，"你在做什么？"

"你听不到吗？"他说，"你听不到它们有多饿吗？"

我向海浪里望去——

我看到了影子，巨大的影子，像房子一样大，四处游荡，尽管那儿也有大涛大浪——

吃，我听到。

只有简单的一个字——

吃。

它们说的是市长——

它们逐渐聚集在持续后退的市长身后——

是陶德让他往那里走的——

"陶德？"我说。

这时市长说："等等。"

【陶德】

"等等。"市长说。

他不是在控制我，没有蜂鸣声，不是为了回击我所发出的命令，那个让他走向大海、任自己被海水吞噬、被奇物吃掉的命令，而那些奇物正游得越来越近，等着啃上一口。

他只是说"等等",好像是在礼貌地请求。

"我不会饶了你的,"我说,"如果我觉得自己能救你,我还会手下留情,但我无能为力。我很抱歉,但是你无法被拯救。"

"我知道。"他说。他又微笑着,这一次充满了悲伤,我能感到那悲伤是真的,"你确实改变了我,你知道的,陶德。虽然不多,但是我变好了一点。足够明白什么是爱。"他望向薇奥拉,然后又看着我,"足够让我现在选择救你。"

"救我?"我想着**后退**,他又后退了一步。

"是的,陶德,"他说,他的上嘴唇冒出了汗,努力抵抗着我,"我想让你停下来,不要逼我走进海里——"

"那可不太可能——"

"因为我会自己走进去。"

我对着他眨了眨眼。"不要再玩什么把戏了,"说着,我又逼他后退了一步,"游戏结束了。"

"但是陶德·休伊特,"他说,"你是下不了杀手的男孩。"

"我不是什么男孩,"我说,"我会杀了你。"

"我知道,"他说,"但是那你就变得有一点儿像我了,不是吗?"

我停了下来,把他稳在那里,海浪在他身后拍打过来,那些奇物互相争斗着,我的天,它们可真大——

"关于你身上的力量,我从来没撒过谎,陶德,"他说,"你很强大,足以成为下一个我,如果你想——"

"我不想——"

"或者足以变得像本一样。"

我皱起了眉头:"这跟本有什么关系?"

"他也能听到这个星球的声音,陶德,跟我一样。你终究也可以。但是他能活在其中,让自己成为它的一部分,驾驭它的流动,却不会迷失自己。"

雪仍然在下,点点雪花落在了市长的头发上。我突然意识到我有多冷。

"你可以成为我,"市长说,"或者他。"

他向后退了一步。

这次不是我逼他的。

"如果你杀了我,那就离他更远了一些,"他说,"如果你的善良改变过我,你的善良就能够阻止你变成我,你必须停下。"

他转过头面向薇奥拉:"编号环的解药是真的。"

薇奥拉望向我:"什么?"

"我在第一批编号环里放了一种缓慢起效的毒药,用来杀死女人。还有斯帕克人。"

"什么?"我喊道。

"解药是真的,"市长说,"我是为了陶德。我把研究报告留在侦察舰上了。罗森助医很容易就能证实。"说着他冲她点点头,"那是我给你的临别礼物,薇奥拉。"

他回过头来看着我,脸上挂着很悲伤、很悲伤的微笑。"未来几年,这个世界会被你们两个重塑,陶德。"

他深深地叹了口气。

"我,"他说,"很高兴我没有机会看到了。"

他飞快地转过身,大步走向海浪,一步又一步——

"等等!"薇奥拉在他身后喊。

但是他没有停下,继续大步往前走,几乎跑了起来。我察觉到薇奥拉从安格哈拉德身上滑了下来,来到我身边。我们看着市长的靴子踩着水溅起水花,他越走越深,一个浪几乎把他打翻,但是他仍站直着——

他回过身看着我们——

他的声流没有声音——

他的脸看不出表情——

一个大嘴张开,发出一声哼哼,水里一个影子冲出水面,张开的嘴巴、黑色的牙齿、恐怖的黏液和鳞片,向着市长冲了过去——

它把脑袋扭向一边,想要咬住他的身体——

市长一声不吭,任那巨大的奇物把他掀翻在沙滩上——

然后把他拖进水里——

就是这么快——

他消失了。

【薇奥拉】

"他消失了,"陶德说,我跟他一样难以置信,"他走进了水里。"他面向我,"他就那样走进了水里。"

他重重地呼吸着,为刚刚发生的事感到震惊,已经筋疲力尽。

然后他看着我,他真正看懂了我。

"薇奥拉。"他说。

我抱住他,他也抱住我,我们不必说什么,什么也不必说。

因为我们明白彼此。

"结束了,"我轻声说道,"我无法相信。这一切结束了。"

"我觉得他是真的想走了,"陶德说,他仍然抱着我,"他试图控制一切,最后反而自取灭亡。"

我们回过头看着大海,看到那些巨大的动物仍然在绕圈,等着陶德或者我自投罗网。安格哈拉德的鼻子钻进我俩中间，撞在陶德脸上，它动情地说着：**帅小伙，帅小伙**。我的眼泪都流下来了。

"嘿，姑娘。"陶德说着，一只手抚摩着它的鼻子，另一只手仍然抱着我，然后，他一下子变得很难过，因为他看到了它的声流。"松子。"他说。

"我把布雷德利留下了，"我说，眼泪又涌了上来，"还有威尔夫和李，但是我不知道出了什么事——"

"市长说泰特先生辜负了他，"陶德说，"说斯帕克人也辜负了他。所以一定是好事。"

"我们得回去了。"我在他怀里扭过身，望向侦察舰，"我想，他没有教你怎么驾驶它吧？"

这时陶德说："薇奥拉。"他的语气让我不禁转过头看他。

"我不想像市长那样。"他说。

"你不会的，"我说，"那是不可能的。"

"不，"他说，"我不是这个意思。"

他看着我的眼睛。

我感到了，感到那力量在他身体里涌动，终于摆脱了市长的影响——

他打开了他的声流。

打开，打开，打开——

他就在那里，他的全部，都向我打开，向我诉说着发生的一切，他曾经所有的感受——

他现在所有的感受——

他对我所有的感觉——

"我知道，"我说，"我能看懂你，陶德·休伊特。"

他歪着嘴微笑着。

这时我们听到海滩上传来一个声音,在树林和沙滩的连接处——

(天空)

我的巴特鲁魔最后一跃,来到了海滩,一瞬间,大海令我感到目眩,它的纯粹和巨大占据了我的声音。

但是我的坐骑继续前进,转身向"寸草不生"废弃的定居点跑去。

我来得太晚了。

"猎刀"的唯一已经先行骑马到达了。

但是哪里都没有"猎刀"的踪影。

只有"寸草不生"的首领。他抓住了"猎刀"的唯一,他的制服在雪和沙的映衬下呈一个黑点,他紧抓着"猎刀"的唯一,把她困在自己怀里——

那么"猎刀"一定是死了——

"猎刀"一定已经丧命了——

我为此感到一种意外的空洞,一种空虚。

因为就算是你恨的人离开了,也会留下一个空缺。

但那是"归者"的感受,而我不是"归者"。

我是"天空"。

"天空"已经选择了和平,"天空"必须杀掉"寸草不生"的首领来确保和平。

于是我骑着巴特鲁魔向前奔跑,远处的人影越来越近了——

我举起了武器——

【陶德】

我眯起眼眺望远处,雪下得越来越大了。

"那是谁?"我说。

"那不是马,"薇奥拉说,她从我身边走开,"那是一头巴特鲁魔。"

"巴特鲁魔?"我说,"但是我以为——"

我肺里的空气突然被抽空了——

(天空)

他把那女孩推开,看着我接近,现在机会绝佳——

我听到身后有一个声音,在远处大喊。

那个声音喊着等等——

但是,犹豫不决让我后悔,在我应该行动却没有行动的时刻——

这次不会再发生了。

"天空"会付诸行动。

"寸草不生"的首领向我转过身——

我要行动——

(但是——)

我开火了。

【薇奥拉】

陶德发出了一个声音,好像世界坍塌了一般。他抓住自己的胸口——

他那鲜血淋淋、烧灼冒烟的胸口。

"陶德!"我大喊着,跳到他身边。

他仰面倒在沙地上,痛苦地张着嘴巴——

没有空气呼出或者吸入,他的喉咙里只有因窒息而发出的卡喉声——

我扑到他面前,想为他挡下一枪,我把手伸向他着火的衣服,他胸前的衣料瞬间碎裂,变成气体蒸发了——

"陶德!"

他看着我的眼睛,吓坏了,他的声流失控了,疯狂地旋转着,充斥着恐惧和疼痛——

"不,"我说,"不不不不不——"

我隐约听到巴特鲁魔的蹄声,正在向我们这边跑来——

在它身后还有另一头巴特鲁魔——

我听到本的声音在沙滩上回响。

等等。他大叫——

"陶德!"说着,我把他胸前的衣服撕开,看到了下面恐怖的烧伤。他的皮肤流血不止,起着脓疱,他的喉咙里仍然发着那可怕的出不来气的声音,好像胸部的肌肉已经不再运动,好像他再也无法调动起那些肌肉,吸一口气进来——

好像他要窒息而亡了——

好像他正在死去,就在这片寒冷的下着雪的海滩上——

"陶德!"

巴特鲁魔在我身后靠近了。

我听到了1017的声流,听到他开了火——

听到他意识到了自己的错误——

他以为他开枪击中了市长——

其实并不是,并不是。

本骑着巴特鲁魔赶上来了,他的声流向前冲撞着,满是害怕——

但是我的眼里只有陶德——

我看到他也正在望着我——

他瞪大了眼睛——

他的声流说着:**不,不要,现在不行,现在不行**——

然后他说:**薇奥拉?**

"我在这里,陶德,"我说,我声音嘶哑,绝望地大叫,"我在这里!"

他再次说道:**薇奥拉?**

他这样询问我——

好像他不确定我是否在这里。

然后他的声流彻底沉寂下去——

他直视着我的眼睛——

他死了。

我的陶德死了。

世界的未来

【薇奥拉】

"陶德!"我大喊。

不——

不——

不——

他不能死——

他不能。

"陶德!"

好像说他的名字就可以改变一切,可以让时间倒流——

可以让陶德的声流再次响起——

可以让他的眼睛重新看到我——

"陶德!"

我又大喊了一声,但是我的声音仿佛处于深海之中,耳朵里只能听到我自己的呼吸。我尖声大喊他的名字——

"陶德!"

一双胳膊横在我面前,那是本。他双手落到沙地上,他的声音和声流被撕成了碎片,念着陶德的名字——

他抓起大把的雪,敷在陶德的伤口上,想要让雪止住血——

但是已经太晚了。

他已经走了——

他已经走了——

陶德已经走了。

一切都慢了下来——

安格哈拉德呼唤着**帅小伙**——

本的脸凑近陶德,想听听他的呼吸,但是没有听到——

"陶德,求求你!"我听到他说——

但是那声音好像是从很远的远方传来的——

抑或根本没有声音——

我身后有更多脚步声传来,我只能听到脚步声,仿佛除此之外,宇宙中再无其他声音——

是1017。

他从巴特鲁魔身上下来,他的声流天旋地转。

他的声流在想,他真的弄错了——

我转过头面对着他——

(天空)

她转过头面对着我——

虽然她没有声流,我也看得懂她的情绪,我不禁向后退了几步。

她站了起来——

我又后退了几步。直到武器掉落在雪花覆盖的沙滩上,我才意识到自己手里还握着武器。

"你!"她厉声道,向我走过来,她嘴巴里发出的叽叽喳喳声听起来很可怕,那声音充满了愤怒,充满了悲痛。

我不知道。我示意着,仍然向后退着。

我以为他是"寸草不生"的首领——(我是这么以为的吗?)

"你撒谎!"她大喊,"我能听到你!你根本不确定!你根本不确定,但你还是开枪了——"

那是"大地"的武器造成的伤。我示意。"大地"的药物或许可以救他的命——

"已经太晚了!"她大喊,"你已经把他杀死了!"

我看向她身后的线人,他把"猎刀"抱在怀里,往"猎刀"胸口敷冰,尽管他知道这没什么用。他的声音传递着悲痛,他人类的声音从嘴里发出哀号——

我看清楚了,这是真的——

我杀死了"猎刀"——

我杀死了"猎刀"。

"闭嘴!"她大喊。

我不想的。我示意着,我意识到这是真的,但是已经太晚了。我不想的。

"啊,你还是做了!"她再次厉声对我吼道。

然后她看到了沙地上的武器——

【薇奥拉】

我看到了那个武器，斯帕克人用的白色棍子形状的武器躺在地上，那个白色的武器在一片白雪中——

我听到本在我身后痛哭，一遍遍地叫着陶德的名字，我的心也痛极了，痛到我无法呼吸。

但是我看到了那个武器。

我弯下腰，把它捡了起来——

我用它指着1017——

他没有再往后退缩，只是看着我举起它。

我很抱歉。他说，他轻轻举起双手，就是那双颀长的手，刚刚杀死了我的陶德。

"道歉也不能让他回来。"我咬着牙说，尽管我的眼里盈满泪水，视野却非常清晰。我感到我手里武器的重量。我感到我心里想要用它的意图。

尽管我不知道怎么用。

"告诉我！"我对他大喊道，"告诉我怎么用，我好杀了你！"

薇奥拉。我听到身后本的声音因悲痛而哽咽。薇奥拉，等等——

"不等，"我的声音很强硬，仍然举着武器，"告诉我！"

我很抱歉。1017又说道。尽管处于暴怒之中，我也能看出他说的是真话，我能看出他真的很抱歉，他的恐惧不断增长，不只是因为他对陶德下的毒手，还因为这件事对未来的重要意义，他的错误造成的影响不会在我们几个人身上结束，他愿意付出一切，只要能挽回这个错误。

我能看到他心中所想的一切。

但是我不在意——

（天空）

"告诉我！"她大喊，"我发誓，我也要用这东西把你打死！"

薇奥拉。

线人在她身后说。他仍然把"猎刀"抱在怀里，我看着他的声音——

线人心碎了——

碎得那么厉害，它感染了一切，散播到了整个世界中——

当"大地"感到哀痛的时候，我们会一起哀痛——

他的悲伤淹没了我，变成了我自己的悲伤，变成了"大地"的悲伤——

我看清了自己所犯错误的全部影响——

这个错误或许会毁了"大地"，这个错误或许会让我们失去和平，这个错误或许会让"大地"毁灭，让我为了拯救它所做的一切努力付诸东流。

"天空"不应该犯这个错误。

我杀死了"猎刀"。

我终于杀死了"猎刀"，我期望了那么久。

它却没有给我带来任何收获。

除了让我明白了我造成的损失。

我看到伤痛写在那个无声的人的脸上——

那个无声的人举着一件她不知道用法的武器——

于是我打开我的声音，教她怎么用——

【薇奥拉】

他的声流在我面前打开,告诉我怎么使用那个武器,手指放在哪里,怎么按动它,从枪口可以发射出白光——

他在教我怎么杀死他自己。

薇奥拉。我听到本又在后面叫我。薇奥拉,你不能。

"我为什么不能?"我说着,没有回头,眼睛坚定地看着1017,"他杀了陶德。"

如果你杀了他,哪里才是终点?

听到这里,我转过头。"你怎么能这么说?!"我大喊,"你怎么能抱着陶德还说出这样的话?"

本的脸紧皱着,闭着眼睛,他的声流中流露出太多痛苦,我甚至不忍心。

但他还是开口了:如果你杀了"天空",战争会再次开始。我们全都会死。然后,很多"大地"会被太空中的舰队杀死。等移民们着陆,又会被剩下来的"大地"袭击。这样下去——

他一时说不下去了,但是他迫使自己,迫使自己用自己的声音说了出来:"这样下去会永无止境,薇奥拉。"说着,他把陶德抱紧在胸口。

我回头看着1017,他没有动。"他想让我动手,"我说,"他想让我动手。"

"他只是不想活在自己的错误之中,"本说,"他想让痛苦结束。如果让他余生一直为这个错误而悔恨,他会成为一个多么优秀的'天空'啊。"

"你怎么能这么说,本?"我说。

因为我听到了他们。

他用他的声流继续说道。

他们所有人。所有的"大地",所有的男人,我能听到他们每一个人。我们不能让这些无辜的生命丧命,薇奥拉。我们不能。这正是陶德今天拼命想要阻止的。这正是——

然后他真的说不下去了。他把陶德抱得更紧了。

噢,我的儿子。

他说。

我的儿子——

(天空)

她回身看着我,仍然用武器对准我,她的手指已经放在了开关处,准备开火——

"你把他从我身边夺走了,"她说,她说出的话很刺耳,"我们努力了这么久,这么久,而且我们已经赢了!我们都赢了,你却夺走了他!"

她再也说不出话来了。

我很抱歉。我再次示意。

这不只是对线人悲伤的回应,这是我自己的悲伤——

不只是因为我作为"天空"有辱使命,因为我拯救"大地"于危难之后,又将他们全部置于危险之中——

而是因为我夺走的那条生命。

我夺走的第一条生命,有生以来——

然后我记起了——

我记起了"猎刀"。

"猎刀"告诉我他叫什么名字,"猎刀"在河边杀死那个"大地",而那个无辜的"大地"只是在打鱼而已,"猎刀"却把他当成了敌人——

"猎刀"却把他杀死了——

之后每一刻"猎刀"都在悔恨。

在劳动营的每一天,他跟"大地"打交道的每一天,悔恨都写在他脸上,悔恨让他因愤怒而发狂,弄断了我的胳膊——

悔恨让他在"包袱"被集体杀害的时候救了我——

悔恨现在由我带在了身上——

永远带在我身上。

如果悔恨只会再持续一次呼吸——

那就这样吧。

"大地"可以活得更好。

【薇奥拉】

1017在回忆陶德——

我能在他的声流中看到。我看着那些画面,握住武器的手不住颤抖——

我看到陶德用猎刀刺杀那个斯帕克人,我们在河边偶然碰到的那个斯帕克人——

陶德杀死了那个斯帕克人,虽然我尖叫着阻止他——

1017记得陶德为此多么煎熬——

我看到1017也开始体会这种煎熬。

我记得我也感受过这种煎熬,当时我在瀑布底下刺中了阿隆的脖子——

杀人的感觉太糟糕了,即便你觉得那些人该死。

现在1017都明白了,跟陶德和我一样。

然而陶德已经不再煎熬。

我的心碎了,碎得再也无法愈合,心痛得好像我也要死了,就在这个愚蠢、冰冷的海滩上。

我知道本说得没错。我知道如果杀了1017就没有回头路了。我们又杀死了一个斯帕克首领,以他们那不可计数的人数,他们会杀了我们每一个人,只要能被他们找到。然后等新移民到了——

永无休止的战争,永无休止的死亡。

又到了我做决定的时候。

我的选择会让我们更加深陷战争,或者让我们摆脱困境——

我已经选错了一次。

这是我为错误选择所付出的代价吗?

这代价太高了——

太高了。

如果我再用私人感情处理这件事,如果我让1017付出代价——

那么世界就此改变——

世界行将终结。

但是我不在乎。

我不在乎。

陶德。

求你了,陶德——

陶德?我想着。

然后我意识到,我的心很疼。

如果我杀了1017,战争会再次开始,我们全都会被杀掉——

谁还会记得陶德?

谁还会记得他做的事?

陶德——

陶德——

我的心更碎了。

再也无法复原。

我一下跪在雪和沙子上。

我大叫出声,无言、空洞的叫声——

我丢下了武器。

(天空)

她丢下了武器。

武器掉在沙子上,没有开火。

于是,我仍然是"天空"。

我仍然是"大地"的声音。

"我不想见到你,"她头也不抬地说,她的声音很干脆,"我再也不想见到你。"

是。我示意。是的,我理解——

薇奥拉?线人示意着——

"我没有动手,"她对他说,"但是如果再让我见到他,我不知道我能不能再一次克制住。"她在我旁边抬起头,但是没有看我,她无法面对我。"你走吧,"她说,"你走!"

我看向线人,但是他也没有看我。

他所有的痛苦和悲伤、所有的注意力都放在他儿子的尸体上。

"走!"她大喊。

我转过身,走向我的巴特鲁魔。我再次回头,看到线人仍然拥着"猎刀",那个叫薇奥拉的女孩慢慢向他身边爬去。

他们拒绝我,强迫自己不要看我。

我都理解。

我爬回我的坐骑上。我会回到山谷,回到"大地"中间。

我们会知道,等待所有人的是怎样一个未来。包括"大地"和"寸草不生"。

今天,他们先是被"天空"救了一命。

接着被"猎刀"救了一命。

然后又被"猎刀"的唯一救了一命。

我们不能让这个世界辜负这一切。

薇奥拉?我听到线人又示意道。

我注意到,他的悲痛中生出一种迷惑——

【薇奥拉】

薇奥拉?

本又说道。

我站不起来,所以只能爬到他和陶德跟前,爬到安格哈拉德的腿边,它难过地踱着步,说着**帅小伙,帅小伙**,一遍又一遍。

我强迫自己看着陶德的脸,看着他仍然睁着的眼睛。

薇奥拉。本又叫我，他抬头看着我，脸上都是泪痕——

但是他的眼睛睁着，睁得很大——

"怎么了？"我说，"什么事？"

他没有立刻回答，只是把他的脸低下去贴近陶德的脸，凝视着他，然后低头看着他给陶德敷上的那些冰——

你能——？本说着，又停了下来，他一副很专注的表情。

"我能怎么样？"我说，"我能怎么样，本？"

他抬头看着我：你能听到吗？

我对他眨了眨眼，我听到了自己的呼吸、海浪的冲击、安格哈拉德的哭叫、本的声流——

"听到什么？"

我觉得……他说，又停下来在听什么。我觉得我能听到他。

他抬头看着我：薇奥拉。他说：我能听到陶德。

他说着站了起来，两只胳膊抱着陶德。

"我能听到他！"他用嘴大喊着，把他的儿子举到空中，"我能听到他的声音！"

抵达

"空气中有一股寒气,儿子,"我读着,"不只是因为冬天来了。我开始有点担心未来的日子了。"

我看了一眼陶德。他仍然躺在那里,眼睛一眨不眨,没有变过。

但是时不时地,每过一段时间,他的声流就会打开,浮出一段记忆,有我和他第一次遇到希尔迪的记忆,有他和本、基里安在一起的记忆。陶德那时还很小,我还不认识他,他们三个一起去旧普伦提斯城外的沼泽地里钓鱼,陶德的声流在这时散发出幸福的光芒——

我的心跳加速,怀抱着希望——

这时,他的声流又黯淡下去,他又重归安静了。

我叹了口气,向后靠在斯帕克人的椅子背上。我身处一顶斯帕克人做的大帐篷之中,旁边是斯帕克人生起来的火,所有这些东西都围着一张斯帕克人打磨出的石板。陶德就睡在那里,自我们从海滩上回来之后,他就一直睡在那里。

一剂斯帕克人制作的膏药贴在他慢慢结疤的烧伤处——

那伤也正在愈合。

我们等待着。

我等待着。

等着他回到我们身边。

帐篷外，一群斯帕克人静静地围住我们，他们的声流形成了某种屏障。"小径之终"，本说这是它的名字，这儿就是他中枪之后养伤的几个月里一直睡觉的地方，那几个月里他远离活人的视线，徘徊在死亡边缘，致死的枪伤没有夺去他的性命，这都要归功于斯帕克人的治疗。

陶德死了。我当时很确定，现在也很确定。

我亲眼看着他死去，看着他死在我怀里，我到现在还是很难过，我不想再谈论当时的情况。

本把雪敷在陶德的胸口，很快让他的身体冷却下来，让将他麻痹的烧伤冷却下来，让已经很冷的陶德、在跟市长搏斗之后已经筋疲力尽的陶德冷却下来。本说陶德的声流之所以停止了，一定是因为陶德已经习惯了封闭自己，陶德并不是真的没命了，而是由于惊吓和寒冷暂时关闭了，然后雪的寒气将他保留了下来，保留得刚刚好，他没有彻底死去——

但我知道不是这样的。

我知道他离开我们了，我知道他也不想，我知道他用尽全力想要留下来，但他已经离开了。

我是看着他走的。

但是或许他没有走远。

或许我抓住了他，或许我和本一起抓住了他，或许就差那么一点儿，他没有走太远——

或许没有太远，他还可以回来。

累吗？本说着，进了帐篷。

"我没事。"我说着，放下了陶德母亲的日记。过去几周，我每天都念给他听，希望他会听到我的声音。

每天都希望他会回来，不管他去了哪里。

他怎么样？本问道，他走到陶德身边，一只手放在他的胳膊上。

"和往常一样。"我说。

本转过身面对着我：他会回来的，薇奥拉。他会的。

"希望吧。"

我回来了。还没有人在旁边呼唤我呢。

我把脸扭到一边："你回来了，也变样了。"

1017提议我们来"小径之终"，本也同意他的意见。新普伦提斯市已经成了一个瀑布底下的湖泊，要不然我们就只能把陶德锁在侦察舰的床上，等待新舰队到来。罗森助医强烈支持第二个方案，她现在基本上掌管一切事务，不让威尔夫和李插手。我勉强同意了本的意见。

本听到我说的话点了点头。我回头看着本：我希望他也会变样。他又微笑着看看我：我看上去也没什么问题吧。

这些日子我一直在观察本，我不知道这是不是新世界的未来，是不是每个男人最终都会这么彻底地把自己交给这个星球上的声音，保持自己的个性，同时也允许别人的个性存在，愿意跟斯帕克人携手，愿意跟这个世界携手。

不是所有人都会愿意的，我知道，他们既然能那么重视声流的解药，就一定不会愿意的。

那么女人呢？

本很确定女人也有声流，如果男人能让声流静音，女人为什么不能把她们的声流打开？

他问我愿不愿意试一试。

我不知道。

为什么我们不能按照我们原本的样子生活？任何人的个人选择都能被其他人接受？

无论如何，我们即将拥有5000个机会去进行试验。

舰队刚刚确认，飞船一个小时前进入了轨道，着陆典礼会按照计划下午举行。本说道。他对着我扬起了一边眉毛：你要来吗？

我微笑："布雷德利代表我就行了。你去吗？"

他回过头看看陶德：我不得不去，我必须向"天空"介绍他们。我是新移民和"大地"之间沟通的渠道，无论我喜不喜欢。他把陶德额前的头发拨开。结束之后我会立刻回来的。

自从我们把陶德带到这里，我就寸步不离地守在他身边，在他醒来之前我不会离开，就算是为了新移民也不会。我甚至让罗森助医来这里跟我确认市长关于编号环解药的说法。她从里到外测试了一遍，确定他说的是真话。每一个女人都康复了。

不过，1017还没有。

他体内的感染速度看起来更慢一些，他拒绝用药，说自己会在陶德醒来之前承受编号环带来的疼痛，以此提醒自己铭记历史，铭记自己犯下的错误，永远不能再犯这样的错误。

我不禁有一点点高兴：他还在受苦。

"天空"想来看看。本轻轻说道，好像他已经能看到我还没有打开的声流了。

"不必。"

这些都是他安排的，薇奥拉。如果我们救回了陶德——

"如果，"我说，"这还只是假设，不是吗？"

会有用的，会的。

"好吧，"我说，"等起作用了，那么我们可以问问陶德，看他想不想见见那个差点儿害死他的斯帕克人。"

薇奥拉——

我微笑着让他不要再说了，这样的争论我们已经进行了不下几十次。我还没有真正原谅1017。或许永远也不会。

我知道他经常等在"小径之终"外面，向本询问陶德的情况。我有时能听到他。不过现在，我只能听到安格哈拉德一边吃草，一边耐心地陪我们等待它的"帅小伙"。

"天空"会成为一个更好的首领。本说。我们或许真的可以跟他们和平共处。或许甚至能创造出一个我们一直想要的天堂。

"如果罗森助医和舰队可以重新研制声流的解药，"我说，"如果着陆的男人和女人们不会因为数目庞大的本土种族而感到威胁。如果食物一直充足——"

怀抱一些希望吧，薇奥拉。他说。

又是这个词。

"我有，"我说，"但是我现在把它全部放在陶德身上了。"

本又低下头看着他的儿子：他会回到我们身边的。

我点点头，但是我们并不知道他是不是真的会回来，起码不确定。

但是我们希望他会。

希望那么脆弱，我怕得要死，不敢把它说出来。

所以我安安静静地等待着，希望着。

你读到哪个部分了？本对着日记本点了下头，问道。

"又快到结尾了。"我说。

他从陶德身边走开,坐到了我身边另一张椅子上。

把它读完,然后我们可以重新开始,从他妈妈满怀希望的地方开始。

他脸上带着微笑,他的声流里全是温柔的希望,我忍不住也对他回以微笑。

他会听到你的,薇奥拉。他会听到你的声音,然后回到我们身边。

我们又看向陶德,他躺在那张石板上,火温暖着他,斯帕克人的疗愈药膏敷在他的胸口。他的声流时隐时现,像一个记忆模糊的梦。

"陶德,"我轻声道,"陶德?"

然后我又拿起了日记。

我继续读了下去。

这是真的吗？

我每一次眨眼，就出现在一段回忆中。现在，我回到了旧普伦提斯的教室里，那时市长还没有关闭学校，我们正在学习，为什么移民一开始要来这个地方——

我又来到了另一个地方，这一次，她和我在废弃的风车磨坊里睡觉，我们刚刚离开法布兰奇，星星出来了，她让我睡外面，因为我的声流吵得她睡不着——

现在，我跟麦奇在一起，我那聪明得不得了的狗，它嘴巴里叼着一块余火未尽的木块，跑去生了一堆火，那火让我救了——

让我救了——

你在这里吗？

　　你在这里吗？

　　　　　　　（薇奥拉）

然后有时候，这些回忆里的东西是我从来没见过的——

广阔的荒原上，一家家斯帕克人住在一座座小房子里。我根本不知道有这个地方，但是现在，我站在这里，我知道它位于新世界的另一边，很远很远的地方。我在斯帕克人的声音里，我能听到他们说的话，能领会，能理解，尽管这语言不是我自己的，我能看到他们同样了解星球另一边的人类，他们对我们的认识跟靠近我们的斯帕克人一样，这个世界的声音传播着这些认识，到达每一个角落，如果我们也能——

现在，现在我在一个山顶上，旁边这个人我差一点就能认出来了，（卢克？莱斯？拉尔斯？他的名字就在嘴边，就在跟前，就是想不起来——）但是我认得他失明的双眼，我认得他旁边那个人，我知道那个人不知道怎的，在帮他看，他们要把武器从军队里收走，他们要把武器封在一个矿井里，他们宁可把它们全都毁掉，但是他们周围的声音都想要那些武器，以防万一，万一事情出差错了呢，但是看得见的男人告诉失明的男人说，或许还是有希望的——

现在呢，现在我从一个山顶望下去，一艘巨大的飞船，比一个镇子还大，在空中飞着，准备着陆了——

与此同时，我还有一段回忆，是在一个河床边，有一个斯帕克婴孩在玩耍。人类从树林里出来,他们拖走了母亲,孩子大哭起来,那些人回来把孩子也带上,把他跟其他孩子一起放在一辆车上。我知道这段回忆不是我的,而那个孩子是,那个斯帕克婴孩就是——

还有一些时候,周围只是一片黑暗——

——有时什么也没有,只有一些听不清、够不着的声音,我独自处在黑暗中,仿佛已经在这里待了好久、好久,我——

我记不起自己的名字了——

你在那里吗?

薇奥拉?

我不记得薇奥拉是谁——

只知道我得找到她——

只知道她是唯一会救我的人——

她是唯一能够救我的人——

薇奥拉?

薇奥拉?

"……我的儿子,我漂亮的儿子……"

出现了!

就是这样的声音!

有时候这声音出现在黑暗之中,出现在那些回忆之中,不论我在什么地方,不论我在做什么,有时甚至会出现在那支撑我行走的上百万个声音之中——

有时候我听到——

"……我希望你爸在这里看看你,陶德……"

陶德——
　　　陶德——

那就是我——

　（我想——）

　　　（是的——）

那个声音，说这些话的那个声音——

"……你想怎么说'不'都可以，陶德，我发誓我不会纠正你的……"

那是薇奥拉的声音吗？

是吗？

（是你吗？）

最近我越来越经常听到这声音了，时间一天天过去，我在那些回忆、空间和黑暗中穿梭，这声音出现得愈加频繁了——

我在其余百万个声音中也越来越经常听到它——

"……你呼唤我，我会答应的……"

我会答应的——

陶德会答应——

薇奥拉？

你在呼唤我吗？

继续呼唤我吧——

继续下去,继续来救我——

一天天过去,你越来越近了——

我几乎能听到你的声音了——

我几乎能——

那是你吗?

那是我们吗?

那是我们做的吗?

薇奥拉?

继续呼唤我吧——

我会一直追寻着你——

我会找到你——

你放一百个心——

我会找到你的——

继续呼唤我,薇奥拉——

我来了。

图书在版编目（CIP）数据

混沌行走. III, 燃烧的土地 /（英）帕特里克·内斯著；孟思译. —北京：北京联合出版公司, 2020.12
ISBN 978-7-5596-4581-4

Ⅰ. ①混… Ⅱ. ①帕… ②孟… Ⅲ. ①幻想小说—英国—现代 Ⅳ. ①I561.45

中国版本图书馆CIP数据核字(2020)第182908号

北京市版权局著作权合同登记　图字：01-2020-6490

MONSTERS OF MEN by PATRICK NESS
Copyright © 2010 by PATRICK NESS
This edition arranged with MICHEL KASS ASSOCIATES through BIG APPLE AGENCY, INC., LABUAN, MALAYSIA.
Simplified Chinese edition copyright © 2020 Beijing Xiron Cultural Group Co., Ltd
All rights reserved.

混沌行走Ⅲ：燃烧的土地

作　　者：［英］帕特里克·内斯
译　　者：孟　思
出 品 人：赵红仕
责任编辑：徐　鹏
产品经理：施　然　宋如月
特约编辑：马怡爽

北京联合出版公司出版
（北京市西城区德外大街83号楼9层　100088）
嘉业印刷（天津）有限公司　新华书店经销
字数379千字　880毫米×1230毫米　1/32　印张17
2020年12月第1版　2020年12月第1次印刷
ISBN 978-7-5596-4581-4
定价：59.80元

版权所有，侵权必究
未经许可，不得以任何方式复制或抄袭本书部分或全部内容
如发现图书质量问题，可联系调换。质量投诉电话：010-82069336